Es gibt mehr Dinge zwischen
Himmel und Erde, als Eure
Schulweisheit sich träumen lässt.
Shakespeare

Danke an alle Partner, ohne deren Unterstützung dieses Buch nicht möglich gewesen wäre. Ganz besonders gebührt dieser Dank meinen Eltern. Ohne sie wäre ich nicht die geworden, die ich heute bin.

Nicht vergessen möchte ich Tine und Sebastian Mettler, die meiner Kreativität ein zweites Zuhause mit Herz und geistiger Inspiration gaben.

Covergestaltung:
Henrik Schelhorn, Stefan Schelhorn, Anna König

Klappentext:
Rebecca Schelhorn

Lektorat:
Dr. Felicitas Igel, www.textweise.net. Danke, du bist ein Geschenk des Himmels gewesen.

Quellennachweis:
Vom Krieg verschont? Das Ende des zweiten Weltkriegs 1945 in Bamberg
Ausstellung des Stadtarchivs Bamberg 2015
ISBN 97839293410

Die Handlungen und Figuren in diesem Roman sind frei erfunden. Ähnlichkeiten oder Namensgleichheiten mit lebenden oder bereits verstorbenen Personen sind rein zufällig und nicht beabsichtigt.

ISBN 978-3-00-062071-3

Ute Schelhorn wurde 1968 im fränkischen Nürnberg geboren. Ursprünglich arbeitete sie als Erzieherin, bis sie nach ihrer Heirat und der Geburt ihrer Kinder in den Mutterschutz ging. In dieser Zeit setzte sie sich intensiv mit der Naturheilkunde auseinander und eröffnete 2004 in einem kleinen Ort in Mittelfranken eine eigene Praxis als Heilpraktikerin. Als die 50 immer näherkam, nahm sie sich die Zeit endlich ihren größten Traum zu erfüllen. Inspiriert vom Polizeiberuf ihres Mannes und von ihrer Arbeit als Heilpraktikerin schrieb sie ihren ersten Roman, der die Liebe und Menschen, die ihr Leben hinterfragen in den Mittelpunkt stellt.

Kapitel 1

Sonntag

Die Menge tobte. Lauter Applaus ertönte, mehrfach wurde nach Zugabe gerufen. Gleichzeitig hoben sich die Köpfe des Publikums, um den Feuerschein zu bestaunen. Doch auch die flinken Hände der Akrobaten, die sich schneller bewegten, als man folgen konnte, fesselten den Blick.

Fasziniert strahlte Nick die junge hübsche Artistin an und wollte gerade ebenfalls in die Hände klatschen, da brachte ihn ein unsanfter Stoß in die Rippen zurück in die Gegenwart.

Sofias Stimme klang gequält. Das helle Sonnenlicht und der Lärmpegel machten ihr ziemlich zu schaffen.

„Du weißt aber schon noch, dass wir nicht zum Vergnügen hier sind?"

„Nur weil du heute einen Brummschädel hast, musst du mir nicht das Spektakel vermiesen. Ich finde das wirklich bewundernswert, was die können. Und ja, ich kann arbeiten und dabei trotzdem den Sonntag genießen. Sei doch nicht so eine Spaßbremse!"

„Ist ja gut. Heute ist einfach nicht mein Tag. Einmal wenn ich über die Stränge schlage und ein, zwei Gläschen zu viel habe, muss ich es gleich büßen und hab einen dicken Kopf. Dir macht das irgendwie nie etwas aus. Anna hat auch keine Probleme damit. Bei mir verursacht leider gerade jeder Ruf und jedes Klatschen körperliche Schmerzen."

„Also gut, komm, wir laufen mal ein Stück weiter. Da hinten wird es etwas ruhiger. Ich liebe halt Zauberer und Artisten. Als ich noch klein war, ging meine Großmutter immer mit mir in den Zirkus. Im Nachhinein bin ich mir gar nicht so sicher, ob sie es nicht eventuell sogar ihretwegen tat. Ist ja auch egal, jedenfalls hat sie dadurch auch bei mir eine Leidenschaft dafür geweckt. Letztes Jahr an Weihnachten habe ich sie dann in den Cirque du Soleil mitgenommen. Dafür werde ich bestimmt ganz oben im Testament stehen." Nick lachte. Ein Seitenblick auf seine Kollegin Sofia, deren Gesichtsausdruck mittlerweile dem Grün der Polizeiuniform sehr ähnlich war, stimmte ihn milder. Soweit er wusste, hatte sie keine schönen Kindheitserinnerungen. Er glaubte nicht, dass ihre Eltern groß etwas mit ihr unternommen hatten. Sie hatte Zirkus wahrscheinlich nur über den Fernseher kennengelernt. Er schob seine Kollegin in den Schatten, den die Martinskirche warf. „Warte hier einfach mal, ich hol dir was zum Trinken."

Er kaufte zwei Flaschen Wasser an einem Getränkestand. Die lange Schlange hatte Erbarmen mit dem jungen Polizeibeamten, der in seiner Uniform nicht gerade dem Wetter entsprechend gekleidet war, und ließ ihn nach vorne.

Zwischendurch sah er immer wieder hinüber zu Sofia, die sich redlich bemühte, professionell auszusehen. Und wer nur oberflächlich hinschaute, hätte eventuell auch den Eindruck gewinnen können. Nick jedoch kannte sie schon seit ihrer Ausbildung und arbeitete mit ihr im Team. Das waren nun immerhin schon 10 Jahre, wenn er es recht überlegte. Er blieb noch kurz stehen, um die interessierten Blicke der männlichen Festivalteilnehmer zu registrieren. Ja, Sofia war ebenso einen zweiten Blick wert wie die Artisten von BAMBERG ZAUBERT.

Gott sei Dank war er selbst 1,90 Meter groß. Sonst hätte er neben ihr regelrecht klein gewirkt. Manchmal dachte er, sie hätte auch als Model gute Chancen gehabt. Mit ihren langen blonden Naturlocken und den endlosen Beinen war sie mehr als attraktiv. Aber auch wenn sie privat immer perfekt gekleidet war und ihr Kleiderschrank mit jeder

Boutique mithalten konnte, hatte sie nie Ambitionen gezeigt, sich in die Welt der Schönen zu begeben.

Im Gegenteil, er kannte niemanden, der sich weniger von Äußerlichkeiten blenden ließ und der mehr Sinn für Gerechtigkeit und die Wahrheit besaß als Sofia.

Wahrscheinlich war sie schon so auf die Welt gekommen, einfach schön, aber ohne etwas dafür tun zu müssen. Immer auf der Suche nach den Schwachen, die sie beschützen konnte.

In ihre eigene Familie hatte sie nicht so richtig hineingepasst. Er konnte sich nicht daran erinnern, mit ihr in all den Jahren mal einen über den Durst getrunken zu haben. Also er selbst schon, aber niemals Sofia.

Deswegen freute er sich diebisch darüber, dass Sofia nun endlich eine menschliche Schwäche zeigte.

Er drückte ihr das Wasser in die Hand und feixte. „Wie ist denn das eigentlich passiert? Wer hat es geschafft, dich so abzufüllen, dass du die Sonnenbrille anscheinend gar nicht mehr abzunehmen gedenkst?"

„Anna", sagte Sofia kaum hörbar.

„Wie bitte? Anna hat dich so betrunken gemacht? Das glaub ich jetzt nicht. Bei mir bist du immer so standhaft, und bei ihr knickst du ein und wirst den heiligen Sofia-Welch-Prinzipien untreu? Respekt, Hut ab vor der Kleinen."

Er prostete ihr lachend mit seiner Flasche zu.

„Lass sie bloß nicht hören, was du gesagt hast. Das würde sie dir übelnehmen. Wobei, ich nehme ihr auch so einiges übel. Nur wegen ihr habe ich heute so einen Schädel. Ich habe irgendwie gar nicht mitbekommen, dass sie so oft nachgeschenkt hat. Und am Schluss waren drei Flaschen Wein leer. Selbst wenn sie das meiste getrunken hat, entfällt auf mich doch deutlich mehr als mein übliches Gläschen Wein. Und deswegen muss ich jetzt leiden. Hab heute früh sogar freiwillig schon eine Tablette genommen. Dafür musste ich noch extra in die Apotheke, ich habe ja nicht mal welche zu Hause."

Nick bemühte sich, nicht allzu schadenfroh dreinzuschauen und nahm schnell noch einen Schluck Wasser.

„Und was hat es gebracht? Gar nichts. Da schmeiße ich schon so eine chemische Keule ein, und es hilft nicht mal was."

„Schwört Anna nicht immer auf irgendwelche Kügelchen oder Tropfen? Sie hat dich doch bestimmt ausgestattet mit Instruktionen für alle Fälle."

„Ja schon. Aber ich nehme das Zeug doch genauso wenig. Sie hat mir sogar gestern noch ein Fläschchen mit Essenzen mitgegeben. „Falls du Kopfweh haben solltest", meinte sie ganz lapidar. Das ist mir aber erst vorhin wieder eingefallen. Selektiver Gedächtnisschwund. Wahrscheinlich liegt sie zu Hause in ihrem Garten, sonnt sich – und von Kopfschmerzen keine Spur."

„Tja, da hat sie einfach Vorsprung durch Erfahrung. Und wer weiß, vielleicht helfen ihre Tropfen ja doch. Hast du's denn schon probiert? Nachdem die Tabletten nicht geholfen haben, kannst du die Essenzen ja mal probieren. Schlimmer kann es doch nicht werden. Es sei denn, dir wird dann noch zusätzlich schlecht. Was ich nicht hoffe."

Sofia sah ihn beleidigt an. Sie suchte in ihrer Jackentasche nach dem kleinen Fläschchen. Misstrauisch las sie die Bezeichnung: *Seelen-Essenzen, Reinigung*.

„Als ob ich mich schon jemals übergeben hätte. Anna und ihre komischen Wundermittel. Die schmecken bestimmt scheußlich." Sie schraubte das kleine Fläschchen auf und hielt sich gar nicht erst mit der Pipette auf. Sie kippte gleich einen ordentlichen Schuss in den Mund, um gleich darauf angewidert das Gesicht zu verziehen. „Igitt, das ist ja Essig. Das ist so was von eklig. Ganz ehrlich, da trinke ich in Zukunft lieber keinen Wein mehr."

Nick konnte nicht mehr an sich halten. Er prustete los, da Sofia sich gar so zierte und das Gesicht verzog.

„Also, nachdem Annas Praxis immer voll ist und sie sich nicht vor Patienten retten kann, scheinen ihre Kräuterlein, Wässerchen und Kügelchen durchaus etwas zu bewirken. So schlecht kann das alles nicht sein."

„Ihre Klienten müssen jedenfalls an Farbenblindheit leiden. Die eigenwilligen, schrillen Kombinationen, die Anna trägt, kann ein normaler Mensch gar nicht aushalten, ohne sein Sehvermögen zu verlieren."

„Gut, dass ich weiß, dass sie deine beste Freundin ist und ihr beide euch innig liebt und gar nicht ohne einander könnt. Ansonsten wäre das eine Lästerattacke erster Güte. Wie sieht es aus, können wir weitergehen? Schließlich wurde ich erst vorhin von einer biestigen Kollegin darauf hingewiesen, dass wir nicht zum Spaß, sondern zum Arbeiten hier sind." Er stupste sie aufmunternd an.

„Ein Kaffee wäre jetzt ganz gut. Was meinst du, reicht die Zeit noch? Ich habe das Gefühl, es wird etwas besser. Und nein, das kommt bestimmt nicht von den Tropfen. Ganz entschieden: nein."

Mittlerweile war der Kopfschmerz nur noch minimal zu spüren, ob dank Annas Tropfen oder des Kaffees, war ihr egal. Und die frische Luft tat ein Übriges

Sofia liebte die Innenstadt im Sommer. Die fröhlichen Menschen, die vor den Cafés und Eisdielen an den bunt gedeckten Tischen auf den mittelalterlichen Pflastersteinen saßen. Die Kinder, die das Eis in der Waffel mit der Sonne um die Wette schleckten, und vor allem die verliebten Pärchen, die sich anstrahlten und den Tag in der historischen Stadt genossen.

Ja, Bamberg hatte so einiges zu bieten. Eine bewegte Geschichte, die zwar nicht immer ganz glorreich gewesen war – aber das war sie wohl in keiner Stadt, die so viele Jahrhunderte auf dem Buckel hatte. Wunderschöne historische Gebäude, die Tausende von Touristen anlockten und das ganze Jahr über durch die alten Gassen schlendern ließen. Aber auch eine gewachsene Infrastruktur mit kleinen Läden und individuellen Einkaufsmöglichkeiten. Noch gab es nur wenige große Ladenketten in der Stadt, und auch außerhalb war man – dem Himmel sei Dank, wie Sofia fand – von einem großen Einkaufscenter verschont geblieben. An jedem anderen Tag hätte sie auch BAMBERG ZAUBERT genossen, gerade weil es eine große Sehnsucht in ihr weckte. Nur zugegeben hätte sie das Nick gegenüber sicherlich nicht.

Wie gerne hätte sie jetzt frei gehabt und sich ebenso wie die vielen Besucher einfach treiben lassen. Wäre bei dem Bauchredner an der

Ecke stehen geblieben oder hätte versucht, das Geheimnis der flinken Hände des Tischzauberers zu ergründen.

Aber sie war im Dienst und musste auf fingerfertige Taschendiebe achten, die allzu leichtsinnigen Frauen in die Handtaschen greifen wollten. Gott sei Dank trugen die Leute, so wie es im Moment aussah, keine offenen Taschen mit sich herum, und auch von Kindern, die auf genau so etwas achteten, war im Moment nichts zu sehen. In den letzten Jahren gab es immer mehr organisierte Banden, die Minderjährige aus dem Ostblock darauf spezialisierten, unvorsichtige Bürger um ihr Bargeld und ihre Wertsachen zu erleichtern. Man merkte hier einfach auch die Nähe zur Landesgrenze.

Als Nick mit Sofia die große Kirche in der Fußgängerzone umrundete, standen sie auf einmal vor einem kleinen Tisch, von dem die Masse anscheinend bisher kaum Notiz genommen hatte. Hier drängte sich keine Menschenmenge wie bei den anderen Gauklern und Zauberern. Nein, sie waren sogar die Einzigen, stellte Sofia nach einem kurzen Rundumblick fest.

Die Frau, die hinter dem Tisch stand, schien das jedoch nicht weiter zu beunruhigen.

Im Gegenteil, sie wirkte erfreut, sie zu erblicken.

Ja, sie ging sogar auf Sofia zu und wollte sie bei der Hand nehmen.

„Kommen Sie“, meinte sie, „ich habe schon mit Ihnen gerechnet. Meine Karten warten auf Sie.“

„Moment“, sagte Sofia und versuchte ihre Hand aus dem Griff der Kartenlegerin zu befreien, die jedoch über erstaunlich kräftige Hände verfügte. So energisch hatte sie auf den ersten Blick gar nicht gewirkt. Hilfesuchend schaute Sofia zu Nick, der jedoch lächelnd meinte: „Komm, mach doch. Ist doch gerade keiner in der Nähe.“

„Ich bin im Dienst, und du weißt doch, dass ich von so etwas gar nichts halte.“

Sie sah der Kartenlegerin ins Gesicht und versuchte überzeugend zu wirken. „Hören Sie, das ist nichts für mich. Ich mag so einen Hokuspokus gar nicht. Das wäre nur verschwendete Zeit. Sie sollten vielleicht etwas mehr Richtung Fußgängerzone gehen, da bekommen Sie bestimmt viel mehr Zulauf. Aber ich bin die Falsche."

Die Kartenlegerin schaute auf und Sofia direkt in die Augen. Seltsam, ihre Augen wirken, als ob sie alles wüssten, das ganze Leben kennen würden, und doch sieht die Frau in ihrem Zigeunerkostüm mit ihrem Kopftuch über den wirren braunen Locken nicht älter aus als ich selbst, dachte Sofia.

Der Blick ging Sofia durch und durch, bis auf den Grund ihrer Seele. Plötzlich waren alle Geräusche der Stadt ausgeblendet, es rauschte in ihren Ohren. Selbst Nick schien nur noch verschwommen am Rande ihres Blickfeldes zu stehen. Mit einem Mal hörte sie nur noch die Stimme der Zigeunerin.

„Nein, du bist nicht die Falsche. Es ist an der Zeit, sich mit dem, was geschehen ist, auseinanderzusetzen. Denn er wartet auf dich. Sei bereit, und du wirst ihn erkennen."

Sofia erschrak, entzog ihr schnell die Hand, drehte sich um und lief, nein, sie rannte fast panisch zurück in die Fußgängerzone. Nick hatte alle Mühe, ihr zu folgen, und musste sich durch die Menschenmassen drängeln.

Die Leute waren erstaunt, wohin denn die Streifenpolizisten so eilig wollten. Hatten sie etwas verpasst? Was war passiert? Sensationslüstern die einen, ängstlich die anderen, schweiften die Blicke unruhig umher.

Endlich hatte Nick Sofia eingeholt und hielt sie fest.

„Hey, was ist denn los mit dir? Lass dich doch nicht von so einer Freizeitwahrsagerin aus dem Konzept bringen. Oder sind deine Kopfschmerzen plötzlich zurück?"

„Sorry, aber irgendwie, ach, ich weiß auch nicht. Ich hatte das Gefühl, sie kriecht in meinen Kopf und dann ... was sie gesagt hat. Es war ganz komisch."

Die Verunsicherung stand ihr ins Gesicht geschrieben. Sie versuchte das Gefühl abzuschütteln und sah Nick an.

„Komm, lass uns noch mal zurückgehen. Ich will wissen, wer das ist. Wenn sie hier an dem Festival teilnimmt, muss sie eine Genehmigung haben."

Ihre Energie kehrte zurück, sie musste etwas tun.

Zu zweit machten sich auf den Weg zurück zur Kirche.

Als sie jedoch um die Ecke bogen, stellten sie verdutzt fest, dass der Platz, an dem soeben noch der Tisch der Kartenlegerin gestanden hatte, verwaist war. Weit und breit war nichts von ihr zu sehen. Ein paar einzelne Touristen gingen an ihnen vorbei, sie waren auf dem Weg zur Innenstadt oder schon auf dem Heimweg, aber keine Spur von der mysteriösen Frau.

Sofia drehte sich im Kreis. „Das kann doch nicht sein, sie war doch eben noch hier. So schnell kann die mit ihrem Stand doch gar nicht verschwinden. Du hast sie doch auch gesehen und gehört, Nick? Ich bilde mir das doch nicht ein!"

„Klar, wir sind ja zusammen hier gestanden. Moment, Entschuldigung", wandte sich Nick an ein Pärchen, das gerade Richtung Innenstadt unterwegs war. „Haben Sie eine Frau in Zigeunerkleidung mit einem Tisch gesehen?"

Das Pärchen schüttelte den Kopf. „Okay, danke schön, viel Spaß noch."

Nick sah Sofia an. „Mit dem Tisch konnte sie unmöglich durch das Gedränge, da hätten wir sie ja auch gesehen, als wir zurückkamen."

„Einfach vom Erdboden verschluckt, das ist ja seltsam", meinte Sofia mit einem nervösen Lächeln.

Das Funkgerät an Nicks Gürtel piepste, und sie wurden zum Rathausplatz beordert. „Ja, okay, wir sind gleich da."

„Komm, Sofia. Die offizielle Galadarbietung beginnt gleich, und wir sollen dort Präsenz zeigen. Da ist gerade extrem viel los."

Sofia schüttelte leicht den Kopf und sagte wie zu sich selbst: „Ich kann doch nicht am helllichten Tag geträumt haben?"

Nick griff ihr sanft unter den Arm und zog sie mit sich. Diese Nervosität und Unsicherheit seiner Kollegin war ihm fremd. Dieser ganze Tag war Neuland für sie und ihn. Erst der Kater, und nun brachte eine harmlose Zigeunerin sie durcheinander. So kannte er sie nicht, und das beunruhigte ihn. „Pass auf, wir schauen uns jetzt noch mal ganz aufmerksam um, vielleicht hat sie ihren Tisch irgendwo abgestellt und ist auch auf dem Weg zum Rathausplatz. Und dann positionieren wir uns in der Nähe der Bühne, von da vorne haben wir den perfekten Überblick, okay?"

„Ja, gut, ähm, klar."

Gemeinsam schoben sie sich durch die Menge, aber nirgendwo entdeckten sie einen Hinweis auf die geheimnisvolle Unbekannte. Allein die Tatsache, dass seine überkorrekte Kollegin keinen Blick für das übrighatte, was in der Menschenmenge vor sich ging, zeigte Nick, wie sehr Sofia aus dem Gleichgewicht war. Normalerweise gönnte sie sich keinen Blick auf das Treiben. Ihre ganze Aufmerksamkeit galt Situationen, die ein dienstliches Eingreifen erforderten. Ablenkung von Pflichten gab es für sie nicht.

„Irgendwie hat sie dir Angst gemacht, Kleines, und das gefällt mir nicht", flüsterte Nick in Sofias Ohr. Er sah ihr prüfend ins Gesicht.

„Ja, irgendwie schon, aber ist ja eigentlich Blödsinn, oder? Das wird ihre Standardmasche sein, und durch die kurze Nacht habe ich wahrscheinlich einfach überreagiert. Schwamm drüber. Ich trinke nie mehr so viel, versprochen. Jetzt machen wir erst mal unseren Job." Sie drückte kurz seinen Arm. „Aber danke."

Sie kamen nicht allzu schnell voran, ließen ihre Blicke konzentriert durch die Menge gleiten. Aber sie konnten nicht Ungewöhnliches oder Ungesetzliches ausmachen, die Menschen hatten Spaß, genossen das Spektakel und freuten sich auf den Hauptakt, der soeben auf der Bühne angekündigt wurde. Die Polizisten schienen nicht gebraucht zu werden.

„Meine Damen und Herren, wir freuen uns, Ihnen nun den Höhepunkt von BAMBERG ZAUBERT ankündigen zu dürfen: Gleich werden Sie einen ganz außergewöhnlichen Künstler erleben, und ich kann Ihnen versichern, so etwas haben sie noch nie gesehen", sagte der Moderator und machte eine theatralische Pause. „David Sander, einer der bekanntesten, vielleicht sogar DER zeitgenössische Maler des neuen Jahrtausends wird nun auf die Bühne kommen. Es ist eine Ehre für uns, dass er sich bereit erklärt hat, hier in Bamberg etwas ganz Besonderes, eine Probe seines Könnens zu geben. Denn er ist im wahrsten Sinne des Wortes ein Kind dieser Stadt, er wurde hier geboren. Im Moment befindet er sich in seiner Konzentrationsphase und hat uns gebeten zu erklären, was er gleich demonstrieren wird. Herr Sander sitzt mit verbundenen Augen hinter der Bühne. Wie Sie sehen, stehen hier eine Staffelei und eine Palette mit Farben bereit.

Wir werden nun eine Person aus dem Publikum auswählen. Diese Person darf zu uns auf die Bühne, und David Sander wird diese Person malen. Er hat sie noch nie gesehen. Er weiß nicht, wen wir auswählen, ob Mann, Frau, ob Erwachsenen oder Kind. Und doch wird er – gewissermaßen blind – vor unseren Augen ein Porträt dieses Menschen anfertigen. Intuitives Malen mit Hilfe der Geistigen Welt nennt er das. Ich hoffe, er wird uns im Anschluss das Ganze selbst noch genauer erklären. Jetzt lassen wir uns erst einmal überraschen, welche Person heute auf die Leinwand kommen soll. Meine nette Assistentin geht gerade durch die Reihen und sucht sich jemanden aus. Ah, sie hat schon jemanden gefunden. Nicht so schüchtern. Einen großen Applaus. Ich werde nun auch keinerlei Aussagen treffen, die unserem Künstler einen Hinweis auf unser Modell geben könnten. So, bitte hier Platz nehmen. Und nun freue ich mich, den berühmten Bamberger begrüßen zu dürfen. Heißen Sie mit mir willkommen: DAVID SANDER!“

Ein großer Mann, der eher Ähnlichkeit mit einem Sportler als mit einem Maler hatte, wurde vom Kulturreferenten der Stadt auf die Bühne geführt. Er hatte breite Schultern und einen maskulinen Gang. Man merkte dem Chef des Stadtmarketings an, wie stolz er war, eine so bedeutende Persönlichkeit anmoderieren zu dürfen.

Sofia beugte sich zu Nick: „Also, ich weiß ja nicht, das klingt doch fast ein bisschen nach Humbug. Wobei: Sein Gesicht ist zwar halb verdeckt, aber das, was man sieht, ist nicht zu verachten.“

„Oh, là, là, dein Beuteschema, meine Liebe? Es scheint dir definitiv besser zu gehen.“

„Nein, das ist mir zu abgedreht, und mit Kunst habe ich nun mal gar nichts am Hut. Aber Anna wäre bestimmt hin und weg. Ein Mann, der seiner Intuition folgt und mit der Geistigen Welt verbunden ist.“ Theatralisch legte sie die Hände auf die Brust und blickte Nick mit einem tiefen Seufzer und klimpernden Wimpern an. „Schmacht! Vielleicht ist Anna ja sogar hier. Ich habe heute noch nichts von ihr gehört.“ Sofia ließ ihren Blick suchend durch die Menge gleiten.

„Vielleicht liegt sie ja mit dickem Kopf zu Hause.“

„Anna?? Im Leben nicht. Die ist garantiert heute früh putzmunter aus dem Bett gesprungen, hat meditiert und ihre Yogaübungen gemacht. Und beim nächsten Mal darf ich mir dann wieder anhören: *Das solltest du vielleicht auch mal machen.* Aber vielleicht hat sie ja ein schlechtes Gewissen, denn normalerweise hätte sie sich längst gemeldet.“

„Komm, lass uns das Ganze mal aus der Nähe betrachten“, meinte Nick und zog Sofia direkt vor die Bühne.

Mittlerweile war die Konzentration der Menge ganz bei David Sander. Er saß mit verbundenen Augen auf der Bühne – und ihm gegenüber ein Mann im Rentenalter. Vermutlich hatte seine Frau das Hemd ausgesucht, denn Sofia konnte sich beim besten Willen nicht vorstellen, dass der schüchterne und zurückhaltend wirkende Mann von selbst auf die Idee gekommen war, ein Hawaiihemd zu tragen, vor allem nicht in der Kombination mit orangefarbenen Bermudashorts. Allerdings hatte er sich offensichtlich bei den obligatorischen weißen Tennissocken zu den Sandalen durchsetzen können. Sofia bezweifelte allerdings, ob das als Sieg zu werten war.

Egal, sie lenkte ihren Blick zurück auf die eigentliche Hauptperson.

Der Künstler hatte bis jetzt kein Wort gesagt, er saß einfach nur ruhig auf seinem Stuhl. Die Anordnung von Leinwand und Farbpalette wurden ihm erklärt, und auf einmal wurde es auf dem Platz ganz still. Eigentlich ein Ding der Unmöglichkeit bei so vielen Menschen. Jeder war gespannt, was nun kommen würde. Sofia ließ ihren Blick durch das Publikum wandern, damit nicht ausgerechnet jetzt die Unaufmerksamkeit für die eigenen Habseligkeiten ausgenutzt wurde. Doch die Sorge war unbegründet, und so richtete auch sie ihr Augenmerk wieder auf das Zentrum des Geschehens.

Irgendwie hatte dieser Mann etwas an sich, das man nicht erklären, dem man sich aber auch nicht entziehen konnte. Die Szene hatte fast etwas Mystisches. Komisch, das war eine Formulierung, die in ihrem Wortschatz sonst nicht vorkam.

Sofia stupste Nick an und sagte: „Wenn ich das nicht selbst erleben würde, könnte ich es nicht glauben. So ruhig ist es hier wahrscheinlich nur nachts um vier."

David Sander saß eine Weile einfach nur da, und nach einiger Zeit begann er zu malen. Die Menge hielt den Atem an. Es gab sogar eine Kamera, die das Ganze auf einen großen Bildschirm, der auch von den hinteren Plätzen aus gesehen werden konnte, übertrug.

Nach und nach entstand das Bild eines Mannes mit einem bunten Hemd. Die Farben waren identisch mit dem Original, die Gesichtszüge konnten eindeutig dem Herrn auf der Bühne zugeordnet werden. Selbst die orangefarbenen Bermudas wurden mit einigen Pinselstrichen auf die Leinwand gebannt. Nun konnte das Publikum nicht länger an sich halten und begann zu pfeifen und zu applaudieren.

Der Moderator gratulierte Sander begeistert, während diesem nun die Maske abgenommen wurde. Er blinzelte ein paarmal ins Licht, drehte sich um und lächelte seinen neuen Fans zu. Dann schenkte er dem Modell seine Aufmerksamkeit und bedankte sich bei dem älteren Herrn, der nun ganz ehrfürchtig neben der Staffelei stand.

Nun konnte Sofia den Künstler ohne Maske sehen und sich ein echtes Urteil über sein Aussehen bilden. Bestimmt würde sie mit Anna noch über ihn und seinen Auftritt diskutieren. Er hatte eine deutliche Narbe an der linken Augenbraue, die ihn ein wenig verwegen aussehen ließ. Sein Dreitagesbart komplettierte diesen Eindruck noch.

„Herr Sander, bitte sagen Sie ein paar Worte zu Ihrer Kunst", bat ihn der Moderator.

„Vielen Dank, ich bin kein Mann der großen Worte, aber ich bedanke mich bei meinen Helfern aus der Geistigen Welt, die mich dabei unterstützt haben, meine Wahrnehmung zu schulen und auf sie zu vertrauen. Viele von Ihnen werden nun nach einem Trick suchen und können dies nicht glauben.

Ich kann Ihnen versichern, dass es keinen gibt. Aber ich möchte Sie bitten, vertrauen auch Sie auf Ihr Bauchgefühl und schulen Sie Ihre Intuition. Wenn Sie um Hilfe bitten, werden sie diese auch bekommen. Das Gemälde werde ich nun signieren, und ich möchte, dass es für einen guten Zweck versteigert wird. Ich weiß, dass es hier in Bamberg eine Stiftung gibt, die sich um Menschen kümmert, die unverschuldet in Not gerieten, Opfer von Mobbing oder sogar fälschlich verurteilt wurden. Dieser Organisation soll der Erlös zugutekommen."

Sofia schnappte nach Luft. „Was heißt hier fälschlich verurteilt?"

„Da hat er doch gar nicht so Unrecht", sagte Nick. „Das hat ja gar nicht unbedingt was mit unserem Job zu tun. Kein Grund, gleich so hochzugehen. Du weißt selbst, wie schnell man jemanden verdächtigt, und hinterher stellt es sich als Fehler heraus. Die haben dann in ihrem sozialen Umfeld große Probleme. Mobbing ist mittlerweile ein Riesenthema. Also, ich finde das gut."

„Hm." Sie brummte nur kurz. Die Ehre ihres Berufes war ihr eben sehr wichtig.

„Ich denke nicht, dass er das auf Polizisten im Allgemeinen oder uns im Speziellen bezogen hat", ergänzte Nick und stupste sie versöhnlich in die Seite.

Auf der Bühne ging mittlerweile ein Händeschütteln, Danksagen und Schulterklopfen vor sich, wie es bei solchen Aktionen üblich war. Jetzt noch die Pressefotos, und dann wird die Menge sich hier auch wieder etwas verlaufen, dachte Sofia. Auf einmal spürte sie einen intensiven Blick auf sich ruhen. Sie hob die Augen und schaute in die eines Mannes: David Sander! Sie glaubte darin zu ertrinken. Emotionen kamen in ihr hoch, die sie nicht einordnen konnte. Er schien in ihrem Kopf mit zu ihr zu sprechen, sie meinte sogar, ihn sagen zu hören: ENDLICH. WO WARST DU? ICH WARTE SCHON SO LANGE.

Sie fühlte Worte in sich aufsteigen, sie wusste nicht, woher sie kamen, und hatte zugleich das Gefühl, sie hätten schon immer zu ihr gehört und schon lange aus ihrem Inneren herausgewollt. OH MEIN GOTT, VERZEIH MIR, DAS WOLLTE ICH NICHT, ES TUT MIR SO LEID!

Im selben Moment war es, als würde der Boden unter ihr nachgeben, die Beine knickten ihr weg.

Bevor sie das Bewusstsein verlor, konnte sie aus dem Augenwinkel eine Frau sehen, die Zigeunerkleidung und ein Kopftuch auf braunen Locken trug. Sie lächelte ihr zu, drehte sich um und ging.

Kapitel 2

Nick konnte gerade noch so reagieren und die in sich zusammenfallende Sofia auffangen. Vorsichtig legte er sie auf dem Boden ab und beugte sich über sie.

Noch während er überlegte, ob er einen Notruf an die Kollegen abgeben sollte, flackerten ihre Augen, und Sofia kam wieder zu sich.

„Hey Kleines, was machst du denn für Sachen? Einfach so ohne Vorwarnung wegkippen, das geht ja gar nicht."

„Entschuldige, aber was ist denn passiert?"

Sie sah sich um, merkte, dass sie auf dem Boden lag und bemühte sich, wieder in eine aufrechte Position zu kommen.

Sofia versuchte sich zu erinnern, und plötzlich wurde ihr ganz anders, dieser Blick, ja David Sander hatte zu ihr geschaut, ihren Blick regelrecht gesucht, und dann war da diese Panik und dieses Gefühl von Erleichterung in einem, was nun genau betrachtet gar keinen Sinn machte, und schon hatte es ihr die Füße weggezogen.

„So", meinte Nick und holte sie damit aus ihren Gedanken zurück. „Zwei Möglichkeiten: Entweder ich bringe dich jetzt zum Arzt oder nach Hause. Noch hast du die Wahl, entscheide dich. Geht es dir gut genug, um nach Hause zu gehen, oder brauchst du medizinische Hilfe?"

„Blödsinn, es geht schon wieder, war wohl einfach die letzte Nacht und der Wetterwechsel. Kein Ding, hilf mir mal wieder hoch."

Plötzlich nahm sie auch die vielen Neugierigen um sich herum wahr, die sensationslüstern, aber auch mitleidig auf sie herabblickten.

„Vergiss es, weiterarbeiten lass ich dich auf keinen Fall", erwiderte Nick. „Dann also nach Hause."

Er nahm sein Funkgerät und sagte: „Hallo, Kollegen, muss mich kurz abmelden. Kollegin Sofia Welch hatte einen kleinen Kreislaufkollaps, ich bring sie jetzt erst mal nach Hause. Geht das klar? Ich melde mich, wenn ich sie abgeliefert habe. Okay, bis dann."

„Bist du wahnsinnig, wie peinlich ist das denn??? Das kannst du doch nicht über Funk sagen. Was meinst du, was ich mir bei der nächsten Schicht anhören muss?"

„Interessiert mich nicht, so, jetzt komm erst mal hoch."

Er half ihr vorsichtig auf und bat die Menschen um sie herum weiterzugehen. „Es ist alles in Ordnung. Genießen Sie Ihren Tag und passen Sie auf Ihre Taschen auf", meinte er augenzwinkernd mit Blick auf eine ältere Dame, die mit einer offenen Handtasche neugierig zu ihnen herübersah. Schnell schloss diese die offene Einladung für alle zwielichtigen Gestalten. Nicht ohne wie alle anderen weiterhin gierig auf die kleine Szene zu schauen.

Sofia brauchte einen kleinen Moment, um wieder sicher auf den Beinen zu stehen, wollte dies Nick gegenüber aber natürlich nicht zugeben.

Gott sei Dank war er ein Bär von einem Mann, dem durchaus anzusehen war, dass er regelmäßig etwas für seinen Körper tat. Seine kurzen blonden Haare und die auffallend blauen Augen schienen die eine oder andere Festivalbesucherin durchaus dazu zu animieren, einen zweiten Blick auf den Mann in Uniform zu werfen.

Er hatte im Moment jedoch nur Augen für Sofia und versuchte, sie ohne großes Aufsehen durch die Menge zu geleiten.

Als sie endlich etwas abseits des Trubels waren, nahm er sein privates Handy aus der Hosentasche.

„Wen rufst du an?", fragte Sofia misstrauisch.

„Na, wen wohl? Anna natürlich. Du glaubst doch nicht, dass ich dich jetzt alleine zu Hause lasse. Wenn ich sie nicht erreiche, bringe ich dich zum Arzt oder in die Notaufnahme. Vergiss es!", unterbrach er Sofias Versuch, ihm zu widersprechen. „Hallo, Anna. Was machst du gerade? Nichts Bestimmtes, nur im Garten liegen und die Sonne genießen? Alles klar, dann hast du jetzt etwas zu tun. Sofia ist gerade zusammengeklappt, und ich bringe sie jetzt aus der Innenstadt weg. Nein, es geht ihr besser. Allerdings lass ich sie natürlich nicht alleine zu Hause. Kannst du bei ihr vorbeikommen, ich muss nämlich zum Dienst zurück? ... Moment, ich frage sie; Sofia, zu dir in die Wohnung oder zu Anna nach Hause? Sie meint, sie hätte genau die richtige Teemischung und irgendwelche Tröpfchen oder so. Ansonsten bringt sie alles mit zu dir."

Sofia wusste, wann sie sich geschlagen geben musste. Wenn sich ihre beiden besten Freunde gegen sie verbündeten, hatte sie keine Chance. Also nickte sie ergeben, nicht ohne jedoch mit den Augen zu rollen. „Schon gut, ich gehorche ja schon. Dann bring mich erst mal zu Anna."

Von dort würde sie sich etwas leichter davonstehlen können, als Anna in der eigenen Wohnung loszuwerden, das hoffte sie zumindest.

„Hast du gehört, Anna? Ja, alles klar, wir sind so in 15 Minuten bei dir. Machen uns direkt auf den Weg, bis gleich."

Schon von Weitem sahen sie Anna auf ihrer Terrasse hin und her tigern, ganz nervös, da sie nicht genau wusste, wie es ihrer besten Freundin ging. Ihr Gefühl sagte ihr zwar, dass sie es spüren würde, wenn etwas Ernstes mit ihr wäre. Aber sie fühlte sich auch nicht so ganz unschuldig, da Sofia gestern, als sie sie in ein Taxi gesetzt hatte, wirklich nicht mehr nüchtern war, und das war eindeutig ihre Schuld. Sie hatte sich ja auch nicht einmal nach ihr erkundigt.

Sofia blieb einen Moment stehen und konnte, da Anna sie noch nicht entdeckt hatte, das Bild, das sich ihr bot, in sich aufnehmen.

Die Szene wirkte wie ein Gemälde, das kleine Häuschen, mit dem Fachwerkgebälk, der farbenfrohe Garten mit den leuchtenden Blumen und den duftenden Kräuterbeeten, der der ganze Stolz seiner Besitzerin war, die Hollywoodschaukel, die auf der Terrasse zum Träumen einlud – und die in ein buntes, fließendes Sommerkleid gehüllte Anna mit ihren kurzen roten Haaren und den großen Kreolen, die ängstlich die Arme um sich selbst geschlungen hatte. Sie sah aus wie eine Elfe.

Ja, das war Annas Paradies, und Sofia wusste, gleich würde es ihr besser gehen. Insgeheim war sie nun doch froh, dass Nick so hartnäckig gewesen war.

Im selben Moment entdeckte Anna die beiden und stürmte auf sie los, wobei sie Nick fast zur Seite stieß, um schnell ihre Freundin in den Arm schließen zu können.

Nick betrachtete die ungleichen Frauen, froh, dass Anna sich jetzt um seine Partnerin kümmerte. Er hatte sich seltsam überfordert gefühlt, so kannte er die toughe Sofia gar nicht. Normalerweise war sie durch nichts zu erschüttern, und während ihrer gemeinsamen Zeit im Streifendienst war sie, seiner Erinnerung nach, auch noch nie krank gewesen.

Sie war das Pflichtbewusstsein in Person, die ihn an seinen schlechten Tagen eher mal deckte und seine Parts mit übernahm, wenn er am Tag vorher einen draufgemacht hatte.

Als sein Funkgerät sich meldete, wandte er sich ab. „Ja, ich habe die Kollegin gerade abgeliefert. Nein, sie wird heute nicht mehr einsatzfähig sein. Okay, was ist? Soll ich dann aufs Revier oder, ach, in Ordnung. Dann holt mich doch bitte hier ab. Bin in der Gartenstadt, Mittelstraße, Ecke Spitalstraße. Alles klar. Ich warte hier vorm Haus."

Fragend sah er Anna an. „Kein Thema, geh du nur, ich kümmere mich jetzt um sie", sagte sie und wollte mit Sofia ins Haus.

„Moment noch", hielt Nick sie auf.

„Geh doch schon mal rein, Sofia, ich komme gleich", sagte Anna.

Leicht schwankend betrat Sofia das Haus. Nick wartete, bis er sicher war, dass sie nicht mehr hören konnte, was er sagte.

„Du, Anna, irgendwas war komisch heute. Klar, sie war nicht ganz fit, das dürfte dir ja bekannt sein. Aber dann haben wir auf BAMBERG ZAUBERT eine Zigeunerin, so eine Wahrsagerin, getroffen. Sie hat irgendwas zu Sofia gesagt und ihr damit richtig Angst gemacht. Und du weißt, so leicht lässt sie sich nicht verunsichern. Hak da mal nach. Was auch seltsam war: Als wir die Wahrsagerin kurz darauf noch mal gesucht haben, war die Gute wie vom Erdboden verschwunden."

„Eine Wahrsagerin, sagst du? Komisch, im Leben hätte ich nicht gedacht, dass Sofia freiwillig näher als zehn Meter in die Nähe einer Wahrsagerin kommen würde. Das ist doch gar nicht ihr Metier. Echt komisch. Du Nick, ich danke dir. Ich geh jetzt besser mal rein und schau nach ihr. Sie drückte ihm noch einen Kuss auf die Wange und eilte ins Haus.

Nick sah, dass die Kollegen, die ihn abholen sollten, gerade in die Straße eingebogen waren. Fast hatte er ein schlechtes Gewissen, dass er so erleichtert war, die Verantwortung für Sofia abgegeben zu haben.

Auf dem Weg zurück zum Haus hielt Anna kurz vor der Tür inne und atmete tief durch. Sie schloss kurz die Augen und dann öffnete sie betont sorglos die Tür und ging lächelnd auf Sofia zu, die leicht vornübergebeugt auf einem Küchenstuhl saß.

„Du Anna, es tut mir leid. Nick hat übertrieben. Es geht mir gut, und ich mach mich dann mal auf den Heimweg. Ich dachte nur, er würde sonst keine Ruhe geben. Deswegen habe ich zugestimmt, erst mal zu dir zu fahren."

„So, du meinst, alles ist gut. Dann komm doch mal mit", sagte Anna und zog Sofia in den Flur vor einen großen Spiegel.

„So, schau dich mal an. Ich habe dich noch nie so aufgelöst gesehen. Und das will was heißen. Schließlich kennen wir uns seit der 5. Klasse und haben so einiges miteinander erlebt."

Sofia sah ihr Spiegelbild und erkannte sich selbst fast nicht.

Ihre Augen waren riesengroß, sie sah regelrecht verschreckt aus. Ihre Blässe hätte einer Geisha Konkurrenz gemacht. Und als sie mit der Hand an ihre Wangen griff, wie um sich zu vergewissern, dass das wirklich sie selbst war, bemerkte sie ein leichtes Zittern ihrer Hände. Schnell zog sie diese zurück und sah Anna an.

„Anna, ich weiß nicht, was los ist. Ich kenne mich selbst nicht wieder. So bin ich doch nicht. Mich bringt doch nichts aus der Fassung. Hast du vielleicht einen Kaffee für mich?" Ihre Stimme war fast tonlos.

„Besser nicht, gleich nach Nicks Anruf habe ich einen Melissen Tee aufgesetzt. Der ist jetzt perfekt. Und riech doch mal, extra Lavendelöl für dich in der Duftlampe. Jetzt zieh schon deine Jacke aus und mach es dir auf der Eckbank gemütlich. Ich habe auch schon das Reinigungs- und Schutzspray bereitgestellt, so, das wird jetzt gleich wirken. Ich hol dir den Tee, und dann erzählst du mal."

Sofia ging mit in die Küche und nahm Platz. Es beruhigte sie ungemein, Anna bei ihren routinierten Bewegungen in der Küche zuzuschauen. Es war wie ein Ritual, das Anna mit absoluter Selbstverständlichkeit praktizierte.

Gleich würde es ihr besser gehen. Anna drehte sich um und meinte: „Zieh doch mal aus der Schale mit den Essenzen eine und nimm gleich ein paar Tropfen auf die Zunge. Zeig mal, okay, LICHT, sehr gut. Schau nicht so kritisch und sei brav. Erkläre ich dir später."

Leicht unwillig tat Sofia wie ihr geheißen, für die sonst übliche Gegenwehr, der ein cooler Spruch folgte, war sie einfach zu schwach und verwirrt. Sie schien verdrängt zu haben, dass sie erst vor einer guten Stunde Stein und Bein geschworen hatte, dergleichen nie mehr einzunehmen. Nicht einmal über den Essiggeschmack beschwerte sie sich. Ein weiteres Zeichen für Anna, dass etwas ganz und gar nicht stimmte.

Als sie mit den Tassen zum Tisch ging, meinte Sofia: „Spätestens jetzt, wenn ich deine Farbkombination sehe, bin ich wieder hellwach. Vielleicht hat mich auch dieses kunterbunte Design so geschockt, dass ich völlig durcheinander bin?" Sie versuchte zu grinsen, was aber gründlich misslang.

„Lenk mal nicht von dir ab. Und abgesehen davon, hast du mal gesehen, wie viele Farben eine Blumenwiese hat? Und egal, wie bunt mein Outfit ist, die Natur hat immer schon alle Farben miteinander kombiniert, und das ist mein Vorbild. Also gut, meine gepunkteten Kniestrümpfe in Grün-Lila sind dazu vielleicht etwas gewagt, aber mir gefallen sie irgendwie zu dem Batikkleid, das ich übrigens selbst gemacht habe, also Vorsicht!"

Sie setzte sich zu Sofia an den Tisch, nahm ihre Hand und ermutigte sie mit einem aufmunternden Blick, mit dem Erzählen zu beginnen.

„Also, wo fang ich an, na ja, der ganze Tag war schon nicht der Bringer. Dass ich mit einem dicken Kopf aufgewacht bin, dürfte dich ja wohl nicht verwundern. Ach, danke noch mal für die Tropfen, die du mir vorsorglich mitgegebenen hast. Sie schmecken scheußlich, genau wie diese eben."

„Gut, dass du sie gefunden hast. Ich habe dir gestern noch ganz eindringlich geraten, sie in deine Jackentasche zu stecken, damit du sie findest und auch im Dienst dabei hast. Aber ich war mir nicht ganz sicher, wie aufnahmefähig du noch warst, als ich dich ins Taxi gesetzt habe."

„Das habe ich anscheinend noch gemacht. Dann war es morgens beim Fertigmachen für die Arbeit halt etwas hektisch, und auf dem Revier war alles wie immer. Nick und ich mussten dann in die Innenstadt wegen BAMBERG ZAUBERT. Wir sind so durch die Massen gelaufen, und hinter der Kirche in der Fußgängerzone war auf einmal niemand mehr. Nur eine Frau in einem Zigeunerkostüm, du weißt schon, mit so wallenden Röcken und einer Bluse mit so einem Carmenausschnitt. Sie hatte braune, wirre Locken und ein Kopftuch reingebunden. Sie stand ganz alleine hinter einem Tisch, auf dem ihre Karten lagen, und wartete offenbar auf Touristen." Sofia überlegte kurz. „Aber das stimmt eigentlich so nicht, ich glaube, sie wartete auf mich." Sofia lächelte nervös und sah Anna mit großen Augen an.

„Wie meinst du das? Kanntest du sie?"

„Nein, das nicht, aber sie nahm mich an der Hand, also sie griff richtig nach mir, und dann schaute sie mich an, und weißt du, ihre Augen, die waren so, als ob sie alles wüssten, vom Leben und so." Sie sah die Freundin verwundert an. „Die waren schon so alt, aber sie selbst war nicht älter als wir. Oh, Mann, ich weiß, dass das total bescheuert klingt. Aber dann sagte sie etwas zu mir, und das versteh ich überhaupt nicht. Es hat mich aber irgendwie getroffen und so aus dem Konzept gebracht, dass ich mich losgerissen hab und weggelaufen bin. Sie sagte, es sei Zeit, und ich müsse mich damit auseinandersetzen. Er würde auf mich warten, und ich solle bereit sein, dann würde ich ihn erkennen.

Ich kann gar nicht glauben, dass ich so etwas sage und auch noch überlege, ob ich das auch so meine."

Während der letzten Worte war Sofia aufgestanden und zum Fenster gegangen, um hinauszuschauen. Nun drehte sie sich um.

„Du kennst mich, du weißt, dass ich an Übersinnliches und Esoterisches nicht glaube. Schließlich versuchst du schon lange genug erfolglos, mich davon zu überzeugen, dass es mehr gibt im Leben. Ich habe Nick gefragt, ob ich geträumt habe, aber er meinte, er sei ja dabei gewesen und habe das auch alles gesehen und vor allem gehört. Wir sind dann gleich noch mal zurück, aber jetzt kommt das Kuriose: Sie war wie vom Erdboden verschluckt. Niemand außer uns beiden hatte sie gesehen. Einfach weg."

Sie setzte sich wieder zu Anna, die sie in den Arm nahm.

Sofia befreite sich und sah ihre Freundin an. „Das ist aber noch nicht alles, Anna. Es wird noch mysteriöser. Wir gingen dann zum Rathausplatz. Dort wurde ein David Sander als Hauptakt angekündigt, und wir sollten aufpassen und die Augen offen halten. Sagt dir der Name was?"

„Aber sicher, ich habe oben in meinem Schlafzimmer doch dieses tolle Bild mit den Engeln und dem Universum, ist zwar nur ein Druck, seine Originale sind unbezahlbar, aber es ist ein Sander. Ich liebe es. Es inspiriert mich bei meiner morgendlichen Meditation. Oh mein Gott, das habe ich ganz vergessen. Stimmt, er sollte heute auf der Bühne demonstrieren, wie er, geleitet von der Geistigen Welt, ein Bild malt. Ich wollte dort unbedingt hin und habe es komplett vergessen. Mist. Aber du warst da, stimmt's? Wie war er? Ich bete ihn an. Er ist eine faszinierende Persönlichkeit, oder?"

Anna war ganz aufgeregt, die Worte sprudelten nur so aus ihr heraus. Sie strahlte Sofia an, fast als hätte sie den ernsten Hintergrund der Erzählung vergessen.

„Na ja, ich kannte ihn auf jeden Fall nicht. Nick und ich haben bei seiner Demonstration des intuitiven Malens mit Engeln oder so zugeschaut. Er hatte schon was Faszinierendes, das muss ich zugeben. Kannst du dir vorstellen, die Menge war still, echt richtig still, und hat wie gebannt auf die Bühne geschaut. Sie hatten so einen älteren Herrn mit Hawaiihemd als Probanden ausgewählt. Es war kein Passbild, aber er hat mit verbundenen Augen eindeutig diesen Mann auf die Leinwand gemalt." Sofia machte eine Pause und überlegte, wie sie den Rest erzählen sollte.

Dann fuhr sie kopfschüttelnd fort: „Aber das meinte ich gar nicht, Anna. Er sah mir auf einmal direkt in die Augen, und ich schwöre, er hat die Lippen nicht bewegt. Nick hat es nicht bemerkt, aber David Sander hat mit mir gesprochen. In mir drin habe ich ihn gehört, und ...", sie stockte kurz und flüsterte, „und ich habe ihm geantwortet."

„Was hat er gesagt? Sofia, erzähl es mir, du weißt, ich glaube dir."

„Er sagte *Endlich,* und dass er schon so lange auf mich gewartet hat. Ich schwöre dir, ich habe ihn noch nie gesehen, ich wusste ja nicht einmal, dass er existiert. Und dann war da in mir eine Sehnsucht und eine Traurigkeit, mein Gott, ich spüre es immer noch. Am liebsten wäre ich gleichzeitig weggerannt und auf ihn zu, um mich in seine Arme zu werfen. Total verrückt. Und dann, ganz ehrlich, hatte ich das Gefühl, ich hätte ihm geantwortet, einfach so in Gedanken, und er hat es gehört. Ich sagte, er solle mir verzeihen, es tue mir so leid. Keine Ahnung, woher diese Worte kamen. Wie tief aus mir heraus. Und dann weiß ich nichts mehr, alles wurde schwarz. Als ich die Augen wieder öffnete, waren lauter Gesichter über mir, und der gute Nick hat mich besorgt angeschaut. Oh Anna, werde ich jetzt verrückt? Sag, dass es der Restalkohol war, bitte. So etwas ist doch nicht möglich?"

Anna nahm Sofia bei der Hand und zog sie mit sich in ihr Schlafzimmer. Sie deutete auf ein wunderschönes Bild an der Wand. Sofia konnte den Blick gar nicht mehr davon abwenden. Eigentlich machte sie sich nichts aus Bildern, die nicht gegenständlich waren. Aber hier hatte sie das Gefühl, in das Bild hineingezogen zu werden. Diese Farben erzeugten in ihr einen Strudel, Emotionen kamen in ihr hoch, und mit einem Mal wurde sie ganz ruhig.

Tiefe Ruhe und Frieden breiteten sich aus, und sie hatte das Gefühl, das Bild und sein Schöpfer würden sie verstehen.

Anna sah sie an. „Ich glaube dir jedes Wort. Dieser David Sander spricht eine Ebene an, der man sich nicht entziehen kann. Selbst du, die so etwas grundsätzlich leugnet und für Humbug hält, spürst es. Es ist nicht von dieser Welt. Meine ehrliche Meinung, Sofia? Ich glaube dir, dass es genau so gewesen ist, wie du es erzählt hast. Aber du musst es auch glauben. Was hältst du davon, wenn wir morgen nach deinem Dienst ... du hast doch Dienst, oder?"

Sofia nickte „Ja, Frühschicht."

„Gut, nach deinem Dienst suchen wir diesen Sander auf und fragen ihn einfach, ob er dasselbe erlebt hat. Ich werde in Erfahrung bringen, in welchem Hotel er abgestiegen ist. Was hältst du davon?"

„Ich weiß gar nicht, ob ich das will. Aber vielleicht wäre es wirklich gut, Klarheit in die Sache zu bringen. Ja, doch, ich glaube, das wäre gut. Es gibt bestimmt eine logische Erklärung. Danke, dass du mich nicht im Stich lässt. Aber erzähl Nick nichts davon. Sonst liefert er mich noch ein. Erst die Zigeunerin, und dann auch noch Stimmen hören. Moment, warte mal, da war noch was. Ich krieg es grad nicht zu fassen ... Doch, kurz bevor ich in Ohnmacht fiel, habe ich sie noch mal gesehen, die Zigeunerin, meine ich. Sie stand einfach da und hat mich angelächelt, und dann war ich weg, also, mir wurde schwarz vor Augen."

„Auch wenn du jetzt lachst, meine Liebe, ich werde heute Nacht versuchen, dem Ganzen bei einer Meditation nachzuspüren. Vielleicht bekomme ich einen Hinweis."

„Nach Lachen ist mir nun wirklich nicht zumute."

„Komm, ich bring dich jetzt nach Hause, und dann schläfst du eine Runde. Wir nehmen noch einen Tee mit, danach schlummerst du wie ein Baby, und gegen Mittag telefonieren wir, wo wir uns wegen David Sander treffen."

„Ja, Mama", grinste Sofia, „deckst du mich dann noch zu?"

„Aber nur, wenn du dir auch brav die Zähne geputzt hast", lachte Anna.

Sie umarmten sich, und die große blonde Frau sah die kleine Rothaarige an. „Was würde ich nur ohne dich tun? Es geht mir schon wieder viel besser. Ich hab dich lieb."

„Ich dich auch. Und übrigens, die Essenz, die du gezogen hattest, LICHT, sie hat etwas mit Angst vor dem Jenseitigen zu tun, und damit, dass man sich alleine gelassen fühlt."

Kapitel 3

Montag

Als Sofia am nächsten Morgen erwachte, fühlte sie sich wie neugeboren. Die Erlebnisse des letzten Tages kamen ihr auf einmal sehr unwirklich vor.

Als sie beim Zähneputzen in den Spiegel sah, überlegte sie, ob es real war oder ob sie einfach geträumt hatte. Vielleicht hatte der Kater ihre Wahrnehmung getrübt. Ihr Blick fiel auf die Tropfenflasche, die sie am Tag vorher von Anna gegen den Kater bekommen und aus ihrer Jackentasche genommen hatte.

Und auf einmal hatte sie die Lösung.

Alles war gut.

In den Tropfen war einfach etwas drin, das das alles ausgelöst hatte. Wer weiß, was ihre kleine Kräuterhexe Anna da alles hineingetan hatte. Am Ende hatte irgendetwas bei ihr eine ähnliche Wirkung wie bewusstseinserweiternde Substanzen. Und heute hatte ihr Körper alles wieder abgebaut, und sie war wieder die Alte. Man las ja immer wieder von diesen Dingen, und beruflich hatte sie auch oft genug damit zu tun. Aber bisher hatte sie noch keine persönlichen Erfahrungen damit gemacht und konnte es deshalb auch gestern nicht einordnen.

Also, alles gut. Sie war nicht dabei durchzudrehen, hörte keine Stimmen, nein, sie hatte einfach die Tropfen nicht vertragen. Da konnten sie sich den Gang zu diesem Sander sparen, sie machte sich doch nicht lächerlich!

Auf dem Weg in die Küche griff sie gleich nach dem Handy, um Anna eine Sprachnachricht zu schicken. Auf dem Display sah sie, dass Nick gestern noch auf ihre Mitteilung, dass sie heute wieder ganz normal zum Dienst kommen würde, geantwortet hatte.

„Nur, wenn du ganz fit bist. Aber ich freu mich, wenn du morgen da bist. Gruß Nick."

Ach, der gute Nick!

So, jetzt zu Anna. „Guten Morgen, meine Liebe. Ich hab sehr gut geschlafen. Aber du, das mit dem Sander können wir streichen. Ich weiß jetzt, was los war. Anscheinend habe ich deine Tropfen nicht so richtig vertragen. Kann es sein, dass da gewisse Kräuter, die nicht ganz legal wären, enthalten sind? Bei mir hat es auf jeden Fall so gewirkt. Also, viel Spaß heute. Melde mich am Abend mal. Drück dich. Ach, danke noch mal für gestern, aber jetzt bin ich wieder ganz die Alte, dein Tee war super, und du bist es sowieso."

So, jetzt aber flott zum Dienst, dachte Sofia. Schnell zum Kleiderschrank, ach Mist, da liegt ja noch die Uniform. Die darf ich nicht vergessen. Bin ja gestern nicht mehr zum Umziehen im Revier gewesen.

Rasch packte sie alles ein, schlüpfte in die Highheels, trank ihren Kaffee aus und verließ die Wohnung. Freiwillig hätte sie auf dem Weg zur Arbeit nie die Dienstkleidung angezogen. Das musste ja nun wirklich nicht sein.

Als sich Sofia später in den Besprechungsraum begab, hatte sie schon eine Odyssee hinter sich: Mitgefühl der Kollegen, wo sie ging und stand. Jeder hatte sich anscheinend Sorgen gemacht, da sie sonst nie ausfiel. Das war ihr sehr unangenehm, aber irgendwie fand sie es auch ganz lieb, und es schmeichelte ihr, dass sie offenbar so beliebt war.

Auf dem Flur begegnete sie einem kräftigen, untersetzten Mann mit einem runden roten Gesicht, der ihr irgendwie bekannt vorkam, aber sie kam nicht darauf, woher. Es konnte ebenso der lästige Staubsaugervertreter sein, der sie vor einem Jahr genervt hatte, wie einer der Wachtturm verkaufenden Zeugen Jehovas, die die Innenstadt von Zeit zu Zeit bevölkerten.

Sein gönnerhafter Blick wirkte nicht ehrlich und ziemlich überheblich. Sofia nickte ihm höflich grüßend zu und hatte auf einmal leichte Gänsehaut. Die Augen des Mannes waren tiefschwarz und kamen ihr auf einmal vor wie ein Höllenschlund, in den man hineingezogen wurde. Absoluter Blödsinn. Sie schüttelte sich, als könnte sie damit auch seinen Blick loswerden.

Vielleicht war es ja auch jemand vom Finanzamt, das würde ihr Unbehagen erklären. Denn auch wenn sie immer brav und pünktlich ihre Steuererklärung abgab, hatte sie ein konstant schlechtes Gewissen, etwas falsch zu machen. Sie war regelrecht erleichtert, als sie inmitten ihrer Kollegen stand und sich auf einmal sicherer fühlte. Sie stellte sich zu Nick, der sie fragend ansah. „Und, wieder alles gut?"

„Ja, alles gut. Erzähl mal, habe ich was verpasst gestern? Irgendwie sind gerade alle so eifrig?"

„Unser bester Freund, Staatsanwalt Lukas Heller, oder vielmehr dein bester Freund, kommt gleich vorbei", sagte er mit einem anzüglichen Grinsen.

Die seufzte tief: „Du weißt genau, dass da nichts ist. Das bildest du dir nur ein. Er ist nur einfach freundlich zu mir. Ich habe auf jeden Fall kein Interesse."

„Du vielleicht nicht, aber das merkt doch jeder hier, dass er ein Auge auf dich geworfen hat."

Sofia gab ihm einen kräftigen Stoß in die Rippen, denn im selben Moment ging die Tür auf, und der Staatsanwalt eilte geschäftig herein. Sofia musste ja zugeben, Lukas Heller machte durchaus etwas her. Der Anzug stand ihm hervorragend, er strahlte Männlichkeit und Erfolg aus. Sein markantes Gesicht wurde von leicht gewellten braunen Haaren umrahmt, und man konnte durchaus sagen, dass er eine Augenweide war. Es gab Kolleginnen, die ihm bei einem Betriebsausflug zu fortgeschrittener Stunde und unter kräftigem Alkoholeinfluss schon vorgeschlagen hatten, er könne doch nebenher als Model arbeiten. Woraufhin der seriöse Staatsdiener jedoch nur tadelnd eine Augenbraue hochzog. Nein, Humor war nicht seine Stärke.

Vielleicht war das auch mit ein Grund, warum Sofia sich in seiner Nähe immer etwas unwohl fühlte.

Klar hatte sie gemerkt, dass er ihre Anwesenheit in der Dienststelle suchte, aber ihr war das unangenehm, und sie versuchte ihm eher aus dem Weg zu gehen.

Im Besprechungszimmer informierte Lukas Heller die Beamten über den Anlass seines Besuchs.

„Guten Morgen. Heute geht es um eine sehr delikate Angelegenheit. Dem einen oder anderen von Ihnen wird der Name David Sander etwas sagen."

In Sofias Kopf begann es zu rauschen, das konnte nicht sein, schon wieder er! Sie versuchte den Worten des Staatsanwaltes zu folgen.

„Für alle anderen habe ich hier ein paar kurze Infos. Er ist einer der bekanntesten zeitgenössischen Künstler weltweit. Seine Bilder haben einen Wert im hohen fünfstelligen Bereich und darüber.

Sanders Vorfahren kommen aus Bamberg, er wurde hier geboren. Deswegen ist er der Einladung der Stadt gefolgt und hat gestern auf BAMBERG ZAUBERT eine Live-Performance zugunsten eines guten Zweckes gegeben. Damit kommen wir nun auch zum Grund meines Besuches. Gestern bekamen wir eine Anzeige wegen Betrugs gegen David Sander herein. Diese Anzeige ging von keinem anderen als dem Erzbischof aus. Ich muss wohl nicht erwähnen, mit welcher Vorsicht wir in dieser Sache vorgehen müssen. Der katholische Würdenträger ist der Meinung, dass Sander einige Personen aus dem Publikum bestochen haben muss, um die Wahl des Probanden zu beeinflussen, und dass ihm dann auch noch weitere Informationen zugekommen sein müssen, auf welchem Wege auch immer. Und als er dann von *geistiger Welt* sprach, interpretierte der Bischof das als Angriff auf die katholische Kirche. Er war soeben noch einmal persönlich hier, um sich davon zu überzeugen, dass die Staatsanwaltschaft sich angemessen damit beschäftigt. Was ich ihm selbstverständlich zugesichert habe. Auch wenn das alles absolut weit hergeholt ist und eigentlich keiner Anzeige standhält, dürfen wir nicht außer Acht lassen, wer dahintersteht. Wir werden also den Eindruck erwecken, geschäftig zu ermitteln, um ihn zu beruhigen. Wer von Ihnen hatte gestern Dienst am Rathausplatz?“

Nick meldete sich: „Kollegin Sofia Welch und ich. Wir standen direkt an der Bühne. Also, meiner Meinung nach sah alles korrekt aus. Er hatte die Augen verbunden. Der Proband wurde willkürlich ausgewählt. Es hatte auch nicht den Anschein, dass etwas abgesprochen war. Im Gegenteil, der Mann schien eher unglücklich über die Ehre, ausgewählt worden zu sein. Allerdings waren wir auch nicht darauf fokussiert zu beobachten, ob alles mit rechten Dingen zugeht. Wir hatten ja vor allem die Zuschauer im Blick wegen möglichen Taschendiebstählen. Das Ganze wurde übrigens auch gefilmt und auf einer großen Leinwand übertragen. Vielleicht hat man diese Aufnahmen aufgezeichnet?“

Sofia wurde es bei den Worten des Staatsanwaltes ganz mulmig. Der Erzbischof war das eben gewesen, richtig! Bei dem hätte sie nicht zur Beichte gehen wollen. Vor allem aber fragte sie sich, ob der gestrige Albtraum denn gar kein Ende nehmen wollte. Das konnte doch nicht wahr sein! Gerade hatte sie das Kapitel David Sander für sich abgeschlossen, und nun verfolgte es sie sogar bis in den Dienst. Gut, dass Nick eben nichts von ihrem Zusammenbruch erzählt hatte, auf ihn war halt Verlass.

Lukas Heller sah Sofia und Nick an. „Nun, nachdem Sie beide vor Ort waren, werden Sie mich begleiten. Ich möchte so wenig Aufsehen wie möglich erregen, deswegen werden wir Herrn Sander in seinem Hotelzimmer aufsuchen. Negativpresse können wir ebenso wenig gebrauchen wie die anderen Beteiligten. Ich hoffe nur, der gute Bischof hält sich auch daran, die Sache diskret zu behandeln, da bin ich mir nämlich nicht so sicher. Aber ich habe schon den Bürgermeister auf ihn angesetzt, der wird ihn erst mal besänftigen und ihm versichern, dass wir dem Ganzen nachgehen. Gut, also, David Sander residiert im Grand Hotel. Frau Welch, Herr Gruber, wir nehmen meinen Wagen und fahren in die Tiefgarage des Hotels. Wie gesagt, so wenig Aufsehen wie möglich. Wir erkundigen uns vorab kurz, ob er gerade im Hotel ist und welche Zimmernummer er hat. Herr Gruber, kümmern Sie sich bitte darum? Frau Welch, Sie können gleich mitkommen."

Unglücklich sah Sofia zu Nick hinüber. Anders herum wäre es ihr lieber gewesen. Nick grinste kurz entschuldigend und ging zu seinem Schreibtisch, um sich um die nötigen Informationen einzuholen.

Der Staatsanwalt fasste Sofia am Arm und zog sie Richtung Ausgang.

„Alles gut, liebe Sofia? Sie sind etwas blass. Ich habe gehört, sie mussten gestern vorzeitig nach Hause, da es Ihnen nicht gut ging? So kenne ich Sie gar nicht. Wieder alles in Ordnung?"

„Danke der Nachfrage, aber das war vielleicht der Wetterumschwung. Alles in Ordnung."

Sie sah sich nach Nick um, der sie Gott sei Dank schon fast eingeholt hatte.

Leider hielt Heller ihr lächelnd die Beifahrertür auf, aber mit einem Blick auf Nick meinte sie: „Nick hat viel längere Beine, ich setz mich mal nach hinten."

Nick grinste und nahm das Angebot an. Er wandte sich an den Staatsanwalt. „David Sander logiert in der Luxussuite und hat das Hotel heute noch nicht verlassen. Wir müssten ihn dort antreffen. Also kein Problem. Ich habe mich erkundigt, der Aufzug fährt von der Tiefgarage direkt in den obersten Stock, in dem sich die Suite befindet."

Während der Fahrt überlegte Sofia hin und her, ob es irgendeine Möglichkeit gab, um sich auszuklinken. Was soll's, dachte sie dann, so kann ich mir wenigstens gleich beweisen, dass ich einfach gestern nicht ganz bei mir war, nichts war real, ich verhalte mich ganz professionell und mache meinen Job.

Sie atmete tief durch, als sie in der Tiefgarage aus dem Auto stieg, und folgte Lukas Heller zusammen mit Nick.

„Sie beide überlassen das Ganze bitte mir, aber achten Sie auf seine Reaktionen, ob er irgendwie gestresst wirkt oder nervös wird. Nicht, dass wir doch etwas übersehen. Alles andere regle ich."

„Selbstverständlich, Herr Staatsanwalt", bestätigte Nick, während Sofia nur mit dem Kopf nickte.

An der Tür zur Suite angelangt, klopfte Heller bestimmt an und wartete ab. Die Tür öffnete sich, und Sofia schob sich unwillkürlich ein wenig hinter Nick, denn trotz allem war sie nervös. Am liebsten wäre sie unsichtbar gewesen.

„Ja, oh Polizei, ist etwas passiert? Kann ich etwas für Sie tun?“, fragte Sander.

„Staatsanwalt Heller, das sind die Kollegen Welch und Gruber, dürfen wir kurz hereinkommen? Wir hätten ein paar Fragen an Sie.“

„Selbstverständlich.“ Der Künstler bat sie mit einer Geste herein.

Sofia sah sich diskret um. In diesen Raum passte ihre Wohnung zweimal rein, und eine solche Einrichtung kannte sie sonst nur aus den Zeitschriften, die über die Häuser der Stars berichteten.

Sie vermied es, Sander anzublicken und sah bewusst in die andere Richtung.

Aber da ging der Maler schon auf Nick und sie zu, reichte Nick die Hand und meinte: „Darf ich mich vorstellen, David Sander.“

„Nick Gruber, und das ist meine Kollegin Sofia Welch.“

Nun blieb ihr natürlich nichts anderes übrig, als aufzusehen und ihm die Hand zu reichen.

„Herr Sander“, sagte sie. Er nahm ihre Hand, und wieder hatte sie das Gefühl, dass die Zeit stehen blieb, es rauschte in ihren Ohren, und als sich ihre Blicke trafen, hatte sie das überwältigende Empfinden des Ankommens, und gleichzeitig wollte sie sich losreißen und die Flucht ergreifen. Sie hatte Angst, wieder umzufallen. Bitte, bitte, dachte sie, alles, nur das nicht! Nicht jetzt, und vor allem nicht hier.

Jegliches Zeitgefühl schien verloren zu gehen. Erst als Nick sich räusperte und sie fragend anstupste, löste sie ihre Hand aus seiner und trat einen Schritt zurück.

Lukas Heller sah alarmiert zwischen Sofia und David Sander hin und her.

„Kennen Sie sich bereits?“

„Nein“, meinte Sander „ich hatte eben das erste Mal das Vergnügen, Ihrer reizenden Kollegin vorgestellt zu werden.“ Das war ja auch nicht gelogen, dachte Sofia. Schließlich hatte die Unterhaltung ja auch nur in ihrem Kopf stattgefunden.

Im selben Moment ging eine Tür auf und eine sehr elegante Dame, schätzungsweise Mitte 30, teuer gekleidet, perfekt geschminkt, mit einem sehr schicken, lackschwarz glänzenden Bob, betrat den Raum. Nein, sie schwebte geradezu in das Zimmer. Ihre Größe von schätzungsweise nicht einmal 160 cm glich sie mit schwindelerregend hohen Pumps aus.

„*Mon ami*, du hast Besuch, davon wusste ich ja gar nichts. Da hätte ich mich gleich etwas besser zurechtgemacht."

Die tiefe, rauchige Stimme mit dem unverkennbar französischen Akzent passte zu ihr. Wie aus einem alten Schwarz-Weiß-Film, dachte Nick.

Puh dachte Sofia, noch besser zurechtgemacht? Ein Ding der Unmöglichkeit!

„Darf ich vorstellen, Adele Grillet, eine bekannte Galeristin und große Förderin meiner Werke. Staatsanwalt Heller und die beiden Beamten Welch und Gruber."

Sofia und Nick wurden mit einem abschätzigen Kopfnicken bedacht, das sie erwiderten, während sie Lukas Heller eine Hand zum Kuss entgegenreichte, die er leicht irritiert nahm und pflichtschuldigst einen Handkuss andeutete.

„Adele, du kannst einstweilen in die Galerie gehen, ich werde mich melden, sobald ich mit den Beamten geklärt habe, was ihr Anliegen ist", schlug Sander vor und geleitete eine leicht unwillige Madame Grillet zur Tür hinaus.

„Sehr geschickt", meinte Nick zu Sofia, „die Grande Dame wäre vor Neugier fast geplatzt und viel lieber hiergeblieben, auch um ihr Schätzchen vor jemandem wie dir zu schützen. Apropos, was war das denn vorhin für eine Aktion zwischen euch beiden? Dem Heller ist bei eurer Begrüßung fast die Kinnlade heruntergeklappt."

Gott sei Dank kam in diesem Moment David Sander zurück, und Sofia blieb die Antwort erspart.

„Bitte setzen Sie sich doch. Möchten Sie etwas trinken?“ Als alle drei verneinten, fragte er, wie er Ihnen denn nun weiterhelfen könne.

Sofia hatte das Gefühl, er vermied nun absichtlich den Blickkontakt mit ihr, um sie nicht unnötig zu verwirren.

Er konzentrierte sich ganz auf Lukas Heller, der ihm den Grund ihres Besuchs erklärte. Sofia hörte das Gespräch nicht wirklich, es war wie ein entferntes Rauschen, das außerhalb ihrer Wahrnehmung stattfand. Sie war nur auf sein Profil fokussiert und hoffte, er möge sie jetzt bitte nicht anschauen und aus dem Konzept bringen. Wo kann ich ihn vorher schon mal gesehen haben? Sie konnte sich definitiv nicht erinnern. Vielleicht in einer Klatschzeitschrift beim Friseur oder im Fernsehen in irgendeiner dieser Boulevardsendungen. So musste es gewesen sein. Sie war sich sicher, ihm im realen Leben noch nie begegnet zu sein. Aber das erklärte immer noch nicht seine Reaktion auf sie, die ja genauso unübersehbar da war. Nick bemerkte ihr Abdriften und stieß sie leicht in die Seite.

„Was ist?“

„Nichts, alles gut.“

Der Staatsanwalt beendete gerade seine Rede mit den Worten „Sie dürfen mir glauben, es ist uns äußerst unangenehm, aber wir müssen halt auf jede Anschuldigung reagieren und Sie auch darüber in Kenntnis setzen, dass eben Anzeige gegen Sie erstattet wurde.“

„Vor allem natürlich, wenn die Anschuldigung vom Bischof ihrer tief katholischen Stadt erhoben wurde. Selbstverständlich. Sehen Sie“, er erhob sich, „es ist mir bekannt, dass meine Art zu malen und die damit verbundene öffentliche Aufmerksamkeit der Kirche, explizit der katholischen, ein Dorn im Auge ist. Diese Konflikte begegnen mir immer wieder in meinem Leben, aber bis zu einer Anzeige wagte sich bisher noch niemand vor. Dabei war gestern doch alles ganz öffentlich. Bei so vielen Zuschauern hätte jemand merken müssen, wenn hier betrogen worden wäre. Fragen Sie Ihre beiden Beamten hier. Sie waren anwesend, nicht wahr?“, er lächelte Sofia an, die sich seltsam ertappt fühlte. Hatte er sie auch gesehen?

„Ich denke, Sie können bestätigen, dass ich nicht mitbekommen habe, wer sich als Modell auf den Stuhl setzte. Die Menge war außergewöhnlich still, das ist wirklich selten, es gab keine Zurufe, keinen Zwischenapplaus als Bestätigung für mich.

Sie können gerne versuchen, jemanden zu finden, der Beweise für das Gegenteil hat. Doch Sie werden niemanden finden, da ich hier in dieser Welt keine Hilfe beim intuitiven Malen benötige. Ja, Sie können gerne lächeln, aber das ist die Wahrheit, meine Wahrheit. Ich erkläre es Ihnen gerne noch einmal ausführlich. Während Ihre Stadtreferenten einen Probanden aus dem Publikum suchten, war ich schon nur noch körperlich anwesend. Ich ziehe mich in mich zurück, nehme um mich herum nichts mehr wahr. Man kann es am ehesten mit einem tiefen meditativen Zustand beschreiben. Wenn ich dann darüber informiert werde, dass ich beginnen kann, sehe ich wie von selbst ein Bild in mir entstehen. Die Farben ergeben, so wie im gestrigen Fall, eine Person, die in einer bestimmten Weise gekleidet ist und auch eine gewisse Körperhaltung hat. Dies geschieht wie von selbst, und ich habe Hilfe, ja, nur nicht von dieser Welt. Ich habe meine, sagen wir mal: persönlichen Schutzengel, Geistwesen, nennen Sie diese Kräfte gerne so, wie sie möchten. Diese Wesenheiten schärfen meine Intuition. Ich will nicht sagen, dass sie für mich malen, nein, sie leiten meine Hände, mein Tun, meine Kunst. Ich möchte bezweifeln, dass dies etwas Ungesetzliches ist, nach geltendem Recht, dem sie folgen müssen. Doch allem Anschein nach widerspricht es den Glaubenssätzen der katholischen Kirche.

Glauben Sie mir, ich bin ein sehr gottesfürchtiger Mensch, aber nicht, indem ich in die Kirche gehe, um dort gesehen zu werden, wie so viele sogenannte Christen. Ich zeige meinen Glauben lieber mit Taten, indem ich Menschen unterstütze, die es nicht so leicht haben und beispielsweise Opfer von Verleumdungen wie dieser wurden. Vielleicht ist auch das dem guten Bischof ein Dorn im Auge. Denn der Verkauf des Bildes wird eine schöne Summe bringen, allerdings sieht die Kirche davon keinen Cent.“ Er setzte sich wieder hin und sah die drei Staatsdiener unverwandt an.

„Nun, wie gesagt, Herr Sander. Sie verstehen, dass wir dem nachgehen müssen. Dazu sind wir verpflichtet. Ich möchte gerne Ihre Aussage schriftlich protokollieren. Wie lange sind Sie denn noch hier in Bamberg? Wäre es Ihnen möglich, vielleicht morgen Vormittag in der Dienststelle vorbeizukommen, damit die Kollegen ihre Aussage aufnehmen können?", fragte Lukas Heller.

„Oh, ich habe nicht vor, die Stadt so bald zu verlassen. Ich habe hier Wurzeln, die ich gerne vertiefen möchte." Er ließ seinen Blick kurz zu Sofia schweifen, die gar nicht so recht wusste, wo sie hinschauen sollte. „Ich trage mich mit dem Gedanken, ein Haus in Bamberg zu erwerben und habe schon vor Längerem einen Immobilienmakler beauftragt, für mich tätig zu werden. Sie können sicher verstehen, dass ich vom Flair der alten Stadt sehr angetan bin. Es gibt hier so viele verwinkelte Ecken, die ich gerne näher erkunden möchte. Ich würde gerne meine Familienhistorie erforschen und Verbindungen knüpfen. Deshalb werde ich viel unterwegs sein. Aber ich gebe Ihnen gerne meine Karte mit meiner Handynummer, damit Sie mich jederzeit erreichen können. Vielleicht kann ich aber auch gleich für morgen Vormittag einen Termin auf dem Revier mit Ihnen … Frau Welch war, glaube ich, der Name, vereinbaren?"

„Ich habe morgen keinen Dienst, aber ein Kollege wird bestimmt …"

„Selbstverständlich", unterbrach Heller Sofias Antwort, „wird Kollegin Welch zum vereinbarten Termin anwesend sein. Wir möchten es für Sie natürlich so einfach und angenehm wie möglich halten."

„Sehr zuvorkommend, ich möchte nur ungern noch einmal alles von vorne erzählen, und da Ihre Kollegin ja auch gestern anwesend war, erachte ich es für das Beste, wenn wir es so machen. Wäre 10.30 Uhr in Ordnung für Sie?"

Als Sofia nickte, stand David Sander auf und geleitete seine unerwarteten Besucher genauso freundlich und bestimmt wie vor einer halben Stunde Madame Grillet zur Tür hinaus. Er hatte eine Hand in der Hosentasche, nickte den dreien kurz zu und machte ihnen die Tür regelrecht vor der Nase zu.

„Irgendwie habe ich das Gefühl, man hat uns gerade ganz dezent rausgeschmissen“, meinte Nick und sah den Staatsanwalt fragend an, während sie mit dem Aufzug zum Auto fuhren.

„Sie haben recht. Irgendetwas stimmt vielleicht doch nicht, der Typ ist zu gut, um wahr zu sein. So ist kein Mensch. Und Sofia, gibt es da etwas, von dem wir wissen sollten? Kennen Sie sich? Ich möchte nicht zu einem späteren Zeitpunkt feststellen müssen, dass Sie befangen sind und von dem Fall, falls es einer werden sollte, abgezogen werden müssen.“

„Nein, ich habe ihn gestern wirklich das erste Mal auf der Bühne gesehen und vorhin auch das erste Mal mit ihm gesprochen.“ Außer in meinem Kopf natürlich, fügte sie in Gedanken hinzu. “Ich wusste bis gestern gar nicht, dass es einen Maler und Künstler namens David Sander gibt. Ich weiß auch nicht, warum er darauf bestanden hat, dass ich seine Aussage aufnehme.“

Nick meinte lächelnd: „Das könnte vielleicht einfach an der Tatsache liegen, dass du weiblich bist, und noch dazu ein besonders hübsches Exemplar.“

Lukas Heller sah ihn stirnrunzelnd an, entschied sich aber, besser nichts dazu zu sagen.

Sie stiegen in das Auto ein und fuhren zum Revier zurück.

„Sie beide bekommen in den nächsten Tagen einen gesonderten Dienstplan. Wollten Sie sich nicht eh beide für die Kripo bewerben? Dann können Sie jetzt mal üben. Die Nachtschicht heute ist gestrichen. Ich werde Ihre Vorgesetzten informieren, dass Sie der Sonderermittlung David Sander zugeteilt und damit mir unterstellt sind. Die Uniform können Sie die nächste Zeit im Schrank lassen. Sie werden heute Nachmittag Nachforschungen über Sander anstellen. Überprüfen Sie seine Aufenthaltsorte der letzten zwei Jahre, wann gab es öffentliche Aktionen wie gestern, wie verliefen diese? Wer bekam die Bilder, wer das Geld? So gut ist kein Mensch, da muss irgendwo was zu finden sein. Ebenso überprüfen Sie die Reaktionen der katholischen Kirche. Wie oft ist er da schon angeeckt? Wie wurde damit umgegangen? Ich möchte, dass Sie jeden Stein umdrehen und alles genau überprüfen, jedes noch so kleine Mosaiksteinchen. Wir dürfen uns keine Fehler erlauben. In diesem Fall ist das öffentliche Interesse, auch international, zu groß. Das bringt andererseits auch einige Aufmerksamkeit für uns, die wir nutzen könnten. Morgen früh treffen wir uns um 8.30 Uhr in meinem Büro. Dann haben wir Zeit genug, um über das weitere Vorgehen zu beraten, bevor er auftaucht und seine Aussage zu Protokoll gibt."

Er hielt vor dem Revier und ließ die beiden aussteigen.

„Und Sofia, es gibt wirklich nichts, was Sie mir erzählen müssten?"

„Nein, Herr Staatsanwalt, ich habe Ihnen bereits alles gesagt, was es zu sagen gibt."

Heller brauste mit seinem dicken Benz davon.

Sofia und Nick sahen sich an und stießen beide die Luft aus, die sie instinktiv angehalten hatten. „Ich weiß jetzt nicht, ob ich mich freuen soll, weil das ja schon fast einer Beförderung gleichkommt, oder ob ich das Gefühl haben soll, wir werden mit leeren Versprechungen zu mehr Arbeit genötigt", meinte Nick. „Findest du nicht auch, dass er sich von einer leichten Aversion leiten lässt, weil dieser Sander anscheinend so viel Eindruck auf dich gemacht hat, dass wir ihm, na ja, nicht unbedingt, aber doch irgendwie etwas anhängen sollen? Das ist doch schon sehr viel Aufwand für ein paar lapidare Anschuldigungen, die ganz leicht aus der Welt zu schaffen wären. Was meinst du, Sofia?"

„Was habt ihr denn die ganze Zeit mit diesem Sander und mir? Du weißt doch ganz genau, dass ich ihn nicht kenne und da nichts dran ist. Ihr bildet euch da was ein und steigert euch da rein. Allerdings finde ich das Interesse von Heller an diesem Fall auch etwas übertrieben. Du, geh doch schon mal rein. Ich hatte für heute Nachmittag was mit Anna ausgemacht. Da wird ja wohl nichts draus. Muss ihr nur schnell Bescheid geben."

„Alles klar, ich frag schon mal nach, ob wir das kleine Besprechungszimmer nehmen können für unsere Nachforschungen. Der Heller hat bestimmt schon die Dienststelle informiert, und es wird sich keiner trauen, ihm zu widersprechen. Grüß Anna schön von mir."

Sofia ging erst mal um die Ecke und setzte sich hinter dem Revier auf eine Bank. Bevor sie das Telefon herausnahm, atmete sie tief durch. Denn sie musste ja Abbitte leisten, wegen ihrer Nachricht heute früh. Es waren wohl definitiv nicht Annas Tropfen gewesen.

Dann also auf in die Höhle, oder vielleicht besser die Hölle des Löwen! Sie wählte Annas Nummer und hielt den Hörer wohlweislich etwas vom Kopf weg. „Hallo Anna, ich bin's."

Leider war nicht der Anrufbeantworter dran, nein, der Vulkan Anna höchstpersönlich.

„Sag mal, hast du noch alle Tassen im Schrank? Bewusstseinserweiternde Substanzen? In meinen Tropfen? Am besten Halluzinogene, und du schickst gleich mal die Ermittler vom Drogendezernat vorbei? Bist du wahnsinnig? Du kannst von Glück sagen, dass ich nicht auf die Dienststelle gekommen bin und dich wegen Verleumdung angezeigt habe. Als ob ich so etwas machen würde!" Langsam beruhigte sich Annas Stimme. „Dir muss es ja wirklich schlecht gegangen sein, dass du mir so etwas unterstellst. Was ist denn los mit dir? Komm, wir treffen uns in der Stadt, essen eine Kleinigkeit und überlegen dann, wie wir vorgehen wegen deiner unheimlichen Begegnung der dritten Art. Ich bin dir auch nicht mehr böse. Schau, ich habe sogar schon herausgefunden, in welchem Hotel der Sander abgestiegen ist."

„Anna, das ist lieb, dass du mir nicht mehr böse bist. Ich dachte wirklich, das wäre die einzig mögliche Erklärung. Und Sander, der wohnt im Grand Hotel."

„Wie, du weißt das, und mich lässt du suchen? Klar, du hast natürlich andere Möglichkeiten für so eine Recherche."

„Na ja, um ehrlich zu sein, ich war schon bei ihm, dienstlich."

„Wie, dienstlich?"

„Du weißt doch, ich darf darüber nicht reden. Nur so viel, unser Dienstplan hat sich bis auf Weiteres geändert, und wir müssen jetzt durcharbeiten, ich habe auch keine Nachtschicht heute und muss morgen früh mit Nick zusammen gleich wieder ran. Kann dir im Moment noch nichts Genaueres erklären. Vielleicht melde ich mich heute Abend noch mal, wenn es nicht zu spät wird, und du kommst noch mal kurz vorbei, aber aus dem geplanten Treffen am Nachmittag wird erst mal nichts. Nicht böse sein, und sobald ich was sagen darf, erfährst du alles als Erste, okay?“

„Das versteh ich doch, Süße. Aber du hast mich jetzt schon neugierig gemacht. Ich komm gerne noch vorbei heute Abend, wenn es zeitlich passt. Habe nur ab 18 Uhr noch einen Klienten zur Hypnosetherapie, Raucherentwöhnung. Dürfte nicht zu lange dauern. Schick mir einfach eine Nachricht, du weißt ja, dass ich dann das Handy aushabe. Drück dich ganz fest.“

„Ich dich auch, und Anna, ich bin froh, dass es dich gibt.“

Sofia legt auf und machte sich auf dem Weg zu Nick.

Am liebsten wäre sie nach Hause gegangen, hätte sich die Bettdecke über den Kopf gezogen und wäre erst wieder aufgewacht, wenn dieser komische Traum ein Ende gefunden hätte.

Kapitel 4

Dienstag

Sichtlich müde trafen sich Sofia und Nick am nächsten Morgen um 7.30 in ihrem neuen kleinen Reich auf der Dienststelle.

„Na, auch so platt wie ich?“, fragte Nick und reichte Sofia eine Tasse Kaffee rüber.

„Blöde Frage. Schließlich haben wir bis nachts um elf hier geackert. Eigentlich hatte ich ja vor, mich noch kurz mit Anna zu treffen, aber ich wollte gestern nur noch nach Hause und ins Bett.“

„Ich habe gestern auch nur noch ein Bierchen zum Einschlafen getrunken. Gott sei Dank können wir die Überstunden aufschreiben. Wobei ich mich immer noch nicht des Gefühls erwehren kann, im Trüben zu fischen. Der Sander ist so sauber wie ein mit Ariel gewaschenes Hemd, sauberer geht es nicht. Und ich kann mir aber nicht helfen, ich bin mir fast sicher, dass unser lieber Staatsanwalt damit nicht zufrieden sein wird.“

„Nick, schau mal. Ich habe gerade seine offiziell bekannten Aufenthaltsorte, an denen er Ausstellungen eröffnete oder andere Veranstaltungen hatte, und in die zweite Suchmaske Kunstdiebstähle. Da gibt es zwei Übereinstimmungen, in Florenz und Siena. Das kann natürlich Zufall sein, aber es ist schon etwas komisch.“

„Also, das hat er doch wirklich nicht nötig. Vor allem hat das ja mit dem Betrugsvorwurf gar nichts zu tun."

Sofia grübelte noch eine Weile sich hin.

„Du, Nick, macht es dir was aus, wenn wir das erst mal noch für uns behalten, bis wir es genauer recherchiert haben? Ich meine nur, mit den Vorwürfen hier hat es nichts zu tun, und ich möchte, dass es Hand und Fuß hat, bevor wir Heller darüber informieren."

Nick runzelte die Stirn und sah Sofia fragend an.

„Das hätte ich von dir gar nicht erwartet, dass du so vorsichtig bist. Aber, du hast recht. Lass es uns genauer durchleuchten, und wenn es hieb- und stichfest ist, machen wir damit unseren Aufstieg zur Kripo klar. Guter Schachzug, bist halt ein schlaues Mädchen."

Fast hatte Sofia ein schlechtes Gewissen, da keinesfalls ein möglicher Aufstieg ihre Motivation dafür war, diese Information vorerst zurückzuhalten. Den eigentlichen Grund konnte sie gar nicht so genau greifen. Es war einfach ein Bauchgefühl, und auch das war ungewöhnlich. Sie war normalerweise ein Kopfmensch, der alles mit dem Verstand entschied. Intuition war in der Regel nicht ihre Entscheidungshilfe, zumindest bisher nicht.

Nick sah auf die Uhr und erinnerte Sofia daran, dass sie dringend losmussten zu Heller. Sie griffen sich ihre ausgedruckten Unterlagen und machten sich eilig auf den Weg.

Hellers Sekretärin schickte sie gleich in sein Büro, sie würden schon erwartet.

„Guten Morgen. Welch ein angenehmer Anblick im Gegensatz zu der üblichen Uniform!"

Sofia wurde rot und sah an ihrer weißen Sommerbluse und der hellen Jeans hinunter, ihren Blazer hatte sie in der Eile über ihrem Bürostuhl vergessen.

Nick grinste nur, deutete auf sein blaues Poloshirt und meinte: „Also ich finde auch, dass ich so viel besser wirke, viel sportlicher."

Heller sah ihn mit der leicht hochgezogenen Augenbraue an, die man von ihm kannte, und fand es, wie zu erwarten, nicht witzig.

„Setzen Sie sich bitte. Nun, was haben Sie?“

Sofia räusperte sich: „Also, wir haben die letzten beiden Jahre durchleuchtet. Öffentliche Ausstellungen, Schaffensperioden in absoluter Zurückgezogenheit, Immobilienkäufe, Roter Teppich bei irgendwelchen Benefizgalas, es war alles dabei. Egal, was wir angeschaut haben, alles ist sauber, um nicht zu sagen, blütenweiß. Er hat weltweit nur überragende Kritiken bekommen. Einen großen Teil der Summen, die seine Bilder erzielen, spendet er. Bevorzugt an Institutionen, die sich der Unterstützung von Mobbingopfern, unschuldig vor Gericht verurteilten Menschen, die hinterher wieder versuchen, Fuß im Alltag zu fassen, und ähnlichen Personen verschrieben haben. Überhaupt kümmert er sich besonders um sozial Schwächere. Er arbeitet auch in verschiedenen Workshops in diesen Wohltätigkeitseinrichtungen mit. Allerdings war bisher keine einzige kirchliche oder vielmehr katholische Organisation dabei. Es gab bis jetzt auch keinerlei öffentliche negative Äußerungen von dieser Seite. Seine Demonstrationen vor Publikum verlaufen genauso wie die in Bamberg vor zwei Tagen. Immer mit großem Zulauf und großem Erfolg. Von irgendwelchen Anzeigen keine Spur, nicht mal ein Ticket wegen Falschparkens. Mehr haben wir bis jetzt nicht gefunden.“

„Gute Arbeit, aber vielleicht sollten wir noch weiter zurückgehen, irgendwie muss sich diese Abwehrhaltung der katholischen Kirche, die Sander erwähnt hat, ja festmachen lassen. Nick, Sie kümmern sich bitte darum. Sofia, Sander müsste gleich kommen. Versuchen Sie, ihn ein wenig aus der Reserve zu locken. Er war viel zu glatt gestern. Moment bitte“, sein Telefon klingelte, er nahm den Hörer ab. „Ah, ich grüße Sie, Herr Sander. Ja, Frau Welch ist hier auf dem Revier und wartet auf Sie. Ah, okay. Ja natürlich, sie wird vorbeikommen, ist ja reine Routine. Nein, das macht keine Umstände. Ezzostraße im Berggebiet, die große Villa. Alles klar. Sie fährt in ein paar Minuten los. Zum Unterzeichnen des Protokolls müssen Sie aber dann bitte noch persönlich vorbeikommen. Gut, viel Glück mit der Immobilie. Ihnen auch noch einen schönen Tag.“

Sofia hoffte, sie hätte sich verhört, aber nach dem Gesichtsausdruck von Heller zu schließen war ihr Gehör vollkommen in Ordnung.

„Ich nehme an, Sie haben es mitbekommen. Der große Künstler besichtigt gerade eine Villa im Berggebiet und hat für so kleingeistige Dinge wie hier vorbeizukommen, um seine Aussage zu Protokoll zu geben, keine Zeit. Das heißt, Sofia, Sie fahren jetzt mit einem Zivilfahrzeug hoch in den Dombereich, nehmen die Aussage schriftlich auf und kommen dann wieder hierher. Achten Sie auf Zwischentöne, vielleicht ist er da oben etwas abgelenkt und verplappert sich."

„Alles klar, wir machen uns auf dem Weg. Kommst du, Nick?"

„Nick, Sie bleiben hier und kümmern sich um seine Verbindungen zur Kirche. Welch, Sie nehmen sich einen anderen Kollegen mit. Gruber wird hier dringender gebraucht, und Sie kriegen das auch ohne ihn hin. Wenn sie wieder hier sind, bringen Sie mir bitte unverzüglich seine Aussage vorbei. Und nageln Sie ihn am besten gleich auf einen Termin zum Unterzeichnen fest."

Er setzte sich wieder hinter seinen Schreibtisch. Damit waren Nick und Sofia entlassen.

„Puh, da hat er sich echt festgebissen. Ich glaube, das wird ihm gar nicht passen, wenn wir wirklich nichts finden und Sander einfach der ist, der er zu sein scheint. Aber na ja, dann setz ich mich mal wieder an den Computer und forsche weiter nach. Und dir viel Spaß mit dem faszinierenden Sander in einer tollen Villa", grinste Nick.

„Weißt du eigentlich, was du willst? Erst verkuppelst du mich mit Heller, jetzt mit Sander, wer ist denn der Nächste?"

Eigentlich fühlte sie sich schlecht dabei, ihren Ärger und Frust an Nick auszulassen, aber der war nun mal da und nahm ihr nichts übel.

Sie ging in den großen Aufenthaltsraum und fragte in die Runde, wer denn Zeit hätte, sie nach Hellers Anweisung zum Aufnehmen einer Aussage in die Ezzostraße zu begleiten. Der alte Huber, der wahrscheinlich schon seit Beginn der Zeit hier Dienst schob und ihr besonderer Liebling war, erklärte sich sofort bereit, sie zu begleiten.

Sie hatte immer den Eindruck, dass der alte Kollege, der selber keine Kinder hatte und schon verwitwet war, ihr gegenüber väterliche Gefühle hegte. Da sie ihn aber sehr schätzte und ebenso ins Herz geschlossen hatte, war dies für sie eine Ehre und keine Selbstverständlichkeit.

Auf dem Weg zu Sander fragte Sofia den älteren Kollegen, wie es ihm denn so gehe. Sie wusste, dass er ein großer Fan des Basketballvereins der Stadt war und sich nach Möglichkeit kein Spiel entgehen ließ. Sie selbst war ebenfalls schon ein paarmal dienstlich, aber auch privat bei einem Spiel dabei gewesen und liebte die Atmosphäre in der großen Halle. Ihrer Meinung nach war Basketball viel interessanter als Fußball, was wiederum zu erbitterten Diskussionen mit Nick führte. Der war natürlich ein eingefleischter Fußballfan und hasste die Hektik und die Lautstärke bei den Basketballspielen.

Umso mehr genoss Sofia die Unterhaltung mit einem anderen glühenden Anhänger.

Als sie am Dom vorbeifuhren, fragte Herr Huber, ob er sie mit ins Haus begleiten solle.

„Ach, kommen Sie doch erst mal mit. Im Auto ist es bei dem Wetter eher unangenehm. Und wann hat man denn schon die Möglichkeit, so eine tolle Villa von innen zu sehen?“

„Da hast auch wieder recht, mein Mädchen“, meinte er väterlich und parkte vor dem Objekt von Sanders Begierde.

Sie gingen durch das offene Tor und einen kleinen Park zur Eingangstür.

„Puh, wenn Geld mal keine Rolle spielt“, sagte Sofia und drehte sich einmal im Kreis, um alles auf sich wirken zu lassen. Gerade wollte sie klingeln, als sich die Tür öffnete und Sander mit einem älteren Herrn, der genauso aussah, wie man sich einen Immobilienmakler vorstellt, vor ihnen stand.

„Ah, das ist schön, dass Sie da sind. Wir sind soeben mit unserer Besprechung fertig geworden. Ich schätze es sehr, dass Sie extra den Weg auf sich genommen haben und es mir dadurch ermöglichen, meinen eng gesteckten Zeitplan einzuhalten. Ach, die Herren kennen sich“, meinte er mit einem Seitenblick auf Sofias Kollegen und seinen Immobilienmakler, die gleich nach einer Begrüßung debattierend die Köpfe zusammensteckten.

„Basketball-Fanclub“, meinte Huber entschuldigend. „Macht es Ihnen etwas aus, wenn …?“

„Nein, Sie können gerne nachkommen. Wenn ich Sie brauche, kann ich Sie ja immer noch rufen, Herr Huber.“

Natürlich war es ihr unangenehm, aber das konnte sie ja nie und nimmer zugeben. Außerdem gönnte sie Huber das kleine Pläuschchen. Auch wenn es bedeutete, dass sie erst einmal mit David Sander alleine war.

„Kein Thema“, sagte sie wie zu sich selbst und ein wenig zu forsch. „Können wir, Herr Sander? Ich möchte so wenig wie möglich von Ihrer kostbaren Zeit in Anspruch nehmen.“ Entschlossen trat sie an dem Künstler vorbei ins Haus.

Dieser lächelte leicht vor sich hin, schloss die Tür und überholte Sofia auf dem Weg in ein großes Wohnzimmer, das in einen Wintergarten überging. Von hier aus hatte man einen herrlichen Blick über die Stadt. Als sie Sander dorthin folgte, hatte sie die Möglichkeit, ihn endlich einmal ungeniert zu betrachten. Auch dieser Anblick war wunderbar. Er war barfuß, fühlte sich also in diesem Haus schon wie zu Hause, trug eine enge, tiefsitzende Jeans, die seinen durchaus knackigen Hintern betonte, und ein eng anliegendes graues Shirt mit einer Knopfleiste, das seinen muskulösen Oberkörper zur Geltung brachte.

Puh, wirklich nicht zu verachten.

Er wandte sich zu ihr um. „Möchten Sie sich setzen oder sich das Ganze erst mal genauer anschauen?“

Auf ihren irritierten Blick hin ergänzte er: „Das Haus, meinte ich selbstverständlich.“

Sie spürte, wie ihr das Blut in den Kopf schoss, und erwiderte: „Ja, äh nein, ich würde mich gerne setzen und Ihre Aussage aufnehmen.“

Er deutete auf einen großen Tisch im Wintergartenbereich und nahm gemeinsam mit ihr Platz. Sie holte ein Laptop aus ihrer Tasche und wollte gerade beginnen, als er sie fragend ansah.

„Bei diesem Wetter sollten wir uns, glaube ich, erst mal um Getränke kümmern, nicht dass man noch Probleme mit dem Kreislauf bekommt. Das habe ich mir auf meinen Reisen angewöhnt. Man trinkt im Allgemeinen immer zu wenig."

Er stand auf und sah ihr direkt in die Augen.

„Wasser, Kaffee, etwas anderes? Ich bin zwar noch nicht so gut bestückt in der Küche, aber ich werde sehen, was sich machen lässt."

„Kaffee und Wasser wären sehr nett." Als er den Raum verließ, hatte sie kurz Gelegenheit, sich zu sammeln. Wie hatte er das mit den Kreislaufproblemen gemeint? Hatte er am Ende ihren Zusammenbruch vor der Bühne bemerkt, oh mein Gott, wie peinlich war das denn? Aber wahrscheinlich sah sie schon wieder Gespenster, da sie jede noch so harmlose Bemerkung auf sich selbst bezog.

Gedankenverloren sah sie sich um.

Er kam mit einem Tablett zurück, das er geschickt balancierte. Er hatte nicht nur die gewünschten Getränke mitgebracht, es war auch noch Obst und ein Teller mit Keksen dabei.

Dank der kurzen Pause war Sofia wieder etwas sicherer geworden, und sie fragte: „Wie kommt es, dass dieses Haus, das doch noch gar nicht Ihres ist, schon so gut ausgestattet ist?"

„Da scheinen Ihre Recherchen nicht so ganz zu stimmen", meinte er lächelnd. „Ich bin schon seit einiger Zeit mit dem Makler in Verhandlungen gewesen, und gestern Abend wurden wir uns über den Preis einig. Also, es ist mein Haus, wenn auch noch nicht lange. Und da ich auf eine gute Ernährung und gesunde Lebensweise Wert lege, hat auch die bereits vorhandene Küche samt Ausstattung große Bedeutung für mich und wurde deshalb heute Morgen mit allen wichtigen Vorräten beliefert. Aber ich sehe, Sie möchten gerne Ihre Arbeit tun. Vielleicht haben Sie hinterher noch ein paar Minuten Zeit und möchten das Haus gerne anschauen, liebe Sofia. Ich darf Sie doch Sofia nennen? Irgendwie habe ich das Gefühl, wir kennen uns schon ewig, Sie nicht auch?"

Und dabei schaut er auch noch so unschuldig, dachte Sofia. Was sag ich denn jetzt?

„Also, ich glaube nicht, dass es meinem Vorgesetzten gefallen würde, wenn Sie mich mit meinem Vornamen ansprechen. Wir kennen uns ja schließlich nicht wirklich."

„Oh, verzeihen Sie, ich dachte, das sei bei Ihnen so üblich. Hatte Sie nicht auch Ihr Kollege mit Ihrem Vornamen angesprochen? Und das mit dem Kennenlernen lässt sich ja noch nachholen, wenn wir erst einmal diese dienstliche Angelegenheit abgeschlossen haben. Also, dann lassen Sie uns anfangen."

Er reichte Sofia den Kaffee und ein Glas Wasser, lehnte sich ganz entspannt in seinem Stuhl zurück und sah sie erwartungsvoll an.

Sofia begann routiniert mit seinen persönlichen Daten und fragte ihn noch einmal nach dem genauen Ablauf der Geschehnisse auf der Bühne während des Festivals. Diese alltägliche Arbeit gab ihr ihre Sicherheit zurück. Sie fragte ihn auch, wo er denn vor seinem Aufenthalt in Bamberg gewesen sei, auch wenn sie dies aufgrund ihrer Nachforschungen natürlich bereits wusste.

„Ist es denn nicht sehr anstrengend, so viel in der Weltgeschichte herumzureisen? Behält man denn da noch den Überblick?"

„Oh, ich weiß durchaus, wann ich wo gewesen bin, und bisher habe ich das auch ganz gerne gemacht. Ich habe, wie sie bestimmt mittlerweile wissen, mehrere Appartements, beispielsweise in Paris und New York, besitze aber auch ein Haus zwischen Florenz und Siena. Ich lebe nicht gerne in Hotels. Aber so langsam ist der Zeitpunkt gekommen, an dem ich meine Wurzeln vertiefen möchte. Wie ich vorhin bereits zu Protokoll gegeben habe, stammen meine Eltern aus Bamberg, ich wurde hier ja auch geboren. Erst als ich zwei Jahre alt war, zogen meine Eltern mit mir in die Nähe von Florenz, wo ich auch aufwuchs. Dennoch fühle ich mich Bamberg sehr verbunden, und nachdem ich festgestellt habe, dass ich immer wieder hierher zurückkomme, lag es nahe, sich auch hier etwas Eigenes zu suchen. Schließlich komme ich mit 33 langsam in ein Alter, in dem man sich nach Beständigkeit sehnt. Da haben Sie ja noch etwas Zeit, wie alt, sagten Sie, sind Sie?"

„Ich sagte gar nichts, aber ich werde 27. Ich glaube, ich habe nun alles erfasst. Ich lese Ihnen noch mal kurz vor, was ich protokolliert habe, und wenn alles so in Ordnung ist, legen wir gleich noch einen Termin fest, wann Sie zum Unterschreiben aufs Revier kommen."

Als sie geendet hatte, nickte er nur. „So, nun kommen Sie aber, ich zeige Ihnen mein neues Zuhause! Schließlich sind Sie mein erster Gast und der einzige Mensch, mit dem ich meine Freude teilen kann."

Er griff nach ihrem Arm, zog sie hoch und klappte gleichzeitig ihr Laptop zu. „Moment, ich bin im Dienst, mein Kollege wartet draußen." Sie bemühte sich sehr, sich nicht überrumpeln zu lassen, platzte aber gleichzeitig vor Neugier.

„Ach, um den machen Sie sich mal keine Sorgen. Die beiden Herren sitzen auf der Terrasse und fachsimpeln bei Kaffee über Basketball. Ich habe ihnen vorhin auch gleich zwei Tassen vorbeigebracht."

Wie machte er das nur, ihr ständig den Wind aus den Segeln zu nehmen? Sie wollte ihm seine Freude über das neue Haus nicht verderben, aber als er ihren Arm genommen hatte, war ihr ganz mulmig geworden. Sie hatte schon vorher versucht, so wenig Kontakt wie möglich zuzulassen, vor allem körperlichen Kontakt, um nicht wieder die Kontrolle zu verlieren. Doch ihre Neugier siegte, und so folgte sie ihm zunächst in eine wunderschöne, geräumige Küche, die zum Kochen gedacht war und nicht wie eine Ausstellungsküche wirkte. Man fühlte sich gleich wohl hier.

Vor ihrem inneren Auge sah sie sich selbst lächelnd am Herd stehen und Pasta für eine Horde Kinder zubereiten, während er an dem großen Esstisch saß und ihr mit einem Glas Wein zuprostete.

Dabei kochte sie total selten. Das Bild musste aus einem Nudelwerbespot sein, zu schön, um wahr zu sein.

Sie schüttelte leicht den Kopf und versuchte wieder in die Realität zurückzukommen.

„Ist das nicht eine wunderschöne Küche für eine große Familie mit vielen Kindern? Sie möchten sicher auch einmal Kinder?"

Konnte er Gedanken lesen oder lief ein Teleprompter auf ihrer Stirn?

„Wie, Kinder? Ja natürlich, aber das hat noch Zeit und außerdem ..." Sie stotterte überrumpelt.

„War nur eine ganz allgemeine Frage. Könnte ja sein, dass Sie lieber Karriere machen möchten und Kinder in Ihrem Lebensplan nicht vorkommen."

Verwirrt folgte sie einem zufrieden lächelnden David in den oberen Stock.

Bei einem leeren Zimmer blieb er in der Tür stehen und merkte an, dass dies natürlich mal ein Kinderzimmer werden könne, ebenso wie die nächsten beiden leeren Räume.

Er zeigte ihr drei luxuriöse Bäder, die wahrscheinlich jedes für sich genommen schon die Größe ihres halben Appartements hatten.

„Mein Schlafzimmer ist noch nicht komplett eingerichtet, das zeige ich Ihnen ein anderes Mal", meinte er lächelnd und führte sie noch eine Treppe hoch.

Oh mein Gott, dachte Sofia, welches andere Mal? Schlafzimmer? Ich hoffe doch, dass mit heute ziemlich alles abgeschlossen ist. Wenn ich heute hier aus der Tür gehe, wird es wohl kaum einen Grund geben wiederzukommen. Aber tief in ihrem Inneren wusste sie, dass sie sich selbst belog. Sie wollte ihn wiedersehen, sie wollte wissen, was da für eine Verbindung zwischen ihnen beiden war, und sie wollte auch dieses Schlafzimmer sehen und noch viel mehr. Sie spürte, wie ihr Körper überaus sensibel reagierte.

Prompt stieg ihr die Farbe ins Gesicht.

Er sah sie vorsichtig an: „Alles gut bei Ihnen?"

„Ja, alles bestens."

Die dritte Etage war ein einziger offener Raum mit Glasfronten ringsum und Oberlichtern in der Decke.

„Ihr Atelier", sagte Sofia und sah sich um.

Hier war genügend Platz für Leinwände, Staffeleien und was man als Künstler wohl alles so brauchte.

Es gab sogar eine große Terrasse. Gemeinsam gingen sie hinaus. Sofia war hingerissen vom Ausblick über ihre Stadt.

Auf einmal spürte sie David Sander ganz dicht hinter sich. Sein Atem ließ Gänsehaut an ihrem ganzen Körper entstehen. Er griff um sie herum ans Geländer und flüsterte ihr ins Ohr: „*Hier oben hat man das Gefühl, der König der Welt zu sein. Alle Probleme verschwinden, und man hat das Gefühl, dem Himmel ganz nah zu sein.* Hätten Sie gedacht, dass ich Leonardo Di Caprio zitieren kann?" Er nahm ihre Hände und breitete sie aus wie in dem Film *Titanic* und flüsterte ganz leise in ihren Nacken: „Ich bin der König der Welt!"

Sofia wurde ganz schwindelig. Zugleich breitete sich ein Gefühl inneren Friedens in ihr aus, das Gefühl, endlich angekommen zu sein.

Das Geräusch einer Autohupe brachte sie abrupt in die Realität zurück. Schnell löste sie sich von ihm, und es platzte aus ihr heraus: „Wie erklären Sie sich die spektakulären Kunstdiebstähle, die zeitgleich mit Ihren letzten Aufenthalten in Florenz und Siena passierten?"

Provokativ sah sie David Sander ins Gesicht.

Diese Narbe an der linken Augenbraue faszinierte sie wirklich.

„Wie bitte, was soll denn das mit mir zu tun haben? Sicher, ich hab davon gehört, aber dass ich zufällig zur gleichen Zeit in diesen Städten war, ist mir gar nicht bewusst, das müsste ich erst mal nachschauen. Schließlich halte ich mich mehrmals im Jahr an diesen Orten auf."

„Das glaube ich Ihnen nicht. Sie wissen ganz genau, wovon ich spreche. Es wurden in beiden Fällen Skulpturen gestohlen, die Eigentum der katholischen Kirche waren. Ist das Zufall, dass der Bischof Ihnen gegenüber so voreingenommen ist, dass er sogar Anzeige erstattet?"

Diese Besonderheit hatte sie sogar Nick verschwiegen, wie sie eben mit einem leichten Anflug von schlechtem Gewissen bemerkte. Eigentlich wollte sie damit auch gar nicht herausplatzen, es war einfach so über sie gekommen.

„Was willst du damit sagen? Ich hätte diese Kunstwerke gestohlen? Skulpturen, die vielleicht sogar heilig sind? So etwas traust du mir zu? Und ich dachte, du hättest dich verändert. Ich war mir so sicher, dass du es auch gespürt hast, dass wir uns wiedergefunden haben, eine Chance bekommen, alles gut werden zu lassen. Aber ich habe mich anscheinend getäuscht. Du findest den Weg hinaus. Bitte entschuldigen Sie mich, Frau Polizeioberrat Welch, das ist doch Ihr Ziel."

Mit diesen Worten drehte er sich um und ließ eine geschockte Sofia zurück. Sie verstand es nicht. Gerade eben, als er diese Sätze ausgesprochen hatte, hatte alle logisch und absolut richtig geklungen. Sie wäre am liebsten vor Scham im Boden versunken, hätte gern um Verzeihung gebeten. Aber nun, da er weg war und ihr Verstand wieder einsetzte, war alles nur noch fernab jeglicher Logik.

In seiner Erregung hatte er sie wie eine alte Bekannte geduzt, bemerkte sie verblüfft. Wieso tat er so, als ob sie sich schon lange kennen würden, sie sich wiedergefunden hätten? Ja okay, sie hatte dieses Gefühl definitiv in seiner Nähe, und das war anscheinend auch bei ihm so. Tatsache war aber trotzdem, dass sie sich vor zwei Tagen das erste Mal hier in Bamberg gesehen hatten.

Sie ging zurück ins Esszimmer und holte ihre Tasche, packte das Laptop ein und eilte zur Tür. Am liebsten hätte sie ihn gesucht und um Verzeihung gebeten, für was auch immer. Aber nein, jetzt schlug ihre Stimmung in Trotz um. Sie hatte nur ihren Job gemacht und ihn mit Fakten konfrontiert. Und das war noch harmlos gewesen. Wenn sie diese Zusammenhänge erst einmal dem Staatsanwalt mitteilen würde, müsste er sich noch ganz anderen Fragen stellen, dessen war sie sich sicher. Allerdings hatte sie immer noch Zweifel, ob sie überhaupt schlafende Hunde wecken sollte.

Sie beschloss, zunächst mit Nick zu reden. Vielleicht hatte er noch etwas herausgefunden. Im Eingangsbereich drehte sie sich noch mal um, sah jedoch nicht David Sander oben im Treppenhaus stehen, der mit traurigen Augen zu ihr herabblickte. Leise schloss sie die Eingangstür.

Irgendwie wurde sie das Gefühl nicht los, etwas verloren zu haben, etwas Wichtiges.

Draußen stand bereits Kollege Huber am Auto und lachte ihr entgegen: „Das war aber nett von dir, mein Mädchen, dass du mir so viel Zeit gelassen hast. Den Toni kenn ich schon ewig und hab ihn schon lange nicht mehr gesehen."

Auf der Fahrt zum Revier lauschte sie scheinbar Hubers Geschichten über den Basketball-Fanclub und nickte, wenn sie dachte, es wäre passend. An einer Ampel in der Innenstadt konnte sie dem Gewusel in der Fußgängerzone zuschauen, und das Stimmengewirr wurde durch die schöne Stimme einer Straßenmusikerin unterbrochen, die mit ihrer Gitarre nahe der Ampel stand und sang.

„Das Leben lässt dir freie Wahl:
Soll nun vorbei sein deine Qual?
Lass dich aufs Abenteuer ein!
Die Liebe wird der Schlüssel sein.
Wage den Schritt!
Suche dein Glück!
Dein Leben beginnt jetzt ...“

Gerade als Huber an der Ampel losfuhr, hob die Sängerin den Kopf und sah Sofia in die Augen. Sie erkannte diesen Blick sofort: Auch wenn die Haarfarbe diesmal nicht braun war, sondern rot und die Frau mindestens 50 war - es waren die Augen der Zigeunerin!

Am liebsten hätte sie darauf bestanden, gleich umzukehren, aber sie fuhren in einer Einbahnstraße, und so wusste sie, dass es ein sinnloses Unterfangen war.

Wie gerne hätte sie sich jetzt zu Hause in ihr Bett verkrochen oder mit Anna gesprochen, aber es nützte nichts. Sie musste zurück aufs Revier und die Aussage für Heller fertig machen.

Kapitel 5

Sofia fand Nick in ihrer neuen kleinen Zentrale vor dem Computer sitzend, die obligatorische Tasse Kaffee neben sich.

Erschöpft ließ sie sich auf den Stuhl gegenüber fallen und wartete, bis Nick seine Arbeit für einen Moment unterbrach und aufsah.

„Na, erzähl mal, Frau Ermittlerin. Wie waren denn die Villa und dein Ausflug in die Welt der Reichen und Schönen? Nicht, dass du nicht schön bist, aber reich, na ja“, schmunzelte er.

„Tja, das ist auf alle Fälle eine andere Liga als die, in der wir spielen. Du kennst doch das Berggebiet oberhalb des Domes? Auf der rechten Seite, etwas zurückgesetzt, man sieht das Haus von der Straße aus gar nicht, da liegt es. Erst kommst du in einen Garten, also eher einen kleinen Park, und dann: ein Traum! Eine Designervilla, viele Fenster, ein Wintergarten und ein Blick – unbeschreiblich schön. Er hat mir dann sogar noch eine kurze Führung gegeben, und stell dir vor, ganz oben ist alles verglast, mit Oberlichtern, wie gemacht als Atelier zum Malen. Anscheinend hatte der Vorbesitzer ähnliche Vorlieben. Er hat das Ganze übrigens gestern Abend schon gekauft.“

„Ach so, schnell mal aus der Portokasse. Meinen Nachforschungen nach nicht weiter verwunderlich. Der Mann scheffelt mit seinen Bildern Geld wie Heu, der ist millionenschwer. Wie du siehst, war ich auch nicht ganz untätig, während du durch eine Luxusvilla der oberen Zehntausend geschlendert bist. Ich habe mir noch mal die Diebstähle genauer angeschaut, die du angesprochen hattest, und muss dir recht geben, er war wirklich genau zur selben Zeit in diesen Städten. Er hat sogar jeweils in den gleichen Galerien ausgestellt. Allerdings ist das auch die einzige Verbindung. Denn er war andererseits sehr häufig in diesen Städten und hat solche Diebstähle meiner Meinung nach wirklich nicht nötig. Außerdem sind seine eigenen Werke auch gar nicht mit den gestohlenen Objekten zu vergleichen, das passt gar nicht zu seinem Stil. Dann hatte ich aber eine Eingebung. Komm mal rüber."

Sofia ging um den Schreibtisch herum und stellte sich hinter Nicks Stuhl.

„Schau, diese Dame kennen wir doch", sagte er.

Das Foto auf dem Bildschirm zeigte eine elegante Dame mit langen glatten schwarzen Haaren.

„Aber natürlich, das ist doch die Galeristin, die gestern in Sanders Hotelzimmer war. Da war sie zwar noch etwas jünger, aber unverkennbar. Wie hieß die noch mal?"

„Adele Grillet. Ihres Zeichens Galeriebesitzerin, und jetzt wird es spannend. Auch sie war an beiden Schauplätzen anwesend, es sind nämlich ihre Galerien."

Sofia setzte sich wieder hin und sah Nick fragend an: „Versicherungsbetrug, was meinst du?"

„Kann ich noch nicht sagen, war aber auch mein erster Gedanke. Aber eigentlich hat sie es ebenso wenig nötig wie Sander. Im Gegenteil. Als Besitzerin so vieler Galerien ist sie vielleicht sogar reicher als er. Aber das ist alles noch nicht spruchreif, sodass wir es Heller vorsetzen könnten. Da hast du heute Vormittag schon recht gehabt. Also, ich mach hier mal weiter."

„Und ich mache jetzt mal seine Aussage zum Unterzeichnen fertig, damit er das baldmöglichst erledigen kann. Mist, jetzt hab ich doch vergessen, einen Termin zum Unterzeichnen festzumachen. Jetzt muss ich ihn noch mal anrufen. Peinlich, hoffentlich kriegt Heller das nicht mit."

Sie konnte ihrem Kollegen ja schlecht erzählen, wie das Ende ihres Termins verlaufen war.

„Halb so wild. Der Sander hat vorhin, kurz bevor du gekommen bist, angerufen und gemeint, er kommt heute gegen Abend kurz vorbei und unterzeichnet das Protokoll. Da haben wir zwar dann Feierabend, aber er meinte, d sei kein Problem. Er muss ja nur unterzeichnen. Er hätte ja alles andere schon mit dir geklärt und bräuchte dich nicht mehr."

Enttäuschung breitete sich in Sofia aus, er wollte sie anscheinend wirklich nicht mehr sehen. Er bräuchte sie nicht mehr, das klang so endgültig in jeglicher Beziehung, hm.

Es half nichts, jetzt musste sie mit seiner Aussage zunächst zu Heller. Sie schickte ihm das Protokoll per Mail und rief kurz bei seiner Sekretärin an, ob er Zeit für sie hätte. Als diese grünes Licht gab, machte sie sich auf den Weg zu seinem Büro.

Die Sekretärin bat sie, gleich hineinzugehen, da er schon auf sie warte.

Sie klopfte kurz an und betrat das Büro.

Er hatte die Augen auf seinen Computer gerichtet und bot ihr mit einer Handbewegung einen Platz an. Sie setzte sich und wartete, bis er aufsah.

„Gute Arbeit. Sander ist anscheinend bei seiner Geschichte geblieben und hat keine weiteren Informationen preisgegeben. Hat Kollege Gruber denn etwas Aufschlussreiches gefunden?"

„Er ist noch bei seiner Recherche, wir haben gerade darüber gesprochen. Es finden sich keinerlei Hinweise auf einen Betrug. Das Ganze ist natürlich noch nicht abgeschlossen, aber bisher sieht es eher so aus, als ob die Anschuldigungen des Bischofs komplett aus der Luft gegriffen wären."

„Sie beide leisten gute Arbeit als Team. Sie wissen, dass ich Ihnen den Weg durchaus etwas ebnen und Ihr Vorankommen beschleunigen könnte? Ich möchte Sie nicht unter Druck setzen, aber ich denke, es ist Ihnen bewusst, dass ich sowohl Ihre Arbeit als auch Sie als Person sehr schätze. Für so eine junge Kollegin legen Sie eine erstaunliche Zielstrebigkeit an den Tag, haben eine hohe Arbeitsmoral und machen auch in Stresssituationen nicht schlapp. Die Situation vom letzten Sonntag vergessen wir mal. Das verdeutlicht eher, dass so etwas bei Ihnen die absolute Ausnahme ist. Eine erfolgreiche Ermittlung würde Ihren Weg nach oben natürlich unterstützen. Selbstverständlich müssen Sie sich an die Fakten halten. Aber mit einem etwas tieferen Nachforschen kommt vielleicht doch noch etwas an die Oberfläche. Der Mann ist einfach zu gut, um wahr zu sein."

„Also, vielleicht ist da tatsächlich etwas. Nick und mir ist schon noch etwas Interessantes aufgefallen, aber das ist noch nicht komplett recherchiert. Und wir möchten uns natürlich ganz sicher sein."

„Wusste ich doch, dass ich mich auf Sie beide verlassen kann. Sie haben noch bis Ende der Woche Zeit, um der Sache nachzugehen. Währenddessen halte ich den Bischof ruhig, damit er nicht doch noch an die Presse geht, und am Freitag stellen Sie beide mir Ihre Ergebnisse vor."

Auf dem Rückweg zu Nick fühlte Sofia sich richtig schlecht, so als ob sie David Sander angeschwärzt hätte. Aber sie hatte ja nichts Unwahres erzählt, und wenn sie dadurch einen Karriereschub bekam, zusammen mit Nick, warum denn nicht? Ich bin ihm nichts schuldig, dachte sie trotzig. Ich mache nur meinen Job und halte mich an die Fakten.

Kapitel 6

Als Sofia sich in Jogginghose und Kuschelshirt auf ihr Sofa fläzte, kam sie das erste Mal an diesem Tag zur Ruhe. Die letzten Stunden im Büro zusammen mit Nick hatten nur aus Computerarbeit bestanden, und ihr brannten immer noch die Augen. Gegen acht Uhr abends hatten sie dann beschlossen, das Ganze am nächsten Tag fortzusetzen, weil einfach jegliche Konzentration dahin war und die Recherche keine brauchbaren Ergebnisse mehr erbrachte.

Auf dem Heimweg hatte sie dann Anna angerufen und ausgemacht, dass diese vorbeikam und etwas Essbares mitbrachte, da Sofia die letzten beiden Tage nicht einmal zum Einkaufen gekommen war.

Es klingelte, und Sofia ging zur Tür ihrer kleinen Wohnung und betete dabei im Stillen *lass es Pizza sein, lass es Pizza sein*.

Sie sah Anna fragend an. „Lass es Pizza sein?! Okay, die Hoffnung stirbt zuletzt. Was hast du mir denn Feines mitgebracht?"

„Du brauchst Vitamine und Nährstoffe, und nicht nur Fett und Salz. Einen frischen Salat hab ich dabei, Falafel und Hummus. Sehr lecker und gesund."

Sie ging in den offenen Küchenbereich, um Teller zu holen, während sich Sofia wieder aufs Sofa setzte und Servietten, Gläser und Besteck zurechtschob. Anna kannte sich hier genauso gut aus wie in ihrem eigenen Haus.

„So jetzt lass uns erst mal essen, und dann erzählst du mir, was die letzten beiden Tage so Außergewöhnliches passiert ist, dass jede freie Minute für den Dienst draufgeht. Und vor allem, welche Rolle David Sander darin spielt."

In tiefem Einverständnis saßen sie nebeneinander auf der Couch und ließen es sich schmecken. Voller Zuneigung ruhte Annas Blick auf Sofia.

Da sie beide Einzelkinder waren, hatte jede bei der anderen die Rolle einer Schwester eingenommen. Allerdings war ihr jeweiliges Familienumfeld sehr unterschiedlich.

Mit viel Liebe dachte Anna an ihre Eltern. Man konnte sie als späte Achtundsechziger bezeichnen, sie waren beide Lehrer mit Leib und Seele und gingen in ihrem Beruf und dem Bedürfnis, allen Kindern gleiche Chancen einzuräumen und diese zu selbstständig denkenden, mündigen Erwachsenen zu erziehen, ganz auf.

Mittlerweile hatten sie sich ihren Traum von einem Häuschen auf dem Lande in den Abruzzen erfüllt. Sie vermisste die beiden sehr. Aber Gott sei Dank konnte man jederzeit miteinander skypen und sich via Smartphone und Computer Fotos und Nachrichten zukommen lassen. Und in ihrem Herzen waren sie sowieso tief verankert.

Wie anders war dagegen Sofias Kindheit verlaufen, dachte Anna voller Mitgefühl.

Ihre Eltern waren Sozialhilfeempfänger gewesen und hatten auch keinerlei Anstrengungen unternommen, dies zu ändern. Sie waren zufrieden damit, zu Hause vor dem Fernseher zu sitzen und auch für das Nichtstun vom Staat genügend Geld zum Leben zu bekommen. Sie entsprachen dem typischen Klischee und hatten auch keinerlei Verständnis für den Wissensdurst ihrer Tochter. Gymnasium – wozu? Man konnte auch ohne Anstrengung gut existieren, war ihre Devise.

Aber Sofia wollte mehr. Sie hatte das Glück, dass ihre Grundschullehrerin ihre Intelligenz und ihren Ehrgeiz erkannte und sie gegen den Willen ihrer Eltern dabei unterstützte, eine höhere Schullaufbahn einzuschlagen.

Und das war ihrer beider Glücksmoment im Leben. Denn seit dem ersten Schultag in der 5. Klasse, als sie nebeneinander gesetzt wurden, waren sie unzertrennlich.

Der Tag, an dem Anna ihre neue Freundin Sofia das erste Mal mit zu sich nach Hause genommen hatte, wurde für Sofia zur Offenbarung. Eine richtige Familie, wie sie in den Büchern stand, in der einer Anteil am Leben des anderen nahm, in der man sich bedingungslos liebte und die auch sie einfach so akzeptierte und integrierte, war das Beste, das ihr im Leben passieren konnte.

Mittlerweile waren Sofias Eltern verstorben, was bei ihr trotz allen Unverständnisses und ihres unterschiedlichen Lebensstils eine große Leere und Trauer hinterließ. Sie hatte seitdem keine Familie, keine Blutsverwandten mehr. Aber Annas Familie war auch die ihre geworden, und nachdem Annas Eltern Deutschland verlassen hatten, war das Elternhaus, das nun die Tochter bewohnte und nach ihren Vorstellungen umgestaltet hatte, auch für Sofia nach wie vor ein Zufluchtsort, den sie jederzeit aufsuchen und an dem sie sich immer wie zu Hause fühlen konnte.

Umso mehr erfüllte es sie mit Stolz, dass sie ihre Ausbildung, diese kleine Wohnung und sogar ein kleines Auto, einen Fiat 500, selbst finanziert hatte. Sie hatte es geschafft, das Muster ihrer Familie zu durchbrechen und sich etwas aufzubauen.

Aber ohne die Unterstützung von Annas Familie hätte sie es vielleicht nie so weit gebracht. Sie hatten immer an sie geglaubt. Dafür war sie ihnen auf ewig dankbar und war bereit, alles für ihre Wahlfamilie zu tun. Sie wusste, dass Anna und ihre Eltern aus reiner Zuneigung zu ihr gehandelt hatten und niemals eine Gegenleistung verlangen würden.

„Liebe gibt man um der Liebe willen, man verschenkt sie. Und es gibt nichts Schöneres, als den anderen glücklich zu sehen." Wie oft hatten Annas Eltern beiden Mädchen diesen Satz gesagt, so oft, bis sie ihn verinnerlicht hatten, diese Liebe als Geschenk annahmen und mit offenem Herzen zurückgaben.

Als sie mit dem Essen fertig waren, standen sie gemeinsam auf und räumten ihr Geschirr weg, Hand in Hand, wie sie es gelernt hatten. In solchen Momenten waren Annas Eltern mit anwesend, auch wenn sie über tausend Kilometer entfernt waren.

„Tja, was würde Mama jetzt wohl sagen, wenn sie ihre Mädels hier so sitzen sehen würde?"

„Ganz klar: *Rutscht mal, ich will auch mitkriegen, was los ist*", lachte Sofia.

„Na, dann erzähl mal", meinte Anna.

Sofia hatte vorhin lange überlegt, ob sie wirklich alles erzählen sollte. Aber wem, wenn nicht Anna sollte sie sich anvertrauen? Und sie würde es eh merken, wenn sie ihr etwas verheimlichen würde. Das war schon immer so gewesen.

„Ich habe eine Bitte, Anna. Keine Angst, ich werde dir alles erzählen, auch das Dienstliche, weil ich genau weiß, dass ich dir vertrauen kann und du nichts weitererzählst. Allerdings sind da auch Dinge dabei, bei denen es mir schwerfällt, die ich selbst nicht einordnen kann. Deswegen lass mich einfach alles in einem Rutsch erzählen und unterbrich mich nicht. Ich weiß nicht, ob ich sonst noch mal den Mut aufbringe."

Nachdenklich sah Anna ihre Schwester im Herzen an, legte ihre Hand beruhigend auf Sofias Oberschenkel und meinte betont locker: „Das klingt nach einer längeren Geschichte. Da sollten wir uns dementsprechend vorbereiten. Was magst du trinken?" Sie stand auf und ging Richtung Küchenzeile. „Tee, Bier, Wasser oder vielleicht Wein?", fragte sie grinsend.

„Also, nach meinen jüngsten Erfahrungen lassen wir den Wein heute besser. Für mich jedenfalls, du kannst dich gerne bedienen. Im Kühlschrank steht noch ein guter Silvaner. Da ich dich kenne, weiß ich, dass du in deiner großen Tasche für mich bestimmt eh einen Spezialtee dabei hast. Mach doch den und bring zum Verdünnen noch ein Glas Wasser."

Anna strahlte: „Wie recht du doch hast, ich hab einen Entspannungs- und Beruhigungstee eingepackt. Nach deinem Anruf vorhin war ich mir sicher, dass wir den noch brauchen werden."

Ein paar Minuten später saßen sie sich in Couch und Sessel gegenüber, und Sofia begann zu erzählen. Sie ließ nichts aus, unterbrach sich selbst nur hin und wieder, um einen Schluck zu trinken.

Anna hörte aufmerksam zu und nahm sehr genau auch Sofias Körpersprache wahr, versuchte, sich in ihre Freundin einzufühlen.

Das war ihr natürlicher Zugang, und auch beruflich arbeitete sie rein energetisch und naturheilkundlich. In Österreich gab es dafür die Bezeichnung „Energetikerin". Sie war keine Heilpraktikerin, da sie sich nicht irgendwelchen Gesetzen, Normen und Verbänden unterordnen wollte, hinter deren Werten und Richtlinien sie nicht stehen konnte. Die Menschen kamen zu ihr, weil sie körperlich und seelisch aus dem Gleichgewicht waren und erhofften sich Hilfe auf allen Ebenen Sie arbeitete ganz selbstverständlich mit Heilpflanzen, Homöopathie, Seelen-Essenzen, aber auch mit der Heilkraft ihrer Hände. Sie bot Hypnosesitzungen und Rückführungen an. Und sie hatte gelernt, dass es das Wichtigste von allem war, seinem Gegenüber alle Aufmerksamkeit zu geben und mit allen Sinnen zu lauschen, nicht nur dem, was erzählt wurde, sondern auch dem, was übersprungen und weggelassen wurde, was unausgesprochen blieb.

Als Sofia geendet hatte, saßen die beiden erst einmal nur still da.

Dann begann Anna: „Das ist wirklich beeindruckend, wow.

Das allererste Kuriose war diese Zigeunerin, die dir etwas gesagt hat, das du nicht hören wolltest, dich aber tief berührte, ich würde sagen, ihre Worte gingen mit dir in Resonanz. Jedoch verschwand sie auf seltsame Weise.

Danach hattest du auf einer Ebene mit David Sander Kontakt, die zwar gedanklich kein Neuland für dich ist, schließlich habe ich dir oft genug von solchen Situationen erzählt, aber selbst erlebt hattest du so etwas noch nicht. Deshalb war und ist dieser Kontakt für dich so verstörend, dass dein Körper dich aus der Situation herausholte, indem er dich kurz außer Gefecht setzte. Meiner Meinung nach gingst du auch hier mit ihm, mit seiner Seele, ganz intensiv in Resonanz. Es scheint, als ob du regelrecht hineingezogen wurdest in diese dir unheimliche

Ebene. Dann im Kontrast die normale Alltagssituation. Du wolltest alle diese Wahrnehmungen leugnen, von wegen bewusstseinserweiternd, haha, und nun macht dir das Schicksal einen Strich durch die Rechnung, indem es dich erneut mit David Sander konfrontiert, ohne dass du eine Ausweichmöglichkeit hast. Stimmt das so in etwa?"

„Ja, du liegst schon ziemlich richtig. Aber bei dir klingt das alles so klar und selbstverständlich und gar nicht so verstörend, wie ich es empfinde." Sofia seufzte resigniert.

„Ich bin ja im Moment auch noch eher bei den Fakten. Du musst David Sander ein drittes Mal treffen. Das Universum oder das Schicksal oder wer auch immer ermöglicht sogar ein Treffen zu zweit, ohne dass du die Situation vermeiden kannst. Dabei stellst du fest, dass auch von seiner Seite eine Reaktion kommt, die, sagen wir, unüblich ist. Als ihr euch körperlich näher kommt, also, damit meine ich rein räumlich gesehen, und jetzt kommt eine Interpretation mit meinen Worten, vermischen sich eure Auren auf einer anderen Ebene als der im Hier und Jetzt. Kannst du mir folgen? Oder soll ich das genauer erklären?"

„Du meinst damit diese Zusammenhänge, die du in deiner Reinkarnationstherapie erarbeitest", sagte Sofia leicht zweifelnd.

„Genau. Du passt ja doch ab und an auf, was ich dir erzähle. Mein Gefühl sagt mir, ihr kennt euch bereits. Das ist Fakt, und dieses Gefühl hattest du ja auch. Und er ebenfalls. Auch wenn du es dir nicht erklären kannst und dir sicher bist, dass du ihn in den letzten 27 Jahren noch nie gesehen hast. Das ist auch zweifelsfrei korrekt. Ergo gibt es nur eine logische Erklärung: Ihr kennt euch aus einem anderen Leben. Du weißt, wie ich das sehe, so wie mir deine Einstellung vertraut ist. Die hast du mir schließlich schon oft genug um die Ohren gehauen, und das sehr deutlich. Das seien Fantasiegeschichten, nicht wissenschaftlich nachweisbar und so weiter und so fort. Ich denke, es ist an der Zeit, dass du dich hierfür zumindest ein wenig öffnest und diese Möglichkeit grundsätzlich in Betracht ziehst. Es sei denn, du hast hierfür eine andere Erklärung.

Hinzu kommt, dass ich aufgrund seiner Äußerungen und deiner Gefühle des Hingezogenseins und Ankommens, gepaart mit schlechtem Gewissen und einem massiven Fluchtimpuls, der Meinung bin, eure Geschichte aus einer anderen Zeit ist nicht beendet. Da scheint noch etwas offen zu sein."

„Hm, ich weiß nicht. Wenigstens kannst du dir auf das Ganze einen Reim machen. Ich fühl mich im Moment komplett überfordert. Es kommt ja noch hinzu, dass ich gegen ihn ermitteln muss. Es liegt eine Anzeige gegen David vor. Du hast recht, ich fühle mich zu ihm hingezogen. Aber was mache ich, wenn meine Ermittlungen etwas ergeben, das ihn belastet?"

„Was sagt dein Gefühl? Ist er fähig, einen Diebstahl zu begehen?"

„Mein Gefühl ist uninteressant, es zählen nur Fakten und Beweise. Und Fakt ist: Er war an allen Schauplätzen anwesend. Zur Zeit der Diebstähle. Beweisen tut das noch gar nichts. Und mein Gefühl ... mein Gefühl sagt mir, er war es nicht. Aber im Gegensatz zu dir darf das in meiner Arbeit nicht ausschlaggebend sein."

„Es muss ja auch nicht heute alles geklärt werden. Schlaf drüber, recherchiere so, wie du es gewohnt bist. Du bist eine gute Polizistin, und das weißt du. Ich denke nur, du solltest allgemein in deinem Job nicht nur den Kopf sprechen lassen, sondern auch auf deinen Bauch hören, denn der hat oftmals genauso recht. Es gibt nicht nur Schwarz und Weiß. Und manchmal liegt die Lösung auch in einer Kombination von beidem."

„Ach, Anna, was würde ich nur ohne dich tun. Ich fühle mich wirklich schon etwas besser, und vor allem bin ich froh, dass du mich nicht einliefern lässt. Umgekehrt hätte es vielleicht passieren können", grinste Sofia.

„Ich bin aber noch nicht ganz fertig. Ein wichtiges Detail fehlt mir noch."

„Was meinst du?"

„Du hast erzählt, dass du eine Straßenmusikerin gesehen hast, nachdem du bei Sander warst. Dass dies kein Zufall war, ist dir selbst bewusst geworden. Sowohl ihr Lied als auch der Zeitpunkt, zu dem du es gehört hast, hat etwas mit dir zu tun. Wenn Menschen wiedergeboren werden ... ja, ich weiß, lassen wir es einfach als These, die meiner Erfahrung entspringt, so stehen ... Also: Seelen, die wiedergeboren werden, können eine andere Gestalt haben, ein anderes Geschlecht und so weiter. Aber die Augen, die Augen sind die gleichen. Daran erkennen sich Seelen über die Jahrhunderte und Jahrtausende hinweg. Deine Zigeunerin und deine Sängerin, sie haben die gleichen Augen, sie sind ein und dasselbe Wesen. Ich sage bewusst Wesen. Denn ich habe eine Theorie. Die besagt, und jetzt lach nicht, ich meine es ernst: Diese Augen gehören deinem persönlichen Schutzengel, der, um dir zur Seite zu stehen, vielleicht auch, weil du ein schwieriger Fall bist, menschliche Gestalt annimmt. Er will dir helfen, dich unterstützen und gibt dir so Hinweise. Vielleicht solltest du sowohl die Worte der Zigeunerin als auch das Lied der Sängerin gut in deinem Herzen bewahren. Schreib es auf, verinnerliche es. Beides enthält mit an Sicherheit grenzender Wahrscheinlichkeit Symbole oder Bilder, die dir im richtigen Moment weiterhelfen." Sie nahm ihr Weinglas und trank es in einem Zug aus. „So, und jetzt kannst du mich einweisen lassen", grinste sie und schenkte noch mal nach.

„Mir ist weder nach Auslachen zumute, noch möchte ich dich einweisen lassen. Die würden mich ja auch gleich dabehalten. Was hältst du davon, wenn du heute Nacht hierbleibst? Autofahren geht eh schon lange nicht mehr, und Taxi muss ja nicht sein. Dann können wir noch ein bisschen quatschen."

„Super Idee, aber nur, wenn du mir noch mal ganz genau erzählst, wie das so war, als der attraktive, talentierte und superreiche David Sander hinter dir stand."

Prompt warf Sofia ein Kissen nach Anna, das diese aber geschickt und mit großem Gekreische auffing.

„Tja, was soll ich sagen? Vielleicht bin ich ja auch schon zu lange auf Entzug gewesen. Meine letzte Bettgeschichte mit Antonio, dem schönen Italiener, der leider nicht treu sein konnte, ist ja nun doch schon ein Dreivierteljahr her. Und danach, na ja, du weißt es ja selber, habe ich mich lieber in die Arbeit gestürzt."

„Ich habe dir gleich gesagt, dass Antonio ein Macho ist, aber nein, du musstest es ja unbedingt ausprobieren."

„Er hatte auch seine Vorzüge, und da er eh nicht die große Liebe war, hat seine Untreue eher mein Ego angekratzt, mit dem Herzen hatte das nichts zu tun. Nur danach wollte ich mich eben nicht mehr auf Kompromisse und halbe Sachen einlassen. Das habe ich mir fest vorgenommen."

Sie schenkte sich nun doch ein kleines Gläschen Wein ein und stand auf: „Schokolade oder Eis? Wenn du schon hier bist, müssen wir das auch richtig machen."

„Wenn, dann beides, meinst du nicht?", lachte Anna und lümmelte sich gemütlich in den Sessel.

Sofia legte sich wieder auf die Couch, in der einen Hand ein Stück Schokolade, in der anderen das Weinglas. „Und was David betrifft, was soll ich sagen. So ein Gefühl kenne ich nicht. Klar hat man mal weiche Knie beim Knutschen, das Herz schlägt schneller, aber das ist nichts im Vergleich zu dem Chaos, das in mir entsteht, wenn ich in seiner Nähe bin. Es reicht ja schon, wenn ich dran denke. Hier bekommt das Wort *umwerfend* eine völlig neue Bedeutung. Es hat mir regelrecht die Füße weggezogen. Und irgendetwas scheine ich bei ihm auch auszulösen. Das habe ich gespürt. Seine Enttäuschung heute früh, als ich ihn beschuldigt habe, war echt. Und das ist jetzt mein nächstes Problem. Ich glaube nicht, dass er mich noch einmal wiedersehen will. Er hat mich weder verabschiedet, noch wollte er mich auf dem Revier sehen."

„Auf einer Skala von 1 bis 10, wo steht er?"

„11, 12 oder noch höher!!!"

„Na dann, auf in den Kampf. Und vergiss nicht, wenn ihr eine gemeinsame alte Geschichte habt, und alles spricht dafür, dann werdet ihr unweigerlich wieder miteinander konfrontiert, so lange, bis ihr das alte Thema gelöst habt. David Sander weiß das. Das schwingt in jedem seiner Sätze mit. Und dann hast du ja noch mich und deinen geheimnisvollen Schutzengel. Vor allem musst dienstlich noch über ihn recherchieren. Also ist das Kapitel noch lange nicht durch. Im Gegenteil, es geht jetzt erst richtig los. Ein Tipp von mir noch, leg dir am besten Zettel und Stift neben das Bett. Manchmal kommen im Traum Erinnerungen wieder. Da du die Worte der Wahrsagerin nicht mehr so genau weißt, wäre das eine Möglichkeit. Vielleicht kannst du ja heute Nacht, wenn du mal wach wirst, die Sätze der Wahrsagerin und das Lied aufschreiben. Das wäre wichtig, glaube ich. Wann musst du denn morgen anfangen?"

„Da Nick und ich in den Tagesdienst aufgestiegen sind, wenn auch nur für kurze Zeit, erst um acht Uhr. Also können wir vielleicht noch miteinander frühstücken. Sei mir nicht böse, es ist kurz vor Mitternacht, ich bin echt platt. Lass uns schlafen gehen."

Als die beiden in dem großen Bett lagen, Block und Stift auf Sofias Nachttisch, musste sie noch mal an Annas Worte denken. „Ja, ich glaube, sie hat recht, es geht jetzt erst richtig los."

Kapitel 7

Während Sofia und Anna in der Innenstadt von Bamberg zusammensaßen, stand weiter oben am Domberg David und sah aus dem Fenster auf die Stadt hinab. Auch er hatte ein Glas Wein in der Hand und ließ die Ereignisse der letzten Tage Revue passieren. Er hatte lange auf diese Zeit hingearbeitet. Seit er denken konnte, waren ihm seine Wurzeln wichtig. Obwohl er in Italien aufgewachsen war und die italienische Art zu leben liebte, konnte er seine deutschen Anteile nicht leugnen.

Er genoss das *dolce far niente*, das süße Nichtstun, ebenso wie er die deutsche Zuverlässigkeit und Pünktlichkeit schätzte.

Er liebte die lauten, lebhaften Gespräche am großen Tisch mit der ganzen Familie, freute sich aber genauso, wenn das Essen zur angegebenen Zeit auch auf diesem Tisch stand.

Durch sein Talent hatte er schon früh die Möglichkeit erhalten, die ganze Welt kennenzulernen, und er hatte in jedem Land, in jeder Stadt etwas dazulernen dürfen, konnte sich persönlich entwickeln, von seinem künstlerischen Werdegang ganz zu schweigen.

Seine Eltern hatten die Erinnerung an seine deutsche Vergangenheit immer wachgehalten. Die großen Feste wie Weihnachten und Ostern feierten sie nach deutscher Tradition. Im Laufe der Jahre vermischte sich dies natürlich mit vielen anderen kulturellen Einflüssen.

Der Traum seiner Eltern war damals, den fränkischen Weinanbau, den sie beide von der Pike auf gelernt hatten, auf italienischem Boden weiterzuführen. Sie waren also Vorreiter und seine Vorbilder im Verknüpfen verschiedener Kulturen. Da die Großeltern in Franken blieben, hatte David in seiner Kindheit die Ferien oft in der alten Heimat verbracht.

Er hatte auch noch gut in Erinnerung, wie wichtig es bei ihnen zu Hause gewesen war, zweisprachig aufzuwachsen. Rückblickend war es für ihn aber das Wichtigste, dass seine Eltern seine künstlerischen Versuche von Anfang an gefördert hatten. Nie hatte er Äußerungen zu hören bekommen wie „Mach etwas Handfestes", „Du musst die Weinberge später mal übernehmen" oder, noch schlimmer, „Hör mit dem Gekritzel auf". Er mochte die körperliche Arbeit, er fand es faszinierend zu sehen, wie man aus Trauben einen hervorragenden Wein machen konnte, aber es erfüllte ihn nicht. Diese tiefe innere Befriedigung, die in ihm aufstieg, wenn er an seiner Staffelei stand und alles um sich herum vergaß, ließ sich mit nichts vergleichen – außer vielleicht mit gutem, sehr gutem Sex. Aber dazu brauchte er die passende Partnerin, malen konnte er auch alleine.

Schon früh erkannte man in der Schule sein Talent, und da er in Italien in einem Land aufwuchs, in dem die schönen Künste einen hohen Stellenwert haben, und es viele Möglichkeiten gab, Talente wie ihn auch mit Stipendien zu unterstützen, war sein Weg bald schon vorgezeichnet.

Er beschritt ihn schon im Alter von elf Jahren. Für seine Eltern war es damals sehr schwer, ihn gehen zu lassen, aber sie mussten auch erkennen, dass es ein ganz tiefer Wunsch ihres Sohnes war, den sie ihm nicht abschlagen konnten. Er bekam ein Stipendium und durfte als jüngster Schüler an der Accademia del Giglio in Florenz beginnen.

Seine Eltern versuchten, ihn so oft zu besuchen, wie es ihnen möglich war. Und da in den Ferien im Weinberg oft Hochsaison war, besuchte er eben oft seine Großeltern in dieser Zeit.

Anfangs war es nicht leicht für ihn, vor allem, da seine Mitschüler älter waren und mit einem „Bambino" wie ihm nichts anfangen konnten.

Deshalb hatte er sich zunächst einsam gefühlt, aber nie ungeliebt, da er wusste, dass seine Eltern ihn nur aus Liebe hatten ziehen lassen. Mit der Zeit war er in Florenz sehr heimisch geworden.

Er liebte das alte Haus, in dem die Schüler untergebracht waren, die Geschichte, die sich in jedem Raum widerspiegelte, und irgendwann hatte er auch nicht mehr das Gefühl, alleine zu sein. Selbst wenn sich offensichtlich nur er in einem Raum befand, spürte er, dass jemand um ihn herumging. Wenn er im Bett lag, hatte er das Gefühl, es würde sich jemand über ihn beugen, ihm über die Wange streichen oder die Zudecke richten. Der Gedanke, dass ihm das Heimweh einen Streich spielen könnte, kam ihm zwar, aber da er das Leben in Florenz genoss und wusste, dass er am richtigen Ort war, konnte er das als Ursache für seine Wahrnehmungen eigentlich ausschließen.

Als er wieder einmal an seiner Staffelei saß und wartete, dass das Gefühl, beginnen zu können, in ihm entstand, hörte er tief in sich drin eine Stimme, die ihm sanft befahl, seine Augen zu schließen und einfach seine Hände zu bewegen. Er solle mit dem Herzen malen, nicht mit dem Kopf. Das erinnerte ihn an den *Kleinen Prinzen* von Antoine de Saint-Exupéry. Er liebte dieses Buch und las häufig Passagen daraus.

Die Zeit verging, und er hatte keine Ahnung, wie lange er an diesem Bild gearbeitet hatte. Als er die Augen wieder öffnete, wusste er aber, dass er noch nie in seinem kurzen Leben so etwas Schönes auf seiner Staffelei gesehen hatte und dass er auch nie wieder etwas auch nur annähernd Faszinierendes würde malen können. Dieses Bild war bis heute sein steter Begleiter und unverkäuflich. Die Farben waren, wie soll man das ausdrücken ... nicht von dieser Welt. Sie schienen sich direkt aus einem Regenbogen über das Bild zu ergießen. Anscheinend vollkommen willkürlich. Aber bei genauerem Hinsehen war jeder einzelne Pinselstrich perfekt gesetzt, keine andere Möglichkeit hätte Sinn gemacht.

Das Bild zeigte einen Engel, seinen Schutzengel, der sich ihm auf diese Weise offenbart hatte. Er begleitete ihn seit seiner Geburt und darüber hinaus – vielleicht auch schon davor. Und er unterstützte ihn auch heute noch bei seinen Demonstrationen des Intuitiven Malens.

In allen schwierigen Situationen seines Lebens hielt er Zwiesprache und bekam so eine Sicherheit in seinen Entscheidungen. Dadurch konnte er sich aber auch Dingen gegenüber öffnen, die für andere Menschen nicht greifbar waren und als Fantastereien abgestempelt wurden.

Der heutige Tag jedoch ließ ihn zum ersten Mal seit Langem an einer seiner Entscheidungen zweifeln. Für jeden Zuschauer musste es so aussehen, als würde er Selbstgespräche führen. Für ihn jedoch stand sein persönlicher Schutzengel, den er irgendwann einmal Leo, nach dem großen Leonardo, genannt hatte, direkt vor ihm. Den Namen fanden übrigens beide sehr passend.

„Bist du immer noch der Meinung, dass die Zeit reif ist hierherzukommen? ... Ja, ich zweifle ja nicht daran, dass sie diejenige welche ist. Aber sie zweifelt. Sie wird es nie in Erwägung ziehen. Im Gegenteil, das alte Muster ist immer noch präsent, vielleicht sogar noch stärker als damals. Wie soll ich sie davon überzeugen, dass wir zusammenarbeiten müssen, ja sogar zusammengehören, während sie mich wieder beschuldigen und verurteilen will. Ich weiß nicht, ob ich das noch einmal aushalte ... Doch, ja, ich vertraue darauf, dass wir das Richtige tun. Ich weiß, dass der Sinn dieses Lebens darin liegt und bin dir ja auch dankbar, dass du bei mir bist und mir den Weg weist. Aber ich habe nicht gedacht, dass es mir so schwer fällt.“ David schloss die Augen und trank einen Schluck. Er öffnete sie wieder und ließ den Blick über die nächtliche Stadt gleiten, fragte sich, was sie wohl gerade tat. Ob sie an ihn dachte, an ihre Begegnung an diesem Morgen?

„Weißt du, Leo, jeder Moment, den ich ohne sie verbringe, schmerzt regelrecht körperlich. Ihr so nahe zu sein, sie fast im Arm zu halten und mich nicht offenbaren zu können, war unermesslich schwer. Dass sie noch nicht so weit ist, habe ich gespürt. Und mit jedem weiteren Schritt hätte ich sie noch weiter von mir weggeschoben. Meinst du, die Worte, die ich gesagt habe, waren zu viel für sie? Nein? Gut, natürlich, es kann sein, dass es sie zum Nachdenken gebracht hat.

Aber jetzt mag ich nicht mehr darüber grübeln. Schenk mir doch schöne Träume, ich glaub, die habe ich mir verdient, meinst du nicht?“

Sein Gesicht nahm einen trotzigen Ausdruck an. „Ich warte nicht ewig. In zwei bis drei Wochen muss ich in Frankreich sein. Wenn ich bis dahin nicht spüre, dass sie in irgendeiner Weise auf mich reagiert, an eine gemeinsame Geschichte glaubt, werde ich sie aus meinem Herzen verbannen. ... Okay, vielleicht eher aus meinem Kopf, aber auch meine Leidensfähigkeit hat ein Ende, und ich will leben und nicht immer nur warten."

Er drehte sich um und ging in sein Schlafzimmer. Fast konnte er seine letzten Worte glauben, aber eben nur fast.

Und während in Bamberg die Straßenlaternen ausgingen, fielen David, Sofia und auch Anna in einen tiefen Schlaf, der von Wunschträumen, Zweifeln und Ängsten durchzogen war.

Kapitel 8

Mittwoch

Pünktlich um acht Uhr saß Sofia vor ihrem Computer. Sie lächelte, als sie an das Frühstück mit Anna zurückdachte. Anna war früher aufgestanden und hatte dann sogar noch nach ihrer morgendlichen Meditation den Frühstückstisch gedeckt. Sie tranken Kaffee und Tee, dabei fühlten sie sich fast an ihre Teeniezeit erinnert, als sie bei Anna zu Hause nach einer gemeinsam verbrachten Partynacht am Frühstückstisch saßen und über den letzten Abend diskutierten.

Als Anna sich erkundigte, wie Sofia sich denn nun fühlte, fiel dieser wieder der Zettel ein, der neben ihrem Bett lag. Sie war sich nicht so ganz sicher, ob sie es geträumt hatte, aber sie war der Meinung, dass sie heute Nacht etwas geschrieben hatte, und das musste sie nun gleich kontrollieren.

Und wirklich, sie kam lächelnd zum Tisch zurück und legte das Papier auf den Tisch. „Also, ich kann nicht beschwören, dass das der genaue Wortlaut war, aber anscheinend sind die Worte so aus meinem Unterbewusstsein aufgestiegen."

Anna nahm den Zettel und las vor:

„Das Leben lässt dir freie Wahl:
Soll nun vorbei sein deine Qual?
Lass dich aufs Abenteuer ein!

Die Liebe wird der Schlüssel sein.
Wage den Schritt!
Suche dein Glück!
Dein Leben beginnt jetzt."

„Mehr weiß ich nicht mehr, wir sind, glaube ich, an dieser Stelle dann auch an der Ampel wieder losgefahren, und direkt angeschaut hat sie mich auch erst, als wir wieder fuhren. Ich muss ja zugeben, du hattest recht, dass mir die Worte nachts wieder einfallen könnten, aber wenn kein Papier bereit gelegen hätte, wäre am nächsten Morgen wahrscheinlich nicht mal mehr eine Erinnerung da gewesen. Es passt irgendwie auch zu deiner Theorie mit der alten Geschichte zwischen David und mir. Aber ich finde es immer noch sehr unwirklich. Hast du denn gut geschlafen?"

„Ja, doch. Ich habe zwar auch etwas unruhig geträumt, aber das könnte auch am Wein gelegen haben. Bei meiner Meditation heute früh habe ich versucht, mich auf dich zu konzentrieren und darauf, was für dich wichtig sein kann. Dabei kamen mir immer die Sätze *Die Wahrheit liegt in dir ...* und *Vertrau auf dich*." Und die gebe ich dir jetzt mit auf den Weg. Ist nämlich schon spät. Ich räum den Tisch noch ab, und wir telefonieren einfach später noch mal. Lass dich drücken, bin in Gedanken bei dir."

Darauf konnte sie sich verlassen, Anna würde wirklich heute ganz viel liebe Gedanken an sie schicken, und auch wenn sie immer darüber lächelte und es infrage stellte, insgeheim freute sie sich darüber und hatte auch manchmal das Gefühl, dass man es mitunter fühlen konnte. Aber sie machte sich ja nicht lächerlich und gab das zu.

Fünf Minuten nach Sofia kam Nick ins Büro, nur minimal zu spät, was für ihn eigentlich gar nicht schlecht war.

Sofia reichte ihm gleich eine Tasse Kaffee. „Heute bin ich mal dran. Hab auch Brotzeit für dich mit besorgt. War es dir ja schließlich noch schuldig."

„Danke schön." Er sah ihr aufmerksam ins Gesicht. „Du siehst heute wieder viel besser aus als die letzten Tage. Sei mir nicht böse, aber du hattest große Ähnlichkeit mit einem kleinen Häschen. Deine Augen waren oft so erschrocken aufgerissen, und ich dachte immer wieder, du würdest dich auf der Flucht befinden. Ich freue mich, dass du wieder da bist. Und wenn du einen Zuhörer brauchst, weißt du, dass ich immer ein offenes Ohr für dich habe."

„Das weiß ich, und ich schätze das auch sehr. Vielleicht später, auf jeden Fall nicht hier. Und jetzt machen wir uns erst mal an die Arbeit. Sind denn die von dir gestern Abend noch angeforderten Unterlagen zu den Diebstählen aus Florenz und Siena schon hier?"

„Ich muss mal in mein Postfach schauen. Moment. Ja, zumindest von Florenz habe ich etwas. Gut, dass die auf meine englische Mail auch auf Englisch reagiert haben. Sie wollen natürlich auch wissen, warum wir die haben wollen. Ein ähnlicher Fall wurde ja von uns nicht gemeldet, und sie erhoffen sich nun von uns Hinweise, die auch ihnen weiterhelfen könnten, den Fall aufzuklären. Da sollten wir uns zunächst ganz unverbindlich geben, aber ich sollte vielleicht gleich antworten, nicht, dass sie an nächsthöherer Stelle nachfragen, und Heller Wind davon bekommt. Schließlich wollen wir uns die Lorbeeren selber abholen, wenn denn alles Fakt ist."

Er machte sich gleich an die Arbeit, wurde jedoch von Sofia unterbrochen, die ihn bat, das Dokument erst mal auch an sie weiterzuleiten. Dann könne sie einstweilen einen Blick darauf werfen.

Sie setzte sich konzentriert an den Rechner und las den Bericht, der netterweise in englischer Übersetzung geschickt worden war, aufmerksam durch. Neben sich hatte sie Papier und Stift liegen, um sich immer wieder Notizen machen zu können.

Im Anhang waren außerdem viele Fotos zu sehen, und auch einige Pressemitteilungen waren mit beigefügt. Und so waren die beiden die nächsten zwei Stunden erst einmal damit beschäftigt, den groben Inhalt zu sichten.

Als sie beide damit durch waren, öffnete Nick ein Fenster und sah Sofia fragend an. „Was meinst du? So richtig viel hilft uns das bei unserem Fall eigentlich nicht weiter. Man bekommt einen schönen Überblick über die Schätze, die in der Galerie ausgestellt wurden. Die Ermittlungen scheinen auch sehr detailliert gewesen zu sein, soweit wir das von hier aus sagen können. Aber da nur eine kleine Statue gestohlen wurde, hat es gar nicht so viel Staub aufgewirbelt, wie ich eigentlich dachte. Komm, lass uns erst mal Pause machen. Gehen wir kurz raus, wenn schon mal die Sonne scheint." Er schielte zur Brotzeittüte, die aus Sofias Tasche spitzte.

„Alles klar," lächelte sie, „Bratwurst im Schlafrock, Schnitzel-Sandwich oder Leberkäse-Semmel? Noch hast du die freie Auswahl. Du holst den Kaffee, und ich geh einstweilen nach draußen."

Als Nick Sofia hinter dem Revier in der kleinen Sitzecke für die Beamten sah, konnte er sich ein Lächeln nicht verkneifen. Obwohl sie wie eine Schicki-Micki-Tussi aussah – heute trug sie eine modische, cremefarbene Sommer-Chino, dazu passende Ledersandalen in hellem Beige, einen mokkafarbenen Sommerpulli und eine schicke Sonnenbrille, die, auf den Kopf geschoben, die langen blonden Locken bändigte, war sie ein prima Kumpel. Sie steckte gerade die Nase in die Essenstüte und sah fragend zu Nick. „Was jetzt? Wenn es okay ist, nehme ich mir die Bratwurst im Schlafrock? Gut, ach Servietten, Senf und Ketchup sind drin."

„Also, wenn du mich fragst, dein Anblick gefällt mir so viel besser als mit deiner Uniform. Das können wir gerne so beibehalten. Ich fühle mich in Jeans und T-Shirt auch viel wohler. Vielleicht sollten wir das mit der Kripo wirklich etwas forcieren."

In stillem Einvernehmen saßen sie nebeneinander und genossen ihr Essen im Sonnenschein.

„Wenn dich deine Eltern so sehen würden, meinst du nicht, sie wären mittlerweile sehr stolz auf dich, Sofia?"

Sofia war nicht überrascht, dass Nick sie auf ihre Eltern ansprach. Ihr Todestag jährte sich im nächsten Monat zum fünften Mal. Er wusste, dass die zwei ihren Wunsch, zur Polizei zu gehen, nie nachvollziehen konnten. Für Sofia war ihre ganze Kindheit und Jugend ein Kampf gegen das Desinteresse und Unverständnis zu Hause gewesen. All die

Jahre hatte sie sich danach gesehnt, nur einmal ein Wort der Anerkennung, des Stolzes oder vielleicht ein kleines Lob zu bekommen. Aber die einzigen positiven Worte betrafen die Tatsache, dass ihr Kindergeld so halbwegs ausreichte, um ihr Dasein zu rechtfertigen. Manchmal hatte sie überlegt, ob sie im Krankenhaus vielleicht vertauscht worden war. Abends vor dem Einschlafen malte sie sich aus, dass irgendwo da draußen ihre Eltern lebten, die sehr intelligent und wissbegierig waren und verzweifelten, da sie ein phlegmatisches, uninteressiertes Kind zu Hause hatten, das Chips und Schokolade essend auf der Couch vor dem Fernseher versauerte. In diesen Träumen malte sie sich aus, sie wären auf der Suche nach ihr und würden nie aufgeben, ihre wahre Tochter zu finden. Aber am nächsten Morgen war die Realität dieselbe wie am Tag zuvor.

Der Tag, an dem Anna und ihre Eltern in ihr Leben traten, änderte alles. Sofia bekam Eltern im Herzen, die nicht liebevoller hätten sein können, wenn sie Annas biologische Schwester gewesen wäre. Sie verbrachte fast ihre gesamte Zeit in dem schönen Haus in der Gartenstadt. Sie wusste, dass Annas Mama und Papa bei ihren Eltern in der Sozialwohnung gewesen waren und hatte sich im Nachhinein so geschämt. Aber nicht wegen der Wohnung, sondern, weil es ihre Eltern schlichtweg nicht interessierte, dass Annas Eltern sie um Erlaubnis bitten wollten, sich etwas um sie zu kümmern. Sie erklärten, sie wollten ihnen die Tochter nicht wegnehmen, aber die Mädchen würden sich so gut verstehen. Sie dachten, es könnte ihre Erzeuger verletzen, dass Sofia lieber bei der anderen Familie war. Aber die größte Sorge ihrer leiblichen Eltern war, dass das Kindergeld weiterhin kommen müsse. Gerade weil sie noch ein Kind war, schmerzte diese abermalige Verwundung sehr.

Damals war sie 12 Jahre alt gewesen, und was sie gerettet hatte, war ihre Gabe, es nicht als Verlust ihrer Eltern zu begreifen, sondern als Gewinn einer neuen Familie.

Vor fünf Jahren dann standen Nick und Sofia gerade am Beginn ihrer Ausbildung und machten ein Praktikum in der Polizeiinspektion Bamberg Stadt, im westlichen Teil, in dem auch ihre Eltern wohnten. Sie wurden zu einem Einsatz gerufen, weil Nachbarn in einer Wohnung einen seltsamen Geruch bemerkt hatten. Als sie ankamen, erfuhren sie, dass die Bewohner bei einer Kohlenmonoxidvergiftung durch einen defekten Gasherd gestorben waren. Erst vor Ort realisierte Sofia, dass es um die Wohnung ihrer Eltern ging. Sie selbst wohnte schon seit einiger Zeit bei Anna.

Nick hatte am Klingelschild verwundert festgestellt, dass hier auch eine Sofia Welch wohnen würde, zusammen mit einem Heinz und einer Gerda. In diesem Moment knickten ihr die Beine weg, und Nick konnte sie gerade noch auffangen.

Nun begriff auch er und bat die Kollegen, sie schnell wegbringen zu dürfen und den Arzt, der noch in der Wohnung war, möglichst schnell zum Dienstfahrzeug zu schicken, damit er nach Sofia schauen könne.

Dieses gemeinsame Erlebnis schweißte sie zusammen, wie es bei manchen Partnern erst nach vielen gemeinsamen Dienstjahren der Fall war.

Als es Sofia besser ging, brachte Nick sie zu ihrem wahren Zuhause und lernte hier Anna und ihre Eltern kennen. Sogleich wurde er in ihren Kreis mit aufgenommen. Sie saßen gemeinsam am großen Familientisch und trauerten mit ihr um ihre verlorenen, letzten Blutsbande.

Hier erfuhr Nick auch ihre ganze Geschichte. Nun jährte sich dieser denkwürdige Tag im nächsten Monat zum fünften Mal. Heute waren sie immer noch ein Team und konnten sich blind aufeinander verlassen.

Vor drei bis vier Jahren hatte es eine Zeit gegeben, in der Sofia überlegte, ob denn nicht vielleicht mehr aus ihnen werden könnte – angestachelt von ihren Kolleginnen, die meinten, dass Nick doch bestimmt auch ohne Uniform eine gute Figur mache. Und als sie dann einmal nach einem langen Dienstwochenende noch spät miteinander ausgingen, gemeinsam um die Häuser zogen und beide ein Glas Wein zu viel hatten, standen sie sich plötzlich gegenüber. Alles schien unweigerlich auf einen Kuss hinauszulaufen.

Als sich jedoch ihre Lippen trafen, konnten beide einen Lachanfall nicht verhindern.

„Oh mein Gott, Nick“, kicherte Sofia, „ich habe zwar keinen Bruder, aber genauso muss sich das anfühlen, wenn man einen hat und den dann küsst. Das ist ja wie Inzest." Gemeinsam sanken sie lachend auf den Boden und hielten sich dabei weiter in den Armen. Als er langsam wieder zu Atem kam, meinte Nick: „Stell dir mal vor, jetzt hätte der Boden gebebt, wie bei Hemingway, und wir hätten die ganzen letzten Jahre verschwendet."

„Der Boden gebebt, oh mein Gott, hör auf, ich bekomme schon Bauchschmerzen vor lauter Lachen."

„Nein, Sofia, alles gut. Jetzt wissen wir zumindest, dass wir uns wie Geschwister lieben und haben nicht immer im Hinterkopf *was wäre wenn?* Denn das hatte ich ehrlich gesagt schon ab und zu. Ups, dann muss ich jetzt alle Kollegen schimpfen, wenn sie über deinen Knackarsch anzügliche Witze reißen."

Prompt traf ihn Sofias Faust in der Magenregion. „Wie bitte? Ihr macht anzügliche Witze über meinen Hintern???"

Schäkernd machten sich die beiden in dieser Nacht auf den Heimweg.

Seitdem wachte Nick über Sofia wie ein großer Bruder, dem kein Verehrer gut genug war. Allerdings ließ auch sie kein gutes Haar an den Kleiderständern ohne IQ, die er mitbrachte und ihr vorstellte.

All diese gemeinsamen Erlebnisse hatten sie eng miteinander verbunden, und sie wussten, dass sie füreinander da sein würden, beruflich und privat.

Nur von ihren zwiespältigen, verwirrenden Gefühlen David betreffend, konnte sie ihm nichts erzählen. Dies war das erste Mal, dass sie ihm gegenüber nicht ehrlich war und etwas verheimlichte. Erst musste sie sich selbst über ihre Gefühle im Klaren sein.

„Soll ich dich nächsten Monat auf den Friedhof begleiten?", fragte Nick.

All die letzten Jahre war sie am Todestag ihrer Eltern zum Grab gegangen, um Blumen auf der schlichten Marmorplatte niederzulegen. Nie hatte sie dies alleine tun müssen. Nick und Anna standen ihr bei, und Annas Eltern kamen extra jedes Jahr aus Italien, um ihr den Rücken zu stärken.

Immer kaufte sie rote Nelken, weil es die einzigen Blumen waren, die ihre Mutter ab und zu in ihrer Wohnung auf dem Tischchen neben dem Fernseher stehen hatte. Sie legte den Strauß aufs Grab und las ihren Eltern das aktuelle Fernsehprogramm vor, da das das Wichtigste für sie gewesen war. Ein Ritual, das sie jedes Mal genauso wiederholte, sich dann umdrehte und verkündete: „Sie waren glücklich, als sie gestorben sind. Es kam der *Musikantenstadl*, und dabei sind sie friedlich eingeschlafen, bestimmt."

„Ganz bestimmt", bestätigten die anderen.

Hinterher gingen sie gemeinsam noch in die *Goldene Gans*, um ein Bier auf ihre Eltern zu trinken. Das war das einzige Lokal gewesen, in das sie jemals gemeinsam gegangen waren.

„Das wäre schön, wenn es wieder klappen würde, dass wir alle gemeinsam gehen. Muss ich mich schlecht fühlen, weil das ein Anlass ist, der Annas Eltern hierherbringt und ich mich deswegen riesig freue?"

„Nein, das musst du nicht. Im Gegenteil, wir freuen uns alle darauf. Sie haben dich nie verstanden, und wenn du mich fragst, auch nie verdient. Ihre einzige Sorge im umgekehrten Fall wäre gewesen, dass kein Kindergeld mehr reinkommt. Sie hätten wahrscheinlich nie ein Blümchen auf dein Grab gelegt und deinen Todestag schon längst vergessen.

Aber du bist anders, und dafür danke ich Gott jeden Morgen auf dem Weg zum Dienst. Aber bevor du jetzt gleich abhebst, machen wir uns mal lieber wieder an die Arbeit, hopp, hoch mit dir. Nicht, dass wir uns hier noch einen Sonnenbrand holen und uns gar nicht mehr aufraffen können."

„Ich kümmere mich jetzt mal um diese adrette, sehr französische Mademoiselle oder Madame Adele Grillet. Lass uns doch mal schauen, was hinter dieser Dame steckt. Irgendwie schon seltsam, dass sie an allen Schauplätzen auftauchte."

„Ich befürchte auch, dass wir uns noch eine Weile an den Computer setzen müssen. Wenigstens hatten wir in der Pause etwas Sonne. Ach, Sofia, war eigentlich Sander gestern noch hier, um seine Aussage zu unterschreiben? Hast du da was mitbekommen? Vom Heller haben wir bis jetzt noch nichts gehört. Gott sei Dank. Ich hatte schon Angst, er sitzt uns die ganze Zeit im Nacken, weil er Ergebnisse sehen will."

„Also bei mir hat sich noch niemand gemeldet, weder Heller noch Sander, aber das muss ja in den Akten stehen, ob er unterzeichnet hat. Ich schau gleich mal nach, Nick. Überprüfst du, ob Siena schon was geschickt hat? Also gut, dann auf in den Kampf."

Zurück im Büro setzten sie sich gegenüber an die Schreibtische. Nach ein paar Minuten sagte Sofia: „Also, hier steht, David Sander war gestern Abend um 20:46 Uhr hier und hat seine Aussage unterzeichnet. Was ist mit Siena?"

„Nichts, bisher, aber ich habe gerade eine Nachricht von Heller bekommen, ich soll ihn zum Bischof begleiten. Welch Wunder, er verzichtet auf deine Begleitung und bevorzugt mich? Das muss wohl daran liegen, dass ich katholisch bin und du evangelisch. Tja, dann wünsche ich dir noch viel Spaß und hoffe, du bemitleidest mich, wenn ich jetzt mit den hohen Würdenträgern unterwegs bin. Lass mir noch einen Kaffee übrig."

„Kommt darauf an, wann du wiederkommst. Ich habe eigentlich vor, heute mal pünktlich Feierabend zu machen. Mein Kühlschrank ist gähnend leer, und Anna hat mir heute Morgen schon einen Vortrag über gesundes Frühstück und Vitamine und so gehalten. Ich bin wirklich schon ein paar Tage lang nicht mehr einkaufen gewesen, also ist heute um 18 Uhr Schluss. Ich bring morgen die Brotzeit mit, aber dann bist du wieder dran."

Nick grinste sie an und schloss schwungvoll die Tür hinter sich, Sofia lehnte sich im Stuhl zurück und lächelte ihm nach. Ach, das Leben könnte so einfach sein, wenn sie beide sich ineinander verlieben würden, sie würden heiraten, ein Häuschen im Grünen bauen, zwei Kinder bekommen und lange glücklich und zufrieden miteinander leben. Zumindest bis zur Scheidung, bei der sie sich natürlich erbittert um die Kinder, das Haus und den inzwischen zur Familie gehörenden Hund streiten würden.

Tja, so weit zu Traum und Realität.

Die Arbeit rief.

Sofia sah auf die Uhr. Kurz vor sechs, und Nick war noch immer nicht zurück. Egal, dann würden sie morgen ihre Ergebnisse austauschen. Sie war schon gespannt, was er von dem Termin beim Bischof erzählen würde. Aber jetzt war erst mal Feierabend, alles speichern und den Rechner herunterfahren.

Als sie den langen Flur des Reviers entlangging, waren die Büros der Kollegen, die Tagesdienst hatten, schon ziemlich verwaist. Sie genoss es schon sehr, dass sie keine Uniform tragen musste und nun direkt nach Hause gehen konnte. Die Luft war noch sommerlich warm, und Sofia war froh, nur eine leichte Jacke dabei zu haben, die sie sich einfach über die Tasche hängen konnte. Ganz bewusst ging sie durch die Innenstadt, in der Hoffnung, in der Fußgängerzone noch ein paar Stände für Obst und Gemüse zu finden, die noch nicht abgebaut waren. An den alten Kinos wurde sie kurz etwas wehmütig. Früher war hier viel mehr los gewesen. Aber seitdem die großen Multiplexkinos eröffnet hatten, waren sie verwaist und spielten nur mehr Filme aus dem Spartenprogramm. Auf der Brücke, die über den Kanal auf die andere Seite der Stadt führte, hielt sie kurz inne und sah dem davonfließenden Wasser nach. Irgendwie war ihr leicht melancholisch zumute. Manchmal sollte man seine Sorgen und Probleme genauso wegfließen lassen können, es dem Wasser übergeben, das alles einfach mitnahm. In der Fußgängerzone angekommen hatte sie wirklich das Glück, dass ein paar Stände noch Ware hatten. Sie ging zu ihrem Lieblingsbauern, der sie schon von Weitem erkannt hatte und mit ihr ein paar Worte wechselte. Schließlich hatte sie sich schon länger nicht mehr blicken lassen und musste ihm versichern, dass sie nicht in der Zwischenzeit für Supermarktware entflammt war. Im Gegenteil, sie werde ihm weiterhin eine treue Kundin bleiben. Dafür bekam sie sogar ein paar besonders schöne Tomaten. Um diese Uhrzeit war das fast schon als Hauptgewinn einzustufen. Und es war auch ein schönes Gefühl, diesen Mann mit ein paar Worten glücklich gemacht zu haben, dachte sie, als sie über die alte Rathausbrücke ging, um den Fluss zu überqueren.

Sie liebte es, in diesem Viertel der Stadt zu wohnen, in dem immer etwas los war, in dem die Touristen unterwegs waren, um die Bamberger Spezialitäten zu genießen, das Bier, das nach Rauch schmeckte, die üppigen fränkischen Fleischportionen oder die weithin bekannten Bratwürste. Aber auch die Einheimischen, die einfach nach Feierabend noch einen trinken gingen und gute Musik hören wollten, fand man hier. Anna konnte das nicht nachvollziehen, sie hörte lieber die Vögel zwitschern anstelle des Stimmengewirrs aus unterschiedlichsten Sprachen, das manchmal auch etwas lauter war.

Ein paar Minuten später öffnete Sofia ihre Wohnungstür und stellte ihre Einkäufe ab. Sie entriegelte die Tür zu ihrem kleinen Balkon, um die Abendsonne in die Räume zu lassen. Wie gut es tat, die Schuhe auszuziehen und barfuß auf dem kühlen Boden zu laufen. Während sie ihr Bürooutfit gegen ein luftiges Sommerkleidchen tauschte, dachte sie: Endlich Feierabend und mal nur Zeit für sich selbst haben, das ist purer Luxus!

Sie packte die leicht verderblichen Lebensmittel in den Kühlschrank und ließ ein paar Tomaten, eine Gurke, eine Zwiebel und aromatischen Schafskäse auf der Arbeitsplatte, um sich einen leckeren griechischen Salat zum Abendessen zuzubereiten.

Ein Radler war im Kühlschrank kaltgestellt und passte hervorragend dazu, wobei auch ein guter Wein nicht zu verachten gewesen wäre, aber als Durstlöscher war ihr die Mischung aus Zitronenlimonade und Bier jetzt lieber.

Sie brachte den Salat, ihr Getränk und etwas von dem frischen Baguette, das sie am Markt gekauft hatte, zu dem kleinen Tisch auf dem Balkon.

So konnte sie die letzten Sonnenstrahlen genießen und endlich abschalten. Aus der Nähe hörte sie leise Musik. Es hatte schon seine Vorteile, in der Innenstadt zu wohnen. Hier pulsierte das Leben. und sie liebte es, dem Treiben zuzuschauen. Sie hatte die Distanz, die sie brauchte, fühlte sich aber doch zugehörig. Genau das war ihre Art, am Leben teilzuhaben.

Tja, meine liebe Anna, dachte Sofia, wenn du mich so sehen könntest. Sofort würdest du mir wieder sagen, ich soll doch rausgehen aus meiner kleinen Höhle und mitten rein ins Geschehen, mich unter die Leute in der Kneipe mischen und nicht nur von oben zuhören. Aber ich finde es so viel schöner. Hier geht es mir gut, und alles hier ist meins, mein Zuhause und jedes Möbelstück gehört mir, und darauf bin ich stolz.

Sie legte die Füße aufs Geländer des Balkons, stellte die Flasche ab und schloss die Augen, während sie der Band lauschte, die gerade *Imagine* von John Lennon anstimmte.

Ja, *Imagine*, ich stelle mir auch ein anderes Leben vor.

Und während sie so langsam in einen Zustand zwischen Schlafen und Wachen glitt, sah sie sich und David Sander vor sich.

Auch auf einem Balkon, allerdings war es der Balkon der schönen Villa am Domberg. Beide hatten sie ein Glas mit Champagner in der Hand, lächelten einander zu und schauten sich tief in die Augen. David nahm ihr das Glas aus der Hand und stellte beide auf dem Tisch ab. Aus der Ferne war Musik zu hören, die sie nicht zuordnen konnte, so sehr rauschte es auf einmal in ihren Ohren, aber das war egal. Sie wollte einfach nur in seinen Armen liegen und sich mit ihm gemeinsam bewegen. Er zog sie zu sich heran und bewegte sich im Takt der Musik mit ihr. Sie war versucht, mit den Fingerspitzen über die Narbe an den Augenbrauen zu streichen. Aber sie war nicht in der Lage, ihre Hand zu heben. Dort, wo seine Hand ihren Rücken berührte, glühte ihre Haut, sie hatte das Gefühl, sie würde verbrennen, und wenn er sie nicht festgehalten hätte, wäre sie wahrscheinlich zu Boden geglitten, so weich fühlten sich ihre Beine an. Ihr Mund wurde ganz trocken, und als sie ihn ansah, meinte sie, in seinen Augen zu ertrinken. Seine Lippen kamen näher, vor lauter Anspannung hörte sie zu atmen auf und dachte: Darauf habe ich mein ganzes Leben gewartet, endlich! Ganz sachte kamen seine Lippen auf den ihren zur Ruhe, nur um ganz langsam ...

In diesem Moment ertönte unter ihrem Balkon ein lautes Hupen, sie zuckte zusammen und fuhr hoch. Dabei stieß sie an den Balkontisch und schmiss ihre Flasche Radler um, deren Inhalt sich über ihren Schoß ergoss.

Mit hochrotem Kopf, wie ertappt, sah Sofia sich um und an sich herab. Alles klebte, jetzt musste sie definitiv eine kühlende Dusche nehmen, die sie schnell in die Realität brachte.

Auch David blinzelte auf seiner Terrasse in die Abendsonne. Allerdings hatte er nicht wie in Sofias Tagtraum ein Glas mit Champagner in der Hand, sondern einen kühlen Weißwein vom Weingut seiner Eltern.

Er hatte Musik aufgelegt und lauschte den italienischen Evergreens von Lucio Dalla und Adriano Celentano.

Versonnen trank er einen Schluck. Vielleicht hatte er bei der Ernte dieser Trauben in seinem Glas sogar mitgeholfen. Die Vorstellung munterte ihn auf. Nichts erdete ihn so sehr wie die Arbeit auf dem Weinberg seiner Familie. Und wenn er das Ergebnis dann hinterher in der Flasche mitnahm, hatte er überall auf der Welt ein Stück Heimat dabei. Dieser Duft würde ihn an seine Eltern erinnern, wo er auch war, dadurch waren sie ihm immer nahe. Bei dem Gedanken musste er unwillkürlich lächeln.

Morgen würde er zu Hause anrufen und mit ihnen sprechen.

Zufrieden drehte er sich um und ging ins Haus zurück.

Gerade als er sein Glas in der Küche abstellte, klingelte es an der Haustür.

Kapitel 9

David sah verwundert auf die Uhr, zehn Uhr vorbei. Wer sollte ihn denn um diese Zeit noch aufsuchen? Vor allem kannte eigentlich noch niemand seine neue Adresse. Es sei denn, Sofia ...

„Oh, Adele, ist etwas passiert? Mit dir hätte ich jetzt nicht gerechnet." Er konnte nur schwer die Enttäuschung verbergen, die in ihm hochkam, als er registrierte, dass nicht Sofia vor der Tür stand.

Auch Adele entging die Veränderung in Davids Gesicht nicht.

Seine Worte versetzten ihr einen Stich. Hatte sie also doch nicht danebengelegen, als ihr Gefühl ihr sagte, dass er sich von ihr entfernte. Aber was heißt „entfernen", dachte sie grimmig. Seit fünf Jahren versuchte sie, ihn nicht nur zu Ausstellungen in ihren Galerien zu bewegen, nein, auch in ihrem Bett hätte sie ihn schon längst gerne gehabt.

Er war der perfekte Gentleman, ging mit ihr aus, zum Essen, über den Roten Teppich, aber sobald der Abend dem Ende zuging, lag sie wieder alleine zwischen ihren Laken, ohne sie vorher kräftig mit ihm durchzuwühlen.

Bei ihren Nachforschungen war sie all die Jahre auf keine ernst zu nehmende Konkurrentin gestoßen, und es kratzte enorm an ihrem Ego, dass er ihrem nicht unbeträchtlichen Charme konstant widerstehen konnte. Sie hatte wirklich alle weiblichen Tricks, die ihr zur Verfügung standen, eingesetzt. Jedoch immer, wenn sie glaubte, jetzt wäre sie am

Ziel, gab er ihr ein unverbindliches Küsschen auf die Wange und verabschiedete sich formvollendet.

Vor einiger Zeit hatte sie dann mitbekommen, dass er hier in Bamberg ein Haus kaufen wollte, um sesshaft zu werden. Wie man in so einer spießigen Kleinstadt auch nur an etwas anderes als Flucht denken konnte, war ihr schleierhaft. Aber da aufgeben für sie nicht infrage kam, musste sie sich etwas einfallen lassen.

Also erzählte sie ihm euphorisch von einer kleinen Stadt in Nordbayern, der sie kulturell unbedingt unter die Arme greifen wolle, sozusagen als Entwicklungshilfe.

Sie würde dort eine kleine Galerie eröffnen, mit dem Schwerpunkt auf regionalen Künstlern und historischen Werken aus der Region. Auf ihre Bemerkung hin, diese Stadt sei so klein, dass sie bisher nie im Rampenlicht gestanden habe und dadurch natürlich auch einen Tourismusaufschwung erhalten würde, der sie über die Grenzen der Region hinaus bekannt machen würde, fragte David höflich nach dem Namen.

Sie hatte ihre Hausaufgaben natürlich gemacht und wusste, dass er hier geboren war.

Aber vor langer Zeit hatte sie gelernt, dass es immer besser war, wenn man sich als Frau eher etwas naiv und unwissend stellte, man kam leichter ans Ziel, wenn man unterschätzt wurde. Nicht umsonst hatte sie mittlerweile mehrere Galerien, die in der ganzen Welt einen erstklassigen Ruf genossen.

Also erwiderte sie ganz lapidar, das Städtchen heiße Bamberg. Woraufhin er ganz überrascht war und natürlich sofort seine Hilfe anbot, falls er zum Zeitpunkt der Eröffnung auch dort sein sollte, da er vorhätte, dort seine Wurzeln zu vertiefen.

Nun war es ein Leichtes, alle Termine so zu legen, dass er ihr nicht mehr auskommen konnte. Sie musste nur Interesse für dieses kleine Kaff heucheln, und er würde dahinschmelzen. Denn an seiner Reaktion hatte sie erkannt, dass dies sein Schwachpunkt war, hier würde sie seine Abwehr endlich knacken können. Wer hätte das gedacht?

Aufgeben war für Adele noch nie eine Option gewesen. Sie kam aus kleinen Verhältnissen und war in einem Randbezirk von Paris aufgewachsen. Allerdings wusste sie schon sehr bald, dass sie eigentlich in die luxuriösen Viertel der Weltstadt gehörte.

Sie machte einen guten Abschluss und bewarb sich als Sekretärin in einer Kunstgalerie mitten in der Stadt. Ihr war bewusst, dass sie es schaffen musste, zum Gespräch eingeladen zu werden. Deshalb gab sie ihre Bewerbung persönlich ab und kleidete sich hierfür sehr elegant, betonte ihre Reize, aber nicht zu offensichtlich.

Sie hatte selbstverständlich vorab recherchiert, wann der ältere, alleinstehende Besitzer morgens die Galerie betrat, und schaffte es, ganz unauffällig mit ihm an der Tür zusammenzutreffen. Na ja, und eineinhalb Jahre später war sie Madame Grillet, und nach weiteren fünf Jahren nannte das Ehepaar sechs neue Galerien ihr Eigentum. Vor gut vier Jahren war sie dann schließlich eine reiche, gut situierte Witwe, der die ganze Welt offenstand.

Sie wusste, dass viele sie als Goldgräberin tituliert hatten, aber sie hatte schöne Jahre mit Henri verbracht und war ihm sehr dankbar, weil er ihr ermöglicht hatte, in die High Society aufzusteigen. Er wiederum hatte ihre Treue und Ergebenheit geschätzt, als seine Ehefrau immer an seiner Seite zu stehen. Als er körperlich und geistig immer mehr abbaute, konnte er getrost Adele die Geschäfte übergeben, da er sich sicher war, dass sie den guten Ruf der Galerien nie aufs Spiel setzen würde. Im Gegenteil, ihr Ehrgeiz würde sie dazu bringen, weiter zu expandieren und neue Künstler zu entdecken, die den Markt revolutionieren würden. Schon immer hatte sie ein gutes Gespür für Talente gehabt.

Und so war sie unweigerlich auch auf David Sander gestoßen, einen fantastischen Künstler - und den ersten Mann seit Henri, der sie faszinierte und der ihre Prioritäten veränderte.

Leider waren ihre Versuche, ihm näherzukommen bisher nicht von Erfolg gekrönt gewesen.

„Ich kann dich doch nicht den ersten Abend in deinem neuen Zuhause alleine verbringen lassen. Für diesen Anlass habe ich ein ganz besonderes Tröpfchen mitgebracht." Sie zückte eine Magnumflasche

Champagner. Das eine oder andere Gläschen hatte sie vorher im Hotel schon getrunken, um sich auf den heutigen Abend einzustimmen.

Und während sie sich anschickte, den Champagner zu öffnen, machte sie sich auf die Suche nach der Küche, um Gläser zu organisieren. In ihrer Euphorie entging ihr, dass David ihren Enthusiasmus nicht teilte.

David hatte Mühe, den Wirbelwind Adele zu stoppen: „Moment, Adele. Das ist furchtbar lieb von dir, aber es ist schon spät, und ich war eigentlich gerade schon auf dem Weg ins Bett, also ..."

Er konnte den Satz gar nicht zu Ende bringen, da drehte Adele sich schon um, stellte die Flasche auf dem Küchentisch ab und legte ihm die Hände auf die Brust: „Dagegen habe ich natürlich erst recht nichts einzuwenden. Ich dachte, du würdest überhaupt nicht mehr fragen. Für mich bist du schon seit Langem der interessanteste und attraktivste Mann weit und breit. Nach nichts sehne ich mich mehr ..." Tief und verheißungsvoll blickte sie in seine Augen.

David war bei ihren Worten zur Salzsäule erstarrt und erwachte gerade noch rechtzeitig.

Er nahm ihre Hände von seiner Brust und sah in schmachtend blickende Augen, sah Lippen, die einer Einladung gleichkamen, und doch musste er diese schleunigst ausschlagen, bevor die Situation an Peinlichkeit nicht mehr zu überbieten wäre.

Deswegen sagte er mit sanfter Stimme: „Adele, ich glaube, du hast da etwas missverstanden. Das mit dem zu Bett gehen war keine Einladung, das möchte ich alleine tun."

„David, du brauchst jetzt nicht schüchtern zu sein. Seit Jahren gibt es für mich niemand anderen, und ich kann dir gar nicht sagen, wie glücklich du mich jetzt machst."

„Stopp", meinte David nun etwas energischer. Er nahm ihre Hände, die schon wieder an seiner Brust entlangglitten, und hielt sie mit etwas Abstand von seinem Körper weg. Er sah ihr ernst in die Augen. „Du verstehst das wirklich falsch, Adele, ich schätze und mag dich wirklich sehr, aber als gute Freundin. Nicht als meine Geliebte. Ich dachte, ich hätte dir das in all den Jahren immer auch so signalisiert. Du bist mir wichtig, unsere Freundschaft ist mir wichtig. Die möchte ich nicht aufs Spiel setzen." Eindringlich sah er sie an.

Als sie begriff, dass sie die Situation komplett missverstanden hatte, wäre sie am liebsten vor Scham im Boden versunken. David sprach von Gernhaben und Freundschaft. Oh mein Gott, sie hatte sich komplett lächerlich gemacht. Wie sollte sie ihm gegenüber jemals wieder unbefangen sein? Sie überlegte fieberhaft, wie sie die Situation noch retten könnte. Sie drehte ihm kurz den Rücken zu und versuchte sich zu sammeln. Plötzlich war sie ganz nüchtern, Wut stieg in ihr hoch. Wie konnte er ihrem Angebot widerstehen? Sie warf den Kopf in den Nacken und sah über die Schulter.

„Das ist mir jetzt aber peinlich. Da habe ich wohl vorhin ein Gläschen Champagner zu viel getrunken. Dass ich dich falsch verstanden habe, muss wohl daran gelegen haben. Ach, dann lassen wir die Flasche stehen, für ein andermal. Vraiment, geh du ruhig zu Bett, ich ruf mir mal ein Taxi. Wir telefonieren dann morgen gegen Mittag, um die Vernissage in der Galerie nächste Woche zu besprechen, n'est pas?"

Sie ging auf ihn zu, ganz Dame von Welt, stellte sich auf die Zehenspitzen und drückte ihm links und rechts ein Küsschen auf die Wange, wartete keine Antwort ab, und bis der verblüffte David reagieren konnte, war sie schon lächelnd und vor sich hin summend zur Tür hinaus. Dabei hatte sie ihr Handy gezückt und ein Taxiunternehmen angerufen.

David konnte die Haltung der Französin nur bewundern. Er glaubte nicht, dass viele Frauen in der gleichen Situation ähnlich souverän reagiert hätten. Es war ihm zwar etwas mulmig zumute, wenn er an ihr nächstes Zusammentreffen dachte. Er hatte schon hinter vorgehaltener Hand vernommen, dass sie sehr unleidlich sein konnte, wenn sie ihren Willen nicht bekam, und fragte sich, welche Zeichen er wohl übersehen oder ausgesandt hatte, um so ein prekäres Missverständnis aufkommen zu lassen.

Aber während er die Treppe hochging, hatte er Adele eigentlich schon wieder vergessen, und seine Gedanken schweiften zu Sofia.

Was sie wohl gerade machte? Er mochte die Vorstellung, dass sie auch gerade an ihn dachte und mit diesem Gedanken zu Bett ging und einschlief. So wie er an sie dachte.

Jedoch lief es mit ihr nicht so, wie er es sich ausgemalt hatte. Er musste dringend einen klaren Kopf bekommen, in Ruhe nachdenken. Abstand – war es das, was Sofia wollte, das, was auch er brauchte, um ein Gefühl für die veränderte Situation zu bekommen?

Wer jedoch gerade sehr intensiv an ihn dachte, war Adele. Allerdings waren gut gemeinte Gedanken hiervon meilenweit entfernt, um nicht zu sagen, sie entsprangen anderen Galaxien.

Sie hatte es noch mit Mühe geschafft, sich scheinbar gelassen ein Taxi zu rufen und ins Hotel bringen zu lassen. Aber in ihrem Zimmer fiel die Maske von ihr ab, und ihre schönen Gesichtszüge verzerrten sich vor Wut und Zorn.

Wie konnte sie so ein dahergelaufener Kritzler derart demütigen und bloßstellen? Am liebsten hätte sie um sich geschlagen und etwas gegen die Wand geworfen, aber diese niederen Instinkte hatte sie schon vor Jahren bekämpft und in den Griff bekommen.

Allerdings musste sie raus hier. Sie hatte das Gefühl, im Hotelzimmer zu ersticken. Sie wusste zwar nicht, wo sie sich in diesem Kleinstadtmief würde abreagieren können, aber sie hatte immer noch jedes Mal eine Möglichkeit gefunden.

Laut donnernd fiel die Tür ihrer Suite hinter ihr ins Schloss.

Kapitel 10

Als Sofia am nächsten Morgen zur Dienststelle kam, fühlte sie sich richtig erholt. Sie hatte tief und fest geschlafen, und falls sie geträumt hatte, war zumindest keine Erinnerung mehr vorhanden.

Außerdem war schon Donnerstag, und da diese Woche ja kein Schichtdienst angesagt war und Lukas Heller die Deadline auf den morgigen Freitag gelegt hatte, wäre vielleicht sogar mal wieder ein ganzes dienstfreies Wochenende in Sicht.

Und wenn heute nicht noch ein Wunder geschah, konnte sie die Angelegenheit David Sander vor Samstag auch zu den Akten legen. Bei diesem Gedanken grummelte es zwar in ihrer Magengegend, aber trotz allem war die Vorstellung sehr beruhigend, dass danach alles wieder seinen geregelten Gang gehen würde. Allerdings musste sie sich noch mit Anna und dem Thema Rückführung auseinandersetzen. Sofia sah, nachdem kein neuerliches Treffen mit dem Maler mehr anstand, keinen Grund, diese Thematik, die ihr eh schon Bauchschmerzen bereitete, zu vertiefen. Von dieser Einstellung jedoch musste sie Anna noch überzeugen.

Jetzt machte sie erst mal Kaffee, fuhr den Computer hoch und öffnete das Fenster, um die Sonne in den kühlen, tristen Raum hereinzulassen. Da sie früh dran war, erlaubte sie sich, die ersten Schlucke am offenen Fenster zu trinken und noch etwas die Ruhe zu genießen, die bald vorbei sein würde.

So sah Nick sie, als er auf das Revier zusteuerte. Eine hübsche, selbstbewusste Frau, die wie gemalt dastand und selbstvergessen an ihrer Tasse nippte.

Er konnte nicht anders, als einen Pfiff auszustoßen: „Na, schöne Frau, was hältst du davon, wir schnappen uns ein Auto und fahren für einen Cappuccino nach Wien, Salzburg, Paris oder vielleicht an den Gardasee? Du hast die freie Auswahl."

Er strahlte zu ihr hoch.

Leider bog in diesem Moment Lukas Heller auf den Parkplatz ein. Er hielt neben Nick, öffnete das Fenster und sagte ohne lange Vorrede: „Wir treffen uns um 11.30 Uhr mit ihren Ergebnissen in meinem Büro. Geben Sie bitte der Kollegin Bescheid."

Sprach's und fuhr weiter, ohne eine Antwort von Nick abzuwarten. Der verzog nur kurz den Mundwinkel und verdrehte die Augen, als der Wagen um die Ecke war. Er machte sich auf den Weg zu Sofia, die ihn schon mit einer Tasse heißem Kaffee erwartete.

„Schau, das war die Peitsche, und ich habe das Zuckerbrot", grinste sie.

„Hast du's gehört? 11.30 Uhr in seinem Büro.

Wie weit bist du denn gestern noch gekommen? Als ich zurückkam, warst du ja schon weg. Das mit dem Bischof war nur Politik. Viel Gelaber, wenig Inhalt. Der hat einfach nur Muffe, dass seine Schäfchen, die ja eh immer weniger werden, abwandern, und in diesem speziellen Fall eben zu einer Person, die mit zwielichtigen Aktionen im Rampenlicht steht. Der hat anscheinend panische Angst, dass sein Bistum von einer Sekte unterwandert wird. So hat er wenigstens getan. Auf mich wirkte er eher wie ein Machtmensch, der sein Revier verteidigt. Aber ich muss sagen, der Heller macht das ganz gut. Hat ihm vermittelt, dass seine Sorgen und Ängste ernst genommen werden und extra eine Sonderkommission seiner Anzeige nachgeht. Da konnte ich mir nur schwer ein Grinsen verkneifen – wir beide ein Sondereinsatzkommando.

Aber er konnte den Bischof beruhigen. Und ich hatte nur die Aufgabe, dabeizustehen, wichtig auszusehen und ab und zu zu nicken." Er grinste, trank einen weiteren Schluck Kaffee und stand auf, um sich nachzuschenken: „Nun erzähl, was hast du gestern noch so ausgegraben?“

Sofia lehnte sich in ihrem Stuhl zurück, schlug die langen Beine übereinander, die heute in einer weiten Sommerhose mit pastellfarbenem Blumenmuster steckten. Dazu hatte sie Sandalen an, und man konnte farblich passende Nägel sehen. Dies alles registriert Nick sehr wohlwollend. Mit Bedauern dachte er an nächste Woche, wenn sie beide wieder in Uniform zum Dienst gehen mussten. Auch er bevorzugte normale Jeans oder Chinohosen, dazu leichte Sommerhemden oder Shirts. Außerdem brachte die khakifarbene Dienstkleidung seine schönen blauen Augen gar nicht richtig zur Geltung, ein bisschen eitel war er schließlich auch.

Sie grinste, als sie seinen Blick hinunter zu ihren Zehen sah: „Nett, nicht wahr? Aber nun kommen wir mal zu unserem Kreativpaar. Ich kann es eigentlich in einem Satz machen: Nichts, ich habe eigentlich gar nichts gefunden, das für uns relevant wäre oder in irgendeiner Form den Verdacht rechtfertigen würde, dass einer der beiden etwas Ungesetzliches getan haben könnte.

Unsere schicke Madame ist Witwe und hat mit ihrem Gatten, der übrigens 45 Jahre älter war, bis zu seinem Tod eine Reihe von Galerien aufgebaut, die einen ausgezeichneten Ruf haben. Die größte und wichtigste hatte er allerdings schon vorher. Sie haben erstklassige Sicherheitssysteme und es gab all die Jahre nie einen Diebstahl zu vermelden. Bis auf die zwei Einbrüche, auf die auch wir gestoßen sind. Zwar waren auch in diesem Fall die Alarmanlagen und Überwachungssysteme auf dem neuesten Stand, aber sie wurden offenbar einfach ausgeschaltet. Am Abend zuvor waren die Stücke noch da, und am nächsten Morgen, schwuppdiwupp, waren sie weg. Es waren keine besonders wertvollen Exponate, die entwendet wurden, wahrscheinlich einfach Liebhaberstücke für irgendjemanden. Allerdings gab es immer einen kirchlichen Bezug.

Nachdem die Ermittlungen der Polizei nichts ergeben hatten, zahlte die Versicherung anstandslos. In der Presse fanden die Vorfälle nur am Rande Erwähnung, da es sich nicht um Aufsehen erregende Einbrüche handelte. Das einzig Bemerkenswerte ist, dass an beiden Abenden unser Pärchen zusammen unterwegs war und sich die zwei dadurch gegenseitig ein Alibi geben konnten. Da sie sich aber jedes Mal an einem öffentlichen Ort, sprich: Restaurant befanden, war das auch kein Grund für die Ermittler, Verdacht zu schöpfen. Es konnte ja leicht überprüft werden.

Hier in Bamberg war Adele Grillet schon ein paar Tage vor David Sander, da sie eine neue Galerie in der Stadt eröffnen möchte, übrigens schon nächste Woche. Also, ich kann nichts finden. So schwer es für Heller vielleicht auch zu akzeptieren ist, David Sanders Weste ist wirklich blütenrein, und das werden wir ihm nachher auch sagen müssen. Ich finde es nur schade, dass wir dann nächste Woche wieder normal in den Schichtdienst müssen. Aber jetzt wissen wir ja, worauf wir hinarbeiten." Sie grinste Nick an, griff nach ihrer Kaffeetasse und war insgeheim ein wenig wehmütig.

In diesem Moment ging die Tür zu ihrem Büro auf, und ein uniformierter Kollege streckte den Kopf herein: „Ihr bearbeitet doch den Fall mit diesem Künstler David Sander? Dann habe ich vielleicht was für euch." So viel zum Thema Fall abschließen, dachten beide synchron.

Der Kollege trat ein und setzte sich auf die Kante des Fensterbretts. „Wir wurden heute Morgen in die neue Galerie Grillet gerufen, und eine hysterische Französin ist darin wie ein aufgescheuchtes Huhn hin und her gerannt. Es sei eine antike Skulptur aus dem 16. Jahrhundert verschwunden. Gestern habe sie noch alles kontrolliert, und heute Morgen sei sie unsanft durch den Anruf ihres Geschäftsführers geweckt worden, dass die Figur verschwunden sei. Es wurde kein Alarm ausgelöst, obwohl alles bereits installiert war, und auch die Videoaufzeichnungen hätten nichts ergeben. Und nun kommt der Grund, warum ich hier bin. Denn auf einmal fängt sie an, diesen Sander zu verfluchen, immer, wenn er in der Nähe wäre, würde was wegkommen, und die folgenden Ausdrücke kann ich leider nicht wiedergeben, da sie auf Französisch waren und unter Garantie den Tatbestand der Beleidigung erfüllen würden. Hat ganz schön Temperament, die Gute. Wir sind noch bei der Spurensicherung, allerdings bisher erfolglos. Wollte euch nur fragen, ob ihr noch Informationen für uns habt. Wir werden heute Nachmittag zu Sander fahren und ihn vernehmen, da ist mir jeder weitere Hinweis recht."

Sofia hatte auf einmal ein heftiges Grummeln im Bauch, das konnte doch nicht sein, noch ein Diebstahl! Und in ihr sträubte sich alles, David Sander zu verdächtigen. Ihr Gefühl sagte, dass er sich nie an einem Verbrechen beteiligen würde, aber es konnte doch kein Zufall sein, dass er schon wieder zur selben Zeit am selben Ort war. Sie musste kurz hier raus und den Kopf frei bekommen. Sie nahm ihre Tasche und sah Nick an: „Du, Nick, erzählst du ihm bitte kurz, was wir über die anderen Diebstähle erfahren haben? Hat zwar nichts ergeben, aber vielleicht hilft es weiter. Wir müssen in zehn Minuten bei Heller sein, und ich müsste noch mal schnell ... ähm."

Sie schaute leicht verlegen, um ihrem Kollegen verständlich zu machen, dass es sich um Frauenangelegenheiten handelte.

Nick lächelte nur: „Kein Thema, ich mach das schnell und gebe die Unterlagen weiter. Du gehst dann gleich zu Heller? Oder kommst du vorher noch mal hierher?"

„Ich komm noch mal hierher, bis gleich."

Auf dem Weg zu den Toiletten wurde ihr ganz heiß, sie hatte Nick im Dienst noch nie angelogen. Oh mein Gott, was tat sie? Im Waschraum vergewisserte sie sich, dass niemand sonst anwesend war und positionierte sich im Vorraum so, dass sie jederzeit mitbekam, wenn jemand das WC betrat.

Sie nahm ihr Handy aus der Handtasche und suchte die sorgsam in einem Seitenfach verstaute Visitenkarte von David Sander heraus. Ihr Herz klopfte bis zu den Ohren, und es fühlte sich so an, als hätte ihr Kopf die Farbe von Tomaten. Sie atmete tief durch, dann wählte sie die Nummer.

„Sander", meldete sich David.

„Hallo, hier ist Sofia Welch." Sie machte eine kurze Pause – was, wenn er sich nicht an ihren Namen erinnerte? „Von der Bamberger Polizei."

„Ich weiß, was kann ich für Sie tun?"

Seine reservierte Art machte es nicht leichter für sie. Sie spürte, dass ihr Herz bis in Kopf pochte. Das Blut rauschte durch die Adern.

„Hören Sie, ich dürfte das jetzt eigentlich nicht, und ich weiß auch nicht, warum ich das tue, aber ich kann nicht anders. Es wurde ein Diebstahl verübt, hier in der Galerie Grillet, letzte Nacht. Und Madame Grillet hat gegenüber meinen Kollegen den Verdacht geäußert, Sie könnten etwas damit zu tun haben."

Sofia hatte sehr schnell gesprochen und hielt nun kurz inne.

„Ich glaube nicht, dass Sie es waren. Mein Gefühl sagt es mir, oh mein Gott, ich werde deswegen in Teufels Küche kommen." Sie atmete schnell und tief ein und wieder aus. „Aber überprüfen Sie Ihr Alibi von letzter Nacht. Da stimmt irgendetwas nicht. Immer sind Sie in der Nähe, wenn etwas aus den Galerien verschwindet. Ich ... oh, da kommt jemand. Bitte behalten Sie für sich, dass ich angerufen habe."

Sie legte schnell auf und schloss sich in einer der Kabinen ein, verstaute ihr Handy und die Visitenkarte. Erschöpft und fassungslos über ihr eigenes Verhalten lehnte sie sich an die Toilettentür. Was hatte sie nur getan?! Ihr unüberlegtes Handeln konnte all ihre Karrierebemühungen schlagartig zunichtemachen. Und das nur, weil sie ein Gefühl hatte, ein Gefühl, oh mein Gott! Sie hörte sich schon an wie Anna.

Ein Blick auf die Uhr. Vier Minuten vor halb elf. Nick würde schon warten.

Sie drückte die Toilettenspülung, ging nach draußen, wusch sich die Hände und benetzte ihr Gesicht mit kaltem Wasser, als eine Kollegin an das Waschbecken neben sie trat.

„Schon ziemlich warm heute, nicht wahr? Hoffentlich bekommen wir dieses Jahr endlich die schon lange versprochenen Klimaanlagen."

„Da hast du recht! Wie lange ist es jetzt schon her, dass die versprochen wurden? Ich glaube, das war schon vor meiner Zeit hier." Sie lachte, und gemeinsam gingen sie über den Flur in ihre jeweiligen Büros zurück.

Puh, an mir ist ja glatt eine Schauspielerin verloren gegangen, dachte Sofia. Aber Nick etwas vorzuspielen war schon bedeutend schwieriger.

Er stand schon in den Startlöchern, die Unterlagen unter dem Arm und sah sie prüfend an.

„Alles gut? Also darum beneide ich euch Frauen nun wirklich nicht. Soll ich alleine zu Heller? Nein? Na dann, auf in den Kampf. Wenn du dich nicht wohlfühlst, kann ich auch das Ganze übernehmen. Ich werde ihm erzählen, dass du auf die Diebstähle in den Galerien gestoßen bist, die zeitgleich mit seiner Anwesenheit an diesen Orten stattfanden, aber dass nichts gegen ihn vorliegt, von Siena haben wir noch nichts gehört, aber es scheint keinerlei Verdacht gegen ihn zu geben. Tja, und dann informiere ich ihn noch über den Fall hier in Bamberg. Weißt du, was das Beste daran ist? Ich vermute mal, dass wir den Fall mit übernehmen sollen und deshalb noch nicht gleich in den Schichtdienst zurückmüssen. Sehr cool."

Er grinste, hakte sich bei ihr unter, und gemeinsam gingen sie zu Lukas Heller.

Daran hatte sie noch gar nicht gedacht. Klar, mit großer Wahrscheinlichkeit würden Nick und sie die Ermittlungen zum Diebstahl mit übernehmen. Das bedeutete, sie würde David nachher gleich gegenübertreten müssen ... oder vielleicht dürfen.

„Ich mache mir eher Gedanken darüber, ob es nicht Ärger gibt, weil wir ihn nicht über diesen Zusammenhang informiert haben und er jetzt der Ansicht ist, es wäre zu vermeiden gewesen, wenn wir mitgedacht hätten. So ganz sicher bin ich mir da noch nicht. Aber in ein paar Minuten werden wir es wissen. Also, auf geht's."

Sofia sah Nick an, sie schnauften beide noch mal tief durch, Nick klopfte an, und auf das energische „Herein" traten sie in Lukas Hellers Büro.

Mit einem lauten Krachen fiel zirka dreißig Minuten später genau diese Tür hinter ihnen ins Schloss, und sie standen an derselben Stelle wie vorhin. Leider war Sofias Ahnung richtig gewesen, sie hätte allerdings gerne darauf verzichtet, recht zu behalten. Der Staatsanwalt war nicht begeistert gewesen, und das war noch milde ausgedrückt.

Nick sah Sofia an: „Ich glaube, die Mittagspause schieben wir erst mal auf später. Lass uns ins Büro gehen und uns sammeln."

In stillem Einvernehmen gingen sie schweigend in ihr provisorisches kleines Reich zurück, schlossen die Tür, und wie ein altes Ehepaar, das seine Rollen kennt, nahm einer die Kaffeekanne, der andere die Tassen und bestückte diese mit Milch und Zucker. Sie setzten sich.

„Das war jetzt etwas anders, als wir dachten", meinte Nick.

Sofia nickte: „Vielleicht ist das ja auch mein Fehler gewesen. Ich dachte halt, wir langweilen ihn nicht mit Dingen, die nicht Fakt sind, stellen erst unsere eigenen Ermittlungen an und schauen, ob etwas zu finden ist, das unseren Fall hier betrifft. Klar, wir haben gehofft, dass uns das Ganze einen positiven Eintrag bescheren würde. Und unsere nächste Beurteilung so ausfällt, dass sie uns dem Traum, zur Kripo zu gehen, näherbringt."

„Du hattest das ja auch nur durch deinen kriminalistischen Spürsinn entdeckt, Miss Marple", versuchte Nick zu scherzen. „Das hat er ja dann auch eingesehen, dass keiner hätte wissen oder auch nur vermuten können, dass wieder etwas gestohlen würde. Vor allem hat Adele Grillet erst diesmal eine konkrete Anschuldigung gegen Sander vorgebracht. Also hätten wir uns auf sehr dünnem Eis bewegt, wenn wir Heller zu diesem Zeitpunkt davon berichtet hätten."

Oh ja, dachte Sofia, und in dieses dünne Eis bin ich bereits eingebrochen. Jetzt hoffe ich nur, dass ich durch meine doofe Aktion vorhin nicht untergehe und zurück an die Oberfläche komme.

„Also, dann bestellen wir Sander jetzt aufs Revier, wie von Heller angeordnet. Ab sofort keine Sonderbehandlung mehr. Lass uns mal hören, was er heute Nacht so gemacht hat. Ach, Sofia, magst du mal zu dem Kollegen gehen und nach dem Bericht zum Diebstahl fragen? Oder willst du lieber Sander anrufen?", er grinste sie an.

„Nein, mach du nur. Ich geh mal schnell rüber und hole das Protokoll."

Sie stand rasch auf und verließ den Raum, bevor noch ein dummer Kommentar von Nick kommen konnte.

Unterwegs machte sie noch kurz im Waschraum halt. Erfreut, dass sie die Einzige dort war, blieb sie vor dem Spiegel stehen. Prüfend blickte sie sich ins Gesicht, so, als ob man dort irgendwo „Verräterin“ geschrieben stünde. Kein scharlachroter Buchstabe, stellte sie mit Galgenhumor fest. Aber sie wusste nur zu gut, dass man das einem Menschen nicht ansehen konnte. Sie hoffte, Nick würde ihre geröteten Wangen und ihre Stimmungsschwankungen vorhin unter „weibliche Hormone“ verbuchen. Wenn sie ehrlich war, empfand sie es eher als Verrat an Nick als an ihrer Berufsehre.

Sie bereute nicht, David Sander angerufen zu haben. Tief in drinnen wusste sie, dass er mit dem Diebstahl nichts zu tun hatte. Dieses Gefühl war seltsam. Obwohl sie bisher immer nur mit dem Kopf entschieden hatte und diese spontane Aktion, nach ihrem Gefühl zu handeln, neu für sie war, fühlte es sich doch nicht fremd an – eher als unvermeidlich und richtig. Bei diesem Gedanken lächelte sie ihr Spiegelbild überraschenderweise sogar an und sah gar nicht mehr verzweifelt aus. Sie lächelte zurück, kühlte sich das Gesicht erneut mit klarem Wasser und machte sich auf den Weg, um den Bericht abzuholen.

Fünf Minuten später setzte sie sich Nick gegenüber.

„Also, die Kollegen meinen, der Einbruch muss zwischen zwei und sechs Uhr früh erfolgt sein. Denn vorher, beim Rundgang des Sicherheitsdienstes war die Alarmanlage noch aktiviert und alles an seinem Platz. Beim Kontrollgang am Morgen fiel ihm dann auf, dass die Alarmanlage deaktiviert worden war und besagte Skulptur fehlte. Die Anlage war nach Auskunft der Kollegen mit dem Code ausgeschaltet worden und damit auch zugleich die Videoüberwachung. Das Passwort kennen die Security, der Geschäftsführer und natürlich Madame Grillet selbst. Die Spurensicherung ist noch vor Ort.

Auch diesmal ist wieder ein relativ unbedeutendes Stück, verschwunden, vielleicht sogar willkürlich ausgewählt, obwohl dort auch sehr viel wertvollere Kunstwerke ausgestellt sind. Nachdem die Alarmanlage aus war, hätte man theoretisch die ganze Galerie ausräumen können. Bin mal gespannt, ob es in Siena genauso gewesen ist. Denn das hier deckt sich mit dem Bericht aus Florenz. Wann kommt Sander zur Vernehmung?"

„Gar nicht. Er ist gar nicht in Bamberg. Ich habe ihn vorhin angerufen und gebeten, nochmals vorbeizukommen, da es noch eine Unstimmigkeit gebe. Da meinte er, das müsse warten, da er seit heute Morgen bei seinen Eltern in der Toskana sei. Er war überrascht und sagte, es sei doch bereits alles geklärt und er wisse nicht, warum wir ihn noch mal sprechen wollten.

Ich habe ihn beruhigt, es gehe nur um eine kurze Auskunft, und gefragt, seit wann er denn in Italien sei. Daraufhin sprach er mit seiner Mutter im Hintergrund und fragte sie, wann genau er denn angekommen sei. Er sei nämlich die Nacht durchgefahren und habe dann morgens gar nicht auf die Uhr gesehen. Dann hörte ich eine weibliche Stimme sagen, dass es so gegen neun, halb zehn gewesen sein müsse, da sie gerade für ihren zweiten Espresso Pause machte und vom Weinberg auf die Terrasse kam, als er in die Einfahrt fuhr. Ich bat ihn, er möge sich doch melden, wenn er wieder hier wäre."

„Das ist ja jetzt doch ziemlich überraschend. Er hatte mit keiner Silbe angedeutet, dass er nach Italien fahren wollte. Er scheint ja mit dem Auto gefahren zu sein. Weißt du, wie lange man da unterwegs ist?"

„War gerade dabei nachzuschauen, als du hereinkamst. Deshalb war ich auch so gespannt, in welchem Zeitraum die Skulptur gestohlen wurde.

Also von hier nach Greve, hab schon nachgeschaut, das ist der nächstgrößere Ort in seiner Heimat, braucht man acht bis neun Stunden. Tja, dann fällt er raus als Täter. Müssen wir zwar noch genau überprüfen, aber selbst wenn er geflogen wäre, wäre das mit den Wartezeiten vor dem Flug und hinterher fast nicht machbar."

„Dann sollten wir das direkt an Heller weitergeben. Schreibst du ihm eine Mail? Ich glaube, wir müssen nicht gleich noch mal zu ihm. Mein Leidenspensum ist für heute erschöpft." Sie zog eine Schnute.

Sofort erkundigte sich Nick: „Geht es dir denn noch nicht besser?" Sofia hatte jedoch nur an den unangenehmen Termin bei Heller gedacht und nicht an ihre Ausrede und fühlte sich gleich wieder schlecht. „Nein, mir geht es wieder gut. Aber komisch finde ich dann das Verhalten der Französin. Bisher hatte sie David Sander nie beschuldigt, schien eine gute Bekannte zu sein, und jetzt auf einmal das. Seltsam. Was hältst du davon, wenn wir ihr einen Besuch abstatten und uns bei der Gelegenheit auch die Galerie mal genauer anschauen?“

„Wollte ich auch gerade vorschlagen. Ich mach noch schnell die E-Mail an Heller fertig. Die Galerie ist in der Innenstadt, da könnten wir auch laufen und unterwegs gleich Mittag machen.“

„Oh ja, wir können auf dem Weg schauen, ob man irgendwo schön draußen sitzen kann. Bin dabei.“

Kapitel 11

David legte das Handy zur Seite, drehte sich um und sah den fragenden Blick seiner Mutter.

„Alles in Ordnung bei dir?“

Sie lehnte am Küchentisch in der großen, heimeligen Familienküche, die schon immer das Zentrum des Hauses gewesen war. Als er sich umsah, wurde ihm bewusst, dass er versuchte, in seinem Haus in Bamberg eine ähnliche Atmosphäre zu schaffen. Obwohl das Haus dort nicht den gleichen rustikalen Charme hatte, wohnte ihm eine Gemütlichkeit inne, die ihn sofort an sein Zuhause hier denken ließ.

Er war viel in der Welt herumgekommen, aber das hier war seine Heimat, hier lebten seine Eltern, hier war er aufgewachsen. Er liebte den Geruch von Holz und Trauben in sämtlichen Gärungs- und Verarbeitungsstufen. Er genoss den Blick über das Chianti-Tal und die duftenden Rosmarinbüsche, die ihm immer sofort Appetit auf die italienische Küche machten.

Hier konnte er einfach SEIN, David – und nicht der bekannte Künstler und Maler. Hier wurde keine Rücksicht auf seine Berühmtheit genommen. Wenn er da war, musste er genauso mit anpacken wie früher, und das brauchte er jetzt im Moment. Er musste etwas tun, das ihm vertraut war, und seinen Kopf und sein Herz zur Ruhe brachte.

Er erwiderte den liebevollen Blick seiner Mutter, und sie umarmten sich.

„Da bin ich mir im Moment nicht so sicher. Aber lass mir noch etwas Zeit.“ Er drehte sich um und ging hinaus ins Freie. Und wie selbstverständlich erhob sich Cappu, der Familienhund, um ihn zu begleiten. Der Mischling war nicht mehr so schnell und stürmisch wie früher, aber immer noch wie ein Schatten, wenn David zu Hause war. Wie gerne hätte er ihn mitgenommen auf seine Reisen. Dann hätte er seinen Freund immer bei sich gehabt. Aber für einen Hund war sein Lebenswandel nichts. Deswegen ließ er ihn schweren Herzens hier. Auch das war ein Grund für ihn, sesshaft zu werden. Einen Platz zu haben, an dem auch Vierbeiner bei ihm sein konnten.

Sie sah ihm nach, eine leichte Sorgenfalte auf der Stirn, dann drehte auch sie sich um und machte sich auf die Suche nach ihrem Mann, der im Weinkeller arbeitete.

In der Tür blieb sie stehen und sann über die Ähnlichkeit der beiden Männer nach.

Noch ein paar Jahre, und David hätte auch die silbergrauen Strähnen an den Schläfen. Das war aber nicht die einzige Ähnlichkeit, er war äußerlich schon jetzt das Ebenbild seines Vaters und erinnerte sie an ihre ersten gemeinsamen Jahre, als sie sich zwischen ihrer Verpflichtung dem Weinberg und ihrem Kind gegenüber zerrissen fühlten, da sie doch beidem gerecht werden wollten. Aber David war schon damals eine kleine Persönlichkeit gewesen, die ihren Weg ging und ihrer Zeit voraus war. Ihrer großen Zuneigung und wechselseitigen Liebe hatte die mangelnde Zeit füreinander nie Abbruch getan.

Eine weitere Gemeinsamkeit von Vater und Sohn war, dass jeder der beiden bei Problemen erst einmal seine Ruhe brauchte und dafür raus in die Natur musste. Ganz im Gegensatz zu ihr, die immer alles möglichst sofort besprechen und klären wollte.

Ihr Gefühl sagte ihr jedoch, dass David noch heute jemanden brauchte, dem er sein Herz ausschütten konnte. Ihr Mann würde der richtige Zuhörer sein, und er würde wissen, was zu tun wäre.

Im Weinkeller angekommen, trat sie von hinten an ihn heran, schlang die Arme um ihn und wartete, bis er ihr seine ganze Aufmerksamkeit schenkte.

Er drehte sich um und gab ihr einen Kuss auf die Stirn. „Was, mein Schatz, soll ich denn für dich tun?"

„Du kennst mich einfach zu gut." Sie schmiegte sich an seine breite Brust. „Unser Lieblingssohn ist hier. Ja, ich weiß, er ist unser Einziger. Aber genau so, wie wir uns unser Kind erträumt hatten. Sogar noch viel mehr." Sie sah ihrem Mann ins Gesicht. „Und er ist nicht alleine gekommen. Er hat einen ganzen Rucksack voller Probleme und Ängste dabei. Ich glaube, er hat gefunden, wonach er immer gesucht hat. Aber es ist nicht so, wie er es sich erhofft hat. Es fällt ihm ausnahmsweise einmal etwas nicht in den Schoß. Er braucht dich, gerade jetzt, er weiß es nur noch nicht."

Sander Senior drückte sie an sich und gab ihr einen innigen, verliebten Kuss, der gar nicht zu enden schien. „Was würden wir nur ohne dich und deine Weisheit tun? Ich such ihn mal, kann mir schon denken, wo er ist."

Er drehte sich um, ging zum Weinregal, suchte eine Flasche aus, nahm zwei Gläser und machte sich auf den Weg.

Ohne den geringsten Zweifel, dass er David dort finden würde, ging er durch den Weinberg zu einer kleinen Anhöhe. Dort gab es einen versteckten Platz, an dem große Steine, die wahrscheinlich schon seit Jahrhunderten hier lagen, zum Verweilen einluden. Durch die lange Zeit waren sie ganz glatt und recht bequeme Sitzplätze. Maulbeerbäume spendeten Schatten. Auf seinem Weg dorthin nahm er die unterschiedlichen Aromen der Natur wahr. Alleine das war schon Balsam für die Seele.

Das größte Glücksgefühl jedoch verspürte er, als er seinen Sohn genau dort sitzen sah, wo er ihn vermutet hatte, unter ihm die Weinstöcke und im Hintergrund die hügelige Landschaft des Chianti-Tals mit seinen Landgütern. Zu Davids Füßen lag Cappu. Sein Fell glänzte in der Sonne wie die melierte Oberfläche eines Cappuccinos, dem er seinen Namen verdankte.

Ein Stillleben, wie von seinem Sohn selbst inszeniert und gemalt, mit dem Titel *Der Denker.*

Langsam ging er auf ihn zu.

David spürte seine Anwesenheit sofort. Es überraschte ihn nicht, dass er zu ihm kam. Klar, seine Mutter hatte den Vater geschickt, so war es immer schon gewesen, sie hatte ein Gespür dafür. Aber das Wichtige war doch, dass er sich sofort auf den Weg gemacht hatte. Er ließ alles stehen und liegen, um für seinen Sohn da zu sein. Trotz seiner 33 Jahre war er immer noch ihr Kind, dessen Wohlergehen das Wichtigste war.

Er rutschte zur Seite, sah seinen Vater an, der ihn mit den Worten begrüßte: „Ich dachte, du willst bestimmt meine neue Kreuzung von Domina und Sangiovese probieren." Er schenkte ihnen beiden ein und reichte David das Glas.

Die nächsten Minuten saßen sie schweigend beieinander, wie es – so meinten sie – nur wahre Männer können. David und sein Vater nippten genüsslich an ihrem Wein und lauschten dem Zirpen der Grillen, während Cappu von Zeit zu Zeit mit dem Schwanz wedelte, um die lästigen Mücken zu vertreiben.

„Der Wein ist dir gut gelungen. Das letzte Jahr war ein gutes. Viel Sonne, und Regen zur richtigen Zeit. Du kannst mir gerne ein paar Flaschen davon einpacken."

Mehr Worte des Lobes waren zwischen ihnen nicht nötig. Der Vater wusste: Wenn der Sohn einen Wein mitnehmen wollte, war er perfekt. Deshalb nickte er nur zustimmend.

„Bis wann bleibst du?"

„Anfang nächster Woche, wenn es euch recht ist."

Wieder ein Nicken als Antwort.

Sie schwiegen wieder. Vater Sander hatte vor Langem festgestellt, dass sich alles zeigte, wenn man nur warten konnte, die neuen Triebe, die ersten Trauben, die Sonne – und auch die Worte, vor allem die, die besonders schwerfielen.

Cappu wedelte mit dem Schwanz, die Sonne stand nun schon hoch. David schenkte beiden noch einen Schluck nach.

„Ich habe sie gefunden."

„Gut."

Wieder Schweigen, ein Schluck aus dem Glas, das Schwanzwedeln des Hundes.

„Aber es ist nicht so einfach, wie ich gehofft hatte."

„Das ist es im Leben nur selten."

„Wäre aber schön gewesen."

„Manches wird erst wirklich schön und gut, wenn man dafür gekämpft hat. Ist sie es wert?"

„Sie ist die Eine, auf die ich schon im letzten Leben gewartet habe. Und dafür gekämpft, aber vergebens. Sie ist es wert. Ja. Immer noch. Aber die Zeiten sind anders."

„Die Zeiten sind jede Minute anders."

„Stimmt, du hast recht."

„Bist du deshalb weggelaufen? Wegen der Zeiten? Oder wegen ihr?"

„Sie ist nicht wie ich. Sie spürt es, aber sie glaubt nicht daran, sie zweifelt an dem, was sie wahrnimmt und fühlt – sie denkt zu viel."

„Wie viele Jahre hast du Vorsprung? Zwanzig? Fünfundzwanzig? Ich glaube, du bist nicht ganz fair. Auch wir haben erst eine Weile gebraucht, um zu verstehen und zu glauben, dass es mehr gibt. Das hast du uns gelehrt. Wer hilft ihr dabei? Gibt es jemanden, der sie führt, der sie in ihren neuen Erfahrungen leitet und unterstützt? Oder hast du sie zwischen den Wegen stehen lassen, alleine? Was weißt du über ihre Entwicklung? Hatte sie Eltern, die sie so sein ließen, wie es ihr bestimmt war? Hat sie jemals davon gehört, dass die Seele wiederkommt und Erfahrungen aus der Vergangenheit im Gepäck hat? Du, mein Sohn, kommst und benimmst dich wie der einzig Wissende – und weißt doch gar nichts."

David hatte von seinem Vater selten so viele Worte auf einmal gehört. Umso mehr erhöhte es die Einzigartigkeit des Moments, die Bedeutung des Gesagten.

Er ließ die Worte wirken, brauchte Zeit, um seine Gedanken zu sortieren.

„Ich schäme mich. Nicht sie hat mich verletzt, sondern ich sie. Wie konnte ich nur so unachtsam sein! Aber ich war einfach nur glücklich, sie zu sehen, zu erkennen. Und ich hoffte irgendwie, sie würde mir vor Freude um den Hals fallen. Dabei ist es kompliziert für sie, und sie wollte mir sogar noch helfen."

„Helfen? Ich glaube, wir gehen jetzt etwas essen, und du erzählst deiner Mutter und mir bei Pasta, Wein und Dolce erst mal die ganze Geschichte. Deine Mutter hat bestimmt schon alles fertig."

Sie tranken aus und gingen einträchtig, der Hund zwischen ihnen, zurück zum Haus. Zwei große Männer, denen man die Verwandtschaft schon am Gang ansah.

Wie erwartet wirbelte Petra Sander in der Küche herum. Es duftete nach Basilikum, Oregano und Thymian, während auf dem Herd die Tomatensauce köchelte. Als sie ihre Männer hereinkommen hörte, meinte sie nur: „Perfekt, ich wollte soeben die Pasta ins Wasser geben. David, deckst du bitte den Tisch, und du, Tom, holst bitte die Wasserkaraffen und noch etwas Wein. Ich denke, ihr werdet bei eurem Roten bleiben, für mich aber bitte einen leichten Weißen. Du weißt ja, dass ich sonst zu nichts mehr zu gebrauchen bin."

Sie setzten sich gemeinsam an den Tisch, und dank ihrer Mutter war es mit der Ruhe vorbei. Es wurde durcheinandergeredet, man fiel sich gegenseitig ins Wort und lachte lauthals über die kleinen Begebenheiten, die sie einander erzählten. Schließlich war seit Davids letztem Besuch ein halbes Jahr vergangen. Sogar die Sprachen wechselten zwischen Deutsch und Italienisch.

Er wusste, dass seine Mutter es ihm mit ihrer unkomplizierten Art leichter machen wollte. Nachdem sie der Pasta tüchtig zugesprochen hatten, stand sie auf und ordnete an, dass die Männer den Tisch abzuräumen hätten. Schließlich hatte sie gekocht und war nun auf dem Weg, die Pannacotta zu holen.

Genüsslich löffelten sie das Dessert, als David begann, von seinen Erlebnissen der letzten Tage zu erzählen. Seine Eltern hörten ihm aufmerksam zu, ohne ihn zu unterbrechen. Als er geendet hatte, dachte jeder für sich über das Gehörte nach.

„Übrigens, Mama, und du brauchst mir nicht mehr den Kopf zu waschen“, ergänzte David. „Das hat Papa bereits erledigt. Es war mir wirklich nicht bewusst, dass ich einfach vorausgesetzt habe, sie könnte problemlos mit solchen Erlebnissen umgehen und dass sie auch auf mich gewartet hat. Glaubt mir, ich schäme mich dafür und würde am liebsten auf der Stelle umdrehen, zurückfahren und mich entschuldigen oder meine Hilfe anbieten. Zumindest sollte ich gleich anrufen, oder?“

„Ich hätte erst mal noch eine ganz andere Frage“, meinte seine Mutter. „Was war das vorhin für ein Anruf von der Polizei? Den hast du so lapidar zur Seite geschoben. Und auch diese Sofia hat dich doch angerufen und gewarnt, heute früh, hast du erzählt. Das habe ich noch nicht ganz verstanden. Vor lauter Gefühlen hast du die Fakten ein bisschen zu sehr ignoriert. Was will die Polizei denn nun von dir?“

„Ehrlich gesagt weiß ich das gar nicht so genau. Der Bamberger Bischof hat mich, wie gesagt, als Betrüger beschuldigt, aber das ist ja absoluter Blödsinn. Da ich nicht betrüge, wird man dafür natürlich auch keine Beweise finden. Da habe ich mir gar keinen Kopf gemacht. Diese Geschichte war in meinen Augen eher der Anlass, Sofia zu finden, vom Schicksal so gewollt. Aber als sie heute früh angerufen hat, war sie echt aufgeregt. Ich hatte gar keine Zeit nachzufragen. Sie meinte nur, es sei etwas aus der Galerie Grillet gestohlen worden, deren Inhaberin mich verdächtigen würde. Und du hast recht, Mama, ich glaube, sie wollte mich warnen. Denn ihr Kollege hat ja erst so eine halbe Stunde bis Stunde später angerufen und nur darum gebeten, dass ich noch mal aufs Revier komme, da noch Fragen offene sind. Kein Wort von einem Diebstahl. Ich konnte sie auch nichts zu den Details fragen, sie hat ganz schnell aufgelegt, als ob jemand aufgetaucht wäre, der den Anruf nicht mitbekommen soll.“

„Da hat sich deine Sofia aber sehr weit aus dem Fenster gelehnt. Du hattest doch gemeint, sie sei eine prinzipientreue, überaus korrekte Staatsdienerin. Du weißt schon, dass sie das ihren Job kosten kann, wenn das herauskommt. Für mich hört sich das schon so an, als ob sie hier auf ihre Intuition und ihre Gefühle vertraut hat. Ansonsten hätte sie dich ins offene Messer laufen lassen müssen. Wenn sie sich an die Vorschriften gehalten hätte. Oder was meinst du, Tom?"

„Das sehe ich genauso. Dass gegen dich ermittelt wird, warum auch immer, ist so sicher, wie das Amen in der Kirche. Oder wie die Tatsache, dass du in Italien die dreifache Zeit für behördliche Genehmigungen brauchst."

„Und ich habe es gar nicht bemerkt vor lauter verletzter Eitelkeit. Der Anruf von ihrem Kollegen vorhin hat mich überhaupt nicht interessiert, und sie ruft mich extra an. Ich beleidigte Leberwurst, ich fass es nicht."

Sein Vater stand auf und machte erst mal drei Espressi für sie, während David immer noch fassungslos vor sich hin sah.

„Leo hat mich auch gar nicht ausgebremst, wie sonst, wenn ich über das Ziel hinausschieße."

„Bist du sicher?" fragte seine Mutter. „Vielleicht hast du nur nicht zugehört."

David hielt kurz inne.

„Du hast recht, da habe ich wohl gemeint, ich hätte die Wahrheit mit Löffeln gefressen."

„Tja, mein Sohn", begann sein Vater, und die Mutter vollendete den Satz für ihren Mann, „auch du bist nicht unfehlbar und perfekt."

Und zum Spaß zwinkerten sie und prosteten ihm mit ihren Espressotassen zu.

Kapitel 12

Sofia und David meldeten sich zur Mittagspause ab und gaben an, danach gleich in der Galerie bei Adele Grillet vorbeischauen zu wollen.

„Weißt du, was toll ist, Sofia? Wir können in die Mittagspause gehen, ganz normal, ohne aufzufallen. Keine Uniform. Wir könnten genauso gut Banker sein oder, noch besser, in einem Versicherungsbüro arbeiten."

„Das ist ja ein Horrorszenario. Versicherung ist ja noch schlimmer als Bank. Nee, dann doch lieber Uniform. Und in nicht allzu ferner Zukunft dann ohne bei der Kripo als Ermittler. Worauf hast du Lust? Italienisch, Chinesisch, Fränkisch?"

„Anna hat neulich von so einem kleinen vegetarischen Restaurant erzählt, und ich habe ihr versprechen müssen, es unbedingt mal auszuprobieren. Was meinst du? Wollen wir Anna glücklich machen, dort essen und dann ein Beweisfoto schicken? Dann hast du es hinter dir", grinste Nick.

„Vielleicht gar keine schlechte Idee. Sonst nervt sie uns eh noch, bis wir dort waren. Und wir können uns ja dort nur eine Kleinigkeit bestellen und hinterher noch eine Bratwurst auf die Hand holen. Von irgendwas müssen wir ja satt werden."

Sie standen vor der Theke des Selbstbedienungsrestaurants und tauschten überraschte Blicke. So eine große Auswahl hatten sie nicht erwartet.

„Halb und halb?“

Nick nickte.

Fünf Minuten später hatte jeder von ihnen zwei verschiedene Salate und einen sehr gesund klingenden Bratling auf seinen Teller. Sie aßen von beiden Tellern gleichzeitig und stellten erstaunt fest, dass es gar nicht schlecht schmeckte. Das Beweisfoto für Anna schickten sie gleich per WhatsApp los.

„Meinst du, wir müssen jetzt öfter hier essen, wenn wir Anna gegenüber zugeben, dass es richtig lecker war?“

„Ich befürchte ja, Nick. Wahrscheinlich ist es klüger, nur so halb begeistert zu sein. Aber ganz ehrlich, ich bin so pappsatt, dass ich definitiv keine Bratwurst mehr brauche. Bin ich krank?“

„Wenn ich nicht bei diesem Gelage eben dabei gewesen wäre, hätte ich das definitiv angenommen. Aber es geht mir tatsächlich genauso. Schauen wir mal, wie lange es anhält.

Jetzt sind wir hoffentlich gestärkt für unsere kleine Französin“, witzelte Nick mit französischem Akzent.

Die Galerie war im historischen Viertel unter dem Dom leicht zu finden. Denn es standen immer noch die Fahrzeuge der Spurensicherung und der Streifenkollegen vor der Tür.

Sie mussten sich gar nicht ausweisen, da der Kollege an der Tür sie beide gut kannte.

„Ich wünsche euch viel Glück. Die Dame hat Pfeffer, mein lieber Schwan, bin ganz froh, hier draußen zu stehen“, sagte er in vertraulichem Ton und grinste.

„Wir hatten ja bereits das Vergnügen, sie zu treffen, aber ich glaube durchaus, dass es kein Spaß ist, wenn Madame rotsieht. Also, auf in den Kampf, Nick.“

Sie stiegen die Stufen hinab in ein historisches Kellergewölbe. Vereinzelt standen perfekt ausgeleuchtete Skulpturen auf Sockeln, und Gemälde hingen in Nischen an den Wänden. Sehr dezent gestaltet und wahrscheinlich sehr exklusiv und teuer.

Allerdings gab es einen Störfaktor in diesem edlen Ambiente. Ein Rumpelstilzchen mit französischem Akzent tobte und war offenbar wirklich schon kurz davor zu explodieren.

Nick flüsterte Sofia zu: „Wenn sie das schon seit heute Morgen so macht, wundere ich mich, dass die Kollegen nicht schon taub sind bei der Akustik. Holt sie eigentlich überhaupt mal Luft oder geht das Atmen bei ihr über die Haut? Von der zeigt sie jedenfalls ganz schön viel", meinte er mit einer Anspielung auf ihr kurzes, tief ausgeschnittenes Kleid und die schwindelerregend hohen Pumps.

„Jetzt erlösen wir mal kurz die Kollegen", meinte Sofia.

„Madame Grillet, mein Name ist Nick Gruber, und das ist meine Kollegin Sofia Welch. Vielleicht erinnern Sie sich, wir haben uns vor ein paar Tagen im Hotelzimmer von David Sander kurz kennengelernt. Wir würden uns gerne mit Ihnen über den Einbruch unterhalten, wenn das ginge. Natürlich haben Sie das Ganze schon den Kollegen erzählt, aber wir möchten uns gerne ein eigenes Urteil bilden. Dazu brauchen wir die Kollegen nicht mehr. Wenn ihr also hier mit der Spurensicherung fertig seid, könnt ihr gerne einstweilen zurück zum Revier. Wir sehen uns dann später."

Erleichtert und mit dankbaren Blicken eilten die Männer von der Spusi hinaus, wobei einer noch schnell im Vorbeigehen wisperte: „Ihr habt was gut bei uns, Sofia. Die nächste Runde geht auf uns. Weiß zwar nicht, warum man sich die Furie freiwillig antun will, aber viel Spaß euch beiden."

Adele Grillet schien einen Schalthebel zu haben, den sie zu Sofias Verwunderung bereits bei Nicks ersten Worten umgelegt hatte.

„Oh, endlich ist da jemand mit Kompetenz, mais oui. All diese unfähigen Personen, und keiner kann mir helfen. Naturellement erinnere ich mich an einen Mann wie Sie. Sie werden sie finden, meine kleine

Statue. Die heilige Mutter Maria, eine Leihgabe von die Bischof hier. Er wird bestimmt sehr böse, wenn er erfährt, dass sie weg ist. Ich bin zwar versichert, naturellement, sie ist auch nicht besonders wertvoll, aber ich will doch nicht verärgern die Kirche, mais non."

Was für ein Wandel, dachte Sofia, von der arroganten, giftspritzenden Diva zum hilflosen Mädchen, das einen Beschützer braucht. Da kann man glatt noch was lernen.

„Madame Grillet, beruhigen Sie sich. Wir werden selbstverständlich alles tun, um die Marienstatue zu finden und auf ihren Platz zurückzubringen. Sie sind ja ganz aufgelöst. Setzen Sie sich doch erst einmal. Ihre Angestellten haben bestimmt ein Glas Wasser oder eine Tasse Kaffee für Sie. Sofia, schau doch bitte mal. Ich kümmere mich so lange um Madame."

Sofia war geschockt. Die französische Tussi bezirzte ihren Kollegen mit ein bisschen Wimpernklimpern. Das konnte doch nicht wahr sein! Sie wurde geflissentlich ignoriert, nein sie existierte gar nicht, es sei denn natürlich für einen Botengang.

Auf der Suche nach den Angestellten warf sie noch einen Blick zurück, um festzustellen, dass ein großes, offenherziges Dekolletee an Nicks breite Brust gepresst wurde, er aber gar nicht wusste, wie er damit umgehen sollte. Sie klammerte sich regelrecht an ihn, und nicht nur, dass er nicht merkte, wie sie ihn manipulierte, er schmolz regelrecht dahin, in den Armen von Lady de Winter, pardon, Madame Grillet, naturellement.

In einem Nebenraum fand Sofia eine kleine Küche, in der ein Mann und eine Frau allem Anschein nach Zuflucht gesucht hatten. Offenbar der Geschäftsführer und eine Verkäuferin, die erschraken, als sie hereinkam. Allerdings war ihnen auch anzusehen, wie erleichtert sie waren, dass nicht ihre Chefin in der Tür auftauchte.

„Sofia Welch von der Bamberger Polizei." Sie zeigte ihren Dienstausweis. „Haben Sie vielleicht etwas zu trinken für Ihren Boss, die Dame ist etwas aufgelöst."

„Aufgelöst? Das Geschirr der letzten drei Stunden liegt zerdeppert im Müll. Viel haben wir nicht mehr."

„Wie?"

„Madame pflegt, wenn sie wütend ist, dem Ganzen mit fliegendem Geschirr Ausdruck zu verleihen", seufzte der Geschäftsführer. „Sebastian Schreiber, wenn ich mich vorstellen darf. Eigentlich hätte ich es besser wissen müssen. In der Branche ist sie für ihre Launen bekannt, mehrere Kollegen und Ex-Angestellten haben mich vorgewarnt. Aber ich dachte, Bamberg ist so weit weg von ihrem normalen Betätigungsfeld, dass sie sich eh nur zur Eröffnung blicken lassen wird und ich danach meine Ruhe habe. Hat sich sowieso jeder gewundert, warum sie ausgerechnet hier in einer Kleinstadt eine Galerie eröffnen wollte. München, Berlin, Frankfurt, vielleicht noch Nürnberg – aber Bamberg? Das hat in der Szene große Verwunderung hervorgerufen. Den Ort kennen eigentlich nur die Anhänger von David Sander als seinen Geburtsort. Aber da mein Lebensgefährte in Nürnberg lebt, dachte ich, das wäre ein Glücksfall. Und jetzt hat sie uns noch vor der Eröffnung beide wieder rausgeschmissen, also Melanie Schmidt, die mich im Verkauf unterstützen sollte, und mich."

„Aber wieso das denn? Glaubt Ihre Chefin, Sie beide könnten etwas mit dem Einbruch zu tun haben?"

„Na ja, nachdem außer ihr und dem Sicherheitsdienst nur wir beide den Code der Alarmanlage kennen, ist es für sie logisch."

„Jetzt erzählen Sie mal der Reihe nach. Sie kamen also heute früh ganz normal zur Arbeit?"

„Nein, ich bekam heute Morgen um kurz nach sechs Uhr einen Anruf vom Sicherheitsdienst, der bei seinem morgendlichen Rundgang festgestellt hatte, dass die Alarmanlage ausgeschaltet war. Er wollte, dass ich komme, da er sich mit dem Bestand nicht so auskennt und wir auch noch gar nicht ganz fertig mit den Ausstellungsräumen sind."

„Sie haben ihm also nicht gesagt, dass er die Polizei informieren soll?"

„Das macht der Sicherheitsdienst automatisch. Ich hatte nur darum gebeten, mit dem Hineingehen zu warten, bis ich vor Ort wäre, da nur ich feststellen konnte, ob etwas fehlt und was. Madame Grillet selbst war vor zwei Tagen zum letzten Mal ganz kurz in den Räumen. Zusammen mit dem Bischof übrigens, der wissen wollte, wo seine Leihgabe denn präsentiert wird. Ansonsten ließ sie sich nicht blicken."

„Gott sei Dank", konnte man Melanie Schmidt leise flüstern hören. „Erzählen Sie weiter, Herr Schreiber."

„Nun ja, ich brauchte wohl so 45-50 Minuten von Nürnberg hierher. Er hatte mich ja geweckt. Und als ich hier ankam und zusammen mit der Polizei und dem Sicherheitsbeamten hineinging, fiel mir erst mal gar nicht groß etwas auf. Es sah eigentlich auf den ersten Blick genauso aus wie am Abend vorher. Da war ich so gegen 20.30 Uhr gegangen. Auf den zweiten Blick jedoch fiel mir auf, dass der Sockel in der Nische, auf dem die Leihfigur des Bischofs stand, umgestoßen war. Was alleine schon verwunderlich war, denn der Sockel ist sehr stabil und lässt sich nur mit großer Kraft bewegen. Da dachte ich noch, die Figur wäre vielleicht heruntergefallen und irgendwohin gerollt. Aber sie wurde nicht gefunden. Ihre Spurensicherung hat die Unterlagen mit Fotos und den Angaben der Versicherung bereits mitgenommen. Also blieb mir dann nichts anderes übrig, als Madame Grillet in ihrem Hotel anzurufen. Das war zwischen halb acht und acht. Als sie dann hier eintraf, hat sie getobt und uns beschuldigt."

„Gut, danke schön", meinte Sofia, die alles mitgeschrieben hatte. „Nun zu Ihnen, Frau Schmidt. Wie lief es denn für Sie mit Ihrer Chefin hier?"

„Tja, am Anfang dachte ich noch, dass ich hier einen echt tollen Job an Land gezogen hätte. Wissen Sie, ich habe ein paar Semester Kunst studiert, aber damit Geld zu verdienen ist echt schwer, und hier hatte ich einen festen Job, war versichert und konnte mich in einem Bereich bewegen, den ich liebe, und außerdem kenn ich mich hier in Bamberg aus. Die Galerie will ja regionale Kunst ausstellen, das war mein Hauptfach im Studium. Außerdem dachte ich, habe ich so die Chance, vielleicht irgendwann, na ja ..." sie wurde zögerlich und leicht unsicher, „also, vielleicht würde ich ihr irgendwann mal meine eigenen Werke zeigen können, und wenn sie ihr dann noch gefallen hätten. Das war meine Hoffnung, so von Frau zu Frau."

„Aber Ihre Chefin war nicht so. Sie interessierte sich wahrscheinlich nicht dafür, oder?"

„Sie hat mir nicht einmal zugehört. Sie warf mir einen überheblichen Blick zu, als wollte sie sagen: *Wie können Sie es nur wagen!*"

„Dabei hat sie großes Talent, wenn ich das mal anmerken darf", warf Sebastian Schreiber ein.

„Gut, aber das mit der Kündigung hat Ihre Chefin bestimmt nicht ernst gemeint. Wenn ihr erster Zorn verraucht ist, wird sie das bestimmt zurücknehmen. Meine Kollegen meinten", wagte sich Sofia langsam an die Frage heran, die ihr am meisten auf der Seele brannte, „Madame Grillet hätte auch David Sander beschuldigt? Haben Sie da etwas gehört?"

„Stimmt, aber das haben wir gar nicht so ernst genommen, oder Melanie?"

Sie schüttelte den Kopf. „Sie meinte irgendwie, David wäre schuld, nur wegen ihm sei sie hier, und immer, wenn er da wäre, würde was gestohlen. Aber das habe ich nicht so richtig verstanden, du Sebastian? Das erschien uns sehr wirr."

„Ich glaube", antwortete der Ex-Geschäftsführer, „es gab schon mal Einbrüche anderen Galerien von Madame Grillet, aber das ist wahrscheinlich nicht weiter verwunderlich. Schließlich hat sie ja ein paar davon, und da gibt es bestimmt immer wieder mal Versuche, etwas zu stehlen. Aber ob das etwas mit dem Einbruch hier oder mit Sander zu tun hat, keine Ahnung. Er war ja noch nicht einmal hier in der Galerie, soweit ich weiß. Meines Wissens sollte er erst am Tag vor der Eröffnung kurz vorbeikommen, um den Ablauf durchzusprechen. Aber wenn sie denkt, Sander hängt mit drin, erkennt sie vielleicht, dass wir mit dem Ganzen nichts zu tun haben. Ich würde nur ungern den Job verlieren, bevor er überhaupt angefangen hat. Macht sich auch nicht so gut im Lebenslauf. Und du wahrscheinlich auch nicht, Melanie."

„Na ja, und wenn sie nicht da ist, was ja zu 99 % der Fall ist, macht es richtig Spaß, wir können hier etwas aufbauen. So eine Galerie gibt es hier weit und breit nicht."

„Ich denke, Sie beide können ganz beruhigt sein. Madame Grillet hat bestimmt nur im ersten Moment überreagiert. Haben Sie denn einen Kaffee oder ein Glas Wasser für Ihre Chefin? Damit werde ich mal zu meinem Kollegen und Madame Grillet zurückgehen. Ach, und Ihre Aussage müssten Sie beide noch unterzeichnen. Kommen Sie doch bitte bis morgen Mittag im Revier vorbei."

Mit einem Glas Wasser in der Hand kehrte Sofia nachdenklich in den Ausstellungsraum zurück. Soso, der Standort der Galerie hatte also große Überraschung hervorgerufen. Mal schauen, was Nick so in Erfahrung gebracht hatte.

Der stützte noch immer eine zerbrechlich wirkende Madame, die aber wahrscheinlich hart wie Stahl war. Dabei klagte sie ihm ihr Leid, wie schwer es doch als alleinstehende Frau war, mit den Widrigkeiten des Lebens klarzukommen. Weit und breit keine Schulter zum Anlehnen. Und Nick tätschelte mittlerweile leicht hilflos ihre Hand und versuchte sich aus ihrem Klammergriff zu lösen. Erleichtert sah er Sofia mit dem Glas Wasser kommen.

„Oh Madame, sehen Sie, hier ist ein Glas Wasser für Sie. So, bitte sehr. Ihre Aussage haben die Kollegen ja bereits aufgenommen. Aber wir hätten da auch noch ein, zwei Fragen. Sofia, kommst du bitte."

Er dirigierte die beiden Frauen zu einer kleinen Sitzgruppe in der Nische und schob die Französin schnell auf den einzelnen Sessel zu, bevor diese noch auf die Idee kommen konnte, mit ihm das Sofa zu teilen. Er setzte sich mit Sofia gemeinsam auf das Sofa und bedeutete ihr mit einem Blick, mit der Befragung zu beginnen.

„Ich kann mir vorstellen, dass Sie noch immer sehr schockiert sind, mit Ihren Galerien ein weiteres Mal Opfer von Einbruch und Diebstahl zu sein."

Die Französin konnte für einen Moment ihre Gesichtszüge nicht kontrollieren und schaute sehr misstrauisch zu den beiden herüber. Anscheinend hatte sie nicht damit gerechnet, dass sie über die anderen Vorfälle Bescheid wussten. Vielleicht wurde ihr aber auch erst jetzt bewusst, dass sie nicht nur von lauter Hinterwäldlern umgeben war, dachte Sofia grimmig.

Allerdings hatte sie ja mit ihrer Äußerung, dass David Sander immer in der Nähe war, wenn bei ihr etwas gestohlen wurde, selbst einen Hinweis gegeben.

Adele Grillet wusste kurzzeitig nicht, welche Rolle sie denn nun am besten spielen sollte, denn so wie es aussah, ließ sich die kleine Polizistin nicht so leicht um den Finger wickeln wie ihr Kollege. Es wäre wahrscheinlich besser, ihr Augenmerk wieder mehr auf ihn richten.

„Nick, ich darf Sie doch so nennen, oui. Stellen Sie sich vor, ich wurde in den letzten Monaten schon zweimal bestohlen. Mais, mir ist nur heute aufgefallen, dass David, also Monsieur Sander, dabei immer in der Nähe war. Aber das ist sicher purer Zufall, naturellement. Er ist ja ein Freund, ein sehr guter Freund, Sie verstehen." Mit einem Seitenblick auf Sofia fuhr sie fort: „Er würde nie, nein, selbstverständlich, non, non, David Sander niemals."

In diesem Moment öffnete sich geräuschvoll die Tür, und kein Geringerer als der Bischof persönlich stürmte herein. Das Gesicht hochrot, und er hatte schon leichte Schnappatmung. Kein Wunder, schließlich hatte er seine geschätzten 140 Kilo richtig in Bewegung gebracht.

„Madame Grillet, stimmt es, dass die Marienstatue gestohlen wurde? Das kann doch nicht sein. Sie haben mir versichert, dass Sie die besten Sicherheitsvorkehrungen haben und Sie hier so sicher wie in Abrahams Schoß wäre. Und nun höre ich in den Nachrichten, dass sie gestohlen wurde. Das muss ein Irrtum sein. Sie gaben mir Ihr Wort. Und was sagten Sie über David Sander, diesen Pharisäer? Er war es, hab ich recht? Heuchelt Gottesfürchtigkeit und ist ein Betrüger und Dieb, ich wusste es!" Er wandte sich zu Nick. „Sie sind doch der Mitarbeiter von Staatsanwalt Heller. Haben Sie ihn schon festgenommen? Dieser Mann ist ein Verbrecher, ich bestehe darauf, dass Sie ihn verhaften und umgehend dafür sorgen, dass meine Figur zurückkommt.“ Er drehte sich zu Madame Grillet um. „Und damit meine ich nicht in Ihre Galerie, denn wie man sieht, können Sie den notwendigen Schutz nicht gewährleisten.“

Bevor Sofia und Nick reagieren konnten, stand Adele Grillet auf und redete beschwichtigend auf den Bischof ein. „Aber mein lieber Bischof, wie kommen Sie denn darauf, dass David Sander etwas damit zu tun haben könnte. Da haben Sie etwas ganz schrecklich missverstanden. Er ist ein wunderbarer Künstler und über jeden Verdacht erhaben.“

Nick und Sofia sahen sich verwundert an, hm, die Dame schlüpfte anscheinend in andere Rollen wie andere in ihre Handschuhe. Das waren ja ganz neue Töne.

Aber Sofia hatte erkannt, dass in diesem speziellen Fall das Zuschauen und Beobachten am aufschlussreichsten war.

„Bis jetzt gibt es leider noch keine Ergebnisse, aber ich bin sicher, die kompetenten Polizisten dieser Stadt, Ihrer Stadt, mein lieber Bischof, werden ihr Möglichstes tun und die Statue bald finden, und dann stellen wir sie wieder an diesen wunderbaren Platz, den wir gemeinsam so sorgfältig dafür ausgesucht haben. Wenn Sie das aber nicht möchten, dann müssen wir für die Eröffnungsveranstaltung improvisieren. Ich könnte selbstverständlich auch bei der evangelischen Kirche hier nachfragen. Dort soll man im Besitz von ganz wundervollen Gemälden sein.“

Wie erwartet beeilte sich der Bischof zu versichern, dass man selbstverständlich noch einmal darüber reden könne, wenn die Marienfigur gefunden sei. Sehr geschickt, stellte Sofia fest. Bei der Dame konnte man so einiges lernen.

Allerdings fiel ihr im Gegensatz zu Madame Grillet der Ausdruck in den Augen des Bischofs auf. Dieser Blick hatte ihr schon auf dem Revier eine Gänsehaut über den Rücken gejagt. Die Französin unterschätzte den Bischof offensichtlich, und so wie es aussah, war es genau das, was er erreichen wollte. Sofia verstand zwar nicht, was er damit bezweckte, aber anders war sein kaltes, überhebliches Grinsen nicht zu deuten, dass er für einen kurzen Moment nicht unterdrücken konnte.

Madame Grillet hatte den Würdenträger zur Tür geleitet. Dort drehte er sich allerdings noch einmal um und ließ die beiden Polizisten wissen: „Ich erwarte einen umgehenden Bericht von Staatsanwalt Heller."

Madame Grillet hatte eindeutig wieder Oberwasser und versuchte nun auch sie und Nick möglichst schnell loszuwerden. „Ich habe ja bereits bei Ihren Kollegen alles zu Protokoll gegeben und denke, dass Sie sich baldmöglichst auf die Suche machen sollten, das Eigentum der Kirche wieder zu beschaffen, wie es Ihre Arbeit ist. Falls Sie noch Fragen haben, wissen Sie, wo Sie mich finden. Au revoir."

„Einen kleinen Augenblick noch, Frau Grillet", schaltete sich Sofia ein. Und leicht provozierend fügte sie hinzu: „Wo waren Sie eigentlich letzte Nacht zwischen 22 Uhr und heute Morgen. Nur fürs Protokoll." Sofia lächelte unschuldig, und Nick überlegte, ob er besser in Deckung gehen oder seiner Kollegin Schutz geben sollte. Er entschied sich für Letzteres und ergänzte: „Nicht, dass Sie extra noch einmal zu einer Befragung aufs Revier kommen müssen, Mademoiselle."

Du alte Schleimbacke, dachte Sofia, konnte aber ein Grinsen gerade noch unterdrücken.

„Madame, bitte, ich bin Witwe", meinte sie leicht errötend. „Ich war so bis halb elf noch kurz bei David Sander in der neuen Villa. Wir wollten mit Champagner auf seinen Einzug anstoßen. Fragen Sie ihn ruhig." Das vielsagende Lächeln ging in Sofias Richtung. „Und danach war ich wieder in meinem Hotelzimmer, denn sein Haus ist noch nicht ganz eingerichtet, müssen Sie wissen."

„Oh, ich weiß durchaus, Madame Grillet", lächelte Sofia und freute sich diebisch über das kurze, feurige Aufflackern in den Augen der anderen.

Beim Hinausgehen drehten sich die beiden noch einmal um, und Nick zog den letzten Trumpf: „Ach, und David Sander können wir als Täter übrigens ausschließen, Madame, nur zu ihrer Beruhigung. Denn er war zum Zeitpunkt des Einbruchs schon längst auf dem Weg nach

Italien. Hat er Ihnen gar nichts von seiner Reise erzählt bei Ihrem kleinen - Treffen gestern Abend? Dann muss er es wohl vergessen haben."

Doch Sofia hatte das letzte Wort. „Oh, bevor ich es noch vergesse, Madame Grillet, kommen Sie doch bitte bis morgen gegen Mittag aufs Revier, damit Sie Ihre Aussage noch unterzeichnen können. Es wird nicht lange dauern. Auf Wiedersehen."

Sofia und Nick traten nach draußen in die strahlende Sonne.

Sie konnten gerade noch die Türen knallen hören.

Kapitel 13

„Der arme Sebastian und die arme Melanie, ach, die hast du ja gar nicht kennengelernt. Das sind der Geschäftsführer und die Verkäuferin, die mir ganz aufschlussreiche Informationen gegeben haben, während du bei Lady de Winter warst. Kann es sein, dass die gute Dame dich etwas überfordert hat? Hast du Notstand, da du so auf ihre holde Weiblichkeit angesprungen bist?“

„Wie kommst du denn darauf? Sie war einfach froh, dass jemand Kompetentes da war, jemand, der wirklich helfen kann, und das war halt nun mal ich. Sie stand ja auch regelrecht unter Schock wegen des Einbruchs, erst die beiden Fälle in Italien und jetzt sogar hier in der Kleinstadt. Das kannst du doch bestimmt nachvollziehen. Also ich kann es.“

Fassungslos sah Sofia ihren Kollegen an. „Das meinst du doch nicht ernst. Bist du wirklich auf diese Schmierenkomödie hereingefallen? Das war doch reines Kalkül.“

„Moment mal, ich will ja gar nicht bestreiten, dass sie versucht, ihre Umgebung für ihre Zwecke einzuspannen. Aber leicht ist die Situation für sie auch nicht gerade. Bist du nicht vielleicht einfach eifersüchtig, dass sich mal nicht alles um dich gedreht hat? Und ihre Bemerkung, dass sie gestern Abend noch mit Sander gefeiert hat, hat dich sichtlich getroffen. Du hast es dir ja nicht nehmen lassen zu kontern. Und so ganz ohne bin ich schließlich auch nicht. Sie ist nicht die Erste, die sich hilfesuchend an meine Brust geworfen hat. Außerdem ist sie nicht zu verachten, sehr attraktiv und sehr französisch, charmant eben."

„Die ist doch mindestens zehn Jahre älter als du."

„Und? Ich habe damit kein Problem. Reife Frauen stehen auf meine blauen Augen, das ist mir durchaus bewusst. Auf alten Fahrrädern lernt man ja bekanntlich am besten fahren."

Und so passierte es das erste Mal, dass die beiden ohne Worte zur Dienststelle zurückliefen, jeder vor sich hin grollend. Und das nur wegen der blöden Tussi, dachte Sofia.

Schweigend setzten sie sich an ihre Schreibtische. Aber Sofia hielt es nicht lange aus. Nick war ihr bester Freund, und einen besseren und verlässlicheren Kollegen konnte sie sich nicht vorstellen. Außerdem hatte sie wegen ihres Alleingangs am Vormittag immer noch ein schlechtes Gewissen. Also stand sie auf, machte ihm einen Kaffee und reichte Nick eine Tasse.

„Frieden?"

„Frieden."

„Hast du denn etwas aus ihr herausbekommen, während ich bei ihren Angestellten war?"

„Ehrlich gesagt hat sie nur immer wieder ihr Entsetzen geäußert, dass sie bestohlen wurde. Kein Wort darüber, dass es in Italien ähnlich Vorfälle gab. Erst, als du sie darauf angesprochen hast. Also, ich kann eigentlich gar nichts sagen. Du hast wahrscheinlich recht damit, dass sie mich mit ihren Reizen einwickeln wollte. Aber sie hat nicht meiner tollen Kollegin Miss Marple gerechnet, die sich von ihrem Theater nicht beeindrucken ließ. Erzähl doch mal, du warst anscheinend erfolgreicher. Ich wollte dich vorhin nicht beleidigen, sorry, glaub mir, nichts liegt mir ferner. Sammeln wir, was wir haben? Wir müssen bestimmt gleich auch noch bei Heller antreten und Bericht erstatten."

„Kein Thema. Meine Bemerkung über den Notstand war ja auch nicht fair. Dann gebe ich dir mal eine Kurzfassung des Gesprächs mit ihren „Untergebenen". Denn so scheint Madame sie zu behandeln. In der Küche traf ich auf zwei verschreckte, aber recht kompetent wirkende Angestellte, oder vielmehr Ex-Angestellte, wer weiß. Sie hat ihnen nämlich gekündigt."

„Was, wieso das denn?"

„Die Grillet meinte, sie hätten ja außer ihr selbst und dem Sicherheitsdienst als Einzige den Code gekannt. Die Einzelheiten über den Verlauf heute früh spar ich mir, die kannst du bei den Kollegen nachlesen.

Die beiden sind definitiv gut in ihrem Job, denn die gesamte Bestückung der Galerie geht auf ihre Ideen und Kontakte zurück. Mit Ausnahme der Skulptur, die gestohlen wurde. Das Objekt haben die Grillet und der Bischof erst diese Woche gemeinsam in die Galerie gebracht. Da haben sie ihre Chefin das erste Mal persönlich erlebt, worauf sie gut hätten verzichten können. Ihr Ruf in der Branche ist ohnehin nicht der beste, was den Umgang mit Angestellten betrifft. Entweder, sie schmeißt sie schnell wieder raus oder sie gehen freiwillig. Der Geschäftsführer hat sich nur deswegen beworben, weil er dachte, Bamberg sei so weit weg vom Roten Teppich, den sie für gewöhnlich sucht, dass er hier weitgehend unbehelligt schalten und walten kann. Und ganz nebenbei hat er eine Bemerkung fallen lassen, die mich hellhörig gemacht hat. Er meinte, niemand versteht, warum sie ausgerechnet hier in der Provinz eine neue Galerie eröffnet und nicht in einer der größeren Städte wie Frankfurt, München oder meinetwegen auch Nürnberg. Denn, und jetzt Achtung, Bamberg kennt man in der Kunstwelt nur aus einem Grund: als Geburtsort von David Sander."

„So schließt sich der Kreis, da schau an."

„Ja, und der Geschäftsführer wusste zwar von den anderen Einbrüchen, hat aber keinen Zusammenhang gesehen. Und nach seiner Auskunft ist Sander noch gar nicht in der Bamberger Galerie gewesen."

„Apropos Sander und Madames Verdächtigungen ihm gegenüber: Sie war zwar schon überrascht, dass wir von den anderen Einbrüchen wussten. Aber ich glaube, den Todesstoß haben wir ihr versetzt, als ihr bewusst wurde, dass David Sander ein Alibi hat. Und den Bischof hat sie genauso versucht zu manipulieren wie mich vorher. Das macht sie echt gut, was Sofia?"

„Da bin ich mir bei ihm nicht so sicher."

„Ach, du meinst, er ist gegen weltliche Reize immun?"

„Nein, aber bei den beiden weiß ich nicht, wer wen erfolgreicher manipuliert. Auf seinem Gesicht flackerte am Schluss ein sehr selbstzufriedener Ausdruck auf. Nur kurz, er hatte sich schnell wieder im Griff. Aber ich habe es gesehen. Und mir ist der, ehrlich gesagt, unheimlich. Schon als ich ihn am Montag hier auf dem Revier gesehen hab – da wusste ich gar nicht, wer er ist –, hatte ich eine Gänsehaut, und sein Blick ging mir durch und durch."

„Ein Fan bin auch nicht gerade. Er soll recht despotisch sein und wollte sich ja auch gleich wieder auf den Sander einschießen, was aber die Grillet unbedingt verhindern wollte. Auch komisch. Auf jeden Fall war sie kurz vorm Explodieren, als wir gingen. Ich trau mich wetten, dass das Wasserglas noch dran glauben musste.

„Da hast du bestimmt recht, der Geschäftsführer und seine Verkäuferin meinten, sie hätte vor Wut heute schon den ganzen Morgen mit Geschirr um sich geworfen. Tja, dann schreiben wir mal unseren Bericht. Ich fange schon mal an, und du kannst schnell beim Heller nachfragen, ob wir uns heute noch mal zusammensetzen. Ich hoffe nicht."

Nick telefonierte mit dem Büro des Staatsanwaltes und wandte sich dann wieder Sofia zu: „Du, er ist außer Haus und hat für uns eine Nachricht hinterlassen, dass wir ihm das Protokoll noch heute zumailen sollen. da wir ja eh alle bis morgen zum Unterzeichnen einbestellt haben, passt das gut. Treffen morgen 10 Uhr in seinem Büro."

„Gut, ich brauche noch etwas, und dann mach ich noch was mit Anna aus. Was hast du heute vor?"

„Ich geh nachher mal wieder zum Fußballtraining. Die anderen jammern schon und unterstellen mir, ich könne einen Fußball schon nicht mehr von einem Basketball unterscheiden. Ist das okay, wenn ich einstweilen gehe, damit ich pünktlich bin? Ich danke dir, bist ein Schatz, schönen Abend und lieben Gruß an Anna."

„Brich dir nicht die Beine und viel Spaß. Wobei mir ja Basketball lieber wäre", lachte Sofia.

Kapitel 14

Zwei Stunden später machte sich Sofia auf den Weg zu Anna. Das Wetter sollte am Wochenende wieder schlechter werden, deshalb hatte Anna vorgeschlagen, sich doch einen gemütlichen Abend in ihrem Garten zu machen. Ursprünglich wollten sie in einen der vielen Bierkeller der Stadt gehen, aber Sofia musste unbedingt ohne andere Zuhörer über ihre konfuse Reaktion heute Morgen reden. Sie hatte tatsächlich einen Verdächtigen angerufen und gewarnt. Sie fasste es immer noch nicht. Im Laufe des Tages hatte sie ihre spontane Aktion erfolgreich verdrängt. Am Ende hätte Nick sonst noch gemerkt, dass etwas nicht stimmte, und es genügte schon, dass sie ihn belogen und getäuscht hatte. Wenn sie ehrlich war, wog das am schwersten. Die Tatsache, David angerufen zu haben, bereitete ihr Bauschmerzen, aber, und das war seltsam, sie bereute es nicht. Und genau das war ihr Problem. Es widersprach ihrem Berufsethos und damit allem, wofür sie die letzten Jahre gelebt und wonach sie gestrebt hatte.

Sie musste mit jemanden reden, und dafür kam niemand anders als Anna in Frage. Sie würde zuhören und nicht verurteilen.

Na ja, das hoffte sie zumindest.

Kurz blieb sie auf der Brücke stehen und sah auf den Kanal hinunter. Diese Brücke erfreute sich großer Beliebtheit. Überall hingen Schlösser, in die die Namen verliebter Pärchen eingraviert waren.

Ob wohl irgendwann auch eines dabei wäre, auf dem Sofia ... Blödsinn, was für ein kitschiger Gedanke. Wie oft hatte sie sich mit Nick zusammen darüber lustig gemacht, wie man nur daran glauben konnte, dass so etwas eine Beziehung festigen und zusammenschweißen würde. Zudem entfernte die Stadt die Schlösser von Zeit zu Zeit, da Flugrost den Befestigungsseilen zu schaffen machte.

Und trotzdem konnte sie vor ihrem inneren Auge gerade ganz deutlich ein Schloss mit den Namen Sofia + David sehen.

Schnell ging sie weiter und versuchte, diesen Gedanken mit dem Wasser den Kanal abwärts zu schicken.

Als sie kurz danach vor Annas Haus stand, musste sie allerdings feststellen, dass das Schloss mit den zwei Namen nicht an der Brücke, sondern in ihrem Herzen festgemacht war und es umschloss.

Sie ging gleich um das Haus herum nach hinten in den Garten.

Gerührt umrundete sie den liebevoll gedeckten Tisch auf der Terrasse und betrat das Haus von dieser Seite. Es sah nach Wraps aus, sehr lecker. Bei diesem Wetter genau das Richtige.

„Anna, ich bin da. Ich stell den Holundersirup für den Hugo noch schnell in den Kühlschrank."

Am anderen Ende des Flurs ging die Tür zu Annas Behandlungszimmer auf, und sie kam heraus. „Schön, dass du da bist. Ich hab schon alles so weit fertig. Musste nur noch eben einen Termin für eine Rückführung vereinbaren und dringend Essenzen nachbestellen." Sie nahm die Freundin in den Arm und drückte sie an sich. Die Anspannung, unter der Sofia stand, war nicht nur zu sehen und vorhin am Telefon zu hören gewesen, vor allem konnte man sie sehr deutlich spüren.

„Magst du dich um den Hugo kümmern, dann bring ich den Rest für die Wraps mit nach draußen", sagte Anna betont locker. „Ich habe einen Wahnsinnshunger. Bei mir war heute so viel los, dass ich mittags nur schnell einen Apfel essen konnte, und als dann eure Fotos von dem vegetarischen Imbiss aus der Innenstadt kamen, wäre ich vor Neid fast geplatzt. Hat ja wirklich sehr lecker ausgesehen. Ich war ja mega überrascht, dass ihr überhaupt freiwillig dort hingegangen seid. Wahrscheinlich hattet ihr Angst, ich nehme euch mal mit hin, und ihr kommt erst wieder raus, wenn ihr alles durchprobiert habt, was angeboten wird." Anna lachte.

Sofia gab sich empört. „Da will man dir eine Freude machen, und du bist schon wieder misstrauisch. Nein, mal ehrlich, wir waren wirklich überrascht. Die hatten eine derart große Auswahl, dass wir uns gar nicht entscheiden konnten, und dann hat es wirklich richtig gut geschmeckt. Ich gebe ja zu, ursprünglich war unser Plan, danach noch eine Bratwurst zu holen, aber das war nicht nötig. Es war sehr lecker, und wir waren pappsatt."

„Ist es okay für dich, dass es zu den Fladen kein Fleisch gibt? Bei mir gibt es ja keines, wie du weißt, und ich bin heute echt nicht zum Einkaufen gekommen. Irgendwie drehen im Moment alle meine Klienten am Rad. Entweder wollen sie sich trennen oder überlegen, den Beruf zu wechseln. Veränderungen liegen in der Luft. Und wer sich dafür öffnen kann, erhält neue Chancen, aber das Herz muss dabei sein. Ach, Minze für den Hugo ist dahinten im Beet. Magst du die bitte schnell noch holen?"

Zehn Minuten später saßen sie gemütlich unter dem Kastanienbaum und wickelten Paprika, Tomaten, Zucchini, Mais und Bohnen zusammen mit Salsa, Sauerrahm und Guacamole in ihre Teigfladen. Zwischendurch nahmen sie einen Schluck des kühlen, erfrischenden Sommerdrinks und quatschten über allerlei Belangloses.

Aus dem Haus kamen südländische Klänge, wahrscheinlich eine CD, die Anna von einer ihrer Reisen mitgebracht hatte. Hörte sich irgendwie spanisch an.

Nur das Klingeln des Telefons unterbrach für einen Moment die Idylle. Anna entschuldigte sich, sie müsse da noch mal kurz rangehen. Sofia legte sich derweil in einen Liegestuhl und sann vor sich hin. Ob David wohl schon in Spanien gewesen war? Bestimmt. Sie selbst hatte bisher nur ein paar Tage in Italien verbracht, in den Abruzzen, Annas Eltern in ihrer neuen Heimat besuchen. Aber das kannte er bestimmt auch. Wahrscheinlich gab es nur wenige Plätze, an denen er noch nicht gewesen war. Er konnte wahrscheinlich eine ganze Menge erzählen, und sie, sie musste zuhören, denn viel dazu beitragen konnte sie ja nicht. Polizistin in einer deutschen ... na ja, man konnte fast sagen Kleinstadt, das war nicht gerade CSI New York. Eigentlich führte sie ein eher unspektakuläres Leben. Die aufregendste Zeit, die sie bisher erlebt hatte, war wahrscheinlich sogar diese Woche gewesen.

Hm, ob David sich wohl hier bei Anna wohlfühlen würde? Es war so anders als bei ihm in seinem tollen Haus. Aber trotz alledem hatte sie sich auch dort nicht fehl am Platz gefühlt, vor allem in der Küche. Sie wurde immer noch rot, wenn sie an ihren Tagtraum von der Familie dachte, den sie in seiner Küche gehabt hatte, von ihrer zukünftigen gemeinsamen Familie, oh mein Gott.

Plötzlich schreckte sie hoch, ihr Handy war zwar auf lautlos, aber da die Tasche auf dem Tisch lag, konnte sie das Vibrieren hören. Also musste sie wohl aufstehen. Seltsam, die Nummer hatte sie nicht abgespeichert, aber sie kam ihr bekannt vor.

„Welch Sofia, hallo?“

„David Sander hier.“

Sofia musste sich setzen, ihre Beine wurden schwach.

Anna sah vom Fenster aus, wie ihrer Freundin jegliche Farbe aus dem Gesicht wich, um doppelt so intensiv zurückzukommen. Sie hatte eben ihr Gespräch beendet und wollte Sofia gleich zu Hilfe eilen, als etwas sie innehalten ließ. Nein, sie blieb hier, da musste Sofia alleine durch, und wenn sie Unterstützung bräuchte, würde sie kommen. Auch wenn die Neugierde Anna schier umbrachte, blieb sie am Fenster stehen.

„Sofia, Sie haben mich heute Morgen angerufen. Das waren doch Sie, oder?“

„Ähm, ja.“

„Ich habe den ganzen Tag darüber nachgegrübelt, warum. Weshalb Sie das getan haben. Aber ich habe immer noch nicht ganz verstanden, worum es genau ging. Ihr Kollege hat mich dann später auch noch angerufen und wollte ein paar Informationen haben. Könnten Sie mir das Ganze vielleicht kurz erklären? Bitte, Sofia."

„Ich darf das eigentlich gar nicht erzählen. Heute Morgen habe ich sowieso schon jede Grenze überschritten. Aber ist dann ja eh schon egal, ich denke, dass die Medien ohnehin schon darüber berichten. In der neuen Galerie von Madame Grillet in Bamberg wurde heute Nacht eingebrochen. Und sie stellte die Behauptung auf, dass immer Sie vor Ort wären, wenn bei ihr eingebrochen würde."

„Adele hat mich wirklich beschuldigt? Mich verdächtigt, dass ich etwas mit dem Einbruch in Bamberg zu tun haben könnte. Ich dachte, ich hätte das heute Morgen falsch verstanden. Wie kommt sie denn darauf? Letzte Nacht war ich doch schon auf dem Weg zu meinen Eltern. Ihr Kollege hat nichts Genaueres erwähnt ..." Er machte eine kurze Pause und schwieg. „Du hättest wahrscheinlich gar nichts sagen dürfen. Das hat dich vermutlich in Teufels Küche gebracht, einen Verdächtigten anzurufen und zu warnen, auch wenn ich keine Warnung brauchte, weil ich nicht da war. Sofia, ich zermartere mir schon den ganzen Tag den Kopf, der Einbruch interessiert mich nicht. Aber warum hast du so gehandelt? Warum?"

„Ich weiß es nicht, David, ich habe ehrlich gesagt keine Ahnung. Es blieb mir keine andere Wahl, ich musste es tun. Mein Gefühl sagte mir, dass du niemals fähig dazu wärst, etwas Unrechtes zu tun. Ach herrje, jetzt stottere ich hier so vor mich hin."

Ganz selbstverständlich waren sie beide zum Du übergegangen.

Sofia konnte nicht ruhig bleiben, sie musste umhergehen.

„Danke", antwortete David, „danke, dass du mir vertraust. Das ist bestimmt nicht leicht gewesen. Du kannst wahrscheinlich nicht mal erahnen, wie wichtig und besonders das für mich ist. Aber du spürst es doch auch, oder? Du kannst es dir nicht erklären und vielleicht verwirrt es dich, aber da ist etwas zwischen uns. Etwas ganz Altes, Vertrautes. Hier am Telefon ist das schwierig, aber diese Gefühle sind die Realität, du, ich, wir bilden uns das nicht ein. Ich möchte dir gerne so viel sagen und erklären, aber nicht so, wenn ich über tausend Kilometer entfernt bin. Nächste Woche bin ich wieder in Bamberg. Können wir uns dann sehen?“

„Ja, ich denke schon. Aber, du hast recht. Ich versteh das alles nicht. Ich bin nicht so, dass ich einfach gegen die Gesetze verstoße und einen Verdächtigen anrufe und warne. Überhaupt nicht. Und ich kann nicht mal erklären, warum ich das getan habe, aber ich konnte nicht dagegen an. Es war einfach so, dass es getan werden musste. So kenne ich mich nicht, und es ist auch gegenüber Nick nicht fair. Ich habe ihn noch nie im Dienst angelogen und hintergangen.

Und du, du kannst das erklären? Es gibt wirklich eine Erklärung dafür? Ich habe schon Angst, dass ich durchdrehe.“

„Du brauchst keine Angst zu haben. Vielleicht ist das, was da gerade passiert, nicht normal im üblichen Sinne, aber glaub mir, du drehst definitiv nicht durch. Hör zu, erstens habe ich noch nie in meinem Leben etwas gestohlen oder zerstört.

Zweitens, Menschen, die mir etwas bedeuten, die mir wichtig sind, lüge ich nicht an. Und du bist wichtig für mich.

Und drittens würde ich dir niemals im Leben wehtun oder dich verletzen. Glaubst du mir das?“

Sofia vergrub ihren Kopf in die freie Hand.

„Sofia, vertrau mir, bitte.“

„Ja, ich vertraue dir. Puh, hoffentlich verstehe ich irgendwann, was ich da eigentlich tue.“

„Gut, ich komme Anfang nächster Woche wieder, und dann treffen wir uns. Vielleicht verstehst du dann besser. Ich melde mich, versprochen.“

„Gut, wir werden es sehen. Bis bald.“

„Ciao, Sofia.“

„Bis bald, David.“ Diese letzten Worte flüsterte sie so leise, dass sie gar nicht mehr hörbar waren.

Sie legte ihr Handy zur Seite und schlang die Arme um ihren Körper. Unruhe breitete sich in ihr aus. Jede Faser ihres Körpers kribbelte und war zum Leben erwacht. Was war eigentlich im Moment los? Das

Leben war vor einer Woche noch so vorhersehbar und immer gleich verlaufen, und jetzt auf einmal passierte an jeder Ecke etwas Unvorhergesehenes, und das größte Rätsel war sie selbst.

Ihre Rolle war auf einmal eine ganz andere. So als ob das Drehbuch ihres Lebens umgeschrieben würde. Aber niemand wusste, wie das Stück weiterging, geschweige denn enden würde.

Sie hatte doch einen Plan gehabt: erst der normale Streifendienst, dann die Kripo, danach irgendwann mal ein Partner und in ferner Zukunft Kinder und ein Häuschen.

Einen Plan zu haben war wichtig für sie, sie brauchte diese Strukturen. Und jetzt setzte sie alles aufs Spiel und träumte am helllichten Tag von Kindern und einem Mann, den sie vor einer Woche noch gar nicht gekannt hatte. David. Den sie noch dazu vor den Kollegen schützte. Sofort wurde es ihr wieder ganz mulmig und das Kribbeln stärker.

Anna war der Meinung, lange genug gewartet zu haben, und ging langsam auf Sofia zu. Sie füllte ihre Gläser nach, und beide setzten sich an den Tisch.

Anna wartete einfach nur und gab Sofia die Zeit, die sie benötigte.

Irgendwann begann Sofia dann zu erzählen. Sie fasste noch mal alles zusammen, auch die Teile der Geschichte, die Anna schon kannte. Aber egal, das musste sie auch für sich selbst tun, vielleicht konnte sie es so besser realisieren.

Als sie zu dem Teil kam, als sie David anrief, um ihn zu warnen, wurde ihre Stimme immer leiser, und sie sah vorsichtig zu Anna hinüber, wie diese reagierte. Aber Anna blickte ihr nur aufmerksam ins Gesicht und nickte aufmunternd mit dem Kopf. Also erzählte Sofia weiter von dem Nachmittag in der Galerie mit Madame Grillet und ihren Angestellten, und schließlich kam sie zu Davids Anruf.

Als sie geendet hatte, sagten beide erst mal gar nichts.

Schließlich nahm Anna Sofias Hände in die ihren und wartete, bis die Freundin sie ansah. „Tja, meine Liebe, ich würde sagen, die Diagnose ist: hoffnungslos verliebt – oder vielmehr hoffnungsvoll verliebt. Es scheint ihm ja ähnlich zu gehen."

Sofia versuchte ihre Hände zurückzuziehen. „Verliebt? Ich? Das war ich doch noch nie."

„Auch dafür gibt es ein erstes Mal. Prost, auf die Liebe."

Sie stieß an Sofias Glas, die, völlig perplex, einfach mittrank.

Gegen elf Uhr machte Sofia sich auf den Heimweg. Den Rest des Abends hatte Anna sich bemüht, ihre Freundin abzulenken und aufzuheitern. Sie kannten sich einfach zu gut, und Anna wusste, dass Sofia Zeit brauchte, um sich mit der neuen Situation auseinanderzusetzen. Also erzählte sie ihr von den Skype-Telefonaten mit ihren Eltern und den vielen herrenlosen Hunden, die mittlerweile bei ihnen ein Zuhause gefunden hatten.

Sofia musste lächeln, hatten sie *ihr* vor vielen Jahren doch auch ein Zuhause gegeben. Wie schön, dass sie im Herzen immer noch bei ihr waren.

Als ein Taxi langsam an ihr vorbeifuhr, dachte sie, ach egal, heute gönn ich mir den Luxus und hob die Hand. Sie war müde und wollte schleunigst ins Bett, schließlich würde es morgen ja auch wieder sehr anstrengend werden.

Das Auto hielt, Sofia stieg sie ein und gab der Taxifahrerin ihre Adresse. Sie sah zum Fenster hinaus, und sofort gingen ihre Gedanken wieder zu David, zu dem Telefonat vorhin und der Aussicht, ihn bald wiederzutreffen. Nicht dienstlich diesmal, sondern privat. Ihr Herzschlag beschleunigte sich, und sie wurde unruhig. Sofort begann sie, wieder an sich zu zweifeln. „Vielleicht treffe ich ihn doch besser nicht. Das alles ist eine Nummer zu groß für mich. Wer weiß, vielleicht lacht er gerade hinter meinem Rücken über die naive Kleinstadtpolizistin", sprach sie leise vor sich hin.

„Kummer?", war vom Vordersitz zu vernehmen.

„Wie? Ähm nein, alles gut. Hab nur laut gedacht. Entschuldigung, wollte nicht stören."

„Sie stören keineswegs. Das macht diesen Job so abwechslungsreich, die Geschichten der Fahrgäste. Sonst wäre es doch sehr langweilig."

„Ist nicht so wichtig", versuchte Sofia abzuwiegeln. Sie sprach ungern mit Fremden über sich selbst und ihre Angelegenheiten, und schon gar nicht mit einer wildfremden Taxifahrerin. „Männergeschichten" sagte sie, erleichtert, als sie feststellte, dass sie schon in ihrer Straße angekommen waren. „Was bekommen Sie?"

Sie reichte einen Zehneuroschein nach vorne und stieg aus.

„Manche Männer sind das Wagnis wert – und darüber hinaus entpuppen sie sich auch noch als wundervolle Seelengefährten, die uns ergänzen. Man muss nur über seinen Schatten springen."

Sie lächelte, sah der verblüfften Sofia für einen Moment in die Augen und reichte das Wechselgeld durch das heruntergekurbelte Autofenster nach draußen. Dann fuhr sie los.

Fassungslos stand Sofia am Straßenrand. Diese Augen, oh mein Gott, ja, das war sie, schon wieder, dachte Sofia. Mein persönlicher Schutzengel auf Erden, so hat Anna es genannt. Das kann doch gar nicht sein.

Kapitel 15

Nicht alle Menschen in Bamberg schliefen friedlich. Vor einer Kirche, hoch über Bamberg, stand der Bischof und sah auf seine Stadt hinab. Er war durchaus zufrieden. Seinem Ziel, Bamberg in der ganzen Welt bekannt zu machen, kam er näher. Er würde allen Abtrünnigen den Garaus machen. Ganz vorne standen die neumodischen Esoteriker, die der Kirche schadeten. Immer mehr Schäfchen wandten sich vom wahren Glauben ab und diesen Häretikern zu. Aber es lief besser, als er erwartet hatte. Ursprünglich wollte er nur diesem Ketzer, der sich in eine Position erhob, die nur Gottes Sohn zustand und vielleicht einigen wenigen Auserwählten, öffentlich anprangern und sichtbar machen, dass alles nur Lug und Trug war. Malen mit Hilfe aus der Geistigen Welt, pah, als ob Gottes Engel nicht Besseres zu tun hätten, als einem geldgierigen Pharisäer beim Malen zu helfen. Und dann behauptete er auch noch, dass das jeder könne, der sich darauf einließe. Dem würde er schon noch einen Riegel vorschieben. Aber dass ihm dann auch noch der Zufall zu Hilfe kommen würde, indem die Marienstatue gestohlen wurde, die er dieser Hure von Galeristin zur Verfügung gestellt hatte, musste ein Wink Gottes sein. Er war überzeugt, dass David Sander etwas damit zu tun hatte. Und genauso würden das die Medien sehen, dafür würde er schon sorgen. Bestimmt wälzten dieser Sander und Madame Grillet sich heute Nacht in Sünde in ihren Laken. Bis in seine Träume hatte sie sich schon geschlichen. Sie musste einen Pakt mit dem

Teufel geschlossen haben. Aber er konnte sich das zunutze machen. Er sah die Schlagzeilen schon vor sich. *David Sander – Betrüger und Dieb! Zwielichtiger Maler bereichert sich an Kirchenschätzen.*

Für morgen Vormittag hatte er höchstpersönlich einen Termin mit der Presse ausgemacht. Er hatte schon immer gewusst, dass er zu Höherem berufen war. Und er würde den ihm vorbestimmten Weg gehen. Sein Name hat ihm schon von Geburt verheißen, wo sein Platz war. Das alles war Gottes Wille, und er würde ihm bedingungslos folgen, er, Roman Pabst.

Kapitel 16

Freitag

Anna stand wie jeden Morgen relativ früh auf. Sie brauchte diese Zeit für sich. Ohne ihre Meditation fehlten ihr die Kraft und vor allem die Ruhe und Stärke für ihren Tag.

Also setzte sie sich, wie sie das im Sommer bei schönem Wetter gerne tat, in ihren Garten auf eine Decke, trank erst ein Glas Wasser und schloss dann die Augen.

Jahrelanges Training befähigte sie, alles um sich herum auszublenden. Sie nahm keinerlei Geräusche aus der erwachenden Umgebung wahr, so sehr versank sie im Nichts. Nicht das Zwitschern der Vögel oder das Quaken der Frösche, aber auch kein Telefon, kein Radio oder sonst ein Geräusch aus der technisierten Welt konnte sie ablenken. Diese Zeit gehörte nur ihr. Ihrem Körper, ihrem Geist und ihrer Seele.

Es war unterschiedlich, wie lange sie so verharrte.

Wenn sie viel um die Ohren hatte, viele Klienten, die mit schweren Problemen kamen, benötigte sie länger, um ihr inneres Gleichgewicht wiederzufinden. Oftmals bat sie auch um Eingebung und Hilfe, die sie weitergeben konnte. Sie sah sich als Kanal, der zwischen den Ebenen vermittelte und Brücken baute.

Und heute, heute hatte sie ein besonderes Anliegen. Niemand war ihr näher als ihre Familie, und da gehörte Sofia dazu. Es tat ihr weh, zu sehen, wie sehr sich diese quälte.

Für Sofia gab es nur Schwarz und Weiß, und alles musste ordentlich belegt sein. Dinge, die nicht greifbar, nicht nachweisbar waren, existierten nicht, Punkt.

Und nun musste sie sich öffnen, um das Leben um sie herum zu verstehen. Sie war gezwungen, ihre Sicherheitszone verlassen und sich auf das Abenteuer einlassen. Aber da ihr Panzer so dick war, schmerzte jeder noch so kleine Riss. Denn die Hülle war mit jeder Verletzung in der Kindheit noch stärker und härter geworden.

Die Zeit war da, und sie würde ihrer Schwester zur Seite stehen, und sie auch gerne auf dem Weg begleiten. aber die Risse in der Außenhaut, im Schutzpanzer würden noch größer werden, und den Panzer ablegen, sich aus dieser Außenhaut herausarbeiten konnte nur sie selbst. Sie musste alleine gehen. Selbstverständlich würde sie ihr die Hand zur Unterstützung reichen, und wenn sie sich nicht allzu sehr täuschte, würde auch David Sander ihr seine helfende Hand entgegenstrecken.

Dafür musste Anna sich nun stärken. Schon auf den Fotos des Künstlers konnte sie in seinen Augen die Weisheit einer alten Seele sehen. Er hatte schon viele Leben auf dieser Erde gelebt und wusste um seine Aufgaben in diesem Leben. Doch wer hätte gedacht, dass er ihren Weg kreuzen würde und dass er für Sofias Leben eine Bedeutung hatte.

Ausgerechnet Sofia. Für sie war alles, was mit Annas Job oder Berufung zu tun hatte, gleichbedeutend mit einer Fremdsprache, die sie weder verstand noch sich dafür interessierte, geschweige denn war sie bisher bereit gewesen, diese zu erlernen oder gar zu sprechen.

Aber schon John Lennon hatte gesagt: „Leben ist das, was passiert, während du eifrig dabei bist, andere Pläne zu machen." Und deswegen plante sie selbst gar nicht viel und lebte lieber – immer in der Gewissheit, dass alles so kam, wie es für die eigene Entwicklung richtig und wichtig war.

Als sie ihre Meditation nach einer guten Dreiviertelstunde beendet hatte, stand sie auf, dehnte und reckte sich.

Heute war ihr Bürovormittag, deshalb hatte sie keinen Termindruck und ging nahtlos in ein paar Yogaübungen über.

Sie genoss es, den Tag auf diese Art im Freien zu beginnen. Leider ging das in der fränkischen Region viel zu selten.

Und so richtig Lust hatte sie jetzt auch nicht auf ihre Abrechnungen, Steuerunterlagen und die Postablage. Es musste halt sein.

Aber das Highlight des heutigen Tages war das gemeinsame Mittagessen mit Sofia in der Innenstadt. Es stand zwar noch auf wackligen Füßen, da Sofia im Moment ja alles nicht so genau absehen konnte. Sie hatte jedoch ohnehin einige Besorgungen zu machen und ließ sich überraschen. Sollte es klappen, wäre es einfach eine tolle Zugabe.

Anna setzte Teewasser auf und ging duschen.

Dabei stellte sie sich vor, das Wasser sei voller aufbauender Energie und Kraft und würde sie schützend umhüllen. Welch eine wundervolle Vorstellung!

„Ja, ich liebe das Leben", sagte sie laut vor sich hin und setzte sich mit etwas frischem Obst und ihrem Tee an den Schreibtisch.

Gegen halb zwölf sah sie auf die Uhr und war wieder einmal erstaunt, wie die Zeit verflog. Sie sah schnell auf ihrem Handy nach, ob Sofia bereits geschrieben hatte. Nein, aber egal, da sie ja sowieso in die Innenstadt musste.

Jetzt nur noch was Stadttaugliches anziehen, nicht, dass Sofia sich wieder beschwerte, dass man sich mit ihr blamieren würde.

Und da das Wetter heute immer noch herrlich sommerlich war, konnte sie ihr gebatiktes Trägerkleid anziehen, das sie vor ein paar Jahren während eines Workshops in Griechenland selbst gemacht hatte.

Sie liebte die fröhlichen Farben und wusste auch ganz genau, dass sie Sofia damit ein bisschen provozieren konnte. Nach einem anstrengenden Vormittag in der Dienststelle konnte sie bestimmt ein bisschen Aufheiterung gebrauchen.

Schnell noch in die Espadrilles schlüpfen, Geldbeutel und Handy in die ebenfalls bunte Batiktasche und einen kurzen Blick in den Spiegel werfen.

Huch, sie hatte ja ganz die großen Mondsteinohrringe vergessen. Ohne einen energievollen Stein am Körper verließ sie eigentlich nur in Ausnahmesituationen das Haus. Und Mondstein unterstützte hervorragend ihre Weiblichkeit. So, nun war aber alles perfekt.

Sie machte sich auf den Weg und genoss die Sonne auf der Haut, und weil es eben ihre Art war, lächelte sie jeden an und grüßte sehr freundlich, egal, ob sie die Person kannte oder nicht. Da klingelte auch schon ihr Handy. Sie erkannte am Klingelton, dass Sofia dran war.

„Hallo meine Süße, ja, bin gerade aus dem Haus raus. Klar, ich komm an der Dienststelle vorbei. Geht Nick auch mit? Ach, schade. Dann grüß ihn recht lieb von mir. Bin in gut zehn Minuten da."

Also Richtungswechsel, und flotten Schrittes steuerte eine fröhliche Anna die Polizeidienststelle an.

Sie setzte sich vor dem Gebäude auf eine Bank im Schatten und beobachtete die Menschen um sich herum. Jeder, der missmutig vorbeilief, bekam ein besonders strahlendes Lächeln zugeworfen. Es machte ihr eine wahnsinnige Freude, wenn die Menschen erst verwirrt um sich sahen und dann erst zögerlich, dann aber immer mutiger zurücklächelten. Wer wollte der leuchtenden Anna auch widerstehen?

Sofia sah vom Fenster aus zu Anna hinunter und winkte ihr zu. Sie bedeutete ihr mit den Fingern, dass sie in fünf Minuten kommen würde. Anna winkte zurück, signalisierte, dass sie verstanden hatte.

In diesem Moment kam ein sehr gut aussehender Mann die Treppe am Eingang der Dienststelle herunter. Sie machte sich eigentlich nichts aus Anzugträgern. Viel zu steif, sagte sie immer. Aber der hier war ein ganz besonderes Exemplar. Sehr schönes, leicht welliges Haar, das die Farbe von gutem Whisky hatte. Seine ganze Körperhaltung drückte Erfolg und Macht aus, allerdings auch sehr wenig Humor.

Aber das ließ sich ja ändern, dachte Anna und lächelte ihm zu. Der war aber so in seiner Welt, dass er Anna gar nicht richtig wahrnahm. Also stand sie auf und stellte sich ihm in den Weg, strahlte ihn an und wartete auf seine Reaktion. Er war so verblüfft, dass er stehen blieb und sie fragend ansah.

Anna strahlte weiter und fragte: „Bin ich hier richtig? Ich kenne mich nicht so aus. Sofia Welch, sie arbeitet doch hier?"

Nun blickten sie sich direkt in die Augen, und auch er konnte jetzt nicht anders und lächelte sie an. Das veränderte sein ganzes Gesicht, es wurde weicher, und selbst Lachfältchen um die Augen herum wurden sichtbar.

„Ja, sie arbeitet hier. Sie müsste eigentlich jeden Moment Pause haben. Wollen sie hinein?"

„Äh, nein, ich warte hier, aber danke."

Er sah sie noch mal aus seinen dunklen Augen an und ging in Richtung eines großen Mercedes. Kurz vor seinem Wagen drehte er sich um und sah leicht verwirrt in ihre Richtung.

Anna lächelte auf einmal nicht mehr, sie sah ihm wie versteinert nach und hatte Mühe, ihren Herzschlag unter Kontrolle zu bringen.

Mann, hatte der Mann Augen, war das Einzige, was sie noch denken konnte. Als der Wagen den Parkplatz verließ, blickte er noch einmal in ihre Richtung und hob sogar kurz die Hand, um ihr zuzuwinken.

Sofia hatte die Szene vom Fenster aus beobachtet und lief nun, nachdem sie sich von Nick verabschiedet hatte, schnell zu Anna hinunter.

„Was hat dieser Holzklotz zu dir gesagt? Du siehst richtig erschüttert aus. Ich wusste, dass er ein Stinkstiefel ist. Sogar dir vergeht das Lächeln, wenn du ihn siehst."

„Welcher Stinkstiefel? Was meinst du?" Anna schüttelte kurz den Kopf, um wieder in der Gegenwart anzukommen.

„Na, Heller. Du hast doch gerade mit Staatsanwalt Heller gesprochen, und dann ist dir das Lachen vergangen."

„Du meinst, das war Heller? Dieses Geschenk an die Weiblichkeit? Dieses traumhafte Exemplar von einem Mann? Diese Haare, die aussehen wie guter alter Whisky, und die Augen, die mich an geschmolzenes Karamell erinnern, gehören dem berühmt berüchtigten Staatsanwalt Lukas Heller? Oh mein Gott, und da kannst du noch arbeiten, wenn der im selben Raum ist?"

Sofia stand ihr mit offenem Mund gegenüber. „Mir fehlen die Worte. Was ist denn mit dir los? Hast du einen Sonnenstich? Komm, lass uns in den Schatten gehen und was trinken. Sonst kippst du mir noch um. Ich habe nur eine Dreiviertelstunde Zeit. Dort vorn ist ein kleiner schnuckeliger Italiener, wollen wir da hin?"

Sie hakte sich bei Anna unter, und sie gingen schnell zu dem kleinen Restaurant und setzten sich auf die Terrasse. Der Kellner erkannte Sofia, da sie schon öfters hier gewesen war, und begrüßte sie mit den Worten: „Wie immer Mittagspause und nicht viel Zeit, nehme ich an? Als Tagespasta haben wir Farfalle amatriciana und einen kleinen Insalata mista dazu oder anstelle der Nudeln eine kleine Pizza Calzone."

Sofia sah zu Anna. „Pasta? Okay, Giovanni, bring uns doch bitte zweimal die Pasta, aber bitte einmal ohne Speck, und eine große Flasche Aqua Minerale naturale mit zwei Gläsern."

Der Kellner ging, und die beiden Mädels sahen sich an und fingen an zu lachen.

„Ich glaub es nicht, dir gefällt der Heller."

„Ja, und er hat ein umwerfendes Lächeln."

„Was, er hat dich angelächelt? Da kannst du dir aber richtig was drauf einbilden. Ich kann mich nicht erinnern, dass ich ihn schon jemals einfach so habe lächeln sehen."

„Also, ich fand den echt heiß. Hallo, da muss man doch zweimal hinschauen. Da hätte ich ja an deiner Stelle glatt Probleme, mich auf die Arbeit zu konzentrieren. Normalerweise sind Anzugträger zwar nicht so mein Beuteschema, aber in dem Moment, als ich seine Augen gesehen habe, war ich hin und weg. Der hat schon was. Erzähl mal, ist er verheiratet oder überhaupt vergeben? Nicht dass daheim eine Frau, Zwillinge und ein Hund auf ihn warten."

„Es weiß eigentlich niemand viel über ihn, aber da er keinen Ring trägt und er so konservativ wirkt, dass er den auf jeden Fall für wichtig erachten würde, glaube ich das eher nicht. Hat auch noch niemand etwas von einer Ehefrau oder Freundin erwähnt. Ehrlich gesagt, habe eher damit gerechnet, dass irgendein Yogalehrer oder Reformhauschef gerechnet dein Blut in Wallung bringt. Aber unser guter Staatsanwalt?“

„Jetzt mach mal langsam, ich finde ihn halt sehr attraktiv, das ist aber auch schon alles. Schließlich habe ich dich schon oft genug über ihn jammern hören. Außerdem treffen wir uns nicht, um mein, sondern um dein eventuelles Liebesleben zu besprechen. Also erzähl, was gibt es Neues im Fall David Sander?“

„Heute Vormittag waren erst mal Madame Grillet und ihre Angestellten da, um die Protokolle zu unterzeichnen. Also, ich bin mir nicht ganz sicher, ob mich die Grillet eher an Lady de Winter aus *Die drei Musketiere* erinnert oder an Cruella De Vil aus *101 Dalmatiner*. Irgendwie ist sie eine Mischung. Heute war sie wieder sehr handzahm und hat heftig geflirtet. Dabei hat sie, glaube ich, kein einziges männliches Wesen in der Dienststelle übersehen. Nur die weiblichen werden ignoriert oder für Botengänge missbraucht. Die Kollegen haben übrigens in Erfahrung gebracht, dass mit dem Abrechnungssystem der italienischen Autobahnen, diesem Telepass, nachweisbar ist, dass David definitiv zum Tatzeitpunkt schon in Italien war. Also ist er im Hinblick auf den Diebstahl absolut safe. Allerdings sollen wir in der nächsten Woche, wenn er wieder da ist, seine Aussage trotzdem noch aufnehmen.

Jetzt gilt es noch den Auftritt des Bischofs abzuwarten, der heute Nachmittag auf dem Programm steht. Schließlich ist es ist ja eine Statue aus dem Besitz seiner Kirche, und er hat sich da gestern ganz schön echauffiert. Wenn ich an den denke, bekomme ich eine Gänsehaut, die alles andere als angenehm ist. Was erzählt man sich denn so über ihn in der Stadt?“

Sie unterbrachen kurz ihr Gespräch, da Giovanni die Getränke und den Salat abstellte. „Pasta kommt sofort. Buon Appetito.“

Anna überlegte kurz, bevor sie antwortete. „Ich bin ja nicht katholisch, und die Institution Kirche mag ich eh nicht, wie du weißt. Gläubig ja, aber nicht so, wie es die katholischen Würdenträger oder auch Evangelischen Honoratioren gerne möchten. Klienten erzählen mir manchmal, dass sie in einem Gewissenskonflikt sind, da der momentane Bischof noch sehr vom alten Schlag sei. Er habe fast mittelalterliche Ansichten und sei regelrecht, puh, wie drücke ich das am besten aus … Ich hatte das Gefühl, er würde die Macht der Kirche und seiner Stellung missbrauchen, um seinen Schäfchen Angst zu machen und um sie kleinzuhalten. Weißt du, was ich meine? Er steht durch sein Amt als Gottesdiener über ihnen, stellt sich über sie und lässt sie das spüren. Sein Wohlwollen, das er natürlich als die Gnade Gottes bezeichnet, muss man sich verdienen. Wären wir jetzt dreihundert Jahre in der Zeit zurück, würde ich sagen, er würde, wenn er könnte, den Ablass wieder einführen."

Nebenbei begannen sie zu essen, da ja die Zeit drängte.

Sofia antwortete: „Hm, ist das blöd, wenn ich sage, dass er genauso aussieht, wie ich mir die Vertreter der Heiligen Inquisition im Geschichtsunterricht immer vorgestellt habe? Übergewichtig, rotgesichtig, fanatisch, manipulativ und der Meinung, sie wären unantastbar. Das macht Sinn, denn so wie du ihn beschreibst, habe ich ihn auch empfunden. Bin ich froh, dass ich als Schülerin nicht zu ihm in die Kirche musste."

„Er hält, glaube ich, auch nur dann Gottesdienste selbst ab, wenn das Publikum seinem Anspruch gerecht wird, also bei großen Festen oder auch, wenn es mal medial übertragen wird. Ansonsten begibt er sich nur selten auf eine Ebene mit dem niederen Volk. Einige Klienten haben sich schon bei mir über ihn ausgelassen."

„Sorry, Anna, ich muss mich schon wieder beeilen. Zahlst du für mich mit, ich gebe es dir später. Sonst muss Nick sich alleine mit dem Bischof rumschlagen, und auch wenn ich mich gerne drücken würde, mag ich ihm das nicht antun. Telefonieren wir heute Abend?"

„Klar, melde dich, eventuell können wir ja am Wochenende mal wieder was unternehmen. Grüß Nick von mir."

„Ach, und was soll ich unserem lieben Herrn Heller von dir ausrichten, falls er mir über den Weg laufen sollte?", lachte Sofia und lief schnell zur Tür hinaus, als Anna errötete und nach etwas suchte, das sie ihr hinterherwerfen konnte.

Anna sah ihr nach und dachte, dass die Vorstellung gar nicht so schlecht wäre, Lukas Heller noch mal über den Weg zu laufen. Vielleicht sollte sie Sofia öfter mal von der Arbeit abholen.

„Giovanni, un caffè e il conto, per favore. “

Kapitel 17

Kurze Zeit später machte sich Sofia zusammen mit Nick auf zu Staatsanwalt Heller. Als sie so den Flur entlanggingen, konnte sie nicht umhin, einen Blick in die angrenzenden Büros zu werfen. Die unmögliche grüne Uniform vermisste sie wirklich nicht. Leider war ihr momentaner Status nur zeitlich begrenzt, und auch sie musste sich wieder an den Gedanken gewöhnen, dass schicke Schuhe, gut sitzende Blusen, sprich, alles Schöne, demnächst wieder der Vergangenheit angehören würde. Schade eigentlich. Diese Sonderstellung in der Dienststelle tat ihr richtig gut. Manchmal schlich sich wirklich der Gedanke an ihre Eltern in ihren Kopf.

Ob sie vielleicht jetzt auf ihrem Sofa im Himmel saßen, und ihr neues TV Programm war das Leben ihrer Tochter.

Vielleicht hieß die Sendung, die sie sich ansahen, *Sofia, von Hartz4 in den gehobenen Dienst - Der Alltag einer Polizistin, die alle Bezirke kennt*. Oder so ähnlich. Das hätte sie vielleicht interessiert. Wahrscheinlicher wäre es aber gewesen, dass sie die Serie als langweilig tituliert hätten und nur ab und zu beim Zappen hängen geblieben wären.

Ja, so unterschiedlich kann man Leben interpretieren. Sie schüttelte kurz den Kopf, als ob sich so die Erinnerungen auflösen könnten.

Nick klopfte an, und sie betraten das Büro des Staatsanwalts.

Er war gerade in einem Telefonat und bedeutete ihnen, Platz zu nehmen.

„Das ist jetzt nicht dein Ernst. Kannst du das noch zurückhalten? Nein? Okay, dann weiß ich Bescheid. Wann geht es in den Druck? Pass auf, er müsste eigentlich gleich hier aufschlagen. Vielleicht kann man es ihm noch ausreden, da ihm andernfalls eine Anzeige wegen Rufmord droht. Ich melde mich bei dir, wenn er sich darauf einlässt. Ich danke dir. Wir sehen uns dann am Wochenende bei euch. Natürlich vergesse ich den Geburtstag meiner Schwester nicht. Bis später."

Er legte auf und sah Sofia und Nick an. „Es könnte ein kleines Problem geben. Das war mein Schwager. Er ist Chefredakteur bei den *Fränkischen Nachrichten*. Der Bischof hat ihnen heute Morgen ein Interview gegeben. Und er beschuldigt David Sander öffentlich des Diebstahls seiner Statue. Dabei beruft er sich auf ein Gespräch zwischen Madame Grillet und ihnen beiden, dass er zufällig mitbekommen hatte. Klären Sie mich doch bitte darüber auf. Da muss ich irgendwas verpasst haben."

Eiskalte Augen durchbohrten sie.

Sofia flog kurz der Gedanke durch den Kopf, dass dieser herrschsüchtige Mann laut Anna ein Geschenk an die holde Weiblichkeit war. Da schienen ihre Hormone eine andere Prägung zu haben. Bei Sofia erschien nur das Fluchtsignal. Leider keine Chance, sich aus dem Staub zu machen. Sie saß hier fest.

Beide zückten ihre Unterlagen, und Nick begann.

„Das ist so nicht korrekt. Wie schon in dem Bericht an Sie erwähnt, haben wir Madame Grillet auf ihre Äußerung Sander betreffend angesprochen. Sie hat das Ganze aber selbst schon abgeschwächt. Allerdings klang es eher so, als ob sie durch ihr Abwiegeln den Verdacht an ihn verstärken wollte."

„Ich habe sie dann darauf hingewiesen, dass sie da falsch läge, da Sander um diese Zeit schon nicht mehr in Deutschland gewesen sei. Da ist ihr das Lächeln ein wenig entglitten. Davon wusste sie anscheinend gar nichts. Es gefiel ihr nicht, dass ihr ein Fehler unterlaufen war. Und es hat auf uns sehr den Eindruck gemacht, als habe sie Sander verbal bewusst aus der Schusslinie genommen, um genau dadurch den Verdacht auf ihn zu erhärten. Sanders Zeitangabe stimmt jedoch mit den Abbuchungen der Telepass überein. Das haben wir bereits überprüft, David Sander kann also mit dem Diebstahl nichts zu tun haben", schloss Sofia.

„Der Bischof betrat den Raum erst, nachdem das Gespräch schon beendet war. Aber anscheinend hatte er an der Tür gelauscht und die letzten Worte mitbekommen. Er beschuldigte Sander sofort, wurde aber von Madame Grillet gestoppt und in eine andere Richtung gelenkt. Das wiederum wirkte nun so, als ob jeder der beiden versuchte, den anderen zu manipulieren, um den größten Vorteil aus der Situation zu ziehen. Wenn Sie mich fragen, haben diese beiden in irgendeiner Form Dreck am Stecken. Auch wenn ich das noch nicht festmachen kann. Die verfolgen jeder für sich ganz andere Ziele, als sie vorgeben", ergänzte Nick.

In diesem Moment klopfte es an der Tür, die Sekretärin trat ein und meldete den Bischof an. Dieser trat selbstgefällig ein, ging auf den Staatsanwalt zu und übersah geflissentlich das niedere Fußvolk. Eigentlich wirkte er eher wie ein scheinheiliger Politiker als wie ein demütiger Gottesdiener.

Sofia musste unwillkürlich an Historienfilme denken, in denen der Bischof befahl, die Hexe müsse brennen. Schnell schüttelte sie diese Gedanken ab.

„Sie können gehen", sagte Heller zu Nick und ihr. „Ich melde mich nachher noch mal bei Ihnen. Bitte kümmern Sie sich doch heute noch einmal zusammen mit den Kollegen von der Spurensicherung um die Aufklärung des Einbruchs. Wir sehen uns dann am Montag um 10.30 Uhr wieder. Sie haben also ein freies Wochenende."

Sofia und Nick standen auf.

Zurück in ihrem Büro schlossen sie erleichtert die Tür hinter sich.

„So ein eigenes Büro hat wirklich Vorteile. Und ich versteh jetzt, was du meinst. Der Bischof ist wirklich sehr seltsam. Du bist ja, glaube ich, nicht katholisch, Sofia, aber sein Vorgänger war ganz anders. Den wirst du wahrscheinlich gar nicht kennen. Er hatte etwas Liebevolles, Verständnisvolles, Väterliches. So wie man sich das halt auch vorstellt.

Der hier wirkt wie eine opulente Ausgabe des schmierigen Berlusconi. Also eher wie ein korrupter Politiker."

„Sag ich doch. Also, ein Segensspruch von ihm würde bei mir eher Unbehagen auslösen als Ruhe und Frieden. Egal, so wie es aussieht, bekommen wir ja sogar ein Wochenende. Sehr gut. Lass uns das mit der Spusi klären, und dann schauen wir, ob der Heller noch was von uns will. Wusstest du, dass er eine Schwester hat, die mit dem Chefredakteur verheiratet ist?"

„Nee, zum ersten Mal davon gehört."

„Ja, ich auch. Gibt es sonst etwas über sein Privatleben, das du weißt, also ist er verheiratet, geschieden?"

„Höre ich da wohl nun doch Interesse heraus? Du hast doch immer betont, der gute Staatsanwalt interessiere dich nicht. Die Kollegen haben mal erwähnt, dass er ohne Anhang sei und nur seine Arbeit kennen würde. Los, spuck es schon aus, er gefällt dir anscheinend doch."

„Mir nicht", grinste Sofia, „aber unsere Anna hat ihn vorhin kurz gesehen und war hin und weg von ihm. Sie sprach von einem Gottesgeschenk an die holde Weiblichkeit."

Nick riss die Augen auf. „Unsere bunte Anna und der graue Staatsanwalt? Ich fass es nicht!"

„Da ist ja auch nichts. Noch nicht, jedenfalls. Sie findet ihn eben interessant, aber das heißt ja noch lange nichts. Es gehören schließlich immer zwei dazu."

Kapitel 18

Samstag

Endlich mal wieder ein freier Samstagabend, und Sofia hatte sogar etwas vor. Sie hatten gestern nur noch ein kurzes Gespräch mit Heller gehabt, der den Bischof leider nicht dazu bewegen konnte, die Veröffentlichung seines Interviews zu stoppen. Es schien ihm egal zu sein, ob seine Anschuldigungen der Wahrheit entsprachen oder nicht, er schien sich in seinem Amt unantastbar zu fühlen. Nun musste sie aber erst am Montag früh wieder an divenhafte Französinnen, mittelalterliche Bischöfe und gestohlene Statuen denken. An faszinierende Maler dachte sie allerdings ununterbrochen.

Gestern hatte sie dann doch nichts mehr mit Anna ausgemacht, hatte mal wieder einen Abend nur für sich gebraucht. Einfach nur faul vor dem Fernseher auf dem Sofa liegen und sich berieseln lassen.

Heute Morgen hatte sie dann ihre Wohnung geputzt und ihre Wäsche erledigt. Dinge, die sie sonst während des Schichtdienstes gut nebenbei erledigen konnte. Diese Woche jedoch war alles anders verlaufen und so manches liegen geblieben. Später war sie noch schnell zum Markt und in den Supermarkt gegangen. Normalerweise vermied sie das an einem Samstag wie diesem, aus gutem Grund. Denn die Stadt war an normalen Samstagen schon voll, aber an so einem wunderschönen Sommertag wurde man nur noch geschoben und konnte nichts mehr genießen. Kein Espresso im Vorbeigehen oder ein Eis zum Mitnehmen, all das war unmöglich. Es sei denn, man hatte Zeit und vor allem auch Geduld ohne Ende, denn die Schlangen waren nahezu endlos.

Und mit Geduld war Sofia bei ihrer Geburt vom Herrgott nicht gesegnet worden. Als diese verteilt wurde, war sie wahrscheinlich die Letzte in der Schlange gewesen, und nachdem sie an der Reihe war, hieß es: „Geduld ist keine mehr übrig. Du musst so durchs Leben kommen." Deshalb gab es den Kaffee dann zu Hause, und Eis wurde sowieso überbewertet.

Für den Abend hatte sie sich mit Anna in der Stadt verabredet. In einem Biergarten sollte Livemusik gespielt werden, sie wollten mal wieder abtanzen und einen draufmachen, so wie früher. Und sie hatten ausgemacht, kein Wort über die Arbeit zu reden. Es hatte Sofia schon gereicht, im Supermarkt die Schlagzeile der örtlichen Presse zu lesen: *Bischof Roman Pabst: „David Sander – Ein Dieb und Betrüger"*

Es verursachte ihr Bauchschmerzen, und sie beschloss, das Thema am Wochenende zu ignorieren und nur das zu tun, was ihr Spaß machte.

Sie war ausgiebig im Bad gewesen und hatte von Kopf bis Fuß Körperpflege betrieben, die Nägel lackiert, ein Peeling gemacht und sich danach sorgfältig geschminkt. Heute war sie nicht die Polizistin, sondern Sofia, die attraktive Frau.

Sie wählte das tief dekolletierte rote Trägerkleid, schlüpfte in passende Sandalen dazu, und fertig. Leider eignete sich Bambergs Pflaster nicht für High Heels, aber egal. Sie steckte noch ein Tuch für die kühleren Stunden in ihre Tasche – jetzt konnte es losgehen.

Sie traf sich mit Anna an der alten Rathausbrücke. Vier Stunden später waren die beiden leicht angeheitert. Gut gelaunt sangen sie den alten Gloria-Gaynor-Song *I will survive* mit.

Anna zog Sofia auf die Tanzfläche, und sie bewegten sich ausgelassen im Rhythmus der Musik. So einen unbeschwerten und unkomplizierten Abend hatten sie beide schon lange nicht mehr gehabt, vor allem nicht miteinander.

David Sander freilich war in Sofias Gedanken ständig präsent. Für einen kurzen Moment meinte Sofia sogar, ihn am Rande der Tanzfläche zu sehen. Aber er war ja in Italien, beruhigte sie sich. Mit zwei Piña colada und einem Sex on the beach konnte das schon mal passieren. Sofia grinste in sich hinein.

Die Musik wurde langsamer, und Anna ging zu ihrem Platz zurück. Sofia bedeutete ihr, dass sie noch tanzen wollte.

Wieder ging ihr Blick in dieselbe Richtung – und blieb abermals an dem Mann hängen, den sie für David gehalten hatte. Ups, dachte sie lachend, er sieht ja zu mir herüber, kein Wunder, dass er mir aufgefallen ist, die Ähnlichkeit ist wirklich verblüffend.

Sie gefiel ihm, wie es schien, denn er kam langsam auf sie zu und bewegte sich dabei geschickt zur Musik. Die interessierten Blicke der anderen Frauen, die versuchten seine Aufmerksamkeit auf sich zu ziehen, ignorierte er völlig. Eine faszinierende männliche Erscheinung ...

Als er vor ihr stand, schluckte Sofia schwer. Er hatte nicht nur Ähnlichkeit mit David, er war es selbst. Ihr Körper tanzte einfach weiter, wie ferngesteuert, aber in ihrem Kopf war plötzlich eine große Leere, und es drehte sich alles um sie herum. Sie konnten die Blicke nicht voneinander lassen.

Die ersten Töne eines alten Songs von Simply Red erklangen: *Holding back the years*. Die Tanzfläche wurde leerer, doch das bemerkten die beiden gar nicht, genauso wenig wie das heraufziehende Gewitter, das aufkommende Winde ankündigten.

David zog Sofia mit leicht fragendem Blick an sich. Sie ließ es geschehen, konnte keinen klaren Gedanken mehr fassen. In ihrem Kopf war nur noch ein Rauschen, und das Herz klopfte ihr bis zum Hals. Der Abstand zwischen ihnen wurde immer kleiner, bis sich ihre Körper berührten. Sachte legte sie ihren Kopf an seine Brust und fühlte sich endlich angekommen. Sie bewegten sich in ihrem eigenen Rhythmus, während die Band Mick Hucknalls Text sang.

I've wasted all my tears,
Wasted all those years.
And nothing had the chance to be good,
Cause nothing ever could, yeah.

I'll keep holding on,
I'll keep holding on,
I'll keep holding on,
I'll keep holding on
So tired.

That's all I have today
It's all I have to say.

Nach einiger Zeit hob Sofia den Kopf und sah David in die Augen, sie ertranken in der Tiefe ihres Blickes.

Er senkte seinen Kopf, und endlich küssten sie sich. Sofia wurde bewusst, dass dieser Kuss schon in der Luft gelegen hatte, dass er spürbar gewesen war, als sie vor der Bühne stand und ihn zum ersten Mal sah. Er schien genau zu wissen, wie sie geküsst werden wollte. Zärtlich liebkoste er ihre Lippen, langsam, knabbernd, innehaltend und genießend, aber sich dann auch wieder kühn vorwagend.

Es fühlte sich so vertraut an, und als der Kuss an Tiefe und Intensität gewann, verlor sie jegliche Kontrolle und gab sich nur noch ihren Empfindungen hin.

Sie hätten nicht sagen können, wie lange sie beide so standen und Raum und Zeit vergessen hatten. Es hatte leicht zu regnen angefangen, und in der Ferne war bereits ein leiser Donner zu hören. Die ersten Blitze erhellten den Nachthimmel, die Gäste verließen schleunigst den Biergarten.

Ein heftiger Donner weckte sie aus ihrer eigenen Welt.

Langsam drang der Regen durch ihre Kleidung. David öffnete die Augen und sah Sofia an. Die Tropfen liefen ihm über das Gesicht, und die Narbe an seiner linken Augenbraue schien zu pulsieren. Sie schaute verwirrt zurück, war noch nicht wieder da in der Realität des Biergartens.

„Komm, lass uns schnell gehen, es ist schon ganz nah."

Es donnerte heftig. Das Gewitter war genau über ihnen.

Er nahm sie bei der Hand und wollte sie fortziehen, doch sie blieb einfach stehen und sah ihn mit großen Augen an.

„Hans? Du bist wieder da. Oh mein Gott, das ist zu gefährlich, Hans, du musst dich verstecken, schnell."

Ein heftiger Blitz schlug in der Nähe ein und ließ sie beide zusammenzucken. In diesem Moment verlor Sofia das Bewusstsein und sank in sich zusammen.

David konnte sie gerade noch auffangen und auf die Arme nehmen. Er sah sich um. Wohin konnte er sie beide in Sicherheit bringen? Er glaubte sich zu erinnern, wie er durch die schmalen Altstadtgassen am schnellsten zu seinem Haus kommen konnte. Er presste Sofias Körper an sich und rannte mit ihr auf den Armen los.

Zehn Minuten später legte er sie vorsichtig auf die Couch in seinem Wohnzimmer. Besorgt fühlte er ihren Puls, der gleichmäßig ging, sehr zu seiner Beruhigung.

Er tigerte neben der Couch auf und ab, raufte sich die Haare. Erst jetzt bemerkte er, dass er nass bis auf die Haut war – ebenso wie Sofia. Er rannte schuldbewusst nach oben, um Handtücher und Decken zu bringen. Auf dem Weg riss er sich das nasse Hemd herunter und ließ es einfach auf der Treppe liegen. Eilig entledigte er sich seiner nassen Schuhe und lief, so schnell er konnte, wieder die Treppe hinunter.

Aber sie lag genauso regungslos da, wie er sie hingelegt hatte. Das nasse Kleid traute er sich nicht auszuziehen. Aber er zog ihr die Schuhe aus und wickelte sie in die trockenen Handtücher ein.

Ich gebe ihr noch fünf Minuten, wenn sie dann noch nicht wieder bei Bewusstsein ist, rufe ich den Notarzt, nahm er sich vor.

In diesem Moment registrierte er das Klingeln eines Handys. Da er die Melodie nicht kannte, musste es wohl Sofias sein.

Er suchte nach der Quelle der Töne und stellte fest, dass sie aus der Tasche kamen, die sie umhatte. Vorsichtig holte er das Handy heraus und las „Anna" auf dem Display.

Er zögerte noch einen Moment, dann hob er ab.

„Sofia, wo zum Teufel steckst du? Ich suche dich überall. Ich habe dich noch mit dem Typen Stehblues tanzen sehen, und als ich von der

Toilette kam, warst du verschwunden, und alle anderen auch. Wo bist du?"

„Ähm, hallo, hier ist nicht Sofia. Ich bin der Typ vom Stehblues. David."

„Oh, und warum haben Sie ihr Handy? Ich möchte sie sofort sprechen." Die Frauenstimme wurde sehr bestimmend und fordernd, sodass David sich ein leichtes Grinsen nicht verkneifen konnte. Eine sehr resolute Dame, dachte er.

„Das geht gerade schlecht. Sie wurde während des Gewitters ohnmächtig, und ich wollte eben einen Arzt rufen, als ihr Handy zu läuten begann. Da sie Sofia gut zu kennen scheinen, können Sie mir vielleicht weiterhelfen. Hat sie solche Schwindelanfälle schon öfter gehabt? Hat sie gesundheitliche Probleme?"

„Wie? Sofia ist ohnmächtig? Ich kann mich da nicht erinnern, dass das jemals passiert wäre, als ich mit ihr zusammen war. Allerdings letzten Sonntag ... ähm, egal. Wo sind Sie? Ich komme sofort."

In dem Moment flackerten Sofias Augenlider, und sie bewegte sich leicht. Sofort ging David neben ihr in die Hocke.

„Sofia, wie geht es dir? – Anna, sie kommt gerade zu sich.

Mein Name ist David Sander. Ich wohne ..."

„Ich weiß, wo Sie wohnen. In fünf Minuten stehe ich vor Ihrer Tür. Kümmern Sie sich um sie." Anna hatte aufgelegt.

David hatte gar keine Zeit, sich zu wundern, woher diese Frau seine Adresse kannte. Er strich der benommenen Sofia die feuchten Haare aus dem Gesicht.

„Alles ist gut. Tut dir etwas weh?"

„Wie komme ich denn hierher?" Erschrocken richtete sie sich auf. „Ich war doch mit Anna unterwegs, ich kann mich noch erinnern, dass ich glaubte, dich an der Tanzfläche zu sehen, mich aber geirrt haben musste, weil du ja in Italien bist. Und dass ich dachte, ich hätte wohl zu viel getrunken. Aber du bist hier, und ich habe doch nicht zu viel getrunken. Wie komme ich hierher?"

„Magst du etwas trinken?"

„Ich glaube, ich hatte genug", meinte sie abwehrend.

Er erhob sich. „Ich dachte eher an ein Glas Wasser, an Kaffee oder Tee."

„Oh, ja, ein Glas Wasser wäre ganz gut."

Als es an der Tür läutete, erschrak sie.

„Das wird Anna sein." Er ging, um ihr zu öffnen.

„Anna?", fuhr Sofia hoch. „Woher weiß sie ...?"

„Sie hat auf deinem Handy angerufen, als du noch ohnmächtig warst, und ich habe sie gebeten zu kommen", erklärte er auf dem Weg zur Tür.

„Danke", sagte sie kleinlaut. Sofia barg das Gesicht in ihren Händen. Am liebsten wäre sie unsichtbar geworden. Es war so peinlich, und vor allem hatte sie keine Ahnung, ob sonst noch etwas Peinliches passiert war. Sie hatte einen richtigen Blackout.

Anna eilte ins Zimmer und setzte sich zu Sofia auf die Couch.

„Irgendwie wird das zur Gewohnheit, Sofia. Geht es dir gut? Auf einmal bist du weg gewesen."

„Ich habe keine Ahnung. Dunkel erinnere ich mich, dass ich mit ihm getanzt habe. Haben wir uns geküsst? Doch, ich meine, ich kann mich erinnern ... Und dann weiß ich nur noch, wie ich hier aufgewacht bin." Eine unsichere Röte stieg in ihrem Gesicht auf.

Sie hörten, wie David wieder hereinkam. Er trug ein Tablett mit Gläsern, einer Wasserkaraffe und drei Espressotassen.

Ihm schien gar nicht bewusst zu sein, dass er nur eine Jeans am Leibe trug, was den Freundinnen den Blick auf seinen nicht zu verachtenden Oberkörper eröffnete. Sofia konnte ihn nur anstarren. Kein Härchen verunstaltete seine breite, leicht gebräunte Männerbrust. Eine dünne Narbe verlief in der Nähe des linken Schlüsselbeins. Ansonsten war er makellos und hätte – zumindest bis zur Gürtellinie – auch als Modell für Michelangelos David durchgehen können. Also ein Künstler, der nicht nur seinen Geist, sondern auch seinen Körper pflegte.

Ganz selbstverständlich stellte er die Getränke auf den Tisch und setzte sich gegenüber in einen Sessel.

Erst jetzt bemerkte er, dass ihn die beiden Mädels mit offenem Mund anstarrten.

„Oh, ich sollte mir vielleicht …"

„Nein, nein", meinte Anna, „alles gut. Für uns müssen Sie gar nichts. Sie können ruhig so bleiben, oder Sofia?" Sie grinste zur hochroten Freundin hinüber, die ertappt den Kopf schüttelte. „Nein, schon okay."

„Soll ich besser doch noch einen Arzt rufen?"

„Nein, nein, es geht mir wieder gut. Ich kann mich halt nur nicht erinnern, und es ist irgendwie auch komisch, dass ich noch nie in meinem Leben in Ohnmacht gefallen bin, aber seitdem ich dich getroffen habe, nun schon zum zweiten Mal. Und beide Male bist du in der Nähe gewesen."

So ganz verstand er das nicht, aber das war jetzt nicht so wichtig. Da sollte er vielleicht später nochmals nachhaken.

„Kannst du dich noch erinnern, dass du mich vorhin, direkt bevor du die Besinnung verloren hast, Hans genannt hast?"

Zwei alarmierte Köpfe schossen in die Höhe.

„Hans? Nein, keine Ahnung. Ich weiß gar nicht, ob ich einen Hans kenne. Also auf Anhieb fällt mir da niemand ein." Sofia sah ratlos zu Anna.

„Wissen Sie denn noch den genauen Wortlaut, Herr Sander?"

„Wollen wir uns nicht duzen und mit den Vornamen ansprechen? Sie sagte so etwas wie „Hans, du bist ja wieder da" und warnte mich, es sei zu gefährlich, und ich müsse mich doch verstecken. Dann hat es heftig geblitzt und gedonnert, und du bist zusammengesunken, Sofia."

„Und warum überrascht dich das alles nicht so sehr? Oder täusche ich mich da?", fragte Anna.

„Es überrascht mich nicht, weil ich in einem früheren Leben Hans hieß."

Kapitel 19

Sofia sah ihn entgeistert an.

„Wie, du bist in einem früheren Leben Hans gewesen?"

Er erhob sich und ging zum Fenster. Er drehte ihnen den Rücken zu und sah auf die Stadt hinab.

„Ich meine das genauso, wie ich es gesagt habe. In einem meiner früheren Leben hieß ich Hans."

Sofia wollte etwas sagen, aber ein Blick von Anna, der sogar ein Polizeiauto im Einsatz gestoppt hätte, ließ sie innehalten. Okay, also Anna wollte das Gespräch führen, klar sie war die Fachfrau, dachte Sofia. Also lehnte sie sich zurück und wartete gespannt, wie Anna vorgehen würde.

„Also, das verstehe ich jetzt nicht ganz. Ist das was Religiöses?"

Oh, sie machte auf ahnungslos.

„Nicht so wie du es meinst, ich bin kein Hinduist oder Buddhist. Aber ich glaube daran, dass wir nicht nur einmal leben und unsere Seele wiederkommt. Dass sie verschiedene Aufgaben zu erfüllen hat und bestimmte Erfahrungen machen möchte – über viele Inkarnationen hinweg. Und das glaube ich nicht nur, nein, ich weiß das."

Er drehte sich kurz um, um die Reaktion auf seine Worte zu sehen. Aber die Freundinnen sahen ihn nur erwartungsvoll an. Sofia mit einem leicht ungläubigen Blick, Anna eher herausfordernd.

„Wie kannst du das wissen? Soweit ich weiß, ist das nicht wissenschaftlich belegt“, hakte sie dann auch nach.

Er drehte sich wieder um. „Wenn ich dich jemals gebraucht habe, Leo, dann jetzt, lass mich nicht im Stich“, murmelte er leise vor sich hin.

„Wie bitte?“

„Das war nicht an euch gerichtet. Ihr wollt wissen, woher ich das weiß. Es stimmt, Anna, eine wissenschaftliche Erklärung habe ich nicht. Aber es gibt Dinge, die weiß man eben. Schon als Kind war es immer wieder so, dass ich an Orte oder Plätze kam, an denen ich, David Sander, nachweislich noch nie gewesen bin. Trotzdem wusste ich ganz genau, welche Gebäude vor mir stehen würden, wenn ich um die Ecke biege. Ich wusste von geschichtlichen Ereignissen, von denen ich noch nie etwas in der Schule gehört hatte. Meine Eltern waren sehr verwirrt. Sie hatten Angst, dass mit ihrem Sohn etwas nicht stimmte, und haben mit mir sogar mehrere Ärzte aufgesucht, die mir aber nur eine übermäßige Fantasie attestieren konnten. Als ich dann zu malen begann, konnte ich meine Erlebnisse und inneren Bilder endlich kanalisieren. Auf einmal war ich das deutsche Wunderkind in der Metropole der großen alten Künstler, der Stadt von da Vinci und Michelangelo. Schweren Herzens ließen meine Eltern mich nach Florenz ziehen, damit ich an der Accademia studieren konnte. Und entgegen allen Erwartungen fühlte ich mich dort sehr wohl. Ja, auch da kannte ich mich aus, obwohl meine Eltern nie mit mir in Florenz gewesen waren, zumindest nicht in den alten Mauern der Accademia, und doch wusste ich über den Grundriss der Bauten und dergleichen Bescheid. Und in einer der Nächte dort hatte ich dann meine erste Begegnung mit Leo. Falls ihr bis hierhin schon der Meinung seid, dass ich nicht ganz richtig ticke“, er drehte sich wieder zu den beiden um, „kann ich das Ganze nun noch steigern. Leo ist mein persönlicher Schutzengel, mein Geistführer. In der esoterischen Literatur findet man verschiedene Bezeichnungen. Für mich ist Leo mein Freund, meine zweite Hälfte, vielleicht so etwas wie Harvey. Kennt ihr den alten Film aus den Fünfzigern mit James Stewart, *Mein Freund Harvey*? Nur dass Leo kein Hase ist.

Ach, danke übrigens, dass ihr bisher noch nicht die Psychiatrie verständigt habt und mich in die Geschlossene einweisen lassen wollt."

Aufmerksam und leicht lächelnd sah er den beiden in die Augen und musste feststellen, dass beide sehr unterschiedlich auf seine Geschichte reagiert hatten. Sofia sah ihn nur fassungslos an und ließ den Blick zwischen Anna und ihm hin und her gleiten, während Anna ihn belustigt anschaute und anscheinend einen Lachanfall unterdrücken musste.

„Ich wollte eigentlich nicht zu deiner Belustigung beitragen", sagte er leicht verletzt.

„Oh, du belustigst mich keineswegs. Du sprichst so, als ob wir die gleichen Kurse besucht und in unserem Leben sehr ähnliche Erfahrungen gemacht hätten. Ich amüsiere mich eigentlich eher über Sofias Fassungslosigkeit."

„Danke schön, dass ich dir den Abend doch noch versüßen konnte", meinte diese bissig.

„Nein, im Ernst, David, ich sollte mich vielleicht kurz vorstellen. Ich bin Anna und arbeite als Energetikerin und Reinkarnationstherapeutin. Und meine beste Freundin Sofia ist nicht nur Polizistin, nein, sie ist auch die größte Skeptikerin vor dem Herrn, wenn es um Übersinnliches und Esoterisches geht. Ich denke, nun verstehst du unsere Reaktionen. Und da ich annehme, dass du mit deiner Geschichte noch nicht fertig bist, die ich um nichts auf der Welt verpassen möchte, wollte ich dich fragen, ob du nicht vielleicht ein Glas Wein für mich hättest."

Sie zog ihre Schuhe aus, machte es sich auf der Couch bequem und grinste Sofia vergnügt an. Sie genoss diese Szene immens. Anna, im Hause des großen, von ihr verehrten Künstlers, der dieselbe Einstellung zum Leben zu haben schien wie sie.

„Sofia, wenn du das jetzt nicht möchtest, können wir das Ganze auch verschieben. Aber diese Geschichte erzähle ich in erster Linie für dich, denn du willst es verstehen, das ist wirklich wichtig." David ging vor Sofia in die Hocke und sah ihr intensiv in die Augen.

„Ich glaube, ich habe gar keine andere Wahl. Aber hast du vielleicht etwas Trockenes für mich zum Anziehen. Langsam wird es unangenehm. Ach, und ich hätte dann auch gerne einen Schluck Wein, aber bitte auch Wasser dazu, mir schwirrt jetzt schon der Kopf."

„Oh, tut mir leid, das habe ich komplett vergessen, du steckst ja immer noch in deinem klitschnassen Kleid. Komm mit, ich begleite dich zum Bad und gebe dir eine Jogginghose und ein T-Shirt von mir."

Er ging ihr voraus die Treppe nach oben. Unterwegs hob er verlegen das nasse Hemd auf, um es oben ordentlich wegzuräumen. Vor dem Bad wartete sie kurz, während er ihr die Kleidungsstücke aus seinem Zimmer holte.

Als sie die Hand danach ausstreckte, zog er sie zu sich ran und begann sie zu küssen. Ganz innig, aber nicht mehr ganz so sanft wie vorhin im Biergarten. Sie spürte seine Leidenschaft.

„Ich hoffe, du hast unseren Kuss vorhin nicht vergessen. Vorsichtshalber wollte ich ihn dir noch mal in Erinnerung rufen. Und ich kann dir jetzt schon versprechen, dass es nicht bei einem Kuss bleiben wird."

Er drehte sich um und ließ sie verwirrt und erregt zurück.

Sie wandte sich ihrem Spiegelbild zu und sah eine veränderte Frau vor sich. Sie wirkte mit ihren feuchten Locken, den vollen Lippen und den geröteten Wangen sehr sinnlich. Und ehrlich gesagt gefiel ihr der Anblick, es fühlte sich gut an, von diesem Mann so begehrt zu werden. Bei dem Gedanken vertiefte sich die Röte noch mehr. Schnell schlüpfte sie aus ihrem feuchten Kleid, das an ihrem Körper klebte, trocknete sich ab und zog seine Sachen über. Sie roch kurz daran, ob sein Duft an dem Shirt haftete, musste aber feststellen, dass alles frisch gewaschen war. Gott sei Dank hatte die Hose etwas zum Binden, ansonsten wäre sie ihr einfach wieder heruntergerutscht. Sie war nun auch ganz gespannt, was David zu erzählen hatte über diesen Hans, der er gewesen sein sollte. Irgendwie ganz schön abgedreht.

Als sie die Treppe hinabging, konnte sie hören, wie Anna von dem Bild in ihrem Schlafzimmer erzählte, dem Druck eines seiner Werke.

„Und jetzt sitze ich dir hier gegenüber, wir trinken deinen Wein in dieser bombastischen Villa, und ich darf dich duzen. Der Hammer ist aber vor allem die Energie, die du ausstrahlst. In deinen Werken kann man sie erahnen, aber du hast eine Aura, wie ich sie noch nicht oft wahrgenommen habe."

Sie hörte Sofia in den Raum kommen. „Dafür werde ich dir ewig dankbar sein", sagte sie zu ihr. „Erst lerne ich durch dich den faszinierenden Staatsanwalt kennen, und nun auch noch einen weltberühmten Künstler, der energetisch mit mir auf einer Welle schwimmt. Sofia, du bist meine Heldin." Anna grinste.

„Der Staatsanwalt, reden wir von Staatsanwalt Heller? Faszinierend?" David hob amüsiert eine Augenbraue.

Sofia winkte ab. „Das ist eine andere Geschichte. Wie du inzwischen sicher bemerkt hast, ist unsere Anna eine ganz besondere Frau mit einem ungewöhnlichen Geschmack. Hast du vielleicht ein Glas Weißwein für mich? Auf roten schlafe ich nicht so gut. Und nur wenig, denn ich glaube, ich habe eigentlich schon genug für heute", meinte sie mit einem Blick auf die Rotweinflasche.

„Am Wein soll es nicht mangeln. Ich habe erst heute einige Kisten aus dem Weingut meiner Eltern mitgebracht. Ist ein trockener okay? Kleinen Moment noch, bin gleich wieder da."

Sie hatte zwar tatsächlich Lust auf Weißwein, wollte aber vor einem einen Moment mit Anna alleine sein.

„Anna, hilf mir, was soll ich nur tun? Dreh ich jetzt durch, oder ist er verrückt? Am Ende sind wir alle nicht ganz richtig im Kopf. Aber wenn er in der Nähe ist, kann ich nicht mehr klar denken."

„Nein, niemand dreht hier durch. Und du bist einfach komplett in ihn verknallt. Aber ich denke, es geht ihm ebenso. Und es wirkt so, als ob ihr zwei euch schon lange vertraut seid. Komm, schnell, wie küsst er?"

David kam wieder herein und konnte nur noch sehen, wie Sofia den Daumen hob und knallrot wurde.

„Ich habe hier einen Chardonnay, der mit der fränkischen Bacchustraube gekreuzt wurde. Der ist sehr fein." Er goss ihr ein und wartete ab, während sie kostete.

„Hm, sehr lecker, nicht so schwer, aber ganz viel Geschmack. Ich bin zwar kein Kenner, aber er schmeckt mir wunderbar, danke."

„Braucht noch irgendjemand etwas? Nein? Gut dann erzähle ich weiter, wenn ihr wollt." Er setzte sich wieder in den Sessel und begann. „Es fing damit an, dass ich nachts oft das Gefühl hatte, nicht alleine zu sein. Auch wenn ich durch die Flure ging, hatte ich das Gefühl, es würde jemand neben mir laufen. Und es machte mir keine Angst, es fühlte sich gut an. Irgendwann begann ich dieses Wesen anzusprechen und bekam prompt eine Antwort, natürlich nicht laut und für jeden hörbar, sondern in meinem Kopf. Und so führten wir bald viele Gespräche. Er stellte sich als Leonardo vor, und ich nannte ihn fortan Leo. An einem Tag hatte ich großes Heimweh, mehr als sonst, und er meinte, ich solle mit geschlossenen Augen zu malen beginnen." Davids Mundwinkel zuckten bei der Erinnerung und er musste lächeln. „Mein Bild zeigt ihn selbst, es zeigte Leo, er hatte mir die Hände geführt, und so bekam er eine Gestalt. Wobei die wandelbar ist, wie ich festgestellt habe. Er unterstützt mich auch heute noch bei Malen mithilfe der Geistigen Welt. Irgendwann habe ich ihn dann auch gefragt, warum ich immer wieder das Gefühl habe, an manchen Orten schon einmal gewesen zu sein. Daraufhin meinte er: weil es so ist. Weil ich schon einmal dort war, aber nicht in diesem Leben, sondern in einem vergangenen. Ich sei sehr feinfühlig und sensitiv und hätte mich diesen Erfahrungen geöffnet, deswegen könne ich das auch als Erwachsener noch erleben. Die meisten Menschen würden schon in ihrer Kindheit ausgebremst und verschließen daraufhin diese Ahnungen in ihrem Inneren. Unsere Seele habe eine bestimmte Aufgabe und wolle diese auch erledigen, um sich im nächsten Leben dann andere Dinge vorzunehmen, so lange, bis wir alle Erfahrungen gemacht haben, die für unsere Seele wichtig sind. Nur so können wir zur Vollkommenheit gelangen. Wenn aber ein Thema nicht bearbeitet werden konnte, bekommen wir es in einem neuen Leben erneut vor die Nase gestellt, bis wir es komplett durchlebt haben mit allen Konsequenzen. Oftmals auch mit denselben Seelengefährten. Es gibt sogar Seelen, die sich in mehreren Leben immer wieder ähnlichen Erfahrungen stellen, da es nie komplett durchlebt wurde, so lange, bis die Aufgabe vollständig erfüllt ist. Man spricht sich dann auf Seelenebene ab nach dem Motto: Komm, ich möchte mir das noch einmal anschauen und lösen, wir treffen uns, und du hilfst mir dabei. In dem neuen Leben hat man davon natürlich normalerweise keine Ahnung und lebt so vor sich hin. Bis man diesen Seelen begegnet, mit denen man sich verabredet hat und sich erkennt." Er sah Sofia in die Augen.

„Aber ich kann mich nicht erinnern."

„Dein Verstand nicht, aber deine Seele hat dein Herz berührt und deinen Verstand für kurze Zeit blockiert. Wahrscheinlich wurdest du deswegen auch ohnmächtig. Wir kennen uns Sofia, als Seelen, und wir haben eine Aufgabe."

Sofia sah hilflos zu Anna hinüber, die sehr nachdenklich wirkte.

„Ich glaube, dass David recht hat und deine Seele wirklich den Verstand blockiert hat. Anscheinend löst das einen Kurzschluss aus. So habe ich das noch in keiner meiner Sitzungen erlebt. Aber alles andere kann ich aus meiner Arbeit heraus nur bestätigen. Ich hätte es nicht besser sagen können. Es muss jedenfalls sehr wichtig sein, dieses Thema, das aufgearbeitet werden will. Denn ich glaube, es passiert nicht allzu oft so auffällig, dass mit so viel Unterstützung aus der Geistigen Welt gearbeitet wird. Also, ich meine im Hier und Jetzt hat sie sich sehr deutlich bemerkbar gemacht und zu sehr wirkungsvollen Mitteln gegriffen. Schließlich wurdest auch du, Sofia, von deiner Geistführerin aufgesucht, und sie hat sich dir zu erkennen gegeben. Und das am Tag eurer ersten Begegnung. Sie wollte dich sensibilisieren, da bin ich mir sicher. Auch wenn du gar nicht wusstest, was das soll, und es nicht einordnen konntest. Wahrscheinlich ist diese Geschichte sehr dringend. Wie lange ist es her, dass ihr euch das erste Mal gesehen habt? Noch nicht mal ganz eine Woche, oder? Das Schicksal drängt zur Eile. Lassen wir das Warum mal außen vor und nehmen es so hin. Puh. Allerdings kann ich jetzt nicht mehr. Vielleicht helfen uns allen ein paar Stunden Schlaf. Was meint ihr?"

„Also, ich muss das jetzt erst mal verdauen, ich kann gerade gar nichts mehr denken. Ich brauch mein Bett."

„Ich rufe euch gleich ein Taxi." Nachdem David mit der Zentrale telefoniert hatte, fragte er: „Könnten wir uns morgen wieder treffen? Ich will nicht drängen, aber Anna hat recht. Leo hatte mir das auch schon signalisiert. Oder hast du morgen Dienst, Sofia?“

„Nein, ich habe morgen frei und auch noch nichts vor. Was ist mit dir, Anna?“

„Ich habe auch Zeit. Aber ich würde vorschlagen, wir treffen uns bei mir zu Hause, da habe ich alles, was ich brauche, falls wir in der Tiefe daran arbeiten wollen. Hier, ich schreib dir meine Adresse auf.“

„Ist es okay für dich, wenn ich dich abhole und wir gemeinsam zu Anna gehen?“ Er sah Sofia an, die leicht errötend nickte.

Mittlerweile stand das Taxi vor der Tür. Anna umarmte David in ihrer herzlichen, unkomplizierten Art und rief ihm, bevor sie einstieg, noch zu, sie sei gespannt auf morgen.

Sofia und David standen sich gegenüber und wussten nicht so recht, was nun eine passende Verabschiedung wäre. Mit einem nervösen Lachen ging Sofia auf ihn zu, sie hatte durchaus realisiert, dass er diesmal ihr den ersten Schritt überlassen wollte. Sie streckte sich und gab ihm einen langen Gute-Nacht-Kuss. Dabei vergaßen sie, dass sie nicht allein waren, und wurden von Annas Ruf in die Realität zurückbefördert. „Hallo, ich bin müde. Das könnt ihr morgen immer noch.“

Sie lachten, und Sofia lief, immer noch in Davids Klamotten zum Taxi. Schnell drehte sie sich noch mal um und rief ihm ihre Adresse zu. „Hol mich morgen um 15 Uhr ab.“

Er sah ihnen nach, bis das Taxi um die Ecke bog. Er ging zurück ins Haus und lächelte glücklich vor sich hin, als er die Treppen zum Bad hochstieg. Er roch an ihrem Kleid und freute sich, dass ihr Duft noch bei ihm blieb.

Kapitel 20

Sonntag

Sofia wachte am nächsten Tag erst gegen Mittag auf. Sie hatte unruhig geschlafen und geträumt, konnte sich aber an keinen Traum erinnern. Doch nach einer derart ereignisreichen Woche war es kein Wunder, dass ihr Körper sich die Erholung geholt hatte, die er benötigte. Als sie aus dem Bett kroch, fühlte sie sich wie gerädert, jeder Muskel tat ihr weh.

Sobald sie allerdings an David denken musste, legte sich ein strahlendes Lächeln auf ihr Gesicht.

Sie öffnete die Balkontür und trat hinaus ins Freie.

Das pulsierende Stadtleben hatte bereits begonnen. Sie streckte sich und genoss die frische Luft, die der Regen in der letzten Nacht gereinigt hatte.

Auf der Straße unter ihr blieben ein paar Japaner stehen und sahen zu ihr hoch. Sie lachte ihnen zu, als diese aber ihren obligatorischen Fotoapparat zückten, ging sie schleunigst in ihre Wohnung zurück.

Sie machte sich einen Kaffee und holte sich das frische Obst heraus, das sie gestern auf dem Markt besorgt hatte. Wenn sie Dienst hatte, brauchte sie zum Frühstück etwas Herzhaftes, aber an ihren freien Tagen bevorzugte sie frisches Obst. Vor allem jedoch war es unbezahlbar, sich Zeit lassen zu können.

Sie nahm sich ihr Frühstück mit auf den Balkon. Sie überlegte, ob sie im Hintergrund Musik laufen lassen sollte, aber eigentlich beobachtete sie lieber das Treiben unter sich und lauschte heimlich den Gesprächen.

Nach ein paar Minuten sah sie ein Pärchen, vielleicht Anfang 60, die Straße herunterkommen. Im Gegensatz zu vielen anderen liefen die beiden Hand in Hand und hielten nicht verkrampft einen Stadtplan fest. Sie verschanzten sich auch nicht hinter einem Handy oder Fotoapparat, sondern betrachteten aufmerksam ihre Umgebung an. Sie blieben stehen und bewunderten ein Haus. Beide lachten, er gab ihr einen Kuss auf die Wange, und verliebt schlenderten sie langsam weiter.

Direkt unter ihrem Balkon konnte sie hören, dass die zwei englisch sprachen. Sofia malte sich ihre eigene Geschichte zu dem Paar aus. Wahrscheinlich waren sie ganz frisch im Ruhestand und gönnten sich nun all die Reisen, die sie erst wegen der Kinder und dann wegen des Berufs nicht machen konnten. Umso mehr genossen sie nun die Zweisamkeit. Wie schön, dass diese beiden es geschafft hatten, ihre Zuneigung über die Jahre zu erhalten! Sofia musste grinsen und entwarf im Geiste Variante zwei: Sie ist die beste Freundin seiner geschiedenen Frau, die die ganzen Jahre hinter ihrem Rücken ein Verhältnis mit ihm hatte und nun im Ruhestand die Reisen mit ihm machte, die er seiner treuen Gattin und Mutter seiner Kinder die ganzen Jahre versprochen hatte. Tja, wer wusste schon, was die Wahrheit hinter der Fassade war?

Im Hintergrund hörte Sofia, dass eine SMS auf ihrem Handy einging. In der Hoffnung, sie wäre vielleicht von David, holte sie schnell ihr Telefon von der Küchenablage.

Nein, die Nachricht war von Nick, der um Rückruf bat. Anscheinend hatte er versucht, sie zu erreichen, als sie noch schlief. Am besten erledigte sie es sofort.

„Hi Nick, was ist los? Oh, okay, hat sich also schon erledigt. Das ist lieb, dass du den Heller begleitest. Ich habe für heute Nachmittag was mit Anna ausgemacht, dass ich ungern verschieben möchte. Und was hat der Heller vor? Ach, in die Galerie, und er möchte da nicht alleine hin. Das kann ich mir vorstellen, aber ob du da der passende Begleiter bist? Ja, ja, schon gut, ich wollte dich nicht aufziehen. Das schafft ihr zwei schon, mit eurer geballten Männlichkeit. Dann bis morgen früh um acht. Und vergiss nicht, du bist dran mit der Brotzeit. Einmal Schnitzelsandwich für mich, bitte, mit extra Ketchup. Au revoir, mon ami." Lachend legte sie auf und begab sich ins Bad, um zu duschen.

Kurz vor halb drei war sie fertig und erwartete David auf ihrem Balkon. Sie vermutete, dass er zu Fuß die Straße entlangkommen würde. Hier war Autofahren fast unmöglich, und er hatte es nicht weit.

Sie hatte eine Ewigkeit vor ihrem Kleiderschrank gestanden und war sich immer noch nicht schlüssig, ob sie passend angezogen war mit ihrer weißen Bluse und dem langen roten Volantrock. Die Haare hatte sie hochgesteckt und ein paar Strähnen wieder herausgezupft. Sie wollte nicht zu kleinstädtisch wirken bei einem Mann, der die ganze Welt gesehen hatte. Aber egal, sie war eben so, wie sie war, und das hatte er so zu akzeptieren, dachte sie trotzig. Mist, sie war einfach nur aufgeregt ohne Ende, natürlich war es ihr wichtig, was er über sie dachte. Jetzt im Moment fand sie sich gut, aber falls er auch nur irgendwie komisch schauen würde, wenn er ihr gegenüberstand, wäre ihr Selbstvertrauen den Bach hinunter. Irgendwo hatte sie noch Tropfen von Anna. Sie hatte damals etwas in der Art gesagt wie, „wenn du richtig aufgeregt bist und zur Ruhe kommen musst".

Schnell im Badschrank nachschauen. Ja, da waren sie. Innere Ruhe, oh ja, genau die konnte jetzt brauchen. Falls das Zeug was taugte, wie Anna behauptete, dann würde sie das gleich wissen. Dieser Essiggeschmack war aber auch echt zum Abgewöhnen. Sie atmete tief durch, setzte sich wieder auf den Balkon und tat so, als würde sie ganz lässig eine Zeitschrift durchblättern. Besser die Sonnenbrille aufsetzen, dann konnte man nicht erkennen, dass sie insgeheim nur auf die Straße schaute und kein Wort las. Allenfalls sah sie sich die Bilder an, wenn auch nicht aufmerksam. Langsam merkte sie aber wirklich, dass sie ruhiger wurde. Immer noch gespannt auf das, was käme, aber deutlich entspannter. Hm, konnte das wirklich an der Essenz liegen? Egal.

Da kam er. Wow, er sah einfach nur gigantisch aus. Er lief die Straße entlang und sah auf die Hausnummern. Da er sie noch nicht entdeckt hatte, konnte sie ihn in Ruhe betrachten.

Er trug eine enge Jeans, ein weißes Shirt mit Knopfleiste und Flip-Flops. Sie liebte es, wenn Männer diese Schuhe trugen, denn sie stand insgeheim auf schöne Männerfüße, und das konnte man so am schnellsten beurteilen. Wobei sie gestern bereits einen Blick auf seine Füße geworfen hatte und mit Begeisterung festgestellt hatte, dass sie genau so waren, wie Männerfüße aussehen mussten.

Er hatte sie auf dem Balkon erblickt und blieb stehen. Sie stand langsam auf, und beide nahmen synchron ihre Sonnenbrillen ab. Die Geräusche um Sofia herum schienen zu verstummen. Wohlwollend registrierte sie den verliebten Blick, den David ihr zuwarf, und lächelte ihm zu.

Allerdings kamen in diesem Augenblick ganz andere Gedanken in ihr hoch. „Hans, meine Seelengefährte. Ich habe dich so vermisst." Ihre Beine wurden schwach, und sie begann leicht zu schwanken.

Als David das bemerkte, begann er laut zu rufen: „Sofia, Sofia, sieh mich an."

Sie hörte ihren Namen, und es war so, als würde sie erwachen. Sie blinzelte kurz und sah ihn mit einem leicht unscharfen Blick an. „Hallo, David. Es scheint langsam zur Gewohnheit zu werden, dass ich vor dir in die Knie gehe."

Er grinste. „Was hättest du denn nun gerne: *Rapunzel lass dein Haar herunter* oder *Julia, oh Julia*?"

Froh über die Ablenkung ging sie darauf ein. „Also mit meiner Haarlänge kommen wir nicht weit, und das Ende von Shakespeares Drama gefällt mir nicht. Was hältst du von *Sofia, mach die Tür auf*?"

Nun lachte er und ging die letzten Schritte zur Haustür, die kurze Zeit später mit dem Summer geöffnet wurde. Sie erwartete ihn an der Wohnungstür.

„Das hat viel zu lange gedauert, bis es drei Uhr war." Schon zog er sie an sich heran und küsste sie. Ohne sich loszulassen, bewegten sie sich in Richtung Wohnung. Er hatte nicht aufgehört, sie zu küssen, und drückte sie von innen gegen die Tür, um diese zu schließen. Der Kuss wurde immer intensiver und leidenschaftlicher. Sie spürte, wie seine Hände zu ihren Brüsten wanderten. Sie konnte nichts dagegen tun. Im Gegenteil sie drängte sich fordernd an seinen festen Körper, ließ ihre Hände unter sein Shirt gleiten und konnte jeden einzelnen Muskel unter seiner glatten straffen Haut spüren. Es gab nur eine einzige Richtung, wohin das führen könnte.

In diesem Moment klingelte Sofias Telefon. Langsam realisierten sie das störende Zwischengeräusch, als auch schon der Anrufbeantworter anging und Annas Stimme ertönte.

„Nur falls ihr immer noch bei dir in der Wohnung seid, wollte ich euch erinnern, dass ich hier auf euch warte. Ich will ja nicht stören, oder doch, will ich schon. Also, hört mit der Knutscherei auf und schwingt die Hufe."

Sofia und David fingen an zu kichern und mussten auf einmal lauthals lachen. Er zog sie noch einmal zu sich heran und gab ihr einen Kuss auf die Stirn.

„Sie hat ja recht. Wir warten halt schon so lange aufeinander. Also ich zumindest auf dich. Allerdings solltest du noch mal kurz ins Bad, die Haare richten."

Schnell löste sie sich von ihm, es fiel ihr jetzt schon schwer, sich von ihm wegzubewegen.

Im Bad musste sie über ihr Spiegelbild lachen. All die sorgfältige Schminkerei war für die Katz gewesen. Kein Lippenstift mehr zu sehen, und die hochgesteckten Haare waren wild zerzaust. Also schminkte sie sich schnell ab, erneuerte nur die Wimperntusche und steckte die Haare wieder hoch. Da sie eine Fortsetzung im Sinn hatte, verzichtete sie auf das erneute Bemalen der Lippen.

„Wir können los, ich bin fertig. Ich schreib Anna schnell, dass wir jetzt aufbrechen."

„Das muss ich erst noch überprüfen, ob du fertig bist." Er küsste sie leicht und ließ dabei seine Zunge über ihre Lippen gleiten, was sie sofort wieder erregte. „Schmeckt viel besser, ich weiß gar nicht, warum ihr immer diese Chemie auf die Lippen schmiert. Pur ist das viel besser, erotischer, geiler." Er küsste und wollte gar nicht aufhören, den Geschmack ihrer Lippen zu kosten.

Sofia blieb nichts anderes übrig, als unter seinen Armen wegzutauchen, ihn an der Hand zu nehmen und Richtung Tür zu ziehen.

„Ich glaube, sonst wird das heute nichts mehr mit dem Besuch bei Anna. Und wir laufen so 15 bis 20 Minuten zu ihr. Du willst doch kein Taxi nehmen, oder? Sehr gut, dann gehen wir zu Fuß. Ich kann es immer noch nicht glauben, dass wir uns erst vor einer Woche kennengelernt haben."

Zehn Minuten später passierten sie die Brücke mit den vielen Schlössern der Liebespaare. War es wirklich erst wenige Tage her, dass sie hier gestanden und über ein gemeinsames Schloss mit ihrer beider Namen fantasiert hatte? Und nun war es gar nicht mehr so abwegig. Sie blieben kurz stehen und entzifferten einige der Namen.

„Was meinst du, wie viele davon sind immer noch zusammen? Schau, hier, Rebecca & Alex 12.12.2012, das ist ja noch nicht so lange her, die sind bestimmt noch zusammen. Und ich hoffe, alle anderen auch."

Sie sahen sich tief in die Augen und gingen Hand in Hand weiter.

Kapitel 21

Anna erwartete sie schon in ihrem Garten. Sie lag in einem bunten Kleid in ihrer Hängematte wie dahingegossen, hatte die Augen geschlossen, und im Hintergrund lief Musik von Norah Jones, die sie so liebte.

Leise näherten sich David und Sofia.

Mit einem Blick verständigten sich die beiden, jeder stellte sich auf eine Seite der Hängematte, und sie begannen diese heftig zu schaukeln.

Anna fuhr mit einem Aufschrei hoch und blinzelte noch richtig verschlafen in die lachenden Gesichter. Da sie aber nie jemanden böse sein konnte, legte sie sich wieder zurück und fiel in das Lachen mit ein. „Ihr dürft gerne weitermachen, allerdings, David, es wäre nett, wenn du mir dabei etwas frische Luft zufächeln würdest. Und Sofia könnte mir ein paar Trauben reichen."

„Das könnte dir so passen."

Prompt hörten die beiden auf und setzten sich an den Tisch, auf dem Anna bereits Getränke in Flaschenkühler gestellt hatte.

„Mag jemand Eis oder irgendetwas anderes? Denn dann sollten wir uns kurz zusammensetzen und besprechen, wie wir jetzt weiter vorgehen, was das Beste wäre."

„Anna, so wie ich dich kenne, hast du dir bereits Gedanken darüber gemacht, meditiert und was weiß ich noch alles.

Falls du Schokoladeneis hast, hätte ich gerne eines. Ja? Sehr gut. Möchte noch jemand? Nein, dann hole ich mir schnell selber eine Kugel, ich kenn mich ja aus."

Anna war gar nicht böse, kurz mit David alleine zu sein. Sie sah ihn aufmerksam an und sagte dann ganz direkt: „Sofia ist neben meinen Eltern der wichtigste Mensch in meinem Leben. Da sie selbst keine Familie hat, sage ich dir jetzt, was sonst die Familie sagt. Wenn du ihr weh tut ist, dann sieh zu, dass du schnell weg bist. Ansonsten wirst du mich kennenlernen.

So, das ist erledigt, Sofia würde mir an die Kehle gehen, wenn sie wüsste, dass ich das getan habe. Aber es ist mein Ernst. Und mit Wehtun meine ich nichts, was eure gemeinsame Vergangenheit, in welchem Leben auch immer, betrifft. Das weißt du aber auch. Gut. Ich würde Sofia heute gerne in diese Vergangenheit zurückführen. Sie wird sich erst einmal weigern, auch wenn sie weiß, dass es nach den Erlebnissen der letzten Woche unabdingbar ist."

„Das wird der beste Weg sein, da bin ich mir sicher. Und nur zu deiner Information: Nachdem ich sie nun so lange gesucht habe, würde ich mir eher meine Malhand abhacken, als Sofia absichtlich und wissentlich zu verletzen. Der Blick zurück wird schmerzhaft werden, aber wir wissen beide, dass sie sich diese Erfahrungen bewusst machen muss, um verstehen zu können. Ich werde ihr dabei helfen, so gut ich es kann."

Sofia kam lächelnd mit einer Schale Schokoladeneiscreme heraus. Als sie die ernsten Gesichter sah, verlangsamte sie ihre Schritte.

„Was ist los? Es geht um mich, ihr habt kein Recht, hinter meinem Rücken über das Ganze zu sprechen."

Auch auf die Gefahr hin, sich ihrem Zorn auszusetzen, antwortete Anna lapidar: „Ich habe ihn nur als dein einziges anwesendes Familienmitglied davor gewarnt, dich zu verletzen oder schlecht zu behandeln. Schließlich habe ich einen schwarzen Gürtel, asiatischer Kampfsport, und ich sagte David, ich würde deine Ehre beschützen und verteidigen."

Sofia sah sie entgeistert an. „Du hast was? Meine Ehre verteidigen? In welchem Jahrhundert lebst du denn? Hast du das bei irgendeinem meiner Verflossenen auch gemacht?“

„Nö, da war es nie so ernst, dass ich mir Gedanken gemacht hab.“ Sie nahm Sofias Hände in die ihren. „Das macht man so in einer Familie.“

David betrachtete die beiden bewegt. Wie schön, dass es jemand so Tollen in Sofias Leben gab.

Sofia drückte Anna einen Kuss auf die Wange und umarmte sie gerührt.

„Danke. Ach, und welchen Kampfsport meinst du genau, in dem du angeblich einen schwarzen Gürtel hast?“

„Pst, das kannst du doch nicht verraten. In meinem Schrank liegt noch dein alter Ju-Jutsu-Anzug, und einen schwarzen Gürtel habe ich sicher auch noch irgendwo. Ich habe nicht gelogen.“ Sie grinste und freute sich, die Spannung ganz nebenbei etwas herausgenommen zu haben.

Dennoch: Dieses Treffen heute sollte in eine ernste Richtung gehen. Sofia musste sich damit auseinandersetzen, dass eine Hypnose ihr helfen würde, ihre Ohnmachten zu verstehen, und ihre Unsicherheit beseitigen konnte. Eine Rückführung in ein anderes Leben, das sicher sehr schmerzlich verlaufen war. Denn das Leben bestand nun mal aus Freude, Glück, Liebe und eben auch Leid und Schmerz. Es ging darum, den Tatsachen ins Auge zu sehen und sich der eigenen Vergangenheit zu stellen.

Sofia hielt es nicht mehr aus. „Sag schon Anna, was ich machen muss. Ich habe mich noch nie gedrückt. Wenn du sagst, ich muss irgendwelche Tropfen nehmen, habe ich das in der Regel doch auch getan.“

„Hier geht es aber nicht nur um ein paar Tropfen, sondern darum, dass du bereit bist, dich auf ein Abenteuer einzulassen. Dass du alte Begrenzungen sprengst, über deine persönlichen Grenzen gehst und dich öffnest für etwas, das du bisher rigoros abgelehnt hast. Vielleicht hat dein Unterbewusstsein auch deswegen dichtgemacht, weil es weiß, dass du dabei Schmerz und Leid erfahren wirst. Es wird auch schöne

Momente geben, Szenen, die dich lächeln lassen, aber auch welche, in denen du weinen wirst. Vor allem aber wirst du verstehen können, warum in diesem Leben manches so ist, wie es ist."

„Ich habe auch in diesem Leben Leid erfahren." Sofia stand auf und lief herum. „Und das nicht zu knapp. Aber ich habe es geschafft, und es hat mich stärker werden lassen. Vielleicht finde ich jetzt eine Erklärung für das Warum. Warum meine Kindheit so gewesen ist. Schlimmstenfalls bringt es einfach gar nichts, bestenfalls Klarheit. Also, wann schlägst du vor, sollte ich es tun?"

„Jetzt. Denn nun hast du dich geöffnet und bist nicht alleine. Und es wird dir helfen, außer mir noch jemanden an deiner Seite zu haben, dem du vertrauen kannst."

„Jetzt? Oh." Sie setzte sich wieder hin. „Jetzt ist wahrscheinlich genauso gut wie morgen oder übermorgen. Puh, ich hatte trotzdem noch auf eine Schonfrist gehofft."

David hatte den beiden die ganze Zeit nur zugehört. Er wusste nichts über Sofias Kindheit. Anscheinend war sie aber nicht mit so liebenden Eltern wie den seinen gesegnet. Aber er hatte noch ein ganz anderes Problem.

„Anna, ich habe da noch eine Frage. Ich will dir nicht zu nahetreten. Verzeih mir, ich kenne dich ja noch nicht lange. Aber verfügst du über genügend Erfahrung in diesem Bereich? Gerade, weil Sofia uns beiden so am Herzen liegt, sollte sie nur von jemandem hypnotisiert werden, der auf dem Gebiet auch wirklich absolut sicher agieren kann. Und manchmal ist etwas Abstand zwischen den Beteiligten ganz gut. Sorry, aber das muss ich einfach sagen. So eine Sitzung ist nicht ohne, das wird zumeist sehr heftig, wie ich aus eigener Erfahrung weiß."

Sofia sah ihn wütend an. „Anna ist meine beste Freundin, wie kannst du sie nur so beleidigen und ihr Können infrage stellen?!"

Anna unterbrach sie mit einer Handbewegung.

„Sofia, er hat recht. Ich wäre enttäuscht gewesen, wenn er das alles so hingenommen hätte. Er wäre sogar tief in meiner Achtung gesunken. Reinkarnation ist ein sensibles Thema, und es wird auf unseriöse Weise viel Geld damit gemacht, indem mit den Ängsten und Hoffnungen verzweifelter Menschen gespielt wird. Und es ist auch wirklich nicht üblich, Familienangehörige zu behandeln. Meist verweist man da an Kollegen. Nur kenne ich niemanden, der in diesem Fall besser ist für dich als ich. Soll jetzt nicht überheblich klingen. Es ist einfach eine Tatsache. Ich bin gut in dem, was ich tue. Das kann dir jeder in der Branche bestätigen, und ich arbeite auch schon etliche Jahre damit. Seit acht Jahren, was Hypnosesitzungen in Verbindung mit Rückführungen betrifft. Aber mit Menschen, die Hilfe brauchen und Körper, Geist und Seele als eines sehen, arbeite ich intuitiv, glaube ich, schon seit meiner Jugend. Ich habe so etwas wie eine innere Führung, kann mich in meine Klienten einfühlen und auch einen Blick in ihr Innerstes werfen, wenn sie das möchten. Also, noch mal zu deiner Frage. Ich habe genügend Erfahrung, und ich denke, ich bin auch die richtige Therapeutin für Sofia."

„Zu jemand anderem würde ich eh nicht gehen. Dann ist jetzt alles so, wie es sein soll, und von mir aus kann es losgehen."

„Möchtest du, dass ich dabei bin Sofia?", fragte David.

Sie sah zu ihrer Freundin. „Ich weiß nicht so recht, Anna?"

„Ich weiß es nicht, das liegt in deiner Entscheidung. Oft ist es besser, wenn die Klienten alleine mit dem Therapeuten sind, da sie sich so leichter fallen lassen können und nicht so gehemmt sind. Aber in dem Fall weiß ich es wirklich nicht."

„Was haltet ihr davon, wenn ich in einem anderen Zimmer warte, und falls ich gebraucht werde, kann ich jederzeit dazukommen?"

„Das ist eine gute Idee. Doch ja, ich glaube so machen wir das. Sofia, ist das okay für dich?"

„Ja, das fühlt sich richtig an."

„Gut. Aber ich möchte, dass wir uns für den Anfang alle drei im Praxisraum zusammensetzen. Ich erkläre, wie ich vorgehe, und dann kannst du einfach im Wohnzimmer oder in der Küche bleiben, David. Bitte nicht in den Garten, denn da würdest du mich nicht rufen hören, wenn ich dich brauche. Und das Zimmer verlasse ich grundsätzlich nicht."

Sofia erhob sich als Erstes. Sie versuchte, betont munter nach drinnen zu gehen, aber irgendwie fühlte sie sich wie ein Tier, das zur Schlachtbank geführt wird.

David schien das zu spüren und holte sie ein. Er nahm ihre Hand. „Auch, wenn ich nicht neben dir sitzen werde, werde ich die ganze Zeit bei dir sein. In der Gegenwart, in unserer Vergangenheit und auch in unserer Zukunft."

Kapitel 22

Sofia kannte natürlich das Behandlungszimmer. Aber sie war noch nie darin gewesen, um behandelt zu werden. Nun betrachtete sie es mit ganz anderen Augen. Das Herzstück im Raum war wohl die bequeme Liege, auf der auch eine kuschelige Decke in allen Regenbogenfarben lag. Die Wand war in einem klaren Türkisblau gestrichen, der Rest im Raum war in Weiß gehalten. Weiße Möbel, Vorhänge und Kissen.

Auf einem Regal befanden sich Annas heiß geliebte Seelenessenzen, und überall im Raum waren Kerzen verteilt. Eine Karaffe mit energetisiertem Wasser stand mit ein paar Gläsern bereit. Der Duft von Räucherstäbchen hing in der Luft. Anscheinend hatte Anna das Zimmer frisch gereinigt.

An der Wand gegenüber der Liege hing allerdings ein neues Bild. Früher war hier das Foto eines Wasserfalls zu sehen gewesen. Nun dominierte der Druck von Davids Bild, der vorher in ihrem Schlafzimmer gehangen hatte, den Raum. Die Engel wirkten nun in diesem Raum wie Wachen, die alles beschützten, was hier passierte. Das ganze Universum schien mit allen zur Verfügung stehenden Energien zu helfen, diesen Eindruck machte es auf Sofia. Sie fühlte sich seltsam umsorgt.

David war sichtlich berührt, dass Anna sein Bild in diesem Raum und mit dieser Bestimmung aufgehängt hatte. Er nahm sich vor, es später mit einer persönlichen Widmung zu versehen.

Er sah sich um und schloss die Augen. „Dieser Raum hat eine tolle Energie, deine Energie, Anna. Und du bist nicht alleine. Ist es für dich in Ordnung, wenn ich auch meinen Schutzengel bitte, euch beizustehen, wenn es nötig sein sollte?“

„Solche Hilfe nehme ich immer gerne an. Vielen Dank.“

Sofia wollte nun endlich keine Zeit mehr verlieren. Sie legte sich auf die Liege. Wahrscheinlich klappt es bei mir eh nicht, dachte sie. Halb befürchtete sie, halb hoffte sie es.

„Anna, du bist aber bitte nicht böse, wenn es nicht funktioniert? Also ich meine, falls ich nicht hypnotisierbar bin.“

Anna lächelte. „Ich erkläre es dir noch einmal in aller Ruhe. Du hast es zwar bestimmt irgendwann schon von mir gehört, aber es hat dich nie direkt betroffen. Also: Du wirst einfach ganz entspannt daliegen. Wenn du möchtest, gebe ich dir noch ein Glas Wasser, nein, das kriegst du jetzt erst mal auf jeden Fall. Es kommen auch noch Essenzen hinein, da meine Erfahrung ist, dass es dann leichter wird.“

Sie stand auf, füllte ein Glas mit Wasser, suchte zwei Essenzen heraus und gab jeweils ein paar Tropfen hinein. „Innere Ruhe und Licht, bitte schön.“

„Du, die Essenz für innere Ruhe habe ich heute schon genommen, macht das was?“

„Nein, du kannst sie so oft nehmen, wie du möchtest und sie brauchst. Es kann auch sein, dass du während der Behandlung nochmals welche nehmen möchtest oder solltest.

Auf jeden Fall wird es nicht so sein, dass du komplett weggetreten bist und nichts mehr mitbekommst. Seriöse Hypnose hat auch nichts mit den Showhypnosen in Diskotheken oder bei Veranstaltungen zu tun. Das kennt man ja, dass jemand Zitronen isst und sagt, die wären süß, oder Ziffern beim Zählen auslässt, seinen Namen nicht mehr weiß und dergleichen mehr. Wie gesagt, was wir heute machen, ist komplett anders. Du bekommst alles mit und hörst auch, was du sagst. Es ist jederzeit möglich, dass du es beendest. Wenn es dir zu viel wird, dann hole ich dich langsam und sanft wieder ins Hier und Jetzt. Man kann es sich so vorstellen, als ob man ganz konzentriert, vertieft und gebannt einen Film ansieht oder ein Buch liest. Da nimmt man seine Umwelt auch für eine gewisse Zeit nicht mehr wahr und ist ganz versunken in einer anderen Welt. David, ich geh davon aus, dass du das so bestätigen kannst."

„Genauso ist es, das hast du gut erklärt. Ich denke, ich werde mal rübergehen und euch hier alleine lassen. Ruft mich einfach, wenn ihr mich braucht. Allerdings nehme ich an, dass ich es sowieso spüren kann und auf energetischer Ebene dabei sein werde."

Er ging noch einmal kurz zu Sofia und gab ihr einen sanften Kuss auf die Stirn. „Ich bin bei dir."

Dann nickte er Anna zu und verließ den Raum.

Sofia schloss kurz die Augen, atmete tief ein und versuchte, ihren Pulsschlag zu beruhigen. Gute Frau, also Zigeunerin, Straßensängerin oder Taxifahrerin, dachte sie, wer immer du auch bist, falls du mein Schutzengel bist, wäre es nett, wenn du jetzt bei mir wärst und mich etwas unterstützt. Ich glaube, das ist dein Job, oder? Wäre lieb, natürlich nur, wenn du nichts Wichtigeres vorhast. Danke schön. Sie kam sich zwar echt lächerlich dabei vor, aber da sie die Bitte nur in Gedanken losgeschickt hatte, konnte sie sich ja nicht blamieren. Sie öffnete wieder die Augen, trank das Glas aus und reichte es Anna, die sie liebevoll ansah.

„Ich bin so weit."

„Sofia, wenn es nicht wichtig wäre, würde ich es nicht so forcieren, glaubst du mir das?"

Sofia nickte nur.

Anna stellte das Glas ab und setzte sich neben Sofia. Nun begann sie ganz langsam und beruhigend zu sprechen. Ihre Stimme war sehr monoton, und sie forderte Sofia auf, ihrem Finger, den sie vor Sofias Gesicht hielt, mit den Augen zu folgen, während sie weitersprach. Und es dauerte gar nicht lange, und Sofia schloss die Augen und begann gleichmäßig zu atmen. Ihr Körper schien zur Ruhe zu kommen, und ihre Gesichtszüge wurden ganz weich und entspannten sich.

Anna begann mit ihr eine Reise zu grünen, blühenden Wiesen. Irgendwo unter einem wunderschönen Baum stand dann eine Bank, auf die sie sich setzen sollte. Anna ließ Sofia nun angenehmen Gedanken nachgehen, sie sollte die Ruhe genießen, niemand wollte etwas von ihr, sie durfte ganz entspannt ruhen. Sie hatte es geahnt, dass Sofia sehr wohl hypnotisierbar wäre, aber über die Leichtigkeit und Geschwindigkeit, mit der sie in Trance ging, war sie doch überrascht.

Gemeinsam mit Sofias Unterbewusstsein würde sie sich nun auf die Reise zurück in Sofias Seelenleben machen. Anna atmete selbst noch einmal tief durch und bat alle ihr zur Verfügung stehenden Schutzengel, Geist- und Seelenführer um Hilfe und darum, ihr den richtigen Weg zu zeigen, um Sofia zu leiten Dann forderte sie Sofia, kurz innezuhalten und ihr Unterbewusstsein zu bitten, mit ihr zurückzugehen. Zurück in ihrer Entwicklung zu einem Zeitpunkt, als sie jemand traf, der Hans hieß.

Sofia runzelte kurz die Stirn, aber dann erschien ein Strahlen auf ihrem Gesicht, und sie lächelte.

„Kannst du dich noch erinnern, wann du Hans das erste Mal gesehen hast?"

Sofia begann mit einer veränderten Stimme zu sprechen. Sie klang weicher und jünger. Wie selbstverständlich war sie in eine andere Zeit geraten.

„Den Hans, den hab ich das erste Mal auf dem Feld getroffen. Er hat uns geholfen. Weil wir hatten ja keine Knechte mehr, die waren ja alle an der Front."

„Und der Hans, der war nicht an der Front?"

„Doch der war schon an der Front gewesen, aber der war doch verwundet, dem haben sie doch das Bein so arg verletzt, dass er nicht mehr richtig gehen kann. Und an der rechten Hand sind ihm zwei Finger erfroren. Da haben sie ihn dann wieder heimgelassen. Weil er zum Soldat nimmer getaugt hat. Aber ich fand des schön, dass der Hans da war."

Sofia errötete.

„Du, sag mal, wie heißt du denn?"

„Eigentlich heiß ich Margarete, aber es nennt mich eigentlich jeder immer nur Gretel. Nur der Hans, der nennt mich Greta. Das mag ich. Er hat gemeint, dass es eine Schauspielerin gibt, eine ganz schöne. Schwedin soll die sein, und von der hat er mal einen Film sehen dürfen.

Die erinnert ihn an mich, hat er gemeint. Das glaub ich zwar nicht so ganz, dass ich ausseh wie eine Schauspielerin. Aber schön wär's."

„Dann sag ich auch Greta zu dir, wenn es dir so gefällt. Wie siehst du denn aus? Hast du vielleicht einen Spiegel irgendwo? Dann schau doch mal rein und sag, was du für Haare hast und was du so anhast."

„Ich hab so leicht lockige helle Haare. Ich mag's, wenn sie offen über die Schultern sind, aber das ist nicht so praktisch. Außerdem kann's der Vater nicht leiden. Da muss ich sie immer zu Zöpfen flechten. Na, und ich hab einen Rock bis über die Knie und eine alte Strickjacke. Alles ist braun, und meine Schuhe sind über die Knöchel und zum Schnüren. Die sind aber schon ein wenig eng. Aber ich hab nur die, und da bin ich schon froh, weil sonst müsste ich die mit der Großmutter teilen."

„Sag mal Greta, gehst du noch zur Schule? Und weißt du ungefähr, welches Jahr wir haben?"

„Mit der Schule bin ich schon fertig. Eigentlich wollt ich ja weiter zur Schule, weil ich doch Lehrerin werden wollte. Aber dann ist der Krieg gekommen, und der Vater hat gemeint, dass wir das Geld nicht haben und ich auf dem Hof helfen muss.

Und jetzt haben wir schon so vier, fünf Jahre Krieg. Vielleicht, wenn wir den Krieg noch gewinnen, erlaubt es der Vater danach. Aber es ist auch gut, dass wir den Hof haben, denn sonst hätte ich den Hans ja nicht kennengelernt.

Der war bei uns vor der Tür gestanden und hat gefragt, ob wir nicht vielleicht Hilfe brauchen könnten. Er braucht Arbeit und was zum Essen. Und da außer mir bloß noch der Vater und die Oma da sind, kommt er schon gerade recht. Meine Brüder sind alle drei eingezogen worden, und wir wissen nicht genau, was mit ihnen ist.

Meine Mutter ist schon vor zwei Jahren am Fieber gestorben, und der Oma geht's nicht gut. Sie liegt bloß noch im Bett. Sonst hat sie noch den Haushalt gemacht, und ich bin mit meinem Vater raus auf den

Acker, aber jetzt ist das nicht mehr so leicht. Er mag mich halt auch nicht allein wo hinlassen. Es wird viel erzählt, dass den Mädchen Gewalt angetan wird.

Und da hat er Angst um mich. Und ich hab auch Angst, dass mir was passiert.

Aber so seit drei Wochen ist der Hans jetzt da und hilft dem Vater draußen, und ich kümmere mich um die Oma und den Haushalt. Viel zu essen haben wir auch nicht mehr. Oft wird was vom Acker gestohlen, und am liebsten würd der Vater die ganze Zeit draußen bleiben und drauf aufpassen. Aber neulich hat er welche erwischt, und als er sie packen wollte, haben sie ihm mit einem Ast eine über den Kopf gezogen, und ich hab schon Angst gehabt, er schafft es nicht. Als der Hans und ich ihn gesucht haben, weil er nicht heimgekommen ist am Abend, haben wir ihn gefunden. Da war er schon bewusstlos und hat ganz arg geblutet. Da hab ich wirklich Angst gehabt, dass ich jetzt ganz alleine bin. Und da hat der Hans mich in den Arm genommen und gesagt, ich bin nicht allein, er passt auf mich auf. Und das hat sich so gut angefühlt, mir ist es ganz warm geworden. Dem Vater geht's wieder gut, aber der Hans lässt ihn jetzt nicht mehr alleine. Der Vater meint zwar, dass er als Krüppel nicht viel ausrichten kann, aber zu zweit ist es schon noch besser."

„Greta, der Hans wohnt der auch bei euch mit auf dem Hof, oder wo wohnt er?"

„Der Hans, der wohnt in der Stadt, in Bamberg. Da hat er noch eine Wohnung, wo er mit seinen Eltern drin war, aber die sind schon tot."

„Den Hans, den magst du sehr gern, Greta, oder?"

Kapitel 23

1944, Dezember

Margarete wachte im Morgengrauen auf, weil es wieder kalt geworden war. Sie hörte die Großmutter stöhnen.

„Oma, geht's dir nicht gut? Brauchst was?"

Sie biss sich auf die Lippen, denn was sollte sie ihr schon geben? Es gab ja nicht mehr viel.

Das Gesicht der alten Frau sah schon sehr wächsern und eingefallen aus. Es war erst ein paar Jahre her, da war sie eine rundliche, lustige alte Frau gewesen, die immer eine Geschichte zu erzählen hatte. Wie oft war Margarete mit ihren Brüdern bei der Oma in der Stube gewesen. Sie saß im Stuhl vor dem Feuer und hat gestrickt.

Das war wie in einem anderen Leben, dachte Greta, als sie sich über sie beugte und ihr ein paar Strähnen aus dem Gesicht strich.

„Ist kalt geworden, gell. Ich bin ja schon wach, schau, ich leg dir meine Decke noch oben drauf, dann wird's ein wenig besser. Soll ich dir was Warmes zum Trinken bringen?"

Die alte Frau konnte nur noch entkräftet nicken.

Schnell zog Greta sich an und schaute, ob noch ein alter Pullover von der Oma da war, der noch nicht ganz durchlöchert war und den sie anziehen konnte. Resigniert dachte sie, die Oma wird ihn im Moment nicht brauchen. Aber im Frühjahr, machte sie sich Mut, da ist der Krieg dann bestimmt vorbei, und der Oma geht es auch wieder besser. Vielleicht kommen dann auch die Brüder wieder heim.

Sie schloss die Augen. Sie wusste, dass das alles Wunschdenken war. Und dass es viel wahrscheinlicher war, dass der Krieg nicht vorbei sein würde, die Oma und ihre Brüder gestorben wären - und wer weiß, ob sie dann noch lebten.

Nein, sie musste sich zusammenreißen und hoffen. Denn ohne Hoffnung war alles vorbei.

Der Hans hat gesagt, dass er auf sie aufpassen würde, solange er lebte und darüber hinaus. Neulich, als sie sich das erste Mal geküsst hatten. Sie wurde noch immer ganz rot bei der Vorstellung. Hoffentlich bekommt es der Vater nicht heraus, dachte sie und wagte sich gar nicht auszumalen, was er mit ihnen machen würde. Aber es war einfach wunderschön gewesen.

Er hatte so liebe Augen und versuchte ihr auch immer die schweren Sachen abzunehmen, obwohl er doch selber nicht richtig konnte. Davon ließ er sich aber nicht unterkriegen. Er arbeitete wie ein Gesunder, ganz gleich, dass er humpelte und die zwei Finger fehlten.

Er war ein echter Kavalier.

Sie schaute zum Fenster raus und sah ihn auf den Hof zukommen. Schnell warf sie noch einen Blick in den Spiegel und richtete ihre Haare. Sie überlegte, ob sie sich in die Wangen kneifen sollte, aber sie war eh schon ganz rot vor Aufregung. Das konnte sie sich also sparen.

Sie ging die Treppe hinunter und in die Küche. Dort saß der Vater am Küchentisch und hatte den Kopf in die Hände gestützt.

„Vater, was ist los? Geht es deinem Kopf nicht gut?"

„Mir geht's gut, aber die haben erzählt, dass die Kompanie, in der der Michel und der Lorenz waren, eingekesselt sein soll und dass sie nicht mehr rauskommen. Der Herrgott steh ihnen bei."

Er stand auf. „Was macht die Großmutter?"

„Es geht ihr nicht gut. Sie ist ganz schwach. Und sie hat arg gefroren. Ich hab ihr noch meine Decke obendrauf gelegt und bring ihr was Warmes zum Trinken hoch. Der Hans kommt auch schon."

Sie drehte sich schnell um, damit der Vater nicht sah, wie sie errötete. Dem Vater entging es natürlich trotzdem nicht. Er wusste nicht so recht, wie er dazu stehen sollte. Der Hans war ein feiner Kerl, fleißig und anständig. Wer weiß, was noch passierte, auch mit ihm selbst, und dann stand die Gretel vielleicht ganz alleine da. Aber es gab Wichtigeres zu tun, als sich darüber den Kopf zu zerbrechen.

„Ich geh noch mal rüber in den Stall und schau, ob die Kuh ein wenig Milch gibt. Machst du noch einen Kaffee, und ich schau, ob Eier da sind. Vielleicht geht es der Oma dann besser. Und stell dem Hans auch einen Teller hin. Der hat bestimmt noch nix gegessen, und wir müssen heute noch was tun. Noch haben wir ein bisschen was. Wer weiß, wie lange, und für was sollen wir es aufheben. Bloß dass die kommen und es beschlagnahmen?"

Schnell ging sie hin und umarmte ihren Vater, der an dem ungewissen Schicksal ihrer Brüder zu zerbrechen drohte.

Sie hatten beide Tränen in den Augen. Voller Schmerz sah sie in seine müden blauen Augen. Er drehte sich um und ging gebückt hinaus.

Als sie kurze Zeit später hörte, dass die Tür wieder aufging, merkte sie an den Schritten: Hans war hereingekommen. Sein Gang unterschied sich deutlich von dem ihres Vaters. Der alte Mann bewegte sich schlurfend mit schwindenden Kräften und der junge Mann dynamisch, aber unrhythmisch humpelnd.

Schnell wischte sie sich die Tränen aus den Augenwinkeln.

„Guten Morgen, Greta, dein Vater hat gesagt, ich soll noch mal rein, und wir frühstücken miteinander. Ist dir das recht?

Was ist los mit dir?" Er ging zu ihr hin und drehte sie zu sich herum. „Warum weinst du denn?"

„Die Kompanie vom Lorenz und vom Michel ist eingekesselt, und es schaut nicht gut aus. Und der Oma geht's auch immer schlechter. Aber der Vater meint, wir sollen gescheit frühstücken, bevor sie kommen und uns alles gar wegnehmen."

Sie schaute ihm ins Gesicht, und er wischte mit seiner gesunden linken Hand vorsichtig die Tränen weg. Nun sah sie auch die Zeichen von Schmerzen und Erschöpfung in seinem Gesicht. Sie wusste, dass er über eine Stunde lief, um hier zu sein, und er bestimmt Schmerzen hatte. Die Wohnung in Bamberg, in der früher seine Eltern mit ihm zusammen gewohnt hatten, war am Obstmarkt. Ein wunderschöner Platz war das mal gewesen, vor dem Krieg, dachte Margarete.

Und nun lief er zu ihnen raus, nach Seehöflein, immer in der Hoffnung, dass sie und ihr Vater Arbeit und auch was zu essen für ihn hatten. Das war mittlerweile hier auf dem Land schwer genug, aber immer noch leichter als in der Stadt.

Sie nahm seine Hände, drückte sie und führte ihn zum Tisch.

„Setz dich und ruh dich doch kurz aus. Der Vater will heute mit dir noch ein wenig schaffen. Da brauchst du die Kraft."

Der Bauer kam wieder herein, hatte drei Eier und einen Krug mit Milch dabei.

Erfreut nahm sie es ihm ab. Oft kam es nicht vor, dass so viel auf einmal da war, und sie freute sich und musste lächeln, als sie hörte, wie ihr Magen zu knurren begann.

Der Vater ging zum Tisch und sagte zu Hans, er solle mit anpacken und ihn zur Seite heben. Greta war leicht verwirrt.

Dann bückte sich der Vater und löste mehrere Bodendielen. Überrascht sah sie die verborgene Öffnung. Der Vater stieg auf einer Leiter hinunter in den geheimen Keller.

Greta und Hans schauten erstaunt zu. Was der Vater nun hervorholte, war wertvoller als Geld in diesen Zeiten: ein Stück Schinkenspeck.

Er sah die beiden jungen Leute an. „Wenn mit mir was ist, wisst ihr Bescheid. Hans, ich verlass mich auf dich. Wer weiß, ob meine Buben noch mal heimkommen. Du passt mir auf die Gretel auf. Versprich mir das."

„Ich würde eh auf sie aufpassen. Ihr habt mir geholfen, als ich Hilfe brauchte. Um nix in der Welt würd ich euch im Stich lassen. Da hast du mein Wort drauf."

Die beiden Männer schüttelten sich die Hand, und Greta wusste gar nicht, was sie sagen oder tun sollte. Es fühlte sich seltsam an, so als ob sie nicht da wäre und ihre Meinung eh egal sei. Aber da sie den Hans gern hatte, freute sie sich sogar ein bisschen und war stolz auf seine

Worte. Sie drehte sich um und machte den Kaffee fertig, der eigentlich nur ein Muckefuck war, und mit den Worten, dass sie schnell der Großmutter was davon bringen würde, eilte sie aus der Küche.

In seinem Gesicht hatte sie gesehen, dass ihn das Vertrauen vom Vater erröten ließ, und leicht nervös sah er ihr nach.

Als sie ins Zimmer kam, traute sie sich fast nicht zu atmen. Greta hatte seit einiger Zeit das Gefühl, es würde nach dem Tod riechen. Sie schüttelte sich kurz und ging mit einem Lächeln auf die alte Frau zu. Es tat ihr im Herzen weh, dass die Oma fast nicht in der Lage war, das Getränk zu schlucken.

„Oma, ich mache jetzt Eier mit Speck und bring dir was rauf. Der Vater hat noch einen Speck gehabt, und den essen wir jetzt. Soll ich dich ein wenig aufrichten? Dann kriegst du besser Luft. Schau, ich mach dir noch mein Kissen ins Kreuz, dann geht's besser. Nachher komm ich noch mit der Schüssel und wasch dich ein wenig, ja. Schau, ich zieh den Vorhang ein bisschen zur Seite. Die Sonne scheint. Ich lass ganz kurz etwas frische Luft rein."

Die Großmutter hielt ihre Hände fest und sagte kaum hörbar: „Bist ein gutes Mädchen, Gretel, hast was Besseres verdient. Wenn der Krieg vorbei ist, wirst schon sehen, dann wird's für dich auch wieder schön."

Der Oma zuliebe lächelte sie zuversichtlich. Schnell ging Greta nach unten, um das Frühstück vorzubereiten. Die Männer waren nicht zu sehen, wahrscheinlich arbeiteten sie im Stall.

Als die Eier fertig waren, lief sie geschwind über den Hof, um dem Vater und Hans Bescheid zu geben. Danach nahm sie eine kleine Portion und brachte sie nach oben.

Geduldig und liebevoll half sie der Großmutter beim Essen.

Sie schloss das Fenster und begann vorsichtig und mit viel Gefühl, ihre Oma frisch zu machen. Selbst das erschöpfte die alte Frau, und sie sank in die Kissen zurück. Fürsorglich deckte Greta sie zu und schloss leise die Tür. In der Küche nahm sie sich die übrigen Eier und setzte sich zu den Männern an den Tisch. Sie hatte den beiden die größeren Portionen gegeben, denn sie brauchten die Kraft mehr als sie.

Sie zündete noch eine Kerze an. Der Vater sah sie fragend an.

„Für die Buben, damit sie heimfinden. Zu uns oder zur Mutter bei den Engeln."

Sie stand auf, weil die Tränen schon wieder hochkommen wollten, und begann den Tisch abzuräumen. „Ich mach jetzt die Wäsche. Hans, hast du deine mitgebracht?"

„Ja, ich hab sie draußen. Warte, ich bring sie dir."

Der Vater stand auf und sagte, er gehe einstweilen in den Stall, und der Hans solle nachkommen.

Greta füllte etwas Wasser in den Waschtopf und wollte ihn auf den Herd stellen, als Hans wieder zur Tür hereinkam.

„Du sollst doch nicht so schwere Sachen machen, das hab ich dir schon so oft gesagt."

„Ich habe es doch sonst auch immer machen müssen."

„Aber nicht, wenn ich da bin, hast du gehört? Da mach ich dir das."

Er nahm ihr den Topf ab und stellte ihn auf den Ofen, damit das Wasser heiß werden konnte. Als er sich umdrehte, prallte er mit Greta zusammen. Er fing sie noch schnell auf, bevor sie stolperte. Überrumpelt sahen sie sich in die Augen, und es passierte, was passieren musste. Hans beugte sich herab und küsste sie ganz vorsichtig. Greta wurden die Knie weich, und sie musste sich an Hans festhalten.

Genauso war es in den Büchern beschrieben worden, die sie immer vorm Vater versteckte. Sie hörten die Haustür zuknallen und fuhren auseinander.

Aber es war nicht der Vater. Eine junge Frau kam herein, Susanne, mit der Greta zusammen in der Schule war. Allerdings konnte sie Susanne nicht sonderlich leiden. Und das war umgekehrt wahrscheinlich noch schlimmer.

„Guten Morgen, ihr zwei. Ich hoffe, ich habe euch nicht gestört", meinte Susanne leicht biestig und mit zusammengekniffenen Augen.

„Nein, nein, der Hans hat mir nur kurz mit dem Waschkessel geholfen. Jetzt brauch ich dich nicht mehr, kannst zum Vater rausgehen", sagte Greta.

Er sah noch mal kurz zu ihr hin und ging dann mit einem Kopfnicken hinaus.

„Wasserkessel, soso. Ich finde, das hat ganz anders ausgeschaut. Weiß dein Vater das? Ich mein ja nur. Es ist ja eh bekannt, dass der Hans nur bei euch ist, weil ihr noch genug zum Essen habt. Ansonsten würde der sich doch mit dir gar nicht abgeben. Da zerreißen sich die Leute schon das Maul darüber."

„So ein Blödsinn. Aber du musst es ja wissen, gell. Was willst überhaupt in aller Herrgottsfrüh da? Bist doch sonst noch gar nicht ansprechbar um die Zeit. Und angezogen bist du, als ob ... Nein, so was sag ich gar nicht."

„Ich wollt euch nur sagen, dass die Kompanie, in der deine Brüder sind, eingekesselt sein soll. Nicht dass ihrs gar nicht gehört habt", grinste sie hämisch.

„Keine Sorge, wir wissen Bescheid. Aber das heißt ja noch gar nix. Nicht mehr als vorher." Greta drehte sich lächelnd um. „Nicht, dass du schon eine Trauerfeier planst für den Michel, Susanne. Aber ich glaub eh nicht, dass er gewollt hätte, dass du da kommst. Denn er hat dich ja schon früher nicht leiden können, wenn du wie eine läufige Hündin um ihn herumgestreunt bist. Hat halt ein wenig gedauert, bis du das begriffen hast." Sie schaute wieder zu ihrer Wäsche. „Ach, und wenn du sonst kein Gift mehr zum Verschleudern hast, kannst die Tür von außen wieder zumachen. Ich brauch dich nicht hier. Ade."

Wütend stapfte Susanne hinaus und warf lautstark die Tür ins Schloss. Greta hatte eher die Befürchtung, dass die Oma aufgewacht wäre von dem Lärm, als sie sich Gedanken um Susannes Boshaftigkeit machte.

Darüber machte sich Hans allerdings Sorgen. Er sah das zierliche Mädchen mit den schwarzen Haaren zur Tür hinausstürmen und bemerkte auch den hasserfüllten Blick, den sie zurückwarf.

Sie blieb sogar noch kurz stehen und murmelte ein paar Worte vor sich hin, die er allerdings nicht verstehen konnte, was vielleicht auch besser war, dachte er, als er ihre Mimik und Gestik beobachtete.

Er fragte den Bauern, wer das sei.

„Ach, das ist die Susanne. Die ist so alt wie die Gretel. Zusammen in der Schule waren die beiden. Aber die zwei haben sich noch nie leiden können. Sie ist eine richtig Hinterfotzige. Die wollte mal was von unserem Michel, aber er nicht von ihr, und dann hat sie überall Sachen erzählt über ihn und uns, die nicht gestimmt haben. Das war, als der Krieg angefangen hat, und dann haben uns die Leute schief von der Seite angeschaut.

Bei ihr muss man aufpassen, die erzählt alles auch gleich der SS. Da scheint sie gute Kontakte zu haben. Schau doch, wie sie angezogen ist und zurechtgemacht. Ein anständiges Mädel läuft nicht so herum."

In Hans läuteten alle Alarmglocken. In dem Moment traf sich sein Blick mit dem von Susanne. Er versuchte, eine unmissverständliche Warnung hineinzulegen. Allerdings erschreckten ihn der triumphierende Hass und die Boshaftigkeit in Susannes Augen.

Kapitel 24

Jetzt waren es nur noch zwei Tage bis Weihnachten. Die letzten Tage waren immer gleich verlaufen. Der Hans kam früh aus der Stadt und erledigte mit dem Vater auf dem Hof die wenigen Dinge, die noch zu tun waren. Er hatte schon fast ein schlechtes Gewissen, denn eigentlich waren es nun im Winter Arbeiten, die der Bauer auch alleine geschafft hätte.

Aber was hätte er denn tun sollen?

In der Stadt gab es für einen wie ihn noch weniger Beschäftigung, und der Vater steckte ihm manchmal etwas zu und meinte, er solle es an die verteilen, die es dringend bräuchten. Dabei sah er ihm tief in die Augen, so als ob er etwas wisse. Der Hans schlug dann die Augen nieder und bedankte sich.

Es traf ihn schwer, auf Almosen angewiesen zu sein. Vor dem Krieg, da war er Schreiner und arbeitete in der Stadt in einem Betrieb. Der Meister hatte keinen Nachfolger, und es war schon beschlossene Sache, dass er das Geschäft mal übernehmen sollte. Seine Eltern waren stolz auf ihn, dass er es zu was Eigenem bringen würde. Aber dann kam der Krieg, und da sein Meister jüdische Wurzeln hatte, haben sie ihm alles genommen und abtransportiert. Hans war damals fassungslos gewesen, aber er konnte es nicht verhindern. Er selbst wurde dann eingezogen, und an der Front war erreichte ihn 1941 die Nachricht, dass seine Eltern gestorben waren. Erst hatte die Mutter ein Fieber bekommen, an dem sie starb, und drei Wochen später ging der Vater hinterher. Als er es erfuhr, waren sie schon drei Monate unter der Erde. Ja, an der Front interessierte es die Oberen nicht, was daheim passierte.

Bei seinem kurzen Heimaturlaub musste er sich erst bei den ehemaligen Nachbarn durchfragen, bis sie ihm das Armengrab zeigten. Das machte sein Herz nur noch härter. Erst das mit dem Meister, und nun seine Eltern.

Aber es waren so viele nicht mehr da, und keiner wusste was Genaues oder traute sich was zu sagen. Die Angst war überall greifbar. Es sollte noch drei Jahre dauern, bis der Krieg auch ihn kaputt gemacht hatte.

Lange haderte er damit, dass er als Krüppel nach Hause gekommen war, und fragte sich, ob es nicht besser gewesen wäre, gleich dort zu sterben, denn mit einem guten Leben hatte das alles in Bamberg auch nichts mehr zu tun. Er stierte nur zum Fenster raus und verlor jeden Lebensmut.

Einmal meinte er, seinen alten Meister unten auf der Straße zu sehen. Der sah ganz vorwurfsvoll zu ihm hoch, und es war so, als würde er zu ihm sprechen, ihm sagen, dass er von ihm mehr erwartet hätte. Es sei erst vorbei, wenn es vorbei sei. Er solle sich zusammenreißen und sich überlegen, warum er noch hier sei. Auch für ihn gebe es was zu tun.

Das löste seine Erstarrung. Also machte Hans sich am nächsten Tag auf die Suche nach Arbeit und etwas Essbarem. Wie zu erwarten gewesen war, gab es in der Stadt nicht viel, also ging er in immer größeren Kreisen um die Stadt herum, so weit er es halt schaffen konnte mit seinem Bein. Aber die meisten hatten nicht einmal genug für die eigenen Leute.

An einem Tag Ende November hatte eigentlich schon fast aufgegeben und wollte wieder zurück in sein Zimmer am Obstmarkt, als er ganz durchgefroren doch noch auf dem Bauernhof in Seehöflein nachfragte. Der Bauer sah ihn prüfend an und fragte, wann er denn das letzte Mal was zu essen bekommen habe.

Er schlug die Augen nieder und meinte, er hätte grade keinen Hunger, aber er bräuchte eben Arbeit, als sein Magen lautstark knurrte.

Der Bauer grinste und meinte, er sei der Georg, er solle ihn aber Schorsch nennen und mit reinkommen ins Haus. Sie setzten sich an den Küchentisch, und Hans erzählte, was er gelernt hatte und dass er schon noch arbeiten könne. Sie machten aus, dass er früh am nächsten Tag vorbeikommen solle, dann würde der Bauer schauen, ob es was zu tun gab, und als Lohn würde er teilen, was noch da wäre, also leider nicht viel, meinte er. Aber es würde schon noch langen.

Gerade als sie das per Handschlag festmachten, ging die Tür auf, und Hans wusste, warum er noch am Leben war.

Es durchfuhr ihn von oben bis unten, als er die junge Frau sah. Das Gefühl, er würde in ihre Augen hineinfallen und immer tiefer darin versinken, ließ ihn nicht los.

Auch sie wurde ganz rot und sah ihn erschrocken an. Der Bauer stellte sie einander vor und erklärte, dass die Oma auch noch da sei, um die sich Gretel, seine Tochter kümmern würde, ebenso wie um den Haushalt. Seine drei Buben seien noch im Krieg, und man wüsste nichts Genaues. Der Michel, schätzte er, und der Hans könnten wohl ein Alter haben.

Die sehnsüchtige Frage vom Schorsch, ob er wohl einen seiner Söhne gesehen oder von ihnen gehört hätte, musste der Hans verneinen. Aber nun wusste er auch, warum der Bauer ihm half. Vielleicht half ein anderer Vater ja seinen Buben.

Seitdem war kein Tag vergangen, an dem er nicht hinauslief auf den Hof, nicht nur wegen der Arbeit und dem Essen, nein, eigentlich wollte er vor allem Greta sehen und auf sie aufpassen. Und dem Schorsch würde er es nie vergessen, dass er ihn aufgenommen hatte.

Er machte sich Sorgen, auch um den Bauern. Einmal schon hatten sie ihn überfallen und verletzt, und es hätte bös ausgehen können, wenn Greta und er ihn nicht noch rechtzeitig gefunden hätten. Wenn sich rumspräche, dass dort eine junge und vor allem sehr hübsche Frau alleine mit einer im Sterben liegenden Greisin lebte, wäre der Bauer schneller beseitigt, als man bis drei zählen könnte. Und dabei wussten die Fremden nicht einmal von dem Geheimversteck, das der Schorsch ihm und der Greta gezeigt hatte.

Zum Stehlen und Töten musste es keine besonderen Gründe mehr geben. Das eigene Überleben war für manche Grund genug.

Nur nachts musste Hans sie alleine lassen. Er kontrollierte immer noch mal, ob sie auch alles fest verschlossen hatten, bevor er sich auf dem Weg machte. Einmal hatte ihn der Schorsch gefragt, ob er nicht dableiben wolle, als es bitterkalt war und ein heftiger Schneesturm tobte. Aber er sagte nur, er könne nicht, und sah dem Bauer fest in die Augen. Der blickte ihn prüfend an und nickte. Manchmal war es besser, nicht alles genau zu wissen. Aber von da an gab er ihm eben manchmal noch etwas mit, einfach so, ohne groß darüber zu reden. Und er, der Hans, er nahm es auch einfach so, ohne darüber zu reden. So war das in diesen Zeiten.

Kapitel 25

Hans kam in die Küche und sah Schorsch am Tisch sitzen, das Gesicht in die Hände gestützt, sichtlich erschöpft.

Greta stand am Ofen, und er erkannte, dass sie geweint hatte.

Er trat an den Tisch, unsicher, wie er reagieren und wen er fragen sollte, was passiert war.

„Die Großmutter, es schaut ganz schlecht aus." Greta drehte sich zum Herd um und hantierte mit einem Topf, ganz erstickt von Tränen sagte sie: „Ich glaub nicht, dass sie Weihnachten noch erlebt."

Hans legt eine Hand auf ihren Arm und fragte den Bauern: „Soll ich wieder gehen? Ich meine, vielleicht wollt ihr bei der Großmutter bleiben."

„Nein, komm, wir müssen die Viecher mit ins Haus holen. Das wärmt uns mit, und wir können besser aufpassen, dass sie keiner klaut. Sind ja nicht mehr viele. Komm Hans, gehen wir."

„Warte Hans, du hast noch nix Warmes getrunken. Da nimm schnell noch einen Schluck, aus meiner Tasse."

Der Schorsch ging einstweilen raus, und Hans nutzte die Gelegenheit, Greta kurz tröstend in die Arme zu nehmen.

Sie lehnte sich dankbar an ihn. Aber als der Schmerz sie überrollte, drehte sie sich schnell um und rannte die Stufen zur Großmutter hoch.

Sie hielt kurz inne, bevor sie ins Zimmer ging, nahm ihre Schürze und wischte sich die Tränen ab. Sie holte tief Luft und öffnete die Tür.

„Schau, Oma, da bin ich schon wieder. Ich komm ein wenig zu dir, da wärmen wir uns gegenseitig."

Als sie die Tür leise schloss, ging auch Hans unten zur Tür raus. Bittere Gedanken über die Sinnlosigkeit des Krieges begleiteten ihn.

Greta zog ihre groben Schuhe aus, strich ihrer Großmutter sachte über das Gesicht. „Ich lass dich nicht allein, Oma. Du hast mich auch nie allein gelassen. Schau, ich komm zu dir. Magst noch was trinken oder soll ich dich noch mal waschen?"

Die großen Augen blickten sie trotz allem ganz liebevoll aus dem wächsernen, abgemagerten Gesicht an. Fast unmerklich schüttelte die Großmutter den Kopf und ließ den Blick auf Greta ruhen. Augen, die wissen, dass es zu Ende geht.

Greta hob die Decken an vermied es, auf den ausgemergelten Körper zu sehen, und kroch mit ins Bett. Sie deckte sie beide zu und meinte: „Weißt noch, früher hast du mir immer erzählt, wie es einmal war und was alles sein kann. Jetzt erzähl ich dir ein wenig von früher. Ich weiß noch, die Buben, die sind gar nicht gern in die Schule gegangen, der Michel nur manchmal, aber ich, ich bin immer gern rein und wollte was lernen. Jeden Morgen hast du mir meinen Ranzen gegeben mit einer Brotzeit drin und hast gesagt, lern was Gescheites. Weil du auch gern gelernt hast."

Greta sah alles noch vor sich. Früh war sie immer von den Geräuschen im Haus geweckt worden. Denn es gab viel zu tun. Auch sie musste vor der Schule dazuhelfen. Ihre Aufgabe war es, die Hühner zu füttern und die Eier zu holen. Danach wusch sie sich schnell, und die Oma hatte ihr eine Milch und ein Stück Brot hingelegt. Denn die Mutter war mit dem Vater schon im Stall.

Bevor sie ging, drückte sie sich immer noch mal an den rundlichen Bauch der Oma, die immer Zeit für sie hatte und die schönsten Geschichten erzählen konnte. Sie packte ihren Schulranzen, rannte über den Hof zum Stall und rief ihren Eltern ein Ade zu. Die Mutter kam meistens noch schnell her und strich ihr über den Kopf. Sie war ein fröhlicher Mensch, die gerne im Stall war und immer bei der Arbeit sang.

Ihre Brüder waren auch schon unterwegs zur Schule oder zur Arbeit wie der Wilhelm. Sie dachte noch mal kurz an ein Gespräch am Tisch vor langer Zeit, als alles eigentlich noch ganz normal war. Krieg würde es geben, behaupteten die Jungs, und dass sie dann doch kämpfen würden, für ihr Land. Verteidigen würden sie es. Krieg, das interessierte sie nicht. Sie wollte lernen und in die Welt hinaus. Nicht hier in dem kleinen Dorf bleiben. Nein, sie war für Großes bestimmt, das spürte sie. Vielleicht sogar studieren. Der Herr Lehrer Müller meinte immer, sie sei seine Beste und würde es noch weit bringen.

Als sie das aber daheim erzählt hatte, tat der Vater es wie immer unwirsch ab. Hirngespinste, die sie schon noch aus dem Kopf kriegen würde. Die Mutter und die Oma aber zwinkerten ihr aufmunternd zu. Und sie grinste verstohlen zurück.

Ich schaff das, dachte sie, wenn sie auf die Dorfschule zurannte. Dort setzte sie sich auf ihren Platz in der ersten Reihe. Die anderen lästerten dann immer, allen voran Susanne. Dass sie sich beim Lehrer lieb Kind machen wolle. Aber das war ihr egal.

Susanne wollte immer tricksen und abschreiben. Selber hatte sie ihre Hausaufgaben meist nicht gemacht. Ihr Vater war in der Partei, und sie hatte immer allerlei Sachen, die die anderen auch gerne gehabt hätten. Also nutzte sie das aus und bekam so ihren Willen.

Nur bei Greta funktionierte das nicht. Sie war stolz darauf, gut zu sein und vom Lehrer gelobt zu werden. Und bis jetzt hatte Susanne noch keinen Erfolg gehabt, Greta zu ärgern, obwohl sie nichts unversucht ließ. Das war ihr der größte Dorn im Auge.

Nach außen hin waren beide Mädchen sehr verschieden, wenn auch beide bildhübsch. Susanne wollte aber niemand neben sich haben. Den Michel, Gretas Bruder, hätte sie gerne erobert. Der aber war, ebenso wie seine Schwester, immun gegen ihre Avancen und lachte nur darüber. Zusammen mit Greta machte er sich lustig über das stolze schwarzhaarige Mädchen, das seit der Zeit auf Rache sann und wusste, dass Greta Michels schwacher Punkt war. Ihre Zeit würde schon noch kommen, davon war Susanne überzeugt.

Der Lehrer Müller sagte damals, er würde bald mit ihrem Vater reden, ihm vorschlagen, sie in die Stadt gehen zu lassen, damit sie später einen Platz zum Studieren bekommen könne.

Greta war sehr nervös und aufgeregt deswegen.

Sie versuchte daheim auch ganz besonders fleißig zu sein, damit der Vater keinen Groll auf sie hätte und sie gehen ließ.

Der Oma hatte sie davon erzählt, die würde sie unterstützen, hatte sie gemeint. Sie sei ja auch noch da und könne der Mutter zur Hand gehen, wenn Greta weg wäre. Und in den Ferien sei sie ja wieder da. Und die Mutter konnte es zwar nicht verstehen, denn sie liebte den Hof und war gerne bei den Tieren und auf dem Feld, aber sie versprach, mit dem Vater zu reden.

Nur mit ihm selbst, auf den es ankam, hatte Greta noch nicht darüber gesprochen. Sie hatte Angst davor, dass dann der Traum schon zu Ende war, bevor er überhaupt angefangen hatte. Und dann kam es gar nicht mehr so weit.

Der Krieg begann, und Wilhelm wurde gleich eingezogen. Dann irgendwann auch der Lorenz und der Michel. Die Mutter hatte die Ungewissheit, was mit den Buben war, krank gemacht, und als dann ein Fieber umging, konnte ihr Körper nicht mehr. Die Sorgen hatten ihn schon zu sehr geschwächt.

„Oma", flüsterte Greta, „lass mich du nicht auch noch allein, Ich brauch dich doch." Ihr liefen die Tränen über die Wangen, und erschöpft schlief sie ein.

Sie träumte von einer Welt ohne Krieg, in der sie in einer großen Stadt lebte. Vielleicht war es Paris, denn da waren die Frauen besonders schön, schick angezogen, und die Sprache gefiel ihr so gut. Und dort würde sie unterrichten, und einen tollen Mann hätte sie, der so aussah wie der Hans. Aber er humpelte nicht, sondern schwenkte sie fröhlich im Kreis, sodass ihre Röcke flatterten. Dass er sie liebe, rief er ganz laut. Alle durften es wissen.

Kapitel 26

Trotz der Decke wachte Greta auf, weil sie fror. Ihr war ganz kalt. Erst war sie verwirrt, dass sie im Bett lag, wo es doch hell war, und es gab bestimmt Wichtigeres zu tun, als faul im Bett herumzuliegen. War doch morgen schon der Heilige Abend!

Da fiel ihr die Großmutter wieder ein und sie drehte sich zu ihr.

„Oma, Oma?"

Da wusste sie, warum ihr so kalt war. Die Oma war neben ihr ganz friedlich eingeschlafen und zur Mutter gegangen. Wieder liefen Greta die Tränen wieder über die Wangen, und sie dachte: Oma, ich hab dich nicht alleine gelassen. Jetzt bist bei der Mutter, und vielleicht ist von den Brüdern auch jemand da. Aber ich, ich hab euch jetzt nicht mehr, nur den Vater. Aber ich pass auf ihn auf. Ich versprech's euch.

Und vielleicht hab ich noch den Hans, dachte sie.

Vom Tod der Mutter wusste sie noch, was zu tun war. Sie wusch die Großmutter und richtete sie her, genauso, wie man es machen musste.

Die Arbeit half ihr, die Tränen zu unterdrücken, dafür war in der Nacht noch Zeit genug. Als sie fertig war, zündete sie noch einen Kerzenstumpen an. „Damit du den Weg findest", sagte sie zur Großmutter und gab ihr einen letzten Kuss auf die Stirn.

Unten legte sie sich noch eine alte Decke um und ging hinaus in die eisige Luft, um nach den Männern zu schauen. Sie fand sie im Stall, wie sie beratschlagten, was sie denn nun mit den Tieren machen sollten.

Durch den kalten Luftzug von außen bemerkten sie Greta und sahen zu ihr herüber.

„Die Oma ist zur Mutter gegangen." Greta lief zu ihrem Vater, der sie unbeholfen in den Arm nahm. Er drehte sich zu Hans: „Schluss heute mit der Arbeit. Lass uns rübergehen."

„Ich muss noch ins Dorf, zum Pfarrer." Greta wollte sich abwenden.

„Nix da, das kann warten. Schaut nach Schnee aus. Das langt auch noch morgen früh. Jetzt gehört die Zeit der Totenwache. Der Pfarrer kann sie auch nicht mehr herholen. Morgen ist Heiligabend, und für eine Beerdigung hat er an den Feiertagen eh keine Zeit. Komm, Hans."

Gemeinsam gingen sie hinüber ins Haus, nahmen ihre Mützen ab und setzten sich an den Tisch. Greta erhob sich gleich wieder und stellte Wasser auf den Herd. Schweigend verbrachten sie den restlichen Abend miteinander.

Irgendwann stand der Hans auf und wollte gehen.

„Hans, heut Nacht bleibst hier." Der Ton und der Blick vom Schorsch duldeten keine Widerrede. „Kannst hier unten in der Stube bleiben, aber bei dem Wetter und um die Zeit gehst du nicht mehr raus. Im Zimmer von den Buben ist es zu kalt, da kannst du nicht rein. Gretel, bring ihm nachher eine Decke runter. Und jetzt machen wir noch was zum Essen. Während du es herrichtest, schau ich zur Großmutter rauf."

Schwerfällig erhob er sich und ging zum Zimmer seiner Mutter, um selbst Abschied zu nehmen.

Hans kehrte zurück an den Tisch, und Greta erhob sich. Schnell drehte sie sich zum Schrank und nahm drei Teller, einen harten Knotzen Brot und machte Wasser heiß.

Später in der Nacht lag Greta wach in ihrem Bett, neben ihr die tote Großmutter. Es war das einzige Zimmer, das ein bisschen warm war.

Aber sie bekam kein Auge zu und fragte sich, wie lange es denn noch dauern würde, bis am Ende auch sie sterben würden. Dass der Krieg langsam zu Ende ging, war wohl nur ein frommer Wunsch, ein schöner Traum. Und selbst wenn, was wäre dann? Lehrerin in Paris? Ja, der Vater hatte schon recht gehabt, das war ein rechter Blödsinn.

Sie versuchte sich in den Schlaf zu weinen und an andere Zeiten zu denken. Aber das Einzige, was ihr immer stärker bewusst wurde, war die Tatsache, dass Hans nur wenige Meter von ihr entfernt lag und vielleicht auch nicht schlafen konnte. Vielleicht brauchte er ja was und traute sich nicht zu fragen. Vielleicht hatte er ja Schmerzen im Bein, und sie konnte es etwas massieren. Vielleicht musste sie auch nur aus dem Zimmer mit der toten Großmutter raus und ... Vielleicht brauchte sie ja auch nur eine Ausrede, um zum Hans gehen zu können.

Leise schlich sie auf Strümpfen den Flur entlang, eine Decke um die Schultern gelegt. Sie lief am Zimmer vom Vater vorbei, hielt kurz inne und hörte ein leises Schnarchen.

Vorsichtig ging sie die Stiegen hinunter, versuchte sich zu erinnern, welche besonders laut knarrte. Aber sie knarrten und quietschten alle mehr oder weniger. In der Tür zur Stube blieb sie stehen und wartete. Sofort würde sie wieder hochgehen, wenn er schlief, das hatte sie sich fest vorgenommen. Aber insgeheim hoffte sie natürlich, dass er ebenso wie sie wach lag.

Es war ganz still im Zimmer, die Glut im Ofen knarzte noch ein bisschen. „Greta“, flüsterte Hans, „fürchtest dich oben? Kannst nicht schlafen?“

„Nein, ich mein, die Oma, ich weiß nicht, irgendwie.“

Seltsamerweise schienen ihr die Worte zu fehlen, sie wusste nicht, was sie sagen sollte, und genierte sich auf einmal ganz furchtbar, wie sie so da stand mit ihrer Decke und drehte sich rasch um.

„Schnell, komm mit unter die Decke, ich tu dir nix, aber es ist zu kalt ansonsten. Ich pass auf dich auf und wärm dich.“

Unsicher dreht sie sich um, ging auf das Sofa zu und schlüpfte unter die Decke, als er zur Seite rückte. Vorsichtig legte er den Arm um sie und zog sie an seine Seite. Die zweite Decke kam noch oben drauf.

„Du bist ja ganz kalt. Krank werden ist nix zurzeit. Wir brauchen dich doch, grad jetzt zu Weihnachten. Wer soll denn sonst singen? Dein Vater und ich besser nicht.“ Er versuchte sie aufzuheitern und abzulenken, denn er spürte ihre Nervosität.

„Das ist doch jetzt keine Sünde, wenn ich hier bei dir bin, oder?“

„Nein, Greta, wir tun doch nix. Wir versuchen doch bloß, nicht zu erfrieren."

„Du Hans, weißt, eigentlich hat die Oma immer gesagt, alle Träume können wahr werden. Gemeinsam haben wir immer gehofft, wenn der Krieg vorbei ist, dann wird alles so, wie wir's uns immer gedacht haben. Aber jetzt glaub ich, der Krieg hört nie auf, und wir sterben alle."

„Ich glaub nicht, dass der Krieg noch so lang geht, aber dann ist halt alles anders. Gibt ja nix mehr, und wer weiß, ob wir dann gewonnen haben oder verloren."

Sie schreckte hoch. „Du meinst, die Russen oder die Amerikaner gewinnen den Krieg? Die bringen uns alle um. Oh Gott, was soll bloß werden?"

Er nahm sie tröstend in die Arme und überlegte, wie viel schlimmer es denn noch kommen konnte.

So lagen sie eine Zeit beieinander. Nach einer Weile fragte er sie: „Von was hast denn geträumt? Vorher, vorm Krieg?"

„Du lachst mich bestimmt aus, wenn ich dir das erzähl."

„Nein, bestimmt nicht."

„Na ja, ich bin gern in die Schule gegangen, und der Lehrer hat immer gemeint, ich wär die Beste, die er je gehabt hat. Ja, also Lehrerin wollt ich werden, studieren und dann raus aus dem Dorf, in die Stadt oder noch besser in die Welt, jetzt nicht lachen, vielleicht nach Paris." Das hatte sie so genau noch nie jemandem erzählt, und wäre es hell gewesen, hätte der Hans ihre roten Wangen sehen können.

„Das kann ich mir gut vorstellen, dass du unterrichtest. Du bist doch ein kluges Mädchen. Warum denn nicht? Und raus in die Welt ist sicher gut, wenn wieder Frieden ist. Siehst, ich war draußen in der Welt, aber das, was ich davon gesehen habe, will ich nie mehr sehen. Was meinst, nach dem Krieg, gehen wir miteinander? Du und ich? Ich vielleicht wieder als Schreiner, und du als Lehrerin? Der kann nicht ewig dauern, der Krieg, irgendwann hat der Führer keine Soldaten mehr, und dann ist es rum. Und neue Möbel brauchen die Leute dann, und lernen müssen sie alle, irgendwann gibt es dann auch wieder Kinder und vielleicht neue Grenzen, und wir zwei hauen dann einfach ab in die große

Welt, was meinst, Greta? Nach Schweden, wo die Garbo her ist, oder nach Paris." Er lachte und küsste sie sachte auf die Stirn.

„Du glaubst wirklich, ich könnte das, studieren und unterrichten? Weil, der Vater hat immer gemeint, das ist Spinnerei und Blödsinn."

„Da bin ich mir ganz sicher."

Eine Zeit lang lagen sie einfach Arm in Arm nebeneinander da und hörten auf den Atem des anderen.

„Hans, du, aber was ist, wenn der Krieg nicht so schnell vorbei ist und die Russen kommen und ich bin ganz alleine?

Da hab ich große Angst, weil, weißt, so nah wie bei dir, da war ich ... na ja du weißt schon." Sie stütze sich auf ihrem Ellenbogen ab und sah ihm ins Gesicht, das nun leicht im dunklen Zimmer zu erahnen war. „Hans, magst du, ich mein, ich hab keine Ahnung wie und so, aber ich will nicht, dass ein anderer irgendwann ... Und ich hab dich doch gern, vielleicht hast du mich auch ein wenig gern und ..."

„Ob ich dich gern hab? Das weißt du doch. Meinst, ich küsse einfach jedes Mädchen? Und wenn ich kein Krüppel wär und es wäre kein Krieg, da hätte ich deinen Vater schon längst gefragt, ob ich dich heiraten dürft. Aber, Greta, bist du dir auch wirklich sicher?"

Sie nickte, und weil sie nicht sicher war, ob er es im Dunkeln erkennen konnte, sagte sie: „Ja, doch, wenn einer, dann du, Hans. Aber ich hab auch ein wenig Angst, weil ich kenn mich ja nicht aus."

Hans begann ganz vorsichtig, sie zu küssen, auf die Stirn, auf die Wangen, und kurz bevor er ihre Lippen berührte, flüsterte er: „Ganz vorsichtig bin ich, versprochen, auch dass du kein Kind kriegst."

Ganz unbeholfen versuchte Greta, Hans zu streicheln. Er zog sein Hemd aus, und sie berührte das erste Mal die Haut eines Mannes, der nicht ihr Bruder war. Und da er so dünn war, fühlte sie seine Muskeln unter der Haut. Überall, wo sie ihn berührte, spannte sein Körper sich an.

Als er jedoch mit seinen Händen unter ihr Nachthemd glitt, spürte sie, wie ihr Herz zu rasen begann, und sie konnte sich gar nicht mehr darauf konzentrieren, ihn zu berühren. Seine Hände strichen ganz vorsichtig zu ihren Brüsten, und sie hatte das Gefühl, ihr Herz wäre kurz davor zu explodieren. Dabei küsste er ganz sacht ihre Lippen, seine Zunge glitt in ihren Mund und begann vorsichtig mit ihrer zu spielen.

So etwas stand nicht in ihren geheimen Büchern, und sie wusste nicht, was sie tun sollte, aber in dem Moment, als er mit der Zunge ihre Brust berührte und ganz zart an der Brustwarze knabberte, war es sowieso vorbei mit Denken.

Greta konnte nur noch fühlen, spüren, und instinktiv erwiderte sie all seine Bewegungen und tat es ihm gleich. Er zog ihr das Nachthemd über den Kopf und legte seinen Oberkörper auf den ihren. Beide genossen das Gefühl von feuchter, warmer Haut, ganz nah aneinander. Kälte und Krieg waren aus dem Raum verbannt.

Hans hielt kurz inne, als ob er Greta noch einmal die Möglichkeit geben wollte, das Ganze zu beenden. Aber sie zog ihn fest an sich und stöhnte leicht auf, als sich ihre Lippen wiederfanden.

Vorsichtig bewegte sich seine Hand tiefer, er hatte Mühe, sich zurückzuhalten, da er sich schon seit Langem danach gesehnt hatte und in seinen kühnsten Träumen nicht erwartet hätte, dass es einmal Realität werden könnte.

Seine Finger glitten zwischen ihre Beine, und Greta bekam fast keine Luft mehr, als er sie auch dort ganz vorsichtig berührte und streichelte. Immer schneller ging ihr Atem, und mit einem Mal hatte sie das Gefühl, alles in ihr würde explodieren und alles um sie herum bedeutungslos werden. Hans streifte eilig seine Hose ab und drang ganz vorsichtig in sie ein. Greta war noch nicht ganz wieder in dieser Welt, als sie sich von seinen vorsichtigen rhythmischen Bewegungen erneut in den Bann gezogen fühlte. Es war nicht schmerzhaft, eher ein bisschen unangenehm, aber dann ließ sie sich mitreißen von den Stößen und dem Drängen seines Körpers.

Hans wollte zur Seite rollen, aber Greta ließ es nicht zu. „Nicht, Greta, nicht, dass du schwanger wirst."

„Egal, ich will, dass du bei mir bleibst. Wer weiß, ob wir nächste Woche noch da sind."

So rollte er sie beide herum, damit Greta auf ihm zu liegen kam, und deckte sie beide wieder zu.

Erschöpft, irgendwie glücklich und auch irgendwie ratlos, wie es weitergehen sollte, blieben sie hinterher eine Zeit so liegen. So in ihre Gefühle und Körper eingetaucht, hatten sie gar nicht gemerkt, wie sehr der Raum abgekühlt war.

Hans spürte, wie ihre Unsicherheit zurückkam. „Greta, ich liebe dich. Schon seit dem ersten Tag. Wie du zur Tür hereingekommen bist, war es schon um mich geschehen."

„Um mich auch, Hans. Ich liebe dich auch sehr."

„Aber heute, das ist kein guter Zeitpunkt, um es deinem Vater zu sagen. Erst wenn die Feiertage und die Beerdigung vorbei sind. Im nächsten Jahr, ist das so in Ordnung für dich?"

Voller Schuldbewusstsein erinnerte sie sich an die tote Oma über ihnen. Aber sie wusste, die Oma hätte den Hans auch gemocht.

Greta nickte, sie war einverstanden.

„Du musst dann auch wieder rauf in dein Zimmer, bevor er runterkommt. Sonst schmeißt er uns alle beide raus."

„Hast recht, aber so gern würd ich hier bei dir bleiben."

Sie küssten sich noch einmal innig und begannen schon wieder, den Körper des anderen zu erforschen und zu streicheln.

Schweren Herzens nahm Hans ihre Hände und gab ihr das Nachthemd.

„Glaub mir, unsere Zeit kommt noch. Und jetzt geh schnell hoch."

Kapitel 27

Dass es so schwierig war, eine Beerdigung durchzuführen, lag ausnahmsweise nicht am Krieg, nein, es lag an Susanne. Sie versuchte, der Familie einen Stein nach dem anderen in den Weg zu legen. Der Pfarrer im Dorf war ihr Patenonkel und hatte ihr noch nie einen Wunsch abschlagen können. Ihre abstrusen Behauptungen und wüsten Beschimpfungen Greta und ihre Familie betreffend waren zwar weit hergeholt, aber sie hatte damit den Erfolg, den sie wollte. Eine Beerdigung würde wahrscheinlich erst im neuen Jahr, vielleicht vor Dreikönig, möglich sein. Offiziell hatte der Gottesmann vorher einfach keine Zeit. Dass es doch noch im alten Jahr geklappt hatte, lag an Hans. Er hatte gesehen, dass Susanne im Pfarrhaus ein und ausging, und ihr triumphierendes Grinsen zeigte ihm, dass sie an der schwierigen Situation nicht unschuldig war. Als er deshalb ins Pfarrhaus ging, und es dem Pfarrer klipp und klar auf den Kopf zusagte, verbunden mit der Drohung, sein unchristliches Verhalten öffentlich zu machen, gab der klein bei und sagte die Beerdigung für den nächsten Tag zu.

Susanne tobte, als sie bemerkte, dass es ihr auch dieses Mal nicht gelang, Greta und ihrer Familie zu schikanieren. Wenigstens hatte der Pfarrer so viel Taktgefühl, Susanne die Teilnahme an der Beisetzung auszureden.

Es waren ohnehin nur wenige Nachbarn und Dörfler dabei, als die Großmutter neben ihrer Schwiegertochter die letzte Ruhe fand. Die Zeremonie war, dem Wetter und vor allem Krieg geschuldet, nur kurz. Ein paar Trauergäste kamen noch mit ins Haus, um der Verstorbenen und ihrer Familie die Ehre zu erweisen. Jeder brauchte das bisschen, das er hatte, für sich und war froh, nicht noch andere bewirten zu müssen.

Greta musste ein paar Minuten alleine sein und ging in den Stall hinüber. Für sie waren die letzten Tage eine Achterbahn der Gefühle gewesen. Auf der einen Seite trauerte sie um die geliebte Großmutter und hatte große Angst vor dem, was kommen würde, auf der anderen Seite schwebte sie im siebten Himmel, weil sie so verliebt war. Sie und Hans nutzten jede Möglichkeit, sich zu berühren und zu küssen, wenn der Vater nicht da war. Die Heimlichkeit schien die Gefühle noch zu verstärken und ein zusätzliches Kribbeln zu verursachen. Nicht auszudenken, was passieren würde, wenn der Bauer sie dabei erwischte. Ja, er mochte den Hans, aber die Zeiten erschwerten alles.

Greta ging wieder zum Haus hinüber, froh, dass es etwas zu tun gab. Denn seit die Oma gestorben war, waren die Tage lang. Sie konnte ja nur drinnen bleiben, denn der Vater ließ sie alleine nicht weiter als bis zum Stall. Immer wieder liefen Soldaten vorbei, auch Fremde auf der Suche nach Essen, und er hatte Angst um sie. Aber diese endlosen Stunden verleiteten zum Grübeln.

Als das Haus wieder leer war, ging der Bauer in den Stall. Es gab zwar nichts mehr zu tun heute, aber wahrscheinlich wollte er alleine sein, genau wie seine Tochter vorher. Sie waren sich in vielem ähnlich, auch wenn ihnen das gar nicht so bewusst war.

Hans hatte vorhin schon gemeint, sie müssten reden, und dabei sehr ernst geschaut. Jetzt nahm er Gretas Hand und setzte sich mit ihr an den Tisch.

„Hör zu, wir haben wahrscheinlich nicht viel Zeit. Aber du wolltest doch immer Lehrerin sein, jetzt hast die Möglichkeit. In der Stadt, in Bamberg, da geht's drunter und drüber. Da sind so viele Kinder, die niemanden mehr haben. In die Schule trauen sich die meisten nicht mehr rein, ist zu gefährlich, und es gibt auch keine Lehrer mehr, bloß ein paar

Alte. Wir brauchen dich in der Stadt. Hier gibt's nur noch wenig zu tun, aber dort ist jeder, der noch etwas kann, wichtig. Auch wichtig für die Zeit danach, es muss ja weitergehen."

Greta war erschrocken und versuchte ihm ihre Hand zu entziehen, aber er hielt sie fest.

Weg von hier? In die Stadt? Den Vater allein lassen? Das konnte sie nicht, und sie traute sich auch nicht. Sie hatte Angst, hier war sie doch bisher sicher gewesen. Wie konnte Hans das von ihr verlangen?

All diese Gedanken konnte man deutlich in ihrem Gesicht lesen. Mit seinen Worten versuchte er ihr Sicherheit zu geben.

„Schau, du sollst nicht ganz nach Bamberg. Ich hab mir das so gedacht: An einem Tag komm ich und bleibe über Nacht, am nächsten Morgen gehen wir miteinander in die Stadt, und am Abend bring ich dich wieder her. Dann bleibst du einen Tag da und dann nehm ich dich wieder mit. Dann ist der Vater nur alle zwei Tag allein. Und nachts bist immer da. Du wirst gebraucht in der Stadt, Greta." Er sah ihr eindringlich in die Augen.

„Ja, ich wollt unterrichten, aber ich hab es doch nicht gelernt. Und der Vater würde es nicht erlauben, bestimmt nicht."

Sie versuchte die Entscheidung wegzuschieben, und das wusste sie auch, aber wie konnte sie gerade jetzt, da niemand sonst da war, einfach gehen? Sie hatte es der Oma versprochen, sich um den Vater zu kümmern. Doch die Oma hätte es verstanden, und die Mutter auch, musste sie insgeheim denken, sie schlug die Augen nieder.

„Das mit deinem Vater krieg ich schon hin. Aber du musst es wollen. Schau, ich weiß auch, dass Bamberg nicht Paris ist, aber es wäre ein Anfang. Du hast Bücher hier, die kannst du den Kindern dort vorlesen. In der Stadt haben sie die meisten Bücher verbrannt, weil kein Holz mehr da war. Ihr hier habt noch Holz, euch friert es nicht so. Die konnten nicht anders."

Ernüchtert sah sie wieder hoch. Bücher zu verbrennen, um nicht zu erfrieren, konnte sie sich zwar vorstellen, aber nur schwer. Hans hatte recht, es ging ihnen hier immer noch gut, sie mussten nicht verhungern und erfrieren, und sie hatte in den einsamen Stunden immer ihre Bücher als Freunde. Das hatten die Kinder in der Stadt nicht.

Er sah in ihrem Gesicht, dass er gewonnen hatte, sie würde mit ihm mitgehen. Der Vater wäre noch ein schwerer Brocken, aber das würde er gemeinsam mit ihr auch hinbekommen.

Sie hörten, wie der Bauer aufs Haus zukam und den Schnee vor der Tür von den Stiefeln abklopfte. Schnell stand Greta auf und machte sich am Herd zu schaffen.

Sie überlegte sogar, nach oben zu gehen, da sie Angst vor der Reaktion des Vaters hatte. Aber das wäre ihr dann doch zu feige gewesen. Also straffte sie die Schultern, schnaufte noch einmal tief durch und drehte sich um, blieb jedoch vorsichtshalber erst einmal an den Herd gelehnt stehen.

Der Vater spürte sofort, dass etwas in der Luft lag, man konnte die Spannung im Raum regelrecht greifen. Fragend sah er zu Hans, denn er hatte Angst, dass der junge Mann nicht mehr kommen würde. Für ihn war er in der kurzen Zeit unentbehrlich geworden, und er ertappte sich manchmal dabei, dass er das Gefühl hatte, einer seiner Buben wäre wieder da.

„Schorsch, komm setz dich. Wir müssen reden. Greta, und du setz dich bitte auch."

Er sprach zum Vater mit denselben eindringlichen Worten wie zu Greta. Traurig hörte der zu. Auch er erfuhr vom Hans, dass es in Bamberg immer schwieriger wurde, und war gerade deshalb froh gewesen, dass seine Tochter hier etwas sicherer leben konnte, auch wenn man nicht wusste, wie lange noch. Er hatte ja nur noch sie. Und nun sollte er sie dorthin lassen, wo es gefährlich war. Auch wenn der Hans dabei war. Der war ein Krüppel, wie sollte er sie verteidigen und ihr helfen?

Er sah seiner Tochter ins Gesicht.

„Willst du das? Willst du in die Stadt und dort zu den Kindern?"

„Ich weiß nicht, Vater. Der Hans meint, ich würde dort gebraucht werden. Die Kinder wären halt so allein, keiner würde sich um sie kümmern. Und wenn der Krieg vorbei wäre, dann könnten sie nicht mal lesen und so. Ich weiß auch nicht, ob ich das kann. Und ich will auch nicht fort von dir.“

„Bin ich wohl schon ein Greis, der gepflegt werden muss? Nein, um mich geht’s da nicht. Um dich hab ich Angst.“

Nun sah er Hans in die Augen.

Unerschrocken gab dieser den Blick zurück und sagte: „Du weißt ganz genau, dass mir die Greta mehr wert ist als mein eigenes Leben. So lang ich kann, werde ich dafür sorgen, dass ihr nix passiert. Aber ihr seid nicht dabei gewesen, in der Stadt, die letzte Zeit. Mir reißt es jedes Mal das Herz heraus, wenn ich die Kinder alleine auf der Straße sehe. Und wenn du sie fragst, wo die Mutter ist, wissen sie nix.

Da muss man was tun. Ich pass auf, so gut es eben geht, das versprech ich dir.“

Er reichte dem Schorsch die Hand. Der sah noch mal zu Greta und wartete auf ein Signal von ihr. Sie stieß die Luft aus, die sie die ganze Zeit angehalten hatte, drückte ihr Kreuz durch und umarmte den Vater.

„Nur alle zwei Tage, wie abgemacht. Und abends komm ich wieder heim zu dir, versprochen.“

Und so schlug der Schorsch ein.

Kapitel 28

Sie hatten sich darauf geeinigt, dass Greta erst im neuen Jahr mit Hans in die Stadt ging. So machten sie sich am Morgen des 2. Januar 1945 gemeinsam auf den Weg.

Der Vater nahm sie zum Abschied in den Arm, drückte sie etwas unbeholfen und sagte, sie könne es sich auch gerne noch mal überlegen. Nicht wegen ihm, aber weil er halt Angst um sie hätte.

Greta schüttelte den Kopf, nahm die Hand, die Hans ihr reichte, und zusammen liefen sie los. Es war nicht mehr ganz so kalt wie an den Weihnachtstagen, aber das milde Wetter machte den Weg recht matschig und das Laufen fast beschwerlicher.

Nun spürte Greta am eigenen Leib, welche Strapazen Hans jedes Mal auf sich nahm, um zu ihnen zu kommen, und das sogar zweimal am Tag. Insgeheim fragte sie sich, warum er nicht gleich dageblieben war. Sie hatten ja noch das Zimmer von den Buben, in dem er hätte schlafen können. Aber er war, bis auf zwei-, dreimal, als der Bauer gemeint hatte, er solle bleiben, immer in die Stadt zurück in der Nacht. Nun glaubte sie es zu verstehen. Bestimmt hatte er auch da schon geschaut, wem er helfen konnte.

Auf einer Anhöhe, an der drei Eichen seltsam wie in einem Kreis angeordnet standen, blieben sie kurz stehen und blickten herum.

„Da merkt man gar nix vom Krieg. Das könnte auch einfach ein schöner Wintertag sein. Fast könnte man träumen, wie es sein könnte." Greta lachte.

Hans nahm sie in den Arm und drückte sie fest an sich. Er musste daran denken, was sie erwarten würde. Er beneidete sie fast um diesen Moment der Glückseligkeit, denn die Realität mit all ihrem Grauen konnte er schon lange nicht mehr ausblenden. Fast verzweifelt begann er sie zu küssen.

Auf einmal hörten sie beide gleichzeitig die Sirenen, die einen Fliegerangriff ankündigten. Sie fuhren auseinander. Schon lange hatte es keine Sirenen mehr gegeben, und nun ausgerechnet heute.

Greta wollte schon zurück zum Hof.

„Die Stadt ist näher. Komm hier durch den Wald, da sieht man uns nicht so leicht."

Gott sei Dank blieb es bei der Warnung, denn sie konnten keine Flugzeuge am Himmel ausmachen. Hans und Greta waren so schnell gelaufen, dass sie ganz aus der Puste waren.

Heute wollte er ihr zunächst mal nur zeigen, wie es mittlerweile in der Stadt zuging. Es waren nicht viele Leute unterwegs. Die Sirenen hatten alle in die Häuser getrieben.

Sie blickten auf zugeklebte Fenster und verlassene Wohnungen. Vieles kaputt und alles verwahrlost. Aber Hans hatte recht gehabt. Zwischendurch sah man immer wieder einzelne Kinder auf den Straßen umherirren. Manche weinten, und andere sahen aus, als hätten sie schon so viel geweint, dass keine Tränen mehr da waren.

Auf einmal gingen wieder Sirenen. Aber manche Kinder blieben einfach stehen, sie wussten nicht, wohin. Schnell sammelte Hans die Kinder ein und eilte mit Greta und ihnen zusammen in einen Hausflur, suchte gleich nach dem Keller.

Dort waren schon ein paar andere, die resigniert zur Seite rutschten, um ihnen Platz zu machen. Als Greta ringsum in die Gesichter blickte, sahen ihr nur leere, hoffnungslose Augen entgegen.

Nach einiger Zeit standen die Ersten auf, um wieder in ihre Wohnungen zu gehen. Sie wollte sie schon bitten, noch zu bleiben, die Gefahr sei doch noch nicht vorüber, aber ein leichtes Kopfschütteln von Hans ließ sie davon Abstand nehmen.

Auch ein paar Kinder standen auf und gingen ihrer Wege.

Zwei blieben jedoch erschöpft liegen, sie waren eingeschlafen. Sanft strich Hans über die Haare des kleinen Jungen, der neben ihm lag.

„Ich glaube, du verstehst jetzt, was ich gemeint habe. Hier ist alles hoffnungslos. Die Kinder brauchen jemand, der noch nicht so resigniert hat wie alle anderen, der sie mal zum Lachen bringt. Und du, du kannst das, das weiß ich. Ich helfe dir. Komm, ich zeig dir noch die Stephanskirche, da kann man auch Zuflucht suchen, wenn die Sirenen gehen. Und die zwei Kleinen nehmen wir gleich mit. Vielleicht kennt der Pfarrer sie."

So nahm jeder ein Kind auf den Arm, und Greta folgt Hans.

Erschrocken spürte sie, dass die Kleine in ihren Armen nur noch Haut und Knochen war.

In der Kirche hatten mehrere Kinder und auch ein paar Alte Zuflucht gesucht, die hier auf etwas zu essen hofften und vielleicht auch auf eine Bleibe. Greta blieb bei den Kleinen, während Hans nach jemanden suchte, der ihnen weiterhelfen konnte.

Nun verstand sie auch, wie er sich das vorgestellt hatte.

Hier in der Kirche könnte sie die Kinder unterrichten oder ihnen einfach etwas vorlesen, mit ihnen singen. Allein, dass jemand für sie da war, oh, wie wichtig wäre das!

Sie sah, dass Hans sie beobachtete und dass er wusste: Sie hatte ihn verstanden. Hier konnte sie einen Teil ihres Traumes verwirklichen. Nicht nur für sich, nein, auch für ihre Brüder, die vielleicht niemals die Chance auf eigene Kinder hätten. Auch wenn sie die Hoffnung noch nicht aufgegeben hatte, dass sie wieder heimkommen würden. Und all das, was sie von ihrer Mutter und Großmutter gelernt hatte, konnte sie hier weitergeben. Auch sie würden dadurch ein bisschen weiterleben. Ja, das war eine neue und wichtige Aufgabe, und sie würde sie erfüllen, solange und so gut es eben ging.

So verbrachten sie den Nachmittag mit den anderen in der Kirche. Hans war zwischendurch kurz weg. Er meinte, er müsse in seine Wohnung schauen, aber er wäre rechtzeitig wieder da, um sie zurückzubringen, wie er es versprochen hatte. Greta wollte ihn begleiten, aber er sagte, sie solle erst mal hierbleiben, da sei sie sicher. Und sie könne sich besser mit allem vertraut machen. Er strich ihr über die Wange, mehr trauten sich beide nicht, und schon eilte er zur Tür hinaus.

Sie merkte gar nicht, wie schnell die Zeit verging, schon war er wieder zurück. Inmitten von mehreren Kindern saß Greta und erzählte das Märchen von Hänsel und Gretel, so wie sie es immer von ihrer Großmutter erzählt bekommen hatte. Gebannt lauschten die Kleinen, aber auch die größeren Kinder hatten ihre Nähe gesucht. Als sie fertig war, wollten sie noch eine Geschichte hören.

„Greta, wir müssen zurück. Sonst ist es dunkel, und wir laufen ja noch eine Stunde."

„Bitte, bitte, liebe Greta, nur noch eine Geschichte", riefen sie alle durcheinander.

„Ich komm ja wieder, nein, morgen nicht, aber übermorgen. Ganz bestimmt, und dann erzähle ich euch von Rapunzel."

Sie erschrak ganz, als sie aus der Kirche ins Freie ging und merkte, dass es schon ganz dämmrig war. In dem dicken Gemäuer hatte sie völlig die Zeit vergessen.

Sie spürte, dass Hans unruhig war. „Was ist los, Hans?"

„Wir sind schon fast etwas spät, und irgendwie habe ich ein seltsames Gefühl heute. Es hat schon lange keinen Alarm mehr gegeben, und heute gleich mehrere. Wir müssen uns beeilen, damit wir fortkommen. Eigentlich wollt ich wieder zurück, aber das schaffe ich nicht mehr, glaub ich."

„Wie noch mal zurück? Ich dachte, du bleibst dann immer in der Nacht bei uns?"

„Zwischendurch muss ich in der Stadt auch helfen. Du siehst ja, dass die Leute darauf angewiesen sind. Und wenn ich abends zurück bin vom Hof, habe ich halt immer noch ein wenig geholfen."

Sie waren fast auf der Anhöhe mit den drei Eichen, da ertönte wieder ein Fliegeralarm. Hans nahm Greta an der Hand, und gemeinsam liefen sie, so schnell es ging, nach Seehöflein. Mittlerweile war es dunkel geworden, aber er kannte die Strecke mittlerweile so gut, dass er wahrscheinlich auch in dunkelster Nacht den Weg gefunden hätte. Als sie endlich am Bauernhof ankamen, wurden sie schon vom Vater erwartet, der am Fenster sorgenvoll nach ihnen Ausschau gehalten hatte. In dem Moment, als sie ins Haus treten wollten, hörten sie die Bombenabwürfe in Bamberg.

Der Himmel war hell von den Flammen. Erschüttert standen sie am Fenster, sahen alle drei entsetzt hinüber zum Horizont.

„Ich muss zurück. Die brauchen bestimmt meine Hilfe.

Ich kann nicht bleiben. Morgen komm ich, versprochen, aber erst später."

Vater und Tochter erkannten an seiner Miene, dass es keinen Sinn machen würde, ihn zurückzuhalten.

Kapitel 29

„Gretel, ich denke, es wär besser, du bleibst da. Du weißt nicht, was in der Stadt passiert ist. Hier bist sicherer."

„Grad weil ich nicht weiß, was passiert ist, muss ich hin. Du hast die Kinder nicht gesehen. Ganz alleine laufen die rum. Die haben sich so gefreut, als ich das Märchen von der Oma erzählt habe. Mehr Schönes haben sie nicht. Schau, wenn der Hans kommt, wird er uns erzählen, wie schlimm es dort ist. Und wenn er meint, es ist zu gefährlich, bleib ich da, versprochen."

Die Tür ging auf, und Hans stand vor ihnen. Man sah ihm an, dass er die letzte Nacht so gut wie kein Auge zugetan hatte.

„Komm, setz dich. Ich habe noch heiße Suppe. Du musst dich aufwärmen, und dann erzählst uns, was war."

Hans setzte sich und begann langsam die warme Suppe zu löffeln. Zwischendurch berichtete er. Dass Bomben und Minen abgeworfen wurden, vor allem im Westen der Stadt und bis zum Bahnhof hin. Anscheinend wollten sie den Zugverkehr lahmlegen, was aber nicht ganz gelungen war. Gott sei Dank.

Bisher hatte man nur festgestellt, dass es ein paar Leichtverletzte und einen Todesfall gab. Dem Anschein nach hatten sich die meisten in Sicherheit bringen können, es wurden mehrere Gebäude getroffen, und die Bürger rückten halt noch etwas mehr zusammen.

Greta sah ihn fragend an, und Hans wusste sogleich, worauf sie hinauswollte.

„Ich war extra in der Kirche und hab nach den Kindern geschaut. Ihnen ist nix passiert. Sie sind, so wie wir es ihnen gesagt haben, drin geblieben. Nach dir haben sie gefragt, ob es dir gut geht und du gut heimgekommen bist."

Greta lächelte, und die Anspannung fiel erst einmal von ihr ab.

Hans schob den Teller zurück und wollte aufstehen, „Komm Schorsch, ich bin eh schon zu spät. Was gibt's zu tun?"

„Du legst dich jetzt rauf ins Bett und schläfst. Hast bestimmt kein Auge zugemacht und bist müde. Später langt es auch."

„Aber ich bin doch morgen schon nicht da. Greta, was ist, gehst du morgen wieder mit? Ich kann dir aber nicht versprechen, dass kein Bombenalarm ist, also, es ist gefährlich."

Greta sah ihren Vater an, der resigniert mit den Schultern zuckte. Wohl wissend, dass er sie nur schwer aufhalten könnte.

„Sie hat schon Bücher ausgesucht für die Kleinen. Macht, was ihr wollt, ich kann es eh nicht ändern. Passt halt aufeinander auf. Und du legst dich noch eine Stunde hin, ich hole dich dann."

Schorsch ging raus, damit die anderen nicht merkten, dass er Tränen in den Augen hatte. Er wollte halt nicht auch noch die Letzte aus seiner Familie verlieren.

Hans war so erschöpft, dass er das Angebot des Bauern gerne annahm. Greta meinte, er solle in ihr Bett gehen, denn da sei es am wärmsten. Außerdem gefiel es ihr, dass Hans in ihrem Bett liegen würde.

Lächelnd bereitete sie unten das Essen vor. Und gleichzeitig schämte sich dafür, Glück zu spüren. Sie machte gleich so viel essen, dass ihr Vater es sich am nächsten Tag aufwärmen konnte.

Am folgenden Morgen sah der Vater schweren Herzens zu, wie Greta und Hans mit einem Rucksack, in dem zwei oder drei Bücher drin waren und ein bisschen zu essen, Richtung Bamberg aufbrachen.

Sie marschierten flott, denn sie war ganz unruhig, was aus ihren Schützlingen geworden war. Nie hatte sie gedacht, dass man wildfremde Kinder so schnell ins Herz schließen konnte.

Nach knapp einer Stunde erreichten sie das Berggebiet der Stadt, und sie wurden langsamer.

„Ich habe gedacht, wir halten kurz bei der Kirche, du lässt die Tasche da, und dann gehen wir runter in die Stadt. Da zeig ich dir ein bisschen was, damit du dich besser auskennst. Warst du früher schon mal da, auf dem Markt oder am Bahnhof?"

Greta nickte.

Als sie langsam den Berg hinunter Richtung Stephansdom liefen, zeigte er ihr zur Orientierung ein paar Gebäude, den Dom, das Rathaus und die Richtung, in der der Bahnhof und der Markt lagen.

„Du wohnst beim Markt, oder?"

„Ja, am Obstmarkt, da haben meine Eltern eine kleine Wohnung gehabt, und in der wohne ich immer noch. Ist nicht groß, war halt eine Stube und ein Zimmer für meine Eltern und eines für mich. Waschen und Klo war draußen im Treppenhaus. Aber es hat gereicht, und wir waren mittendrin. Zu meinem Meister musste ich dann hier den Berg hoch, aber der ist ja jetzt nicht mehr da. Da drüben hat er seine Werkstatt gehabt. Die hat ihm die Partei ja weggenommen, weil in seiner Familie Juden waren."

Greta sah, wie sich sein Blick verdunkelte und Hass aufblitzte. Seine sonst so gutmütigen und warmen Augen wurden eiskalt und hart. So kannte sie ihn gar nicht, er sah richtig gefährlich aus.

„Hast ihn gern gehabt, deinen Meister? Vielleicht kommt er ja wieder."

„Mensch, Greta, den haben sie ins Lager gebracht, da kommt keiner mehr raus. Da müssen sie schuften, bis sie sterben. Manche haben auch erzählt, dass die Leute dort gleich umgebracht werden. Ist vielleicht auch besser."

Greta sah ihn entsetzt an, davon wusste sie nichts.

Hans blieb stehen und deutete mit dem Kopf auf ein großes Haus, eine richtige Villa.

„Da drin wohnt er, der Oberschurke der Partei, der Kreisleiter."

„Pst, nicht so laut, Hans. Das darf doch keiner hören."

Sie nahm ihn bei der Hand und wollte ihn weiterziehen, als die Haustür aufging und ein kräftiger rotgesichtiger Mann mit einer jungen Frau herauskam.

Sie hatte ihr schwarzes Haar schick frisiert, und das adrette Kostüm, das sie trug, kleidete sie gut. Sie streckte sich auf die Zehen und hauchte dem Mann in Uniform einen Kuss auf die Wange. Beide verabschiedeten sich mit „Heil Hitler".

Susanne.

Greta und Hans waren erstarrt stehen geblieben.

Auch Susanne sah sie, und laut rief sie herüber, während sie in einen eleganten Wagen mit Chauffeur stieg: „Was für ein Lumpenpack hier überall rumlungert. Wird Zeit, dass hier alles gesäubert wird."

Der Wagen fuhr an ihnen vorbei, gerade durch eine besonders tiefe Matschpfütze, und spritzte sie von oben bis unten nass.

Greta war fassungslos, was war nur aus Susanne geworden? Oder war sie wirklich schon immer so boshaft gewesen und konnte es nun erst so richtig ausleben?

Sie, die immer nur an das Gute im Menschen glaubte, war sprachlos. Unmöglich, sich so etwas auch nur vorzustellen. Aber genau das war Gretas Mentalität, sie wollte sich gar nicht damit beschäftigen, viel lieber wollte sie zu den Kindern und etwas tun.

Sie nahm Hans am Arm. „Komm, lass uns weitergehen, die Trulla ist eh schon weg. Ihre Oma würde sich im Grab umdrehen, wenn sie wüsste, was aus ihr geworden ist."

„Greta, das ist nicht bloß garstig. Die Susanne ist richtig böse und so voller Hass, dass sie gefährlich ist. Du musst aufpassen. Das war der Kreisleiter, der ist hier am mächtigsten. Mit dem legt sich keiner an. Und so wie es ausgeschaut hat, macht der alles für sie. Wenn die erzählt, du wärst eine Spionin, dann bist du weg, ganz schnell. Geh ihr aus dem Weg. Das musst du mir versprechen. Und sag es auch dem Vater, die ist einfach ein böser Mensch. Er muss auch vorsichtig sein."

„Wir waren doch zusammen in der Schule, nein, die würde doch nicht, wirklich ... Aber da, wo sie jetzt verkehrt, bin ich ja eh nicht. Oder meinst du, sie läuft zu Fuß durch den Wald oder geht in die Kirche? Um anderen zu helfen, bestimmt nicht. Das war Zufall."

Hans konnte das Unbehagen nicht ganz abschütteln und ging besorgt mit Greta in die Kirche, in der sie schon sehnsüchtig erwartet wurden. Die Kinder saßen erwartungsvoll da und wollten gleich eine neue Geschichte hören.

Hans erinnerte Greta daran, dass sie erst noch runter in die Stadt gehen wollten.

Schweren Herzens erhob sie sich, strich einigen der Kleinen über den Kopf und fragte, wer denn schon lesen könne. Dem etwa 10-jährigen Mädchen gab sie ein Buch in die Hand und bat es, daraus vorzulesen, bis sie wiederkommen würde.

Am Markt stand Greta fassungslos neben Hans, noch immer ungläubig wegen der Zerstörung, die Bomben in nur einer Nacht anrichten konnten. Sie wollte es kaum wahrhaben, als Hans meinte, es sei wohl keine geplante Bombardierung gewesen, denn dann gäbe es keinen Bahnhof mehr, und es wäre von der Stadt nicht mehr viel zu sehen. Sie waren also noch glimpflich davongekommen. Aber es wusste keiner, was als Nächstes geschehen würde – und wann.

„Und wo ist jetzt die Wohnung?"

„Da oben. Da nehme ich dich ein anderes Mal mit. Jetzt gehen wir wieder hoch zur Kirche. So in zwei, drei Stunden müssen wir schon wieder zurück. Sonst wird es wieder dunkel, und ich will dich rechtzeitig aus der Stadt haben, nicht dass wir Susanne noch mal treffen."

Greta genoss das Zusammensein mit den Kindern. Sie fühlte wieder, dass sie gebraucht wurde. Nicht nur zum Kochen und zum Putzen. Nein, ihre Worte und Gedanken und auch ihr Singen waren wichtig. Es wurde viel gelacht, und es war wichtig, dass sie einfach da war. Auch an diesem Tag konnte sie sich nur schwer trennen, und es war schon wieder dämmrig, als sie sich auf den Rückweg machten. Es wurde ihnen zur Gewohnheit, auf der Anhöhe bei den drei Eichen innezuhalten und sowohl Richtung Bamberg als auch in Richtung des Bauernhofes in Seehöflein zu schauen. Der heutige Tag war ohne Sirenen vorübergegangen, die Menschen konnten kurz aufatmen und sich in der neuen Situation orientieren. Auch für Greta waren die Umstände neu, aber sie gaben ihr Mut, Mut, dass es weiterging und man nicht in Hoffnungslosigkeit verfallen musste.

„Hans, danke. Von selber hätte ich es nicht geschafft, ich wär nie darauf gekommen, nach Bamberg zu gehen und mit anzupacken. Aber es hat mir, gerade nachdem die Oma gestorben ist, geholfen. Du kennst mich besser als ich mich selbst."

Sie umarmte ihn, und das erste Mal seit Längerem kamen sie zur Ruhe und konnten sich für einen Moment nur auf sie selbst besinnen. Niemand störte sie, die Dunkelheit hüllte sie ein, nur ein paar Geräusche von Tieren waren zu hören.

Kapitel 30

Die nächsten Wochen gewöhnten sie sich langsam an den neuen Rhythmus. Jeden zweiten Tag ging Greta mit Hans in die Stadt, und der Vater blieb besorgt zurück. Anfangs beschränkte sie sich darauf, in der Kirche Beschäftigung für die Kinder zu finden, während Hans in der Stadt unterwegs war.

Er fragte nie, ob sie mitwolle, erzählte auch nicht, was er so genau tat. Aber das fiel ihr anfangs gar nicht groß auf, denn sie war ganz ausgefüllt von ihrer neuen Aufgabe.

Im Januar wurden noch ein weiteres Mal Bomben abgeworfen, die aber, dem Himmel sei Dank, das Gebiet um die Kirche verschonten. Im Februar begann Greta in der Stadt nach weiteren elternlosen Kindern zu suchen und verbrachte einen Teil der Zeit damit, durch die nähere Umgebung bis hin zur Stadtmitte zu laufen. Weiter traute sie sich nicht, aus Angst nicht rechtzeitig zurück zu sein, wenn Hans sie abholen wollte. Sie traute sich auch nicht, ihm davon zu erzählen, da er es ihr bestimmt verbieten würde, solche Alleingänge zu machen. Er warnte sie immer noch vor Susanne, von der er einige Geschichten erzählt bekommen hatte. Sie hatte wirklich ein Verhältnis mit dem Kreisleiter, und wer ihr nicht passte, wurde ganz schnell aus dem Weg geräumt.

Sie hatten wahrscheinlich bisher nur Glück gehabt, dass sie zu beschäftigt war, um noch an ihre alte Rivalin aus der Schulzeit zu denken.

Dieses Glück aber wollte Hans nicht aufs Spiel setzen und ermahnte Greta, sich so unauffällig wie möglich zu verhalten. Allerdings hörte er auch schon bald von der jungen Frau, die durch die Stadt ging und allein herumlaufende Kinder in den Stephansdom brachte.

Sofort war ihm klar, dass es sich nur um Greta handeln konnte, und er wollte sie am selben Tag noch zur Rede stellen.

Als er aber an diesem Abend mit ihr nach Hause ging und ihren glücklichen Gesichtsausdruck sah, brachte er es nicht übers Herz. Sie ging so in ihrer Rolle als Betreuerin für die Kinder auf, dass auch ihr Vater nichts mehr dagegen sagte.

Ihr Körper wurde zwar aufgrund der Anstrengung immer dünner, aber das Leuchten in ihrem Gesicht wog es auf.

Da der Bauer davon ausging, dass Greta an ihrem Stadttag nur ganz wenig aß und alles, was sie hatte, abgab, achtete er an dem Tag, an dem sie zu Hause war, besonders darauf, dass sie genug zu sich nahm.

In der folgenden Nacht wurden alle drei mehrmals vom Sirenenalarm geweckt und schliefen daher sehr unruhig. Sie liefen immer ans Fenster, konnten aber keine bedrohlichen Feuer über Bamberg entdecken. Für kurze Zeit flüchtete sich Greta auch ins Zimmer der Buben, in dem Hans seit dem neuen Jahr schlief. Auf diese Weise verlor der Krieg für eine Weile seinen Schrecken und die schönen Gefühle bekamen Raum. Am nächsten Tag verstummten die Sirenen nicht, bis nach dem Mittag ein Feuermeer über der Stadt erschien.

Greta und der Vater konnten Hans nur mit Mühe davon abbringen, in die Stadt zu laufen. Es hätte im Moment keinen Sinn, sagten sie. Die meisten hätten bestimmt in einen Bunker oder Keller Schutz gesucht. Und um die Kinder kümmere man sich in der Kirche. Er solle warten, bis es vorüber sei.

Bis zum Abend hielt er es aus, aber dann konnten sie ihn nicht mehr halten. Greta musste ihm und dem Vater versprechen, dass sie hier warten würde, bis er wiederkäme, und nicht auf eigene Faust losgehen würde. Sobald er sich einen Überblick über die Lage verschafft hätte, würde er zurückkommen und Bericht erstatten. Greta bat ihn, auch nach den Kindern in der Kirche zu schauen, was er ihr gerne versprach.

Er war gerade die ersten Schritte gegangen, als ihn Gretas Ruf noch einmal umdrehen ließ. Sie lief ihm nach, umarmte ihn und küsste ihn vor den Augen des Vaters auf den Mund. „Pass auf dich auf."

Hans sah verstohlen zum Schorsch hinüber, aber der nickte.

„Bin ja nicht blöd, dass ich nicht merk, was in meinem eigenen Haus passiert."

Hans hob noch einmal die Hand zum Gruß und verließ den Hof, während Vater und Tochter ihm besorgt hinterhersahen.

Es sollte zwei Tage dauern, bis er zurückkam. Erschöpft und mit eingefallenen Wangen erzählte er von den zahllosen Toten, darunter viele Schüler, die am Bahnhof auf ihren Zug gewartet hatten. Das Gebiet um den Stephansdom sei weitgehend verschont geblieben, aber mittlerweile würden viele aus der Stadt bei Alarm in die Bunker fliehen und nicht mehr nur in die Keller. Die Zugverbindungen würden nur noch bedingt funktionieren, und die Menschen hätten Angst, dass die Versorgungswege bald komplett abgeschnitten werden würden.

Hans schlief fast am Tisch ein, deshalb schickten sie ihn erst einmal ins Bett. Das Grauen, das er gesehen hatte, ließ ihn nur unruhig schlafen. Immer wieder schreckte er hoch. Greta setzte sich an sein Bett und strich ihm die ganze Zeit beruhigend über Arme und Gesicht.

Beim Abendessen sprachen sie nicht viel. Greta versuchte zwischendurch, die Stimmung mit kleinen Geschichten, die sie mit den Kindern erlebt hatte, ein wenig aufzulockern. Aber nach einiger Zeit merkte sie, dass Schweigen manchmal einfach besser war.

Am nächsten Morgen konnte sie jedoch niemand davon abbringen, zusammen mit Hans in die Stadt zu gehen. Der Vater ließ sich das Versprechen geben, dass sie keine Alleingänge unternehmen würde und bei dem geringsten Anzeichen von Gefahr einen Luftschutzbunker aufsuchen würde. Und wenn es irgendwie ging, sollten sie auf jeden Fall am Abend wieder da sein, sonst würde er umkommen vor Sorge.

Wie immer blieben sie auf der Anhöhe stehen und blickten in ihre beiden Welten, nicht wissend und voller Angst, ob das Bild am selben Abend, am nächsten Morgen oder überhaupt noch mal dasselbe sein würde.

Schweigend gingen sie durch die Straßen. Wie Hans schon gesagt hatte, war das Gebiet um die Kirche größtenteils verschont geblieben. Und Greta musste dringend dorthin und sich überzeugen, dass es ihren Schützlingen gut ging.

Erleichtert blickte sie sich im Gotteshaus um und wurde auch gleich freudig begrüßt. Wie schön doch ein Kinderlachen in dieser Zeit sein konnte!

Hans wollte sich verabschieden, aber sie hatte beschlossen, mit ihm in die Stadt zu gehen. Sie wollte sehen, was zerstört worden war, und vielleicht auch ein paar Kinder finden, denen geholfen werden musste. Also vertröstete sie die Kinder in der Kirche auf später. Hand in Hand liefen sie den Berg hinab in die Stadt.

In einem Haus auf der anderen Seite der Kirche bewegte sich ein Vorhang. Hatte sie sich doch nicht getäuscht, als sie vorhin die beiden hineingehen sah, es waren Greta und ihr Krüppel Hans. Was die beiden wohl im Stephansdom zu schaffen hatten? Das brave Bauernmädel verließ doch sonst nicht ihren Hof und das Kaff, in dem es wohnte. Interessant, dachte Susanne, mal schauen, was die zwei da so treiben. Sie ging aus dem Haus und spähte den Berg hinab, aber keine Spur von den beiden.

Also betrat sie die Kirche, leicht angewidert, da es hier nicht gerade gut roch. Aber sie sah nur kranke und alte Menschen und viele Kinder. So richtig konnte sie sich keinen Reim darauf machen, was denn so erstrebenswert für die beiden war, dass sie sich hier aufhielten. Erst als ein kleines Kind auf sie zukam und an ihrem schönen warmen Pelzmantel zupfte, ging ihr ein Licht auf. „Hast du auch so schöne Bücher und Geschichten wie die Greta dabei?“, fragte das Mädchen.

Unwirsch schob Susanne die schmutzige kleine Hand weg und ließ ihren Blick noch einmal abfällig durch die Kirche gleiten.

Ohne das kleine Wesen neben sich weiter zu beachten, machte sie kehrt. Hinter ihrer Stirn arbeitete es, wie sie das neue Wissen am besten nutzen konnte. Denn dass sie es zu ihrem Vorteil oder vielmehr zu Gretas Nachteil verwenden würde, war klar. Es fehlte ihr nur noch die richtige Eingebung, aber die hatte sie noch jedes Mal bekommen. Wie konnte man nur seine Zeit so verschwenden?

Sie selbst besann sich lieber auf ihre Vorzüge, um sich das Leben zu erleichtern.

Als das Auto mit dem Kreisleiter neben ihr hielt, lächelte sie. „Für dich, hab ich doch immer Zeit, mein Schöner", antwortete sie durch die geöffnete Scheibe auf seine Frage, ob sie ihn begleiten wolle. Schon öffnete sich die Autotür, sie stieg ein, und gemeinsam fuhren sie davon.

Nichts ahnend liefen Hans und Greta durch die Innenstadt und sahen Frauen und alte Männer, die die Trümmer wegräumten. Das Gebiet um den Obstmarkt war unversehrt geblieben, aber je näher sie Richtung Bahnhof kamen, umso sichtbarer wurde das Ausmaß der Zerstörung.

„Wann hört das endlich auf?"

Greta blieb stehen, Tränen liefen ihr übers Gesicht.

Da bemerkte sie aus dem Augenwinkel, wie ein kleiner Bub in einer Hausruine saß und den Oberkörper immer nur vor und zurück schaukelte.

Schnell signalisierte sie Hans, dass sie hineinwolle, um das Kind zu holen. Er bedeutete ihr, draußen zu warten, es bestand die Gefahr, dass das Haus über ihr einstürzte. Vorsichtig bahnte er sich einen Weg durch große, herumliegende Steine, Schutt und heruntergestürzte Balken. Nach ein paar Minuten kam er mit dem Buben an der Hand wieder heraus.

„Schau Greta, das ist der Franzl, der weiß nicht, wo seine Mama ist und geht jetzt mit uns in die Stephanskirche. Ich sag schnell noch der

Nachbarin dort Bescheid, denn wenn seine Mama wiederkommt und den Franzl sucht, weiß sie gleich, wo er ist."

Sie brachten den Jungen gemeinsam in die Kirche. Hans verabschiedete sich noch einmal kurz, er habe noch etwas Wichtiges zu erledigen.

Greta merkte gar nicht, wie schnell die Zeit verflog. Plötzlich spürte sie, dass sie beobachtet wurde. Sie drehte sich um und sah Susanne hinter sich.

„Na, was treibst denn du in der Stadt, gibt es nix mehr auf eurem Hof zu tun? Ach, stimmt ja, du bist ja immer mit deinem Krüppel unterwegs. Wo ist er denn? Wahrscheinlich bei seinem Stadtliebchen. Eine in der Stadt, eine auf dem Dorf. Überall das, was am besten für ihn ist. Schau nicht so blöd. Du glaubst doch nicht, dass er bei dir wär, wenn ihr nicht den Hof hättet. Bestimmt nicht. So eine wie du ist doch viel zu langweilig. Warst denn schon mal bei ihm daheim?"

Susanne schoss ihre Treffer einfach so ab, und an Gretas Reaktion konnte sie ihr weiteres Vorgehen leicht ausrichten. Denn die war einfach zu gutmütig und offenherzig, um mit so viel Boshaftigkeit mithalten zu können.

„Gell, da nimmt er dich nicht mit. Wär ja auch schön blöd, wenn da doch eine andere wartet. Aber des merkst du schon auch noch und steigst von deinem hohen Ross herunter."

Mit Schwung drehte sich Susanne um, triumphierend, endlich die Achillesferse ihrer auserkorenen Feindin gefunden zu haben.

Durch nichts war sie angreifbar gewesen, nichts hatte ihr bisher etwas anhaben können, aber der Hans, der war der wunde Punkt! Sie lachte schallend, als sie auf die Straße trat.

Greta stand in der Kirche und sah ihr hinterher.

Die Saat war gestreut. Denn so manches Mal hatte Greta sich selbst schon gedacht, warum sie nicht in seiner Wohnung blieben, wenn es schon dunkel geworden war. Aber sie liefen immer wieder raus bis zum Hof. Gut, es schickte sich nicht, jedoch waren sie auch bei Tag noch nicht dort gewesen.

Hans hatte immer einen Grund, warum es nicht möglich war.

Greta legte eine Hand auf ihren Bauch. Sie war sich nicht sicher, ob der Tag, an dem sie das erste Mal zusammen gewesen waren, nicht doch Folgen hatte.

Nicht nur für ihr Herz. Sie glaubte, auch ein Kind unter dem Herzen zu tragen.

Kapitel 31

Auch wenn sie es nicht wollte, wuchs der Samen des Misstrauens, den Susanne gesät hatte, langsam, aber stetig.

In den nächsten Tagen achtete sie auf jedes seiner Worte und beobachtete, wie Hans mit ihr und ihrem Vater umging. Nutzte er es aus, dass es bei ihnen noch etwas zu essen gab und man hier sicherer war als in der Stadt?

Sie spürte, dass er sie gern hatte, aber war es wirklich die Liebe, von der er ab und zu sprach? Sie war total verunsichert. Hinzu kam, dass sie sich morgens unwohl fühlte und es zu verbergen versuchte, denn sie mochte von ihrem Verdacht, schwanger zu sein, einfach nicht sprechen, bis sie sicher war.

Am Morgen des 22. Februar gingen sie wieder gemeinsam in Richtung Bamberg. Bei den drei Eichen nahm sie ihren ganzen Mut zusammen und fragte ihn, warum sie denn noch nie in seiner Wohnung gewesen seien.

Verwundert sah Hans sie an. „Da war halt einfach noch keine Zeit dafür. Meist langt es ja so schon nicht, um alles zu erledigen. Du bei den Kindern, und ich unten mit meiner Arbeit."

„Du, und was machst du dann unten immer so genau? Das hast du mir noch gar nicht erzählt."

Hans blieb stehen, Unverständnis im Blick. „Wie kommst jetzt auf einmal darauf? Bisher hat es dich ja nicht interessiert, da waren dir bloß die Kinder wichtig. Darum hab ich nix erzählt. Ich bin halt unten bei den Nachbarn und schau, was repariert werden muss, weißt doch, dass ich Schreiner bin, und das geht halt auch noch als Krüppel ganz gut.

Hättest mich gefragt, ich hätte es dir schon erzählt."

Gemeinsam liefen sie weiter, aber die Stimmung war eine andere. Greta ärgerte sich, dass sie überhaupt gefragt hatte, und hätte gerne wieder seine Hand genommen, aber sie traute sich nicht. Es wurde ihr bewusst, dass er trotzdem nichts davon gesagt hatte, dass sie mit zu ihm kommen könne, und fragte sich: Warum nur? Das Bild, das Susanne gezeichnet hatte, wurde in ihrem Kopf immer realistischer.

Hans fragte sich, was auf einmal in Greta vorging, und fand einfach keine Erklärung dafür. Aber auch er traute sich nicht, nochmals nach zu fragen, wie sie denn plötzlich darauf käme.

Das Wetter war an dem Tag sehr neblig und diesig, deshalb hatte man auch keine gute Sicht auf die Stadt. Sie waren eben in Höhe der Kirche, als die Sirenen wieder ertönten.

Hans sagte zu Greta: „Vielleicht sollten wir die Kinder und die anderen in den Stollenbunker da drüben bringen. Diesmal ist Tag, und so eine Kirche sieht man leichter. Wer weiß, was die vorhaben."

So trommelten alle zusammen und brachten die Kinder zum Bunker am Stephansberg. Als die Glocken einmal schlugen – es war gerade viertel elf, liefen sie ein weiteres Mal zur Kirche, um zu schauen, ob nicht noch der eine oder andere vergessen worden war. Das sollte ihnen beiden das Leben retten, denn um halb zwölf fiel ein wahrer Bombenregen über das Areal und durchschlug auch die Decke des Stollens, in den sie die Kinder zum Schutz gebracht hatten.

Eine gute halbe Stunde später ging das Bombardement weiter.

Es wurden noch andere Teile der Stadt getroffen, aber die Kirche blieb auch an diesem Tag unversehrt.

Greta brach zusammen. Sie gab sich die Schuld am Tod der Kinder. Sie hätte sie zum Tod gebracht.

„Greta, nicht du, der Krieg ist schuld. Wenn du nicht gewesen wärst, wären manche schon viel früher gestorben. Das ist nicht deine Schuld, glaub mir das."

Aber seine Worte erreichten die unter Schock stehende junge Frau gar nicht.

Sie versuchten gemeinsam mit anderen Helfern, die Toten zu bergen und die Verletzten zu versorgen. Zwischendurch musste Greta aus dem Stollen heraus an die Luft, sie konnte das Grauen einfach nicht mehr ertragen. Da sah sie eine schicke, frisch zurechtgemachte Susanne auf sich zukommen. Sie hielt inne, um sich eine Zigarette anzuzünden.

„Oh, was ist denn da passiert? So was aber auch. Hat es ein paar von deinen Kindern erwischt? Hm, das hat aber ganz schön hier eingeschlagen. So, als hätten sie gewusst haben, dass da ein Bunker ist. Woher nur?"

„Was willst du von mir, Susanne? Schau, dir geht's doch gut, wenn du nicht helfen willst, dann schleich dich. So jemanden wie dich brauchen wir nicht." Greta straffte die Schultern und wollte sich schon umdrehen, als Susanne sie noch einmal ansprach.

„Das hab ich ernst gemeint, dass sie das gewusst haben müssen mit dem Bunker, das schaut schon nach einem gezielten Angriff aus. Ihr wart doch sonst immer in der Kirche, wieso denn heute auf einmal hier? Und du, wieso warst du nicht drin?"

In Greta arbeitete es. „Der Hans hat gemeint, hier im Bunker wären die Kinder sicherer. Und dann sind wir noch mal in die Kirche, um zu schauen, ob wir jemanden vergessen haben. Der Hans ist mit mir noch mal zurück."

„Soso, der Hans. Und jetzt ist er da drin und spielt den Helden, oder? Und hilft, wo er nur kann. Der Krüppel, der sich beweisen muss. Wieso war er denn heute bei dir? Ist er sonst nicht immer unten in der Stadt? Komisch, findest nicht?" Vertraulich fasste sie Greta am Arm.

Die war so verwundert über diese Geste der Anteilnahme, dass sie einfach antwortete. „Ja, schon, normal ist er unten. Aber was er da macht, weiß ich nicht. Ich bin ja nie dabei gewesen. Aber heute hat er gemeint, die Kinder müssen in den Bunker. Und dass wir eben noch mal schauen müssen, ob noch jemand in der Kirche ist. Sonst wären wir jetzt auch tot."

„Und jetzt ist er da drin, gell?"

„Ja, und ich muss auch wieder rein." Greta drehte sich wie in Trance um und ging hinein, um wie mechanisch Geröll wegzuräumen. Hans machte sich Sorgen, er sah wohl, dass sie unter Schock stand, konnte sie aber nicht von dem grauenvollen Ort wegbringen, da jede Hand gebraucht wurde.

„Hast du draußen was gehört, wie es unten in der Stadt ausschaut?"

Greta wirkte abwesend und reagierte gar nicht auf seine Frage. Er ging zu ihr, nahm sie bei den Händen und führte sie kurz hinaus.

Da brach es aus Greta heraus. „Du bist schuld, du hast sie unbedingt hierherbringen wollen. In der Kirche wären sie sicher gewesen, aber nein, hierher haben sie gehen müssen. Du hast es gewusst, gib's zu. Du warst das. Genau wie die Susanne es gesagt hat." Voller Zweifel an seiner Aufrichtigkeit sprach sie zu ihm.

Erst dachte er noch, sie bräuchte es als Ventil, ihm die alleinige Schuld zu geben, um nicht am Ganzen zu zerbrechen. Als aber Susannes Name fiel, wurde er hellhörig. Allerdings verstand er nicht, wie Greta und Susanne zusammengekommen sein sollten.

Er merkte, dass Gretas Blick abgelenkt wurde, und drehte sich um. Uniformierte Soldaten kamen auf ihn zu. „Sind Sie Hans Berger, wohnhaft am Obstmarkt? Sie sind verhaftet wegen des Verdachts des Hochverrats."

Hans war fassungslos. Hochverrat, wer kam denn auf so etwas?

Nun erwachte auch Greta endlich aus ihrer Erstarrung. Oh mein Gott, was hatte sie gemacht? Sie hatte Susanne erzählt, dass er die Kinder woanders unterbringen wollte, dabei war es doch gut gemeint gewesen von ihm. Nicht so, wie sie es hingedreht hatte. Sie hatte das Gefühl, ihn verraten und ausgeliefert zu haben. Er hatte immer nur an andere gedacht. Auch heute hatte er nur das Beste für sie und die Kinder gewollt. Wer hätte denn ahnen können, dass die Bomben ausgerechnet hier abgeworfen wurden. Niemand, vor allem nicht der Hans!

Wie konnte sie der Susanne nur so auf dem Leim gehen. Sie sah sich um, und eigentlich musste sie nur dem Blick von Hans folgen. An einen schicken Wagen gelehnt stand Susanne und rauchte zufrieden eine Zigarette.

„Susanne, um Himmels willen. Das ist doch ein Missverständnis. Der Hans hat doch nix gemacht. Das weiß ich ganz genau. Sag denen, dass sie ihn gehen lassen müssen, bitte."

„Oh, sogar eine Bitte kommt der Dame über die Lippen. Bist auf einmal auch nix Besseres mehr. Jetzt nützt dir der Lehrer auch nix mehr. Vorhin warst noch ganz überzeugt, dass der Hans den Bunker verraten hat. Das wird jetzt erst mal geklärt. Wenn nix war, hat er ja nix zu befürchten, gell. Und ich, ich hab da doch gar nix zu sagen. Geh rüber und verabschiede dich, bevor sie ihn wegbringen. Wer weiß, ob du ihn noch mal siehst."

Sie lachte und bedeutete den Wachleuten, kurz zu warten. Denn die Abschiedszeremonie wollte sie sich nicht entgehen lassen.

Greta wollte sich in Hans' Arme werfen und ihm alles erklären, aber er hatte die Hände auf dem Rücken gefesselt und sah sie mit leerem Blick an.

Leise sagte er zu ihr: „Umarm mich und hör mir genau zu."

Greta tat, wie ihr geheißen. „Hör zu, du kannst es wieder gut machen. Komm näher, das darf keiner hören. Du gehst in meine Wohnung. Heute noch, am Abend. Im Moment ist so viel los, da fällt es nicht auf. Und du musst schneller sein als die. In der Wohnung stimmt was nicht. Erinnere dich, was ich dir erzählt habe, von mir und meinen Eltern und den Zimmern. Du weißt dann, was du tun musst. Ich verlass mich auf dich. Du hast keine Schuld. Manche sind so bös, da rechnen die Guten wie du nicht damit. Und wenn ich gesagt hab, ich lieb dich, dann mein ich das auch. Ich lieb nur dich, und das wird immer so bleiben. Da kann sie nix dagegen tun. Du warst schon immer die Meine und wirst es auch bleiben."

„Hans, ich würde es so gern rückgängig machen, ich lieb dich doch auch. Nein“, sie flüsterte und legte die Hand auf ihren Bauch, „wir lieben dich und brauchen dich. Komm wieder. Wir finden uns wieder.“

In dem Moment, als Hans die Erkenntnis traf, dass Greta schwanger war, stießen ihn die Wachleute vorwärts und führten ihn zu einem Fahrzeug, das ihn wegbrachte. Nicht einmal mehr Gretas Namen konnte er rufen, so geschockt war er.

Nun wandte sich auch Susanne ab, stieg in die Limousine und wies den Chauffeur an loszufahren. Sie gönnte Greta nicht einmal mehr einen Blick aus dem Autofenster.

Dieses Mal hatte sie gewonnen.

Kapitel 32

Die Fahrzeuge waren längst verschwunden. Greta stand wie versteinert da und schaute ins Leere. Und genauso fühlte sie sich - absolut leer.

Der kleine Franzl, der wie durch ein Wunder überlebt hatte, zupfte sie an der Jacke und löste damit ihre Lethargie.

„Wo ist der Hans hin?"

„Ich weiß nicht genau. Aber mir müssen weitermachen. Komm."

Mit einem Mal fielen ihr seine Worte wieder ein, und sie sagte zu dem kleinen Jungen, er solle einstweilen reingehen. Sie komme gleich nach.

Das Wort „versprochen" brachte sie nicht mehr über die Lippen, denn nun hatte alles eine andere Bedeutung.

Schnell lief sie den Berg hinunter, wandte sich ein paarmal um. Nicht dass die Wachleute ihr folgten.

Aber Susanne hatte ja erreicht, was sie wollte, und nun dachte sie sicher, das habe ihre Konkurrentin zerbrochen. So leicht würde Greta jedoch nicht aufgeben. Irgendetwas musste in seiner Wohnung sein, das ihn vielleicht retten konnte. Sie musste es finden, das war sie ihm schuldig, denn sie hatte das Gefühl, ihn verraten und damit die Verhaftung erst möglich gemacht zu haben. Es war doch alles nur ein Missverständnis!

In einer Anhörung könnte sie alles richtigstellen, nur würde es wahrscheinlich gar nicht dazu kommen. Und wenn ihre Worte gegen die von Susanne standen, konnte es gut sein, dass man ihr gar nicht glaubte.

Als sie vor dem Haus stand, wusste sie gar nicht, welche Wohnung die seine war, und ihr fiel ein, dass sie gar keinen Schlüssel hatte. Die Tür zum Treppenhaus war auf, und Greta trat ein. Langsam ging sie zur ersten Tür und klopfte an. Eine alte Frau öffnete.

„Hallo, ich bin die Greta Fuchs. Der Hans Berger wohnt doch hier?"

„Bei euch auf dem Hof hilft er immer. Ich weiß Bescheid. Manchmal hat er was von dem Essen mit mir geteilt. Dein Vater und du, ihr seid gute Leute. Wo ist er denn, der Hans?"

Greta fiel es schwer, die Wahrheit zu sagen. „Den haben sie vorhin verhaftet. Und ich hab halt gemeint, er bräucht was von hier, ich würd es ihm bringen. Aber er hat mir auch keinen Schlüssel mehr geben können."

„Ich hab einen Schlüssel zu seiner Wohnung und kann dir den geben. Bringst ihn mir dann halt nachher wieder. Er hat immer viel von dir erzählt. Er hat dich sehr gern. Hans kommt bestimmt wieder. Er ist doch ein ganz Guter", lächelte die alte Dame.

Obwohl es gut gemeint war, glaubte Greta nun an ihrem Schuldgefühl ersticken zu müssen. Hans hatte nur gute Worte für sie gehabt, und sie hatte ihm Betrug unterstellt. Und wenn er hier wirklich eine andere gehabt hätte, diese Nachbarin hätte es gemerkt und dann ganz anders gesprochen. Ob sie das je wieder gutmachen konnte?

Sie erkundigte sich noch schnell, welche seine Wohnung sei, und ging die Treppe in den dritten Stock hoch. An der Tür dachte sie noch mal an seine Worte. Er hatte hier mit seinen Eltern gelebt. Was hatte er genau davon erzählt?

Sie trat ein. Es war nicht mehr viel an Möbeln da. Auf der einen Seite des kleinen Flurs sah sie eine Stube mit Herd, Spüle und einem alten Sofa vor einem Tisch mit zwei Stühlen. Ob er die Möbel wohl selbst gemacht hatte?

Er hatte hier nicht viel Zeit verbracht, da er ja immer unterwegs war. Mal bei ihnen auf dem Hof, mal in der Stadt, um Menschen zu helfen.

Sie lief zurück in den Flur und auf der anderen Seite in ein Schlafzimmer. Aber sie wusste eigentlich gar nicht, wonach sie suchen sollte. Was sie finden musste, bevor die Wachleute kamen.

Ratlos ging sie wieder in die Stube und setzte sich auf einen Stuhl. Schlagartig wurde ihr das ganze Ausmaß dessen bewusst, was heute passiert war. Erst der verheerende Bombenangriff, und dann ihr Verrat, der zu der Festnahme führte. Unter diesem Gewicht brach sie zusammen und begann zu schluchzen. Sie legte den Oberkörper auf den Küchentisch, ihr ganzer Körper bebte.

Nach einiger Zeit wurde ihr klar, dass die Zeit davonlief und sie finden musste, was Hans ihr aufgetragen hatte.

Sie ließ den Blick über die Wände gleiten, dachte an das Elternschlafzimmer auf der anderen Seite. In diesem Moment fiel es ihr wie Schuppen von den Augen. Es fehlte ein Zimmer! Hans hatte erzählt, es gebe in der Wohnung ein Zimmer für seine Eltern und eines für ihn. Aber wo war sein Zimmer?

Im Flur sah sie an den Wänden links und rechts entlang.

Da fiel ihr auf, dass die Stube kürzer war als der Flur in seiner Länge. Also ging sie zurück in die Stube. An der einen Wand stand ein Regal, in dem aber nur ganz wenig lag. Da die Küche sehr spärlich ausgestattet war, fiel es eigentlich gar nicht sonderlich auf.

Sie betrachtete den Boden und bemerkte leichte Schleifspuren. Vorsichtig zog sie an einer Seite des Regals und war überrascht, wie leicht und leise es sich bewegen ließ. Aber der Hans war ja Schreiner, der wusste schon, wie man das machen konnte. Sie hielt kurz inne und überlegte, was sie erwarten würde, wenn sie weiterzog.

Worauf musste sie gefasst sein? Egal, Hans erwartete es von ihr, und sie war ihm das und noch viel mehr schuldig.

Vorsichtig spähte sie um die Ecke, konnte aber in dem Dunkel des Raumes nichts erkennen. Die Fenster hatte er anscheinend ganz abgehängt. Sie überlegte, dass es sicher einen Lichtschalter gab, und tastete langsam um die Ecke. Als sie ihn gefunden hatte, ging eine abgedunkelte Lampe an.

Greta trat in das geheime Zimmer. In der gegenüberliegenden Ecke saßen ein Mann, eine Frau und ein Kind aneinandergedrängt und verängstigt am Boden. Keiner sprach ein Wort.

Dann stand der Mann auf, sah Greta in die Augen und sagte: „Sie müssen Greta sein. Hans hat uns versprochen, dass er es Ihnen erzählt, wenn etwas passiert. Dann scheint das Schlimmste wohl eingetreten zu sein. Gut auf jeden Fall, dass keine Uniformierten hier sind. Er meinte immer, dass sie uns dann helfen würden. Wir haben die ganze Zeit über gebetet, dass er damit recht haben würde, falls es so weit kommt."

„Er hat von mir erzählt?"

„Natürlich, sie sind doch die Frau, die er liebt."

Nun erhob sich auch die Frau. „Kommen sie uns jetzt abholen, die Soldaten?", fragte sie ganz leise, womöglich, um das Kind nicht noch mehr zu ängstigen.

„Nein, zumindest weiß ich davon nichts. Den Hans haben sie verhaftet, und er hat mir gesagt, ich soll in seine Wohnung, ich würde es schon finden. Aber ich hab gar nicht gewusst, was. Mir hat er nix von euch erzählt."

„Uns hat er immer gesagt, dass er Sie nicht in Gefahr bringen will. Wenn man Sie fragen würde, was er so macht, wären sie unbefangen. Da gebe es eine gefährliche Frau in Ihrem Umfeld.

Aber, Verzeihung, wir haben uns noch gar nicht vorgestellt. Das ist unsere Tochter Ruth, meine Frau Sara. Und ich bin Samuel Goldfein. Meine Frau ist die Schwester von Hans' Meister. Nachdem er deportiert wurde, flüchteten wir und verbargen uns an verschiedenen Orten. Durch Zufall hat Hans nach seiner Rückkehr davon erfahren und uns seitdem hier versteckt."

Er drehte sich zu seiner Familie um, die schon begonnen hatte, die wenigen Habseligkeiten zusammenzupacken.

„Was habt ihr denn jetzt vor?"

„Es nicht mehr lange dauern, bis sie kommen, um die Wohnung zu durchsuchen. Also müssen wir verschwinden. Vielleicht finden wir in einem zerbombten Haus einen Unterschlupf."

Plötzlich wusste Greta ganz genau, was zu tun war.

„Ich nehm euch mit. Bei uns seid ihr sicher. Der Hans hätte es so gewollt, das weiß ich."

„Sie wissen nicht, was Sie sagen. Die werden kommen und Sie genauso wie meinen Schwager, den Hans und alle, die uns geholfen haben, abtransportieren."

„Die werden Sie nicht finden bei uns. Der Vater und ich schaffen das schon. Schwieriger wird es, raus aus der Stadt zu kommen."

In diesem Moment klopfte es an der Tür. Erschrocken eilte die jüdische Familie zurück in das Geheimzimmer, und Greta beeilte sich, das Regal wieder an Ort und Stelle zu schieben.

Vorsichtig öffnete sie die Tür und erkannte die nette alte Frau aus dem Parterre wieder.

„Greta, ich bin's nur. Lassen Sie mich rein. Ich helf Ihnen."

„Ähm, ich brauch keine Hilfe. Ist ja nicht viel da. Ich werde ein paar Anziehsachen mitnehmen, dann geh ich wieder."

„Glaub mir, ich weiß doch, was der Hans da gemacht hat. Ich bin ja nicht blind und kann zwei und zwei zusammenzählen.

Sie müssen sie fortschaffen, schnell, bevor die kommen und alles durchsuchen. Wir haben keine Zeit mehr. Ich bring sie schnell runter in meine Wohnung, und dann richten wir beide alles so her, als wenn nix gewesen wär. Bis dahin ist es auch dunkel, und dann nehmen sie die Leute wahrscheinlich mit, oder? Auf, es ist keine Zeit mehr."

Völlig perplex sah Greta die alte Dame an, die schon wieder zur Tür lief und ins Treppenhaus lauschte. Sie begriff, dass gehandelt werden musste, und war froh, dass es Anweisungen gab, die sie befolgen konnte. Sie öffnete die geheime Tür und gab schnell den Plan der alten Dame weiter.

Samuel lächelte. „Der Hans hat immer schon vermutet, dass die Frau Wichert Bescheid weiß und ihn deckt."

Er nahm seine Familie bei den Händen und folgte der Frau ins Treppenhaus.

Greta begann inzwischen, die mehrlagige Zeitung von der Fensterscheibe zu entfernen. Als sie das Regal an einen anderen Platz schieben wollte, war Frau Wichert schon an ihrer Seite. Gemeinsam richteten sie alles in kurzer Zeit so her, wie die Wohnung ehemals gewesen sein mochte. Sonst hätte es einen weiteren Anklagepunkt gegen Hans gegeben.

Greta hätte gerne noch etwas Zeit gehabt, um sich Hans persönliche Sachen anzuschauen, aber Frau Wichert drängte darauf, die Wohnung zu verlassen.

Erschöpft saßen sie nun im Dunkel der Parterrewohnung. Die kleine Ruth war wohl so fünf, sechs Jahre alt und saß verängstigt auf dem Schoß der Mutter.

Was dieses kleine Wesen wohl schon durchgemacht hatte?, überlegte Greta. Sie strich der Kleinen lächelnd übers Haar.

Ihr „Das wird schon“ wurde von lautem Gepolter unterbrochen, die Wachleute hatten das Haus betreten. Erschrocken fuhren sie hoch. Frau Wichert deutete auf eine Tür, die nach hinten in den Garten führte, winkte ihnen kurz zu und begab sich zur Wohnungstür.

„Immer langsam, eine alte Frau braucht etwas länger.“

Greta lächelte. Alte Frau? Nein, ein wahrer Engel!

Gut, dass es schon dunkel war und Hans dafür gesorgt hatte, dass Greta sich in den Straßen zurechtfand.

„Hier weiß man, dass ich immer nach Kindern gesucht habe, die keine Eltern mehr haben. Ich fall da gar nicht auf. Wir tun einfach so, als ob alles normal wär. Ich nehm die Ruth an die Hand, dann schöpfen die Leute keinen Verdacht. Und Sie beide folgen in einiger Entfernung. Auf geht's.“

Sie liefen durch Bamberg, als wären sie hier zu Hause. Oben im Berggebiet sahen sie sich kurz an. Samuel nahm Ruth auf den Arm, und sie liefen schneller.

Greta warf einen wehmütigen Blick zum Stephansdom hinüber, sie hatte eigentlich noch mal zum Franzl gehen wollen. Aber das hier hatte nun Vorrang. Sie hatte das Gefühl, die Stimme von Hans zu hören, der sie antrieb und ermutigte.

„Wenn es jemand schafft, dann du, Greta."

Sie unterdrückte ein Schluchzen und ging voran.

Auf der Anhöhe, bei ihren Bäumen, blieb sie kurz stehen. Sie schauten zurück auf Bamberg, noch immer stieg Rauch auf, und es stank verbrannt. Bis hierher konnte man den verheerenden Bombenangriff wahrnehmen.

Dann deutete Greta in die Richtung, in der Seehöflein lag.

„Da gehen wir hin. Der Vater wird schon warten und Angst haben, dass es mich und den Hans erwischt hat. Ich muss ihm die Angst nehmen. Denn ich bin noch da, und das mit Hans wird schon wieder. Meine Aussage können die nicht einfach so untern Teppich kehren."

Sara sah Samuel an. Sie wussten es besser.

Kapitel 33

Es war mitten in der Nacht, als Schorsch, Greta, Samuel und Sara am Tisch in der Stube saßen. Ruth schlief auf dem Sofa.

Jeder hatte seine Geschichte erzählt, ungeschönt, auch Greta.

Niemand machte ihr Vorwürfe, sie selbst machte sich die größten.

Allerdings brachte es auch niemand übers Herz, ihr die Hoffnung auf einen guten Ausgang für Hans zu nehmen.

Sie brauchte das Licht am Ende des Dunkels.

Für Schorsch war es eine Selbstverständlichkeit zu helfen. Er zeigte Sara und Samuel das Versteck im Boden. Dort sollten sie sich tagsüber aufhalten.

Greta weigerte sich jedoch, die kleine Ruth hinunterzulassen.

Jeder wüsste, dass sie die Kinder eingesammelt hatte. Sie würde einfach sagen, sie hätte das kleine Mädchen gefunden und mit hierher genommen. Es hätte nach dem Schock des Bombenangriffs die Sprache verloren, und deswegen habe sie das Kind nicht zu den anderen, die überlebt hätten, in die Kirche geben wollen. Es hätte auch keine Papiere bei sich, also wäre es hier am sichersten.

Die Eltern waren froh, dass Ruth wieder ans Tageslicht kommen und vielleicht ein bisschen fröhlicher werden würde. Denn auch ihnen brach es das Herz, wenn sie ihre stille Tochter betrachteten.

Sara und Samuel legten sich im Versteck im Boden zur Ruhe, Schorsch in seinem Zimmer, und Greta nahm Ruth mit hinauf in ihr Zimmer und in ihr Bett. Sie brauchten beide Trost und menschliche Nähe.

Doch schlafen konnte Greta nicht. Sie weinte lautlos, die Tränen liefen ihr über das Gesicht, und sie musste schmerzlich an Hans denken. Es dauerte lange, bis sie endlich einschlief. Die kleine Ruth kuschelte sich im Schlaf vertrauensvoll an sie.

Am nächsten Morgen machte sich Greta wieder auf den Weg nach Bamberg. Niemand versuchte sie aufzuhalten, alle auf dem Hof wussten, dass sie gar nicht anders konnte.

Ihre nächsten Wochen waren davon bestimmt, in der Stadt zu helfen und Hans zu rehabilitieren. Sie ging von Amt zu Amt, aber ohne Erfolg. Immer erschöpfter und resignierter kam sie zurück. Sie vermied es, zu Hans Wohnung am Obstmarkt zu gehen, da sie Angst hatte, dass auch Frau Wichert nicht mehr da wäre.

Nachts kamen Samuel und Sara nach oben und freuten sich zu sehen, wie ihre Tochter aufblühte und wieder Kind sein durfte. Voller Stolz und Freude erzählte Ruth ihren Eltern von ihren Tagen auf dem Hof. Sie ging Schorsch im Stall und bei anderen kleinen Arbeiten zur Hand, was auch Gretas Vater sichtlich guttat.

Von seinen Buben wusste er immer noch nichts Genaues. Er unterhielt sich viel mit Samuel Goldfein, der früher in Hannover eine Kunst- und Antiquitätenhandlung gehabt hatte. Und Sara versuchte Greta eine gute Freundin zu sein.

Nach einigen Wochen nahm sie Greta deshalb auch in der Nacht zur Seite.

„Greta, du musst mehr auf dich achten. Du bist nur noch Haut und Knochen, hast keine Kraft mehr. Aber du brauchst gerade jetzt alles, was du bekommen kannst. Du bist schwanger, auch wenn du es verdrängst.“ Greta sah sie entsetzt an und berührte ihren Bauch. „Ich glaube nicht, dass dein Vater es schon gemerkt hat, oder Samuel, aber ich bin selbst Mutter, da nimmt man so etwas wahr. Meinst du nicht, der Hans hätte gewollt, dass du etwas mehr auf dich und euer Kind Acht gibst. Du brauchst Ruhe und Schlaf. Schau, es hilft keinem, wenn du zusammenbrichst und gar nicht mehr kannst."

Greta sackte in sich zusammen, widerstandslos ließ sie sich in ihr Bett bringen und schlief die nächsten 24 Stunden einfach durch.

Als sie wieder aufwachte, hatte sie einen Entschluss gefasst.

Sie ging hinunter in die Stube, in der die anderen vier bei sorgfältig abgedunkelten Fenstern saßen. Der Vater erzählte gerade, dass es hieß, die Alliierten seien schon sehr weit vorgerückt und keiner wisse so genau, was passieren würde, aber allem Anschein nach sei das Deutsche Reich am Ende.

So wie es Hans immer vermutet hatte, erinnerte sich Greta.

Die Situation bestärkte sie noch in dem, was sie sich vorgenommen hatte.

Sara gab ihr gleich etwas zu trinken, legte ein Stück Brot dazu, und auch eine Suppe brachte sie ihr, damit sie das Brot einweichen könne. Eine Zeit lang saß Greta nur da und hörte den dreien zu. Sie waren zu einer Einheit geworden. Zwischendurch konnte man das leise Murmeln von Ruth vernehmen, die mit einer Puppe von Greta spielte und nicht mehr so verschreckt war.

Es nutzte nichts, Greta musste erzählen, was sie vorhatte.

„Vater, ich krieg ein Kind vom Hans. Es muss an Weihnachten passiert sein, also bin ich so im vierten Monat, denk ich. Sei uns nicht bös, wir konnten nix dagegen tun. Morgen geh ich noch mal in die Stadt. Ich muss in seine Wohnung. Ich brauch was zur Erinnerung, damit ich das dem Kind zeigen kann, falls der Hans nicht mehr kommt. Ich bin vorsichtig, auch dem Kind zuliebe. Danach bleib ich da, versprochen. Aber wenn du es erlaubst, würde ich gern ein paar von den Kindern mitbringen, den Franzl und so. Wir schaffen das miteinander. Und die verraten euch auch nicht, Sara, das weiß ich. Aber ich muss meinem Kind doch den Vater zeigen können. Vielleicht find ich ein Bild oder was anderes, bis er wieder da ist. Ich muss einfach daran glauben können, dass er wiederkommt und wir uns wiedersehen."

Es bedurfte keiner Worte. Der Vater stand auf und strich ihr über den Rücken, Samuel und Sara drückten ihr die Hand.

Die kleine Ruth kam zu ihr auf den Schoß. „Du, Greta, wenn du in der Wohnung bist: In unserem Zimmer, da war ganz hinten unterm Bett eine Schachtel. In der waren Bilder, vom Hans und seinen Eltern und auch zusammen mit dem Onkel. Und unterm Bett hab ich auch meinen Teddy versteckt. Vielleicht kannst du ihn mir mitbringen."

„Natürlich, mein Schatz. Dank dir muss ich ja nicht so lange suchen. Und wenn der Teddy nicht schon spazieren gegangen ist, um dich zu suchen, dann bring ich ihn dir gleich morgen mit."

Der Vater und die kleine Ruth standen am Morgen des 13. April vor dem Haus und winkten Greta, die sich auf den Weg nach Bamberg machte. Auf ihrer Anhöhe bei den Eichen blieb sie das erste Mal seit Langem wieder stehen. Zu schmerzhaft war es in den letzten Wochen gewesen. Heute aber hielt sie hier Zwiesprache mit ihrem Kind und mit Hans. Der Frühling war da, Die Schlüsselblumen leuchteten im Wald, die Bäume trieben frisches Grün aus, und sie schöpfte Hoffnung, dass es besser werden würde, denn schlimmer als in der letzten Zeit, die sie als die Hölle empfunden hatte, konnte es nicht mehr werden.

Sie hatte das Gefühl, es würde vielleicht doch noch alles gut werden, und vielleicht würde sie Hans auch bald wiedersehen. Dann würden sie gemeinsam hier zu den drei Eichen gehen, und er sollte eine Bank für den Ort hier bauen. Denn er war ja Schreiner.

Sie nahm das kleine Messer aus ihrer Tasche und ritzte ihre Initialen in den mittleren Stamm. G + H, mit einem Herz drumherum.

Auch ihre Kinder sollten das Symbol noch finden können. Ganz tief waren die Buchstaben ins Holz geschrieben, für immer, wie ihre Liebe.

In der Kirche waren nur wenige Menschen heute, viele waren in der Stadt unterwegs, um etwas Essbares zu finden. Auch der Franzl war nicht da. Greta beschloss, die Augen offen zu halten und auf dem Rückweg nochmals nach ihm zu schauen.

Als sie das Haus des Kreisleiters erreichte, lief sie schnell vorbei. Sie wollte Susanne nicht über den Weg laufen. Zwei Straßen weiter fuhr jedoch ein Wagen vorbei, der kurz auf ihrer Höhe anhielt. Susanne sah durch das Fenster zu ihr herüber. Ihr hochmütiger Blick hatte Risse bekommen, es war sogar leichte Panik zu erkennen. Der Kreisleiter neben ihr tobte und schrie lautstark herum. Sogar außerhalb des Wagens waren Wortfetzen zu vernehmen: „Amerikaner, Hallstadt, Panzer, keine Zeit". Der Wagen fuhr wieder an und entschwand ihren Blicken.

Ja, dachte Greta, alles würde gut.

Am Obstmarkt angekommen klopfte sie im Parterre bei Frau Wichert. Aber es öffnete niemand. Ein alter Mann, der gerade vorbeikam, meinte, dass die Nachbarin zu ihrem Bruder und seiner Familie aufs Land gegangen sei, so vor einer Woche.

Erleichtert dankte Greta ihrem Herrgott, dass die Hilfe, die sie ihnen gegeben hatte, keine schlimmen Folgen für Frau Wichert gehabt hatte.

Noch während sie sich fragte, wie sie denn nun in die Wohnung kommen sollte, sah sie, dass der Wachschutz die Tür aufgebrochen hatte. In der Wohnung war alles verwüstet, es herrschte ein einziges Durcheinander.

Auf einmal hörte sie Artilleriefeuer in der Nähe. Schnell eilte sie in das Zimmer, in dem die Fotos sein sollten, und war froh, dass die kleine Ruth ihr einen Anhaltspunkt gegeben hatte. Und wirklich fand sie die Schachtel mit den Bildern, und daneben lag der kleine Teddy.

Sie setzte sich kurz auf den Boden, um den Deckel der Schachtel zu öffnen. Ganz obenauf lag ein Bild von Hans, der lachend neben der Schreinerei von Saras Bruder stand. Sie berührte sein Gesicht vorsichtig mit den Fingerspitzen.

In diesem Moment explodierte alles um sie herum, die Decke stürzte auf sie herab, Schmerz durchzuckte sie, und sie bekam keine Luft mehr. Hans, dachte sie, ich will dich bloß wiedersehen, ich mach alles wieder gut.

Kapitel 34

Bamberg, Gegenwart

Anna saß erschüttert neben Sofia und bemerkte gar nicht die vielen Tränen, die ihr über das Gesicht rannen. Sie war für einen Moment ganz in dem Erlebten, in der geschilderten Erfahrung, fühlte sich mit ihrer Freundin fest verbunden und hätte sie am liebsten in den Arm genommen und getröstet.

Aber ihre Professionalität gewann sofort wieder die Oberhand. Sie musste Sofia in die Gegenwart zurückholen.

Anna wischte sich die Tränen ab. Nun verstand sie so vieles. Und auch du, liebe Sofia, dachte sie, wirst nun vieles besser verstehen.

Gerade als sie Sofia ansprechen wollte, ging die Tür zu ihrem Behandlungszimmer auf und David sah vorsichtig herein.

„Entschuldigung, Anna", flüsterte er, „ich will nicht stören, aber es dauert schon so lange, und jetzt auf einmal bin ich total verunsichert. Ich bekomme Atemnot und absolute Panik. Ich weiß mir gerade gar nicht zu helfen und weiß nicht, was ich tun soll. Ist hier alles in Ordnung?"

Er öffnete die Tür während seiner Worte ein Stückchen weiter und versuchte er einen Blick auf Sofia zu erhaschen.

Schwer atmend und nach Luft ringend, leichenblass sah er sie daliegen, Tränen, frisch und getrocknet, waren auf ihren Wangen zu sehen.

Schnell stieß er die Tür ganz auf und eilte zu ihr. Anna hatte Mühe ihn aufzuhalten. Sie bemühte sich, ihre Stimme ganz ruhig und fest klingeln zu lassen, um weder Sofia noch David in Panik zu versetzen.

„Alles ist gut, David. Bleib ganz ruhig. Es geht ihr wirklich gut. Du hast doch selbst schon Rückführungen erlebt und weißt, wie emotional man dabei ist und oft gerade schmerzliche Situationen noch mal durchleben muss, um sie auflösen zu können."

Sie spürte, dass Sofia unruhig wurde, und wollte sich auf keine Diskussion mit David einlassen, die beide noch mehr verunsichert hätte.

„Setz dich auf ihre andere Seite, sei bitte ganz still und tu, was auch immer ich dir sage. Und bitte, bitte, bleib ruhig und vertraue mir."

Eindringlich sah sie ihm in die Augen. Erst wollte er aufbegehren und etwas sagen, aber mit einem Blick auf Sofia nickte er und setzte sich auf die andere Seite.

Anna atmete tief ein und aus, um wieder Ruhe in ihren Körper und auch in dem Raum zu bringen.

David übernahm dieses Ritual und formte lautlos mit seinen Lippen „Ich vertraue dir".

Anna lächelte, denn sie verstand, wie schwer es ihm fiel, denn er kannte sie ja gar nicht.

Sie sprach mit sanfter Stimme.

„Liebe Greta, alles ist gut und genau so, wie es jetzt sein soll. Schau dich doch noch einmal um. Gibt es noch etwas, das du erledigen musst, oder wird es Zeit, nun wieder ins Hier und Jetzt zurückzukommen?"

Eigentlich hatte Anna erwartet, dass ihre Freundin nach diesen Erlebnissen und der Unruhe, die im Raum geherrscht hatte, gerne wieder in die Gegenwart zurückkommen würde. Umso erstaunter war sie, als Sofias Antwort hörte.

Nur ganz schwer war sie zu verstehen. Sie atmete noch immer sehr flach und schien nach wie vor fast keine Luft zu bekommen. „Nein, ich kann noch nicht zurück."

Wenn Anna nicht schon so viele Erfahrungen mit Rückführungen hätte sammeln können, hätte sie glatt Angst bekommen können, dass es schwer werden würde, Sofia in die Gegenwart zurückzuholen. Aber sie wusste, dass sie zwar ihren Tod als Greta noch einmal durchlebte, aber nicht in ernstlicher Gefahr war und hier nicht ersticken konnte.

Sanft strich sie ihr über den Arm und besänftigte auch David mit ihrem Blick.

„Nein, wirklich, ich kann da noch nicht weg. Wer kümmert sich denn sonst um den Vater und um die kleine Ruth. Der hab ich doch versprochen, ihr den Teddy zurückzubringen. Ach, und der Hans, die müssen doch wissen, dass der nix gemacht hat. Einmal noch muss ich ihn sehen und ihm in die Augen schauen, wenn ich ihn um Verzeihung bitte. Er muss wissen, dass ich das nicht gewollt habe. Sonst hab ich der Susanne auch nie geglaubt, warum ich dieses Mal darauf reingefallen bin, weiß ich nicht. Aber ich kann es mir sonst nie verzeihen, wenn ich das nicht gutmachen konnte. Nein, ich muss noch bleiben."

Damit hatte Anna nicht gerechnet. Und vor allem war auch David jetzt noch hier. Normalerweise arbeitete sie ohne zusätzliche Personen im Raum, damit sich ihr Klient auch wirklich ganz entspannt, sicher und ungehemmt fühlen konnte.

Es hätte mir klar sein müssen, dachte sie. In den Ereignissen der letzten Woche hatte eine besondere Dringlichkeit gelegt, sie hatten gezeigt, dass alle beteiligten Seelen sich nach Reinigung und Vergebung sehnten. Und anscheinend wollte Davids Seele auch ganz nahe und direkt dabei sein.

Sie atmete selbst noch einmal tief durch.

„Es gibt die Möglichkeit, die Seele von Hans dazu zu holen. Ihr kannst du alles sagen, was du möchtest. Welche Gefühle du gerade hast. Und du hast auch die Möglichkeit, ihn um Vergebung zu bitten. Unsere Seelen kennen keine Zeit und keinen Raum. Deswegen haben wir die Chance, auf dieser Ebene miteinander zu kommunizieren, auch ohne mit ihnen von Angesicht zu Angesicht in Verbindung treten zu müssen.

Ist es das, was du tun möchtest?"

„Ja, bitte. Genau das möchte ich."

„Gut, dann bitte doch nun die Seele der Person oder der Personen nacheinander zu dir, mit denen du noch etwas klären möchtest."

„Den Hans, ich will nur den Hans dahaben, denn er ist doch der Wichtigste, der Einzige für mich."

„Dann stell dir einfach vor, wie der Hans jetzt vor dir steht und wie er dich anschaut. Geht das? So, schau, jetzt ist er da."

Sofia nickte mit dem Kopf, und Anna bemerkte lächelnd, wie sich ein erst leicht ungläubiges Gesicht veränderte. Ruhe glättete die Sorgenfalten, und ein zaghaftes Lächeln erschien.

So eine Situation, in der Vergangenes aufgearbeitet und in Liebe gelöst wurde, miterleben zu dürfen, machte Anna immer aufs Neue glücklich, und sie fühlte sich geradezu gesegnet, ein Teil davon sein zu dürfen. Sie schloss die Augen und versuchte sich ganz auf die Situation einzulassen. Vor ihrem inneren Auge erschien eine Szene wie in einem Film.

Greta und Hans standen einander gegenüber und reichten sich die Hände. Und auch hier, in der Gegenwart, berührten sich wie von selbst die Hände von David und Sofia.

Es verschwanden Zeit und Raum, es gab kein Vergangenes und keine Zukunft. Es gab nur das Jetzt.

„Verzeih mir, nie habe ich dir etwas Böses antun wollen, es war ein Fehler, ein Fehler, der schlimm ausgegangen ist und den ich nicht mehr gutmachen hab können. Nie mehr wollte ich glücklich sein, ohne dich. Keiner soll mehr einen anderen verraten, wenn ich es nur hätte verhindern können." Greta, oder war es Sofia? schluchzte.

„Ich war dir doch nie böse. Es hat so sollen sein, warum auch immer. Ich hab dir doch schon lange vergeben. Das Wichtigste war mir doch immer, dass du und alle, die mir am Herzen lagen, in Sicherheit waren. Und das hab ich nicht geschafft. Kannst du mir das verzeihen?"

Anna hatte ihre Augen geöffnet und sah, wie David – oder Hans – zu Sofia sprach. Alles fügte sich wie von selbst zusammen wie die Teile eines Puzzles.

„Du hast recht, es hat anscheinend alles so sein müssen.

Auch ich muss dir nichts verzeihen. Das Wichtigste ist, dass ich dich wiedergefunden habe. Oder dass du mich wiedergefunden hast. Jetzt ist alles richtig."

„Ja, alles ist wieder richtig."

Anna sah von einem zu den anderen.

„Greta, ist nun alles gut? Musst du jetzt noch etwas erledigen, oder ist für den Moment alles gut für dich?"

Sofia atmete nun langsamer und tiefer. Ihre Wangen bekamen langsam wieder ihre normale Farbe, die unnatürliche Blässe, die schon fast gespenstisch leblos gewirkt hatte, war verschwunden.

Sie antwortete nun auch mit ihrer eigenen Stimme und Sprache.

„Nein, im Moment fühlt sich alles richtig an."

„Gut, dann werde ich langsam von 5 auf 0 zählen, und du wirst mit jeder Zahl mehr in der Gegenwart ankommen."

Sie reichte ihr ein Glas Wasser und strich ihr sanft über den Arm. Die andere Hand hielt David, und es schien, als wollte er sie nie mehr loslassen.

Sofia wirkte sehr erschöpft, wie nach einer langen, schweren Krankheit, und das sagte sie den beiden auch.

„Möchtest du ein paar Minuten alleine sein? Oder mal ins Bad?"

„Nein, bitte lasst mich jetzt nicht alleine, aber etwas frische Luft wäre nicht schlecht." Zaghaft lächelte sie. Es hatte sie verunsichert, dass David neben ihr saß, als sie die Augen öffnete.

Ob er wohl mitbekommen hatte, was sie erzählt hatte? Sie wollte am liebsten vor Scham in den Boden versinken.

Aber selbst wenn er nicht alles mitangehört hatte, musste sie es ihm wohl alles erzählen, denn er hatte ein Recht auf diese Geschichte, die, da war sie sich sicher, auch seine Geschichte war. David und Hans waren eins - eine Seele.

Und diese Seele hatte sich aufgemacht, ihre zu finden. Und hatte sie gefunden. Ein tiefes Vertrauen in das Schicksal durchströmte sie, und dankbar sah sie David an.

Anna hatte die Fenster geöffnet. Sie spürte die Verunsicherung bei Sofia, weil David mit im Raum war, und erklärte den Umstand wie nebenbei.

„David hat sich Sorgen um dich. Denn die Rückführung hat über zwei Stunden gedauert. Kann ich ihm nicht verdenken." Sie lachte leise. „Aber er ist erst vor ein paar Minuten, ganz am Schluss, dazugekommen. Und das war ganz gut, denke ich. So ließ sich das alte Muster viel leichter auflösen und vergeben. Gut gemacht, mein Herr."

Sie strich auch ihm, wie vorhin ihrer Freundin, leicht über den Arm.

„Dann weißt du nicht, was geschehen ist? Was ich damals getan habe?"

„Nur bruchstückhaft aus meinen Träumen. Ich habe es mit Rückführungen versucht. Aber mein Unterbewusstsein hat mich nie in diese Zeit geführt. Es musste wohl dein Weg sein."

Sofia fühlte sich zu erschöpft, um jetzt sofort die Geschichte nochmals zu wiederholen, aber er würde alles von ihr erfahren. Was für ein wundervoller Mensch er doch damals gewesen war – und auch diesmal wieder war.

Anna schaltete sich ein.

„Du musst es ihm jetzt nicht erzählen", begann sie.

„Doch", unterbrach Sofia sie, „er muss es wissen. Er war so ein toller Mensch, und ich, ich war na ja nicht so toll."

„Das meine ich nicht. Aber wenn du möchtest, kann er sich alles anhören, ich habe es aufgenommen. Das mache ich meistens. Denn dann vergisst man die kleinen Details nicht und kann diese Stimmung noch einmal erleben. Sonst kommt es einem so unwirklich vor. Aber ich denke, wir machen erst einmal eine Pause, essen und trinken etwas, und wenn du dich bereit dafür fühlst, hören wir es uns gemeinsam noch mal an. Oder du erst alleine, ganz wie du willst."

„Nein, also, doch, meine ich. Das mit der Pause ist gut, aber dann möchte ich es mir gemeinsam mit euch beiden anhören. Und Anna", sie stand auf und umarmte ihre Freundin, „danke."

Kapitel 35

Anna drückte auf Stopp. Gerade in dem Moment, als Greta in Hans' Wohnung das Bewusstsein verlor.

Die Stille im Raum erdrückte sie fast. Sofia lief auf und ab. Es gelang ihr nicht, den Schock und das Entsetzen über das soeben nochmals Durchlebte abzuschütteln.

„Ich bin gerade gestorben, oder? Also nicht hier, aber damals. Mein Gott, wie kann das sein? Das ist meine Stimme, aber sie ist es doch nicht. Diese Stimmfarbe, die Sprache, ich kann es vom Verstand her nicht fassen."

Sie setzte sich. „Das war ich. Das habe ich alles erlebt. Ich sehe das alles immer noch vor mir. Und wenn ich an den Hans denke, muss ich immer auch an dich denken, David." Sie sah ihm direkt in die Augen. „Ihr habt die gleichen Augen. Du bist Hans, und ich habe dich verraten. Wahrscheinlich habe ich dich damit auch umgebracht."

Sie stand wieder auf und ging zum Fenster. Es war ihr nicht möglich, David weiter in die Augen zu sehen. „Nicht wahrscheinlich, ganz sicher. Ich habe dich umgebracht. Meinen Vater und die anderen, die habe ich im Stich gelassen. Was war ich denn für ein Mensch!"

Sie brach zusammen und bekam einen richtigen Weinkrampf.

Anna und David sprangen gleichzeitig auf, um sie zu stützen.

Anna sprach leise beruhigende Worte, während sie Sofia zur Couch führten.

Sie zog ihre Freundin in die Arme, strich ihr über die Haare und wiegte sie wie ein Kind.

David stand hilflos im Raum und kam sich irgendwie überflüssig vor. Nervös strich er sich mit der Hand durchs Haar. Er sehnte sich nach einem Moment alleine. Und nach einem Kaffee oder vielleicht sogar etwas Stärkerem. „Anna", fragte er leise, „hast du Kaffee oder so was?" Als sie nickte und Richtung Küche deutete, meinte er: „Ähm, ich lass euch mal alleine. Ruft mich einfach, wenn ihr, also, wenn ich kommen kann." Anna nickte mit einem sanften Lächeln, schenkte aber ihre ganze Aufmerksamkeit dann gleich wieder Sofia.

David atmete erleichtert auf, als er in der Küche war. Es hatte ihn mitgenommen. Klar, er wusste, es war Vergangenheit, aber eben auch seine Vergangenheit. Ihre Stimme zu hören, ihre Worte, wie sie mit Hans, mit ihm sprach, löste so starke Emotionen in ihm aus, dass er schon vorhin am liebsten aufgesprungen und aus dem Raum gegangen wäre.

Zu hören, wie er versprochen hatte, sie zu beschützen, und es nicht geschafft zu haben, war wie ein Schlag in die Magengrube. Er hatte sie ebenfalls im Stich gelassen.

Jetzt ein Kaffee. Ein Lächeln umspielte seine Lippen, als er den gleichen Espressokocher für die Herdplatte entdeckte, wie er ihn aus seiner Jugend in Florenz kannte. In einer Blechdose fand er dann auch das Kaffeepulver, und schon wenige Minuten später erfüllte ein starker, warmer und intensiver Espressogeruch die Küche.

So langsam fing er sich wieder. Er ging kurz in den Garten und überlegte, wie er sich nun am besten Sofia gegenüber verhalten sollte. Wenn ihn schon die Aufnahme so erschütterte, wie mochte es dann ihr ergehen, die das Ganze in der Rückführung erlebt hatte und nun noch einmal mit ihnen gemeinsam durchmachen musste.

Eigentlich war er ganz froh, dass Anna das Ganze steuerte, sie machte wirklich einen erfahrenen und kompetenten Eindruck auf ihn – und sie liebte Sofia, das war das Wichtigste.

Er setzte sich auf den Boden und wartete. Seine Augen schlossen sich wie von selbst und er versuchte Zwiesprache mit Leo zu halten, den er dringend zur Unterstützung brauchte.

Langsam versiegten Sofias Tränen. „Ich glaube, mein Tank ist leer." Sie versuchte zu scherzen.

Sie konnte sich nicht erinnern, überhaupt jemals nur annähernd so geweint zu haben. Beim Tod ihrer Eltern auf jeden Fall nicht, dachte sie sarkastisch.

„Glaub mir, das ist vollkommen normal. Jeder ist nach einer Rückführung emotional berührt, und bei dem, was du erlebt hast, wundert es mich, dass du schon wieder klar denken kannst. Ich bin selber noch ganz benommen. Was für eine schreckliche Zeit das doch war! Und noch gar nicht so lange her. Solche Geschichten haben wir so oder ähnlich immer mal wieder gehört, auch erzählt bekommen, aber sie so wie du nochmals richtig zu durchleben, mit dem eigenen Tod am Ende, das ist schon eine ganz andere Hausnummer. Das erschüttert zutiefst. Und dann noch zu erkennen, dass die Seele der beteiligten Person sich auch in diesem Leben inkarniert hat, dass ihr euch begegnet seid, puh. Da fehlen selbst mir die Worte."

„David ist Hans, und Greta bin ich. Was hat das Schicksal sich nur dabei gedacht?"

„Oh, ich meine, das ist ein tolles Schicksal. Es gibt euch beiden eine neue Chance. Ihr könnt alte Muster auflösen, vergeben, einen Neuanfang starten."

„Tja, wer kann das schon? Einfach ein neues Leben leben und den alten Müll entsorgen. Bin ich auserwählt, oder was?"

Sofia versuchte sich in ihrer Unsicherheit in sarkastische Sprüche zu retten und sah Anna aggressiv an. „Das habe ich mir nicht ausgesucht."

Anna hielt dem Blick stand. „Doch, genau das hast du. Viele Menschen könnten das, aber die wenigsten erkennen es und öffnen sich dafür. Du hast die Möglichkeit und sie auch genutzt. Was ist denn jetzt auf einmal?"

Sofia ließ die Schultern hängen, und ihre Angriffslust fiel in sich zusammen.

„Ich schäme mich so vor David. Er hat gehört, wie ich ihn verraten habe, dass ich es nicht geschafft habe, seine Freunde zu retten. Ich glaube nicht, dass er, Hans, es überlebt hat."

„Kannst du dich nicht an das Ende erinnern? Er hat dir vergeben, damals und heute. Deswegen habt ihr euch ja wiedergetroffen. Es ist ein Geschenk."

„Und warum ist er dann rausgegangen? Vielleicht kann er meinen Anblick nicht mehr ertragen." Sie ließ den Kopf hängen.

„Frag ihn doch. Aber sei versichert, dass es nicht an deinem Anblick liegt. Ich glaube eher, dass er sich hilflos gefühlt hat und damit nicht klarkommt. Er ist ein Macher, der alles selber regelt, und nun musste er zusehen, wie eine Frau, die ihm offensichtlich nicht gleichgültig ist, weint und am Boden zerstört ist. Da kann MANN und eben auch David nicht mit umgehen. Ich hol ihn jetzt." Sie erhob sich und übersah bewusst Sofias panischen Blick.

Sofia stand auf und ging ins Bad, versuchte vergeblich die Spuren in ihrem Gesicht zu löschen, die viel zu tief für kaltes Wasser waren.

Erst ging Anna ihrer Nase nach und suchte David in der Küche.

Nicht da, stellte sie fest. Hoffentlich hatte Sofia nicht recht, und er war der Situation nicht gewachsen und gegangen. Mit einem Blick aus dem Fenster konnte sie sich allerdings vom Gegenteil überzeugen. Sie sah ihn am Boden sitzen, mit geschlossenen Augen und ganz in sich gekehrt.

Ein Kaffee wäre jetzt auch für mich nicht schlecht, dachte sie, und stellte erfreut fest, dass in der Kanne noch genug für ein kleines Täschen war. Normalerweise trank sie lieber Tee, aber sie konnte durchaus nachvollziehen, warum David diesen Koffeinkick benötigte, und tat es ihm nach.

Sie trank die kleine Menge in einem Zug und verzog das Gesicht, als der bittere Geschmack ihren Gaumen erreichte. Sie schüttelte sich kurz.

Nun also zum nächsten Teil der Geschichte. Sie ging zu David in den Garten, setzte sich neben ihn und wartete.

Es dauerte nicht lange, und David spürte, dass er nicht mehr alleine war. Er öffnete die Augen und sah Anna an.

„Wie geht es ihr? Kommt sie klar?"

„Sie schafft das schon. Und du, was ist mit dir?"

„Wie meinst du das?"

„Ganz einfach: Hast du ihr das wirklich vergeben oder schwelt es noch in dir, nachdem du jetzt die ganze Geschichte gehört hast?"

„Es gibt nichts, was ich ihr verzeihen muss. Es kam nicht aus ihr, sie wurde beeinflusst. Und so ganz unschuldig war Hans durch seine Geheimniskrämerei ja auch nicht."

„Dann solltet ihr das jetzt noch miteinander aufklären. Komm mit, wir gehen zu ihr."

Sie stand auf und bot David ihre Hand an. Nicht als Hilfe zum Hochkommen, dafür hätte er sie wirklich nicht gebraucht. Es war eher ein Zeichen der Verbundenheit – wir schaffen das und gehen es gemeinsam an, du gehörst dazu.

Mit dieser Ausstrahlung kehrten sie auch ins Haus zurück. Sofia erwartete sie mit unsicherem Blick.

David tat das einzig Richtige. Er ging auf sie zu und nahm sie einfach in den Arm. „Eigentlich wollte ich sagen, dass es nichts ändert, dass ich dich immer noch für eine wundervolle Frau halte. Aber das stimmt nicht." Er bemerkte, wie sie die Luft anhielt und in seinen Armen ganz steif wurde. Bevor sie vollends auf Abwehr ging, sprach er weiter. „Es ist vielmehr so, dass ich dich noch mehr bewundere für das, was du damals nach meiner Verhaftung getan hast, und auch dafür, dass du dich jetzt darauf eingelassen hast. Du bist die stärkste Frau, die ich kenne, und ich bin nach wie vor überzeugt davon, dass du genau die bist, die schon immer für mich bestimmt war."

Sofia wurde wieder weich in seinen Armen und ließ sich erleichtert gegen ihn sinken.

Anna stand im Türrahmen und beobachtete die beiden ganz gerührt.

In diesem Moment klingelte es an der Tür und die zwei sahen erstaunt zu Anna, die abwehrend ihre Hände hob.

„Also, ich erwarte niemanden." Es schellte erneut. „Ja, ich komm ja schon."

Sie ging, nun doch neugierig, wer an einem Sonntag so penetrant und ungeduldig war.

„Das hätte ich mir ja denken können, so klingelst nur du, Nick. Was ist denn so dringend?"

Sie trat lächelnd zur Tür hinaus und stand Sofias Kollegen gegenüber.

„Sorry, Anna. Oh, Mist, ich habe gar nicht daran gedacht, dass du ja auch Klienten haben könntest. Aber heute ist doch Sonntag. Stör ich?"

„Nein, alles gut. Normalerweise habe ich sonntags wirklich niemanden, aber na ja, Ausnahmen bestätigen die Regel.

Und was brauchst du so dringend von mir?"

„Von dir eigentlich gar nichts, aber ich suche Sofia. Ich kann sie nirgends erreichen, ans Handy geht sie nicht. Nachdem sie in dieser Woche irgendwie so neben der Spur war, dachte ich mir, ich melde mich noch mal und frag sie, ob sie heute Abend etwas Abwechslung gebrauchen könnte. Und nachdem ich sie nirgends finden kann, mache ich mir etwas Sorgen. Hat sie sich bei dir gemeldet, weißt du, wo sie ist?"

Anna deutete mit einer Kopfbewegung nach innen. „Sie ist hier." Sie konnte den hineineilenden Nick gerade noch am Arm festhalten. „Nicht so stürmisch. Du brauchst dir keine Sorgen machen, aber platz jetzt nicht so rein. Sie ist, wie soll ich sagen, etwas aus dem Gleichgewicht geraten. Und auch nicht alleine."

Mit fragendem Blick wollte er an Anna vorbei, als ihm noch etwas einfiel.

„Ach, draußen im Auto sitzt Heller. Sag dem doch bitte, dass ich nicht mit ihm weiterfahre. Er hat mich nach dem Termin in der Galerie hierhergebracht."

Er drehte sich um und ließ eine verwirrte Anna zurück. Eigentlich wollte sie Nick hinterher, um nicht zu verpassen, wie sich die Situation durch sein Erscheinen entwickeln würde. Auf der anderen Seite hatte sie auch nichts dagegen, den schmucken Staatsanwalt wiederzusehen. Und Nick hatte sie ja extra darum gebeten, also blieb ihr im Grunde gar nichts anderes übrig. Ich beeil mich auch, versprach sie sich selbst.

Mit einer typisch weiblichen Geste fuhr sie sich nochmals durchs Haar und ging durch ihren Garten hinaus auf die Straße zu der noblen Karosse, in der Lukas Heller wartete.

Er hatte die Scheibe unten und klopfte ungeduldig mit den Fingern auf das Lenkrad. Leicht überrascht sah er zu Anna, als diese durchs Gartentor kam. Er überlegte, woher er dieses Gesicht kannte.

„Hallo, so schnell sieht man sich wieder. Sie erinnern sich? Neulich vor dem Präsidium? Ah, ich sehe, jetzt fällt der Groschen. Wir wurden einander nicht vorgestellt. Ich bin Anna. Nick bat mich, Ihnen zu sagen, dass sie nicht auf ihn warten sollen. Sofia ist hier bei mir."

„Ach, Sie sind Anna. Stimmt, Sie haben nach Sofia gefragt. Heller Lukas." Stellte er sich vor und reichte ihr die Hand durch das offene Fenster. Anna zögerte kurz, ergriff sie aber dann und versuchte sich nicht anmerken zu lassen, dass die Berührung, selbst eine so unpersönliche, ihr naheging.

Sie hatten sich die Hände gereicht und sahen sich in die Augen, als sein Telefon über die Freisprechanlage zu hören war.

Schnell entzog sie ihm ihre Hand und trat einen Schritt zurück. Während er das Gespräch annahm, dachte sie, sie müsse sich täuschen. Seine Augen hatte sie schon einmal gesehen, vorhin, als Sofia die Geschichte von Greta erzählte. Vor ihrem inneren Auge war alles wie in einem Film abgelaufen.

Lukas Heller hatte Augen wie die von Samuel Goldfein. Und sein Blick war ihr sehr vertraut.

Kapitel 36

Anna ging wie ferngesteuert auf ihr Haus zu. Den Ruf von Lukas Heller nahm sie nicht mehr wahr. Sie hatte es so oft bei ihren Klienten miterlebt, wenn diese Personen aus der Vergangenheit in der Gegenwart erkannten. Aber für sie selbst war dies das erste Mal. Und das musste sie nun erst verdauen.

Als sie näherkam, hörte sie die laute Stimme von Nick, der David offenbar verbal anging.

Eigentlich hatte sie gerade jetzt keine Lust, einzuschreiten und die Lage zu entspannen. Viel lieber hätte sie ihre eigenen Emotionen geklärt.

Tja, das ist aber eh unmöglich, solange ich nicht alleine bin, dachte sie und ging ins Haus.

Sofia hielt Nick beschwichtigend am Arm und versuchte, zu ihm durchzudringen.

„Nick, jetzt hör mir doch zu. David ist nicht die Ursache für mein verheultes Gesicht. Na ja, jedenfalls nicht so, wie du denkst. Ich habe eine Rückführung bei Anna gemacht."

„Du? Deine Worte waren immer: *nur über meine Leiche*. Ich war mir sicher, Anna würde dich nie so weit bekommen. Du glaubst doch nicht an so einen Humbug."

Er ließ seinen Blick durch den Raum wandern und sah die eben hereinkommende Anna fragend an.

„Wie du siehst, habe ich es noch zu Sofias Lebzeiten geschafft. Nein, mal im Ernst. Sofia hatte heute Nachmittag eine Rückführung, und in der hat sie so einiges durchlebt. David ist hier, einmal, um sie zu unterstützen, denn ich denke, auch dir ist nicht verborgen geblieben, dass die beiden eine besondere Verbindung haben. Oh, deinem Blick nach ist es dir wirklich entgangen. Tja, das klärst du dann besser nachher mit deiner Kollegin. Und zum anderen ist er hier, weil Sofias vergangenes Leben auch etwas mit Davids vergangenem Leben zu tun hat. So, ist damit alles geklärt? Noch irgendwelche Fragen? Gut, dann sollten wir uns vielleicht alle zusammensetzen und auch den Rest der Geschichte durchgehen, denn wir haben uns ja noch nicht alles wieder angehört. Sofia, du entscheidest, ob Nick dabei sein soll oder ob er besser gehen soll und du ihm hinterher alles erzählen willst."

Die plötzlich sehr resolut agierende Anna hatte alle überrascht und Ordnung in das Chaos gebracht. So dominant hatten weder Sofia noch Nick sie je erlebt. Nick saß immer noch verblüfft da und sah von Sofia zu David und zurück, zwischendurch blieb sein Blick an Anna hängen.

„Ehrlich gesagt, ich versteh gar nichts. Und du und David, das will mir auch noch nicht in den Kopf. Er ist einer unserer Hauptverdächtigen bei einem Kunstraub, hallo? Nun sitzt ihr so nebeneinander und erklärt mir, ihr hättet irgendeine gemeinsame Vergangenheit?"

„Anna, wie soll ich ihm das alles erklären, ich bin ja selbst noch dabei, es zu verstehen. Aber Moment, ganz kurz, du weißt genauso gut wie ich, dass David unmöglich die Figur gestohlen haben kann. Also lass das mal bitte im Moment außen vor."

Nun ergriff auch David das Wort, der lange geschwiegen hatte.

„Ich kann dich gut verstehen. Es ist doch okay, dass ich zum Du wechsle? Gut. Vielleicht wäre es am besten, wenn wir einfach das Band ein weiteres Mal ablaufen lassen. Denn das spricht für sich. Oder wird das zu spät?"

Anna erhob sich und sah Sofia an. „Deine Entscheidung, wie gesagt."

Sofia nickte erleichtert. Sie hätte nicht die Kraft gehabt, alles selbst noch einmal zu erzählen, und das Ganze zum zweiten Mal anzuhören, würde auch ihr die Möglichkeit geben, die Geschichte mit etwas Abstand zu analysieren und zu verarbeiten. Allerdings knurrte ihr in dem Moment laut der Magen. Kein Wunder, es war schon längst Zeit zum Abendessen.

Alle lachten, denn sie wussten, dass Sofia eigentlich immer Hunger hatte, und wie unleidlich sie wurde, wenn es nicht bald etwas zu essen gab.

„Ok, am besten, ich bestell uns was zu essen und dann hören wir uns das Ganze nochmals an."

Kapitel 37

Im Raum türmten sich die Pizzaschachteln. Sogar Anna hatte sich heute auf eine Pizza eingelassen. Zwei leere Weinflaschen standen auf dem Tisch. Anna erhob sich und stellte das Aufnahmegerät nach den letzten Worten, die der Vergebung gehört hatten, ab.

Stille war im Zimmer.

Sofia sah erleichtert zu David. „Schön und beruhigend, noch mal zu hören, dass du mir vergeben hast. Jetzt ist es nicht mehr ganz so schwer. Es ist immer noch da, die Erfahrung, das durchlebt zu haben. Aber es fühlt sich inzwischen an wie ein Teil, der immer schon in mir war und zu mir gehört, aber mich jetzt irgendwie nicht mehr so belastet. Es war eine schlimme Zeit, und ich habe sie erlebt, wie so viele andere Menschen auch. Es gibt Dinge, da bin ich stolz auf Greta. Sie hat sich nicht unterkriegen lassen und ihr Bestes versucht, um zu helfen. Allerdings war sie zu leichtgläubig und hat dadurch den größten Fehler begangen, den Fehler, Hans zu verraten. Wie konnte sie das tun, ohne zu hinterfragen? Ich versteh sie nicht. Wobei, in der Situation war es stimmig, was Susanne gesagt hat. Es hat einfach gepasst."

„Na ja, ich oder Hans waren ja auch nicht ganz unschuldig. Wenn er nicht so viele Geheimnisse gehabt hätte, dann wäre Greta nicht so verunsichert gewesen. Sie hat gespürt, dass er nicht immer ehrlich war, und konnte ihm dadurch nicht vollständig vertrauen. Und Hans hatte versprochen, euch zu beschützen. Ein leichtfertiges Versprechen in jener Zeit. Er hat sein Möglichstes getan, aber er hatte zu vielen helfen wollen. Es hat zwar gedauert, 69 Jahre, um genau zu sein, aber wir haben es geschafft, uns auszusprechen."

Sofia schmiegte sich in Davids Arm, und beide lachten.

Anna grinste. „Ach, ich liebe meine Arbeit."

Nur Nick saß da und konnte das Ganze nicht fassen.

„Also, so ganz verstehe ich das immer noch nicht. Sofia, du hast schon mal gelebt und warst Margarete, und David war Hans. Ihr habt diese Geschichte, die ich gerade gehört habe, in einem anderen, früheren Leben wirklich erlebt und habt euch jetzt wieder getroffen? Woher wusstet ihr, dass ihr euch kennt? Hätte ja auch ich oder Heller oder wer auch immer sein können."

Bei Lukas Hellers Namen zuckte Anna kurz zusammen und sah zu Nick. Sofia stand auf und setzte sich die Lehne des Sessels, in dem Nick saß.

„Nick, ich war immer ehrlich zu dir. Aber in der letzten Woche nicht ganz. Ich habe dich zwar nicht in dem Sinne angelogen, aber ich habe dir nicht alles erzählt, habe manches verschwiegen. Weil ich nicht wusste, was los war, und ich wollte mich nicht lächerlich machen. Es ging am Gauklerfestival schon los, mit der alten Zigeunerin und ihrer komischen Prophezeiung. Dann David auf der Bühne. Tja, stolz bin ich nicht darauf, aber es war sein erster Blick, der mich an dem Tag umgehauen hat. Im wahrsten Sinne des Wortes. Du kennst mich, ich gestehe mir so etwas nicht leicht ein. Anna hat mich immer wieder darauf gestoßen. Als wir dann am nächsten Tag gegen ihn ermitteln mussten, bekam ich Panik. Aber ich dachte immer noch, es wäre Zufall. Dann gab David mir die Hand, und ich musste mich furchtbar zusammenreißen. Ich hatte lauter Bilder im Kopf."

„Das stimmt, sogar Lukas Heller ist es aufgefallen. Aber du hast es abgetan."

„Was hätte ich denn sagen sollen? Ich wusste ja selber nicht, was ich tun sollte. Na ja, dann schickte Heller ausgerechnet mich in sein Haus, und statt dass ich dort besser damit umgehen konnte, wurde es immer intensiver. Und dann … nun muss ich dir wirklich etwas beichten."

Sie stand auf und lief im Raum zum offenen Fenster.

„Als der Verdacht aufkam, er hätte die Figur gestohlen, da wusste ich einfach, dass es nicht so war. Verstehst du? Nein, kannst du ja auch nicht. Ich hatte das Gefühl, dass ich manipuliert werde und ihm etwas angehängt werden soll."

Anna warf kurz ein: „Und hier wiederholt sich das Muster."

Sofia dreht sich um und sah überrascht auf. „Ja, das ist es! Es sollte wieder passieren. Aber dieses Mal habe ich es nicht geglaubt." Sie sah erst zu David und dann wieder zu Nick, blickte ihm fest in die Augen. „Ich habe David angerufen und ihn gewarnt."

Nick sprang hoch. „Bist du wahnsinnig? Das kann dich deinen Job kosten. Wie konntest du das tun?"

„Ich weiß. Aber ich konnte nicht anders. Und ich hatte ja recht. Er war zu diesem Zeitpunkt schon in Italien. Er war unschuldig." Sie nahm Nicks Hände und sah ihn an. „Versteh mich doch. Ich musste das tun. Und falls du das melden willst, kann ich das nachvollziehen. Ich wollte dich da jetzt nicht hineinziehen, aber ich wollte ehrlich sein und keine Geheimnisse vor dir haben."

„Spinnst du, ich schwärz dich doch nicht an. Kennst du mich so wenig? Wir sind schon immer durch dick und dünn gegangen. Aber ich will nicht angelogen werden. Ich muss dir vertrauen können."

„Danke, oh, Nick du weißt nicht, wie wichtig mir das ist." Er nahm sie in die Arme. „Ich verspreche dir: keine Alleingänge mehr. Du kannst dich auf mich verlassen."

David stand auf und reichte Nick die Hand. „Danke für dein Vertrauen."

Der wandte sich ihm zu und meinte: „Ich vertraue Sofia. Bei dir bin ich mir noch nicht so ganz sicher."

„Das ist okay. Alles andere würde mich wundern. Du bist wie ein Bruder für sie und willst sie beschützen. Würde ich genauso machen."

Sie gaben sich die Hand.

Mit den Worten „ach, egal, komm her“ zog er David an sich heran und klopfte ihm kurz und besonders kräftig auf die Schulter. David grinste und erwiderte das Schulterklopfen genauso heftig.

Anna meinte grinsend: „Braucht ihr ein Bier zum Brüderschaft trinken?“

Die beiden lachten. „Nee, lass mal. Ein anderes Mal.“

Sie setzten sich wieder, und Sofia rutschte dicht an David an. So anlehnungsbedürftig kannte sie sich sonst gar nicht. Allerdings hatte es bisher in ihrem Leben auch wenige geeignete Personen gegeben.

„Ach, Nick, was machst du denn eigentlich hier? Ich meine, es ist doch Sonntag, und wir hatten mal frei, da bist du doch sonst immer auf der Pirsch.“

„Ich war doch heute mit Heller unterwegs, vergessen? Okay, du hast mildernde Umstände. Nein, wir waren in der Galerie. Nächste Woche soll doch die Eröffnung sein. Und nach dem netten Artikel, der gestern in der Zeitung stand, gingen die Wogen ganz schön hoch, und Heller meinte, er wolle nochmals vor Ort mit der Grillet sprechen. Aber die war ausgeflogen.“

„Welcher Artikel?“, fragte David alarmiert.

„Anna, hast du eine Ausgabe der Samstagszeitung da? Ich muss gestehen, ich habe sie nicht gelesen. Nur die Überschrift habe ich beim Einkaufen gesehen und wollte mir das Wochenende nicht verderben lassen. Die Headline lautete irgendwie, dass der Bischof dich beschuldigt, ein Kunstdieb zu sein. Mehr weiß ich nicht.“

„Ich habe keine Zeitung. Da steht meistens nur Müll drin. Tut mir leid. Sollen wir im Internet nachschauen? Oder hast du eine Ahnung, Nick?“

„Hab den Artikel schon am Samstag gelesen. Heller hat ja noch versucht, das Ganze über seinen Schwager, der bei der Zeitung arbeitet, zu verhindern, hat aber anscheinend nicht geklappt. Kannst du dich erinnern, Sofia? Er beruft sich auf unser Gespräch mit der Grillet in der Galerie, hat es aber komplett verdreht. Die Französin hätte dich, David, beschuldigt und wir hätten sie dazu befragt. Das stimmt ja so weit. Aber daraus hat er eine richtige Kampagne gegen dich aufgebaut und dabei immer wieder die Grillet zitiert."

„Das versteh ich nicht. Als wir ihr gesagt haben, dass David gar nicht in Deutschland war, als die Figur gestohlen wurde, sind ihr regelrecht die Gesichtszüge entgleist, und man hatte das Gefühl, sie könne vor lauter Wut und Zorn gar nicht an sich halten. Mit Mühe hat sie dann versucht, das irgendwie noch umzubiegen, und irgendwann stand dann auf einmal der Bischof da. Ich bleibe dabei, die beiden versuchen sich gegenseitig zu manipulieren. Das habe ich neulich schon gesagt. Jeder versucht den anderen für seine Zwecke einzuspannen. Und mittlerweile habe ich das Gefühl, sie haben auch ein gemeinsames Ziel", sie drehte sich zu David um, „sie wollen dir schaden, und das mit allen Mitteln."

„Das glaube ich auch, David", meinte Nick. „Und ich denke, der Heller kam heute zu einem ähnlichen Ergebnis. Er meinte, da wäre irgendetwas faul. Übrigens war die Grillet nicht auffindbar. Die Vorbereitungen für die Eröffnung laufen auf Hochtouren, aber sie glänzt mit Abwesenheit. Ihre beiden Angestellten sind eigentlich ganz froh darüber, sehen aber ihrer Rückkehr mit Schaudern entgegen."

Sofia blickte zu David. „Kannst du dir erklären, warum die beiden sich so sehr bemühen, dir zu schaden? Okay, die Französin kennst du schon länger und bist ihr vielleicht mal auf den Schlips getreten. Obwohl sie dich doch als Künstler bisher eher gefördert hat. Aber der Bischof? Kennt ihr euch?"

Nun schaltete sich Anna ein. „Wenn ich euch mal in euren kriminalistischen Überlegungen kurz stören dürfte, möchte ich noch was zu Bedenken geben. Fallen denn niemandem sonst die Parallelen auf? Zur Vergangenheit? Sofia, denk doch noch mal an Susanne, stell sie dir vor."

Sofia schloss kurz die Augen, während David ihre Hand hielt.

„Oh ja, du hast recht. Dieser herablassende, überhebliche und kalte Blick. Susanne und Adele, sie sind eine Person."

David hob alarmiert den Kopf und sah Anna an. „Kann das sein?"

„Ich kenne eure Adele ja nicht, vielleicht gerade deswegen habe ich mich gerade die ganze Zeit gefragt, von wem ihr sprecht. Es gibt so viele Parallelen, und die können nicht zufällig sein. Vielleicht erklärt das so manches am Verhalten von Madame Grillet. Es scheint nicht ihre erste Begegnung mit euch zu sein."

Sofia fasste sich an die Stirn. „Bei mir dreht sich gerade alles. Irgendwie bekomme ich das Ganze nicht mehr in die richtige Reihenfolge. Können wir für heute nicht Schluss machen?"

David sah auf die Uhr. „Kein Wunder. Es ist schon nach Mitternacht. Ich hatte gerade einen ähnlichen Gedanken. Und ich muss einiges recherchieren. Bei Adele fällt mir einiges ein, dass ihr im Zusammenhang mit mir nicht in den Kram gepasst hat, aber den Bischof kriege ich auch noch nicht unter. Vielleicht muss ich da mal mit meinen Eltern sprechen. Es ist gut, wenn wir für heute Schluss machen. Am besten, wir rufen ein Taxi und verschieben den Rest auf morgen."

„Morgen haben wir beide um 8 Uhr Dienstbeginn, Sofia. Wir müssen noch mal zur Galerie, habe ich mit Heller vereinbart. Wir sollten wegen des genauen Zeitpunkts für ein Treffen schreiben oder telefonieren. Anna, wie sieht es denn mit deinen Terminen aus?"

„Ich habe die ganze nächste Woche einiges im Kalender stehen. Wird wahrscheinlich nicht so leicht, einen Zeitpunkt zu finden, an dem alle können."

Sofia lachte. „Was haltet ihr davon, eine gemeinsame WhatsApp Gruppe zu gründen? Ich habe alle Nummern, und dann müssen wir nicht immer alles doppelt und dreifach weitergeben."

„Super Idee", meinte Nick, „und ich habe auch einen Namen für die Gruppe. Was haltet ihr von Ghostbusters?"

Sie fingen alle an zu lachen. Ja, das war genau der richtige Name.

Da sie in die gleiche Richtung mussten, beschlossen sie, sich ein Taxi zu teilen und als Erstes Nick zu Hause abzuliefern.

Während der das Auto bestellte, nahm Anna Sofia noch mal mit in ihr Behandlungszimmer.

„Du kannst auch gerne hierbleiben heute Nacht. Du musst nicht alleine in deine Wohnung, oder ich kann auch mitkommen." „Nein, das ist lieb, aber ich komme klar."

„Okay. Dann nimm aber noch was von den Essenzen mit. Warte, *Schlaf-schön*-Spray, *Licht*-Essenz und die Mischung *Sicher und gebor-*

gen. Gut, dann passt alles. Lass dich noch mal umarmen. Und wenn du heute Nacht Unterstützung brauchst, ruf mich an, versprochen?"

Sofia drückte Anna ganz fest und nahm die Essenzen. „Danke."

Dann drehte sie sich um und ging hinaus zu den beiden Männern, die schon draußen beim Taxi auf sie warteten.

Nick nahm gleich vorne Platz und überließ ihr und David die Rückbank.

Sie schwiegen alle drei und hingen ihren Gedanken nach.

Fünf Minuten später hielten sie in Nicks Straße, der sich schnell verabschiedete. Als nächstes Ziel gaben sie Sofias Adresse an. Dort stiegen sie beide aus.

David bezahlte, und sie hörten draußen noch die Worte der Fahrerin, die ihnen einen gesegneten Abend wünschte.

Verwundert drehten sie sich um und sahen das Taxis wenden. Als es wieder an ihnen vorüberfuhr, rief Sofia: „Das ist sie wieder, die Hellseherin, die Frau, die andauernd bei mir auftaucht."

Verblüfft blickten sie den Rücklichtern hinterher.

Kapitel 38

Montag

Als Sofia an diesem Morgen zur Arbeit lief, fühlte sie sich besser, als sie erwartet hatte. Eigentlich hatte sie befürchtet, in dieser Nacht kein Auge zuzutun und einige Szenen immer wieder erleben zu müssen. Aber dem war nicht so. Ob es an Annas Geheimmitteln lag, konnte sie nicht sagen.

Es ging ihr auf jeden Fall gut, sie fühlte sich sogar regelrecht befreit und beschwingt. Sie fühlte sich so gut wie schon lange nicht mehr. Die Tatsache, Nick nicht mehr belügen zu müssen, trug dazu nicht unwesentlich bei. Nun wusste er, wie es David betreffend um sie stand.

Ach, David, dachte sie. War es ein Fehler gewesen, ihn gestern Nacht nach Hause gehen zu lassen?

Sie spürte noch immer seine innigen Küsse, seine Hände, die sie gegen die Hauswand gedrückt hatten und unter ihrer Kleidung auf Reise gingen.

Sie schien eigentlich gar nicht anders zu können, als ihn mit in ihr Bett oder auf ihr Sofa, den Teppich oder wohin auch immer zu nehmen. Sonst hätten sie es fast noch auf der Straße zu Ende gebracht. Aber ein hupendes Fahrzeug hatte sie aus ihrer Welt herausgerissen. Und schwer atmend löste David sich von ihr.

„Ich habe dir damals schon kein passendes Ambiente bieten können. Das wird dieses Mal anders sein, versprochen. Unser erstes Mal im Hier und Jetzt wird unvergleichlich sein – und nicht irgendwo auf der Straße oder in einer Scheune."

„Also, das mit der Straße hier wäre schon auch unvergesslich gewesen."

Sie lachten beide.

„Ich melde mich morgen bei dir, schlaf schön, Bella."

Sie küssten sich noch mal sanft, und er schob sie sachte, aber bestimmt zur Tür hinein.

Wahrscheinlich war es doch ein Fehler gewesen, die Nacht allein zu verbringen, denn als sie heute Morgen vom Wecker geweckt wurde, war sie ganz verschwitzt gewesen und konnte sich an erotische Bruchstücke eines Traumes erinnern, leider jedoch nur dunkel. Allerdings wusste sie noch, dass sie beide die Hauptrolle gespielt hatten, was ja immerhin etwas war.

Kurz bevor sie am Präsidium ankam, klingelte ihr Handy, und sie sah erfreut, dass Anna dran war. Klar, sie wollte wissen, wie es ihr ging.

„Mir geht es gut, nein, alles in Ordnung ... Ja, ich habe alleine geschlafen. Noch, aber hoffentlich nicht mehr lange. ... Hahaha, ach, hast du vielleicht Tropfen gegen noch unerfüllte Träume? Nicht, schade. Gibt es bestimmt einen Markt für ... Ja, ich melde mich, wenn ich mit Nick gesprochen habe. Ciao, ach, und danke noch mal für alles. Vor allem dafür, dass du so bist, wie du bist."

Mit einem leichten Lächeln legte sie auf. Nun musste sie schnell doch die Brotzeit kaufen, die sie Nick am Samstag versprochen hatte.

David stand zur selben Zeit auf seiner Terrasse und ließ den Blick über Bamberg gleiten. Im Gegensatz zu Sofia hatte er in der Nacht kein Auge mehr zugetan.

Es wollte ihm einfach nicht in den Kopf, warum er auf der Abschussliste des Bischofs stand. Er konnte sich auch nicht erinnern, ihm jemals persönlich begegnet zu sein. Vielleicht bei seinen früheren Besuchen hier in der Stadt? Egal, wie lange er darüber nachdachte, es fiel ihm einfach nichts dazu ein.

Seine Eltern anzurufen, stand als Nächstes auf dem Plan. Es konnte ja sein, dass es eine familiäre Geschichte war, die gar nichts mit ihm zu tun hatte. Schließlich lagen die Wurzeln seiner Eltern ebenfalls hier. Vielleicht half ihm das weiter.

Am besten erreichte er seine Familie so gegen halb elf, da trafen sie sich immer in der Küche auf einen Kaffee.

Zeit genug, um sich um das andere Problem zu kümmern – Adele.

Eigentlich war für diese Woche die Eröffnung angesagt. Ob das nach dem Einbruch noch so blieb, schien ihm fraglich. Also rief er zunächst in der Galerie an und fragte nach Adele, die ihm so einiges erklären musste. Nach kurzer Zeit legte er wieder auf.

Soso, Adele war nicht da, hatte ihm der Angestellte peinlich berührt erzählt. Auch, dass er nicht wisse, wo sie sei und wann sie zurückkäme. Anscheinend hatte er den Zeitungsartikel gelesen und war sich nicht ganz sicher, wie er auf Davids Anruf reagieren solle. Schließlich war er verdächtigt worden.

Die groß geplante Eröffnungsfeier würde wohl verschoben, bis die Ermittlungen der Polizei erledigt seien. Der Bischof habe sich wegen einer neuen Leihgabe auch noch nicht gerührt.

Allerdings, meinte der Angestellte, seine Kollegin und er würden sich dennoch sehr freuen, wenn er persönlich in der Galerie vorbeischauen würde. David erinnerte sich mit einem Grinsen an diesen Teil des Telefonats. Sie seien große Bewunderer seiner Kunst und würden gerne mit ihm besprechen, ob die Präsentation seines Werkes auch für ihn so in Ordnung gehe. Nachdem Madame Grillet nicht da sei, würden sie sich mit Freuden darum kümmern.

Er hatte ihnen zugesichert, heute im Laufe des Tages vorbeizukommen. Sie schienen also die Meinung ihrer Chefin nicht zu teilen, interessant.

Er musste noch etwas im Internet recherchieren und ein paar Anrufe nach Italien und Frankreich tätigen. Mal sehen, was intern noch in

Erfahrung zu bringen war. Das würde ihn beschäftigen, bis er bei seinen Eltern anrufen konnte.

Zwei Stunden später lehnte er sich in seinem Schreibtischstuhl zurück. Madame Grillet, die nach außen so weltoffen und seriös erschien, hatte intern einen ganz anderen Ruf. Jähzornig, manipulativ und sehr berechnend, hieß es. Er hatte über all die Jahre versucht, sie auf Abstand zu halten, denn sie war ihm immer etwas unangenehm gewesen. Was es genau war, hatte er nie sagen können, denn sie war durchaus eine schöne Frau, die ihre Reize geschickt einzusetzen vermochte. Nein, er hatte nie den Finger darauf legen können, was ihn genau störte.

Seit gestern konnte er das nun.

Er musste sich auf jeden Fall später noch mit Nick und Sofia treffen und ihnen die Infos weitergeben, die er erhalten hatte. Ein Blick auf die Uhr zeigte ihm, dass er nun gleich in der Toskana anrufen musste, sonst wären seine Eltern schon wieder unterwegs.

„Buongiorno a tutti. Guten Morgen, Mum ... Mir geht's es gut, Jaja, ich bin dabei, meine Probleme hier zu klären ... Aber sicher doch ... Ist Papa da? ... Sehr gut, denn vielleicht könntet ihr mir helfen. Kannst du den Lautsprecher anmachen? Habt ihr überhaupt kurz Zeit, oder soll ich später ... Gut, passt auf. Hier in Bamberg gibt es einen Bischof, Roman Pabst, ja, ich weiß, sehr originell ... doch ja, er meint, durchaus zu Höherem berufen zu sein ... lacht nicht so, dass war kein Witz. Dieser Mann ist gefährlich, denn irgendwie hat er mich auf dem Kicker, und ich weiß partout nicht, warum. Ich bin ihm noch nie begegnet ... nein, sicher nicht. Aber er hetzt regelrecht gegen mich und beschuldigt mich öffentlich, eine Statue, einen seiner Kirchenschätze gestohlen zu haben ... klar habe ich das nicht, hallo ... er hat das sogar öffentlich in der Presse getan ... jaja, deswegen auch der Anruf der Polizei neulich ... mein Glück, dass ich nachweislich nicht da war ... sicher, irgendwann wird es heißen, ich hätte jemanden beauftragt ... als ob ich an so einer Statue Interesse hätte ... ja, ich weiß, wenn, dann könnte ich sie mir kaufen ... die Polizei, denke ich, glaubt das auch nicht ... woher ich das weiß? Oh, ich habe da so meine Quellen ... nein das ist mein Ernst, und ich grinse gerade nicht ... doch, ja, es gibt durchaus Hoffnungsschimmer in meiner Lage ... könnte sein, dass da durchaus ein weiblicher Schimmer dazwischen ist, der mich so erfreut ... jetzt noch mal zum Bischof, sagt euch der Name was? Klingelt da irgendetwas aus der Zeit, als ihr noch hier gelebt habt? Wie, Papa? Du meinst dich dunkel an eine Geschichte aus deiner Kindheit zu erinnern? Bitte etwas lauter, ich kann dich nicht verstehen ... also gut, dann frag noch mal nach, wo auch immer, aber gib mir bitte baldmöglichst Bescheid. Was ist, Mum? Ob dieser Hoffnungsschimmer die Eine ist, auf die ich gewartet habe? Könnte durchaus sein ... Ja, ich halt dich auf dem Laufenden, und ja, ich melde mich, wenn ich was Neues weiß, und Papa soll bitte dranbleiben, kümmere dich bitte mit darum. Ich weiß ja, wie er ist, wenn er in seiner Arbeit versinkt.

Oh, danke schön, dass mein Ruf wichtiger ist als ein paar Trauben. Ciao."

Er musste lächeln, als er die beiden in Gedanken vor sich sah, in der Küche stehend und darüber debattierend, wie man ihrem Sohn so etwas unterstellen könne.

Gut, dass er sie informiert hatte, denn durch seinen internationalen Ruf würde unweigerlich auch in den italienischen und wahrscheinlich auch französischen Medien darüber berichtet werden.

Er setzte sich, und seine Gedanken schweiften wieder zu Sofia. Ein Treffen mit ihr in der Öffentlichkeit konnte sich als schwierig erweisen, aber er musste sie unbedingt sehen.

Am besten ließ er es nach außen hin offiziell aussehen und traf sich mit beiden in der Galerie. Hoffentlich waren sie nicht schon am Vormittag dort gewesen.

Er schrieb eine kurze Nachricht an die Gruppe Ghostbusters und musste schon wieder grinsen, tolle Idee, toller Name.

Habe Neuigkeiten, am besten unverfängliches Treffen in der Galerie?

Zwei Minuten später kam die Antwort von Nick.

Müssen dienstlich so gegen 14 Uhr hin, komm doch zufällig und „überraschend" vorbei. Bis dann.

Und dann kam noch eine private Nachricht an ihn. Von Sofia.

Vermisse dich <3

Ich dich auch, antwortete er.

Und er vermisste sie wirklich. Es wurde Zeit, die Gerüchte aus der Welt zu räumen, damit sie sich einfach so sehen konnten, wie sie wollten, ohne Hindernisse.

Kapitel 39

David war der Meinung, es wäre besser, vor Sofia und Nick in der Galerie zu sein. Dann wären Adeles Lakaien, wie er sie insgeheim nannte, bestimmt gesprächsbereiter. Deshalb war er schon kurz nach 13 Uhr in den neuen Kunsträumen.

Sofort eilte ein Mann auf ihn zu und gab ihm die Hand. Er hatte anscheinend seine Hausaufgaben gemacht und erkannte ihn sofort.

„Sebastian Schreiber, ich bin der Geschäftsführer. Es freut mich, dass Sie Zeit haben, persönlich vorbeizukommen, trotz der, na ja, etwas unglücklichen Umstände. Da drüben, das ist meine Kollegin, Melanie Schmidt. Sie telefoniert gerade mit der Versicherung, wegen des verschwundenen Gegenstands."

„Verschwunden? Ich dachte, er wäre gestohlen worden?"

„Ja, natürlich, die örtliche Polizei ermittelt ja auch, wie Ihnen bestimmt bekannt ist. Nun aber zu den angenehmeren Dingen. Möchten Sie gerne alleine durch die Galerie schlendern, oder darf ich Sie führen und Ihnen zeigen, welchen Platz wir für Ihr Gemälde ausgesucht haben."

Beifall heischend sah er David an. Der beschloss, dass er dadurch wahrscheinlich deutlich mehr Informationen bekommen würde, und bedeutete ihm, sich gerne seiner Führung anzuschließen.

Gemächlich folgte er Sebastian Schreiber, der ihm sehr sympathisch war. Er lauschte den fundierten Ausführungen bei den jeweiligen

Exponaten und kam zu dem Schluss, dass Adele einen äußerst kompetenten Geschäftsführer angestellt hatte.

„Nun, ich muss sagen, ich habe selten eine so gute Führung durch die Kunstwelt erhalten. Auch Ihre Hintergrundinformationen zu den jeweiligen Exponaten zeigen, dass sie sich intensiv mit Künstlern und Kunstwerken auseinandergesetzt haben. Sogar ich habe eben viel Neues erfahren, und eigentlich dachte ich, ich wüsste schon sehr viel. Adele kann sich glücklich schätzen, jemanden wie Sie gefunden zu haben."

Er meinte es durchaus ehrlich, war sich aber bewusst, dass er so auch das Vertrauen und Wohlwollen des Mannes gewinnen würde.

„Das glaube ich nicht, dass sie sich glücklich schätzt, denn eigentlich hat sie Melanie und mir nach dem Einbruch sogar gekündigt."

„Wie bitte? Wieso das denn? In der Zeitung stehe doch ich als Beschuldigter, und nirgendwo war zu lesen, dass die Angestellten verdächtigt werden."

„Nun, außer Madame Grillet haben nur wir den Code der Alarmanlage. Und da der Alarm nicht ausgelöst wurde, lag es für sie wohl nahe."

„So ein Blödsinn. Was hätten Sie denn davon? Vor allem, wenn ich mir die anderen Stücke hier so ansehe, gehe ich davon aus, dass Sie sich, bei Ihrem Sachverstand ein lukrativeres Stück ausgesucht hätten, und nicht eine Statue, die eigentlich nur regional und in Kirchenkreisen bedeutend ist. Sie hat durchaus ihren Wert, aber die kleine Madonna dahinten dürfte etwa dreimal so viel wert sein."

„Ehrlich gesagt, fünfmal so viel."

„Eben. Aber warum sind Sie dann noch hier?"

„Nun, nachdem am Donnerstag der Einbruch war und Polizei und Medien vor Ort waren, ging alles ein bisschen drunter und drüber. Am Freitag dann war Madame Grillet nicht mehr erreichbar, und wie schon am Telefon erwähnt, wissen wir ehrlich gesagt immer noch nicht, wo sie ist.

Im Hotel ist sie auch nicht mehr, aber sie hat nicht offiziell ausgecheckt. Unter uns: Auch in den anderen Filialen konnte man uns nicht weiterhelfen. Die waren nicht mal überrascht. In Siena kenne ich den Kollegen ganz gut, und da wurde ja auch schon mal was gestohlen. Da muss sie ähnlich getobt und das Personal beschimpft haben, und dann war sie spurlos verschwunden. Der Kollege arbeitet immer noch dort. Und da er den Kollegen aus Florenz kennt, meinte er, da sei es ähnlich gewesen."

„Seltsam, in drei Filialen wurde bereits etwas gestohlen? Sind die Stücke irgendwann wieder aufgetaucht? Auf dem Schwarzmarkt oder in anderen Galerien?"

„Soweit ich weiß, nicht."

„Und jedes Mal war Madame Grillet in der Nähe, das sollte doch eigentlich beruhigend sein, wenn eine kompetente Chefin vor Ort ist."

„Kompetent? Entschuldigung, ich möchte nicht schlecht über meine Chefin reden. Aber es ist eine Tatsache, dass sie nicht aus der Kunstszene kommt. Sie hat ihren Mann kennengelernt, als sie in seinem Büro anfing. Das einzig Gute war, dass sie uns die Verhandlungen mit dem Bischof abgenommen hatte. Ich bin zwar katholisch aufgewachsen, aber er entspricht mir wirklich nicht, ich empfinde ihn als richtig unangenehm. Das liegt vielleicht auch daran, dass ich mit einem Mann verheiratet bin. Das tut jedoch eigentlich nichts zur Sache, Verzeihung. Aber um nochmals auf die Kündigung zu kommen: Wir konnten doch die Galerie nicht im Stich lassen, bevor wir richtig angefangen haben. Die haben wir zu zweit aufgebaut, und wir kennen alle unsere Stücke. Es sind ja viele Werke von regionalen Künstlern dabei, die können wir doch nicht einfach fallen lassen. Wer weiß, was sie, also Madame, mit ihnen machen würde.

Unter uns gesagt, Melanie, meine Kollegin ist sehr begabt, wirklich eine vielversprechende Künstlerin. Und was macht Madame, als sie ihr ihre Werke zeigt? Sie registriert sie nicht mal. Im Gegenteil, sie ignoriert sie komplett, als wäre Melanie hier eine Putzfrau, dabei hat sie Kunst studiert und mehr Ahnung im kleinen Finger, als die Chefin jemals haben wird."

Sebastian Schreiber hatte sich richtig hineingesteigert und war auch lauter geworden. Erst als seine Kollegin alarmiert auf ihn zuging, bemerkte er, dass er womöglich zu viel gesagt hatte. Er konnte ja gar nicht richtig beurteilen, wie eng seine Chefin und der Künstler waren.

Womöglich hatte er gerade sein Aus in der kompletten Kunstszene besiegelt.

Beschwichtigend legte David seine Hand auf Schreibers Arm. „Ich werde ihr nichts verraten. Im Gegenteil, ich kann Sie gut verstehen. Vielleicht zeigen Sie mir bei Gelegenheit mal ein paar Werke Ihrer Kollegin."

Sebastian Schreiber sah ihn erleichtert an und nickte. Sie drehten sich beide zu Melanie Schmidt um, als die Eingangstür aufging und Sofia und Nick hereinkamen.

„Ach, die freundlichen Beamten von der Bamberger Polizei. Das spart mir doch glatt einen Weg. Ich wollte soeben bei Ihnen vorbeischauen. Herr Gruber, nicht wahr? Wir haben letzte Woche noch telefoniert. Es ging um mein Alibi für die Zeit, als hier die kleine Statuette gestohlen wurde. Nun bin ich wieder im Lande und wollte mich mal hier in dieser entzückenden kleinen Galerie umsehen. Ich war nämlich vorher noch nie da gewesen, nicht wahr, Herr Schreiber?"

Dieser nickte bestätigend.

David lächelte Nick und Sofia an und zwinkerte leicht mit den Augen, da Sebastian und Melanie hinter ihm standen und sein Gesicht nicht sehen konnten.

Respekt, dachte Nick, an ihm ist direkt ein Schauspieler verloren gegangen. Dann sah er zu der hübschen jungen Frau, die noch im Raum war. Das letzte Mal war er ja so von Adele Grillet in Beschlag genommen worden, dass er ihre Angestellte gar nicht kennengelernt hatte. Welch ein Jammer, die Blondine war durchaus einen Blick wert!

Sofia stupste ihn in die Seite, sie kannte ihn einfach zu gut.

Nick ging auf den Geschäftsführer zu. „Herr Schreiber, wir beide haben uns ja bereits gesprochen, ich war ja gestern schon mit Staatsanwalt Heller hier. Gibt es denn etwas Neues? Hat sich Madame Grillet inzwischen gemeldet?"

„Ehrlich gesagt, kann ich Ihnen nichts Neues berichten. Ich habe in den anderen Filialen in Italien nachgefragt, da ich dort einen Kollegen kenne. Aber auch da konnte mir niemand sagen, wo Madame ist. An ihr Handy geht sie nach wie vor nicht. Mittlerweile ist es anscheinend auch ausgeschaltet, da die Mailbox nicht anspringt. Ansonsten habe ich nur die Nummer ihres Privatanschlusses in Paris. Das dortige Personal konnte mir jedoch auch nicht weiterhelfen. Melanie, also Frau Schmidt, und ich haben daraufhin beschlossen, die Eröffnung zu verschieben. Eventuell auf nächste Woche, falls sie damit einverstanden sind. Können eigentlich alle Räume nun geputzt werden, oder kommen Ihre Kollegen von der Spurensicherung noch einmal vorbei?"

Da Sofia sich gerade den Bereich der Säule, auf der die Statue gestanden hatte, genauer ansah, antwortete Nick.

„Ich werde kurz Rücksprache mit Herrn Heller halten und Ihnen dann umgehend Bescheid geben. Was machen Sie denn nun wegen des Objekts, das fehlt? Ersetzen Sie es durch eine erneute Leihgabe des Bischofs?"

Es war Sebastian Schreiber anzumerken, dass er sich mit dem Thema am liebsten nicht auseinandersetzen wollte.

„Ehrlich gesagt, weiß ich es nicht. Bei uns hat er sich nicht gemeldet. Ich denke, er spricht nur mit Madame persönlich. Uns hat er ignoriert. Ich werde wahrscheinlich nicht umhinkommen, ihn bald einmal zu kontaktieren. Melanie, da du mit der Versicherung gesprochen hast, könntest du das aber auch übernehmen. Eventuell kann das Ergebnis den Bischof besänftigen. Vielleicht magst du kurz das Gespräch zusammenfassen?"

„Die Dame, die dafür zuständig ist, meinte, es hinge vom Polizeibericht ab, was genau passieren würde. Grundsätzlich zahlen sie, da ja nachweislich keine Sicherheitsmängel vorliegen. Und falls irgendwann der Täter oder die Täterin gefasst werden wird, holen sie sich das Geld wieder zurück. Es sieht also gut aus, wenn Sie oder Ihre Kollegen Ihre Ermittlungsergebnisse an die Versicherung weitergeben."

Beiden, Nick und auch David, war etwas an Melanies Formulierung aufgefallen, und Nick hakte sofort nach. „Wie meinen Sie das, die Täterin? Haben Sie einen konkreten Verdacht? Zuerst dachte ich, sie würden von einem oder mehreren Tätern sprechen, aber nein, Sie haben ganz bewusst *Täterin* gesagt."

Melanie Schmidt wurde puterrot und wusste nicht, wie sie reagieren sollte. Dann entschloss sie sich für die Flucht nach vorne.

„Nun, nachdem mir eh gekündigt wurde, ist es egal. Warum sollten Sebastian und ich die einzigen Verdächtigen sein, die den Code kannten? Unsere Chefin kannte ihn ebenso. Und es ist ja nicht das erste Mal, dass in ihren Galerien etwas gestohlen wurde. Und Sebastian wurde erzählt ..."

„Melanie, stopp."

„Nein, Sebastian, das ist nicht fair. Sie sollen es ruhig auch erfahren. Jedes Mal, wenn in anderen Galerien gestohlen wurde, war die Grillet vor Ort. Sie kennt die Codes für alle Anlagen. Und jedes Mal ist sie hinterher ausgetickt und war dann verschwunden. Bei einem Mal fällt es vielleicht nicht auf, aber das ist jetzt das dritte Mal. Deswegen kommt sie genauso als Täterin in Frage wie wir."

Sie holte Luft und sah die anderen trotzig an. Sebastian trat an ihre Seite und legte beschützend den Arm um sie. „Melanie hat recht. Wir wollen nicht über unsere Chefin herziehen, aber das sind Tatsachen, die sie gerne nachprüfen können."

Nun näherte sich auch Sofia wieder, die den Ausbruch der jungen Frau vom anderen Ende des Raumes aufmerksam verfolgt hatte.

„Herr Schreiber, ich hätte da mal eine Frage. Die Überwachungskameras waren ja noch nicht angeschaltet. Das weiß ich von den Kollegen. Erst ab der Eröffnung sollte dies passieren. Wer hat das veranlasst – und warum?"

„Madame geht gerne in der Anfangszeit durch die Räume und möchte die Kunst auf sich wirken lassen. Sie meinte, sie genieße das, bevor die Öffentlichkeit die Räume in Beschlag nimmt, und sie möchte sich dabei nicht beobachten lassen. Nach der Eröffnung würde diese Unberührtheit fehlen, und sie hätten dann nicht mehr die gleiche Wirkung. Sie sprach von der Jungfräulichkeit der Kunstkomposition. Deswegen sollte die Überwachungskamera noch nicht aktiviert werden."

„Interessant, auf Wunsch der Madame also. Mir ist etwas aufgefallen. Nicht dort, wo die Säule steht, sondern an der Wand gegenüber." Sie ging den anderen voran. „Hier ist eine Kerbe in der Wand, und es gibt kleine Abfärbungen hier in der Holzvertäfelung. Auch am Boden zwei, drei kleine Vertiefungen. Genau kann ich das nicht sagen. Das müsste die Spusi machen. Herr Schreiber, waren diese Dellen schon immer da?"

„Kann ich mir nicht vorstellen, denn gerade diese Wand ist vor zwei drei Monaten neu gemacht worden. Das Holz sollte einen Rahmen für bestimmte Exponate bilden. Und so hätten wir es definitiv nicht abgenommen. Aber es ist uns gar nicht aufgefallen. Wir waren so auf die andere Seite des Raumes konzentriert ..."

„Sofia, du hast doch eine Theorie im Kopf. Sprich", meinte Nick. David musste sehr an sich halten, um nicht mit seiner eigenen Meinung dazwischenzuplatzen.

„Nehmen, wir mal an, nur so als Möglichkeit, jemand kommt in die Galerie, wie auch immer, bekommt einen Wutanfall und nimmt den erstbesten Gegenstand, schleudert ihn quer durch den Raum. Die Wut ist aber noch nicht verraucht, auch die Säule auf der das Objekt stand, wird noch umgeworfen. Dieser Schlag bringt die Person wieder zur Besinnung. Was tun? Am besten schnell weg, die Statuette einpacken und einen Einbruch vortäuschen. Denn eventuell ist die Figur durch die Aktion beschädigt worden. Und dafür zahlt keine Versicherung. Für einen Einbruch mit Diebstahl schon."

Nun schaltete sich David ein.

„Dann rede ich jetzt mal Klartext. Das kann ich, weil ich weiß, was am Abend vor dem Verschwinden der Statue passiert ist. Denn an diesem Abend kam Adele abends noch bei mir in meinem neuen Haus vorbei. Sie brachte eine Flasche Champagner mit, um mit mir auf meinem Umzug anzustoßen."

Sofia riss die Augen weit auf. „Stimmt, das hatte sie erwähnt. Dass sie noch auf ein Schäferstündchen in der Villa war. Sie hat es uns regelrecht unter die Nase gerieben, vor allem mir."

Nick fasst sie beschwichtigend am Arm. Er wusste, Sofia wäre David am liebsten ins Gesicht gesprungen. Aber der wies mit den Augen vorsichtig auf die beiden Galerieangestellten.

„Kurz vorher waren Sie selbst ebenfalls bei mir. Sie erinnern sich? Nun, Adele Grillet hatte die Situation an dem Abend offenbar missverstanden, falsch interpretiert. Um es kurz zu machen: Sie hatte etwas im

Sinn, das ich ihr nicht geben konnte und wollte. Anscheinend hatte sie schon seit längerer Zeit ein Auge auf mich geworfen und meinen Umzug hierher als Erfüllung ihrer Träume gesehen. Als ob wir hier ein kleines Liebesnest hätten. Aber ich musste sie enttäuschen. Denn ich hatte nie auch nur in diese Richtung gedacht. Das muss sie gekränkt haben. Sie hat sich aber nichts anmerken lassen und verabschiedete sich, als ob es ihr nichts ausgemacht hätte. Angenommen, sie wäre doch nicht so locker gewesen und meine Zurückweisung wäre ein herber Tiefschlag auf emotionaler Ebene gewesen, sie hätte vielleicht sogar das Gefühl gehabt, sich lächerlich gemacht zu machen, dann müsste eine so impulsive Frau wie sie ihrem Frust Luft machen. Im Hotelzimmer hätten es zu viele Außenstehende mitbekommen, was gar nicht gut für ihren Ruf gewesen wäre. Also dann doch besser in die eigene Galerie. Dort hat sie dann ihrer Wut freien Lauf gelassen. Hinterher kam sie dann wieder zur Besinnung. Und inszenierte genau das, was Sie, Sofia, vorhin beschrieben haben. Im Zuge der Ermittlungen tat sie ein Übriges, um sich an mir für die Zurückweisung zu rächen. Sie brachte meinen Namen als Verdächtigen ins Spiel. Nicht direkt, und sie hat es dann auch wieder revidiert auch ihre eigenen Angestellten beschuldigt, aber doch so, dass es an der richtigen Stelle Wurzeln fassen konnte. Sie kannte den Bischof, zumindest aus den Verhandlungen über die Leihgabe. Da fiel bestimmt auch mein Name, und da er aus unerfindlichen Gründen ein Problem mit mir hat, war das genau der fruchtbare Boden, den sie brauchte."

„Nick, als wir hier waren und der Bischof hereinkam, standen wir beide mit dem Rücken zur Eingangstür. Madame jedoch nicht. Sie muss gesehen haben, dass jemand hereinkam, vielleicht sogar, wer. Das war perfekt für ihre Inszenierung. Das ganze Gelaber, dass David Sander niemals so etwa tun würde, bestätigte Roman Pabst nur in seinem Verdacht."

Nick holte sein Handy heraus. „Ich rufe jetzt noch mal die Spurensicherung. Sie sollen das, was du entdeckt hast, Sofia, genau unter die Lupe nehmen. Anhand der Farbspuren können die sicher sagen, ob das Material mit dem der Statue identisch ist und ob die Kerbe in der Größe passt. Herr Schreiber, Frau Schmidt und Herr Sander, Sie kommen bitte alle heute noch ins Präsidium und geben Ihre Aussagen zu Protokoll. Und wir beide gehen zu Staatsanwalt Heller. Mal sehen, es würde mich gar nicht wundern, wenn die Fahndung nach der ehrenwerten Madame Grillet eingeleitet würde. Aber ich will hier nicht vorgreifen."

Er ging mit Sebastian und Melanie nach hinten, um mit ihnen abzusprechen, wann sie auf dem Präsidium vorbeikommen würden, und um die Kollegen von der Spurensicherung anzurufen. Aber auch, um Sofia und David kurz alleine zu lassen.

Das nutzten die beiden auch prompt und zogen sich in eine Nische zurück. David schloss sie gleich in seine Arme, um sie zu küssen. „Das ist Folter, dir gegenüberzustehen und so tun zu müssen, als ob nichts wäre. Wir müssen uns sehen, heute Abend. Alle vier. Es gibt noch mehr Informationen. Am besten bei mir. Ich schreib es in die Gruppe. Anna soll die Zeit vorgeben. Und Sofia ...", er küsste sie nochmals innig. Im Hintergrund hörte er Nick und die anderen beiden zurückkommen. Er löste sich von ihr und sagte leise: „Dieses Mal schlafen wir nicht alleine. Diese Nacht bleibst du."

Er drehte sich um und rief Nick zu, dass er sofort ins Präsidium gehen würde, um seine Schilderung der Ereignisse am Tattag zu Protokoll zu geben.

Kapitel 40

Anna hatte zwischen zwei Terminen kurz Zeit, auf ihr Handy zu schauen. Ah, Sofia hatte geschrieben.

Heute Abend Treffen bei David? Anna, kannst du und wenn wann?

Okay, lass mich überlegen, jetzt ist es 16 Uhr, überlegte sie. Einen Klienten hatte sie heute noch, und eigentlich wäre Buchhaltung dran. Aber die konnte sie ja verschieben.

Irgendwie raste im Moment alles. Allein die letzte Woche war eine reine Achterbahnfahrt gewesen. Und wenn sie das so empfand, wie war es dann erst für Sofia?

Ich könnte ab halb acht Uhr da sein. Soll ich was zum Essen mitbringen? Oder bestellen wir etwas?

Sie legte ihr Handy beiseite und öffnete die Tür für ihren nächsten Patienten. Während sie ihn in ihr Behandlungszimmer führte, hörte sie, dass eine neue Nachricht ankam.

Schnell sah sie nochmals auf ihr Handy. Eine Nachricht von David.

Kümmert euch um nichts. Ich besorge Essen und Trinken. Bis später.

Wunderbar. Sie hoffte nur, dass es kein Fast Food sein würde. Und wenn, auch kein Problem, dann würde sie sich eben noch irgendwo einen Salat bestellen.

Sie schaltete ihr Handy aus und widmete sich nun vollends ihrem Klienten.

Sofia hatte nach der Arbeit nicht viel Zeit, um sich fertig zu machen. Schließlich wollte sie pünktlich sein.

Sie gönnte sich nur eine schnelle Dusche und legte dafür viel mehr Wert auf ihr Aussehen und ihre Kleidung.

Davids Wort, dass sie heute nicht alleine schlafen würde, erfüllte sie mit Nervosität und Erregung. Sie stellte sich vor ihren Spiegel und betrachtete ihren Körper. Selbstkritisch, wie sie war, begutachtete sie sich von allen Seiten. Nicht einmal sie fand etwas an sich auszusetzen. Sie hatte zwar keine Modelmaße, fand diese aber auch nicht erstrebenswert. Auf den Laufsteg hatte sie nie gewollt.

Sie fand sich gut. Sie hatte Rundungen, wo sie hingehörten. Eine beachtenswerte Taille, lange Beine, und ihre Brüste füllten durchaus ein C-Körbchen, was doch beachtlich war.

Nun musste sie sich entscheiden, welche Farbe ihre Wäsche habe sollte. Rot wäre vielleicht etwas zu billig und provokant, schwarz einfallslos - und weiß, nein, weiß ging heute gar nicht. Aber in der Schublade lag eine neue Wäsche, noch nicht einmal getragen, als ob sie auf den richtigen Zeitpunkt gewartet hätte. Edles Smaragdgrün. Viel durchscheinende Spitze und ein kleines bisschen Push up konnten nie schaden.

Sie sah das Ergebnis im Spiegel und dachte: Oh ja, David, unvergesslich soll das werden. Dieser Anblick wird dir immer im Gedächtnis bleiben.

Darüber am besten eine Bluse mit einem tiefen Dekolletee in einem ähnlichen Grünton, und einen langen weiten Rock, der leicht durchsichtig war und dadurch ihre Beine betonte.

Sie schwankte noch zwischen hohen Sandaletten und flacheren Schuhen, fand aber dann Flip-Flops zu ihren grün lackierten Nägeln noch erotischer.

Oh ja, David, unvergesslich wird dieser Abend bleiben. Sie lächelte.

Die Haare steckte sie locker hoch. Zufrieden lächelte sie sich im Spiegel an, perfekt.

Da sie davon ausging, heute Nacht nicht hier zu schlafen, packte sie alles Notwendige in eine Tasche, auch Kleidung für den Dienst morgen.

Nur ein Nachthemd steckte sie nicht hinein, denn sie vermutete, sie würde keines brauchen.

Fünf Minuten später machte sie sich zu Fuß auf den Weg und kam zeitgleich mit Nick an.

„Hab ich was verpasst, sollten wir irgendetwas mitbringen? Ich habe nichts dabei."

„Nein, nein, alles gut. Er hat ja geschrieben, er kümmert sich um Essen und Trinken. Das ist nur, falls es spät wird, sehr spät, und ich was getrunken habe und dann vielleicht nicht mehr fahren kann ..."

„Hä, du bist doch zu Fuß da? Ach so, sag doch gleich, dass du sein Bett testen willst, und nicht nur das Gästebett vermute ich. Bist du sicher? Sonst bist du nicht so schnell."

„Ich glaube, ich war noch nie so sicher. Aber danke für deine Sorge um mich."

Sie drückte ihm ein Küsschen auf die Wange, und gemeinsam gingen sie Richtung Eingangstür.

Da Nick noch nie hier gewesen war, konnte er seine Begeisterung über die Lage, das Haus und den Garten schwer unterdrücken.

„Und warte erst mal, bis du es von innen gesehen hast. Ich hatte neulich eine Führung und muss sagen, ich war noch nie in einem so tollen Haus. Es passt einfach alles, und das Wichtigste: Man fühlt sich sofort wohl. Er zeigt es dir bestimmt. Wahrscheinlich hat er die Führung schon geplant."

David öffnete die Tür und stand Nick gegenüber, den er wie einen guten Freund mit einer Umarmung begrüßte. Mittlerweile war auch Nicks Befangenheit gegenüber David verschwunden. Der gestrige Abend und der heutige Tag hatten manches zurechtgerückt. Er ging an ihm vorbei ins Haus und gab dadurch den Blick auf Sofia frei.

Sie stand einfach nur da und sah David an.

Der schluckte schwer. „Und wie schicken wir jetzt am besten deine Freunde weg? Denn ich glaube nicht, dass ich den Abend lange überstehe, ohne über dich herzufallen, wenn du so aussiehst. Am besten suche ich nach einem alten Kartoffelsack, den du dir überziehen kannst. Aber selbst darin würdest du wahrscheinlich noch umwerfend aussehen."

„Gut, dann habe ich ja das Meine dazu beigetragen, damit dies ein unvergesslicher Abend wird. Zumindest ist es ein guter Anfang."

Sie stellte sich auf die Zehenspitzen und gab ihm einen leichten Kuss auf die Wange, ging an ihm vorüber und meinte: „Ich möchte dich schließlich nicht jetzt gleich in Versuchung führen."

In dem Moment wurde sie von David zurückgerissen, und er küsste sie gar nicht zaghaft und brüderlich. „Spiel nicht mit dem Feuer, denn sonst brennt es lichterloh und ist nicht mehr zu löschen." Seine Augen sahen sie an, fast schwarz, und sie versank in ihrer Glut.

Da hörten sie Anna hinter sich.

„Bin ich hier richtig zu einer Ghostbusters-Sitzung? Denn anscheinend bin ich in einem Hexenkessel gelandet. Kann ich vorbei, ohne an eurem Feuer zu verbrennen oder soll ich ein anderes Mal wiederkommen?"

Die beiden lösten sich voneinander, Sofia stellte ihre Tasche in den Flur, was Anna mit einem amüsierten Grinsen registrierte, und David führte die beiden in den großen offenen Wohnraum mit dem tollen Blick über Bamberg, in dem Nick schon am Fenster stand und auf sie wartete.

Anna schnupperte. „Was duftet denn hier so gut? Nein, Nick es ist nicht dein Parfum, komm lass dich zur Begrüßung umarmen. Es riecht nach Essen, nach Pasta mit Tomatensoße und viel Basilikum. Richtig lecker."

Sie folgte ihrer Nase und landete in Davids Küche. Dort stand wirklich ein Topf mit vor sich hin köchelndem Sugo Pomodoro auf dem Herd. Und in einem anderen Topf war schon heißes Wasser für die Pasta.

Auf dem Tisch stand eine Platte mit typisch italienischen Antipasti, und den anderen beiden, die David und Anna gefolgt waren, lief ebenfalls das Wasser im Mund zusammen.

„Du kannst kochen? Ehrlich? Spätestens jetzt muss ich dich anflehen, mich zu heiraten, bitte, David, sonst kommt Anna mir noch zuvor und will dich für sich."

„Meine Mama meinte immer, jeder Italiener, auch wenn er nur zugezogen ist, muss mindestens eine gute Pastasoße machen können. Und da ich Tomatensoße am liebsten mag und im Moment auch schöne reife Pomodori auf dem Markt zu haben sind, bot es sich an. Die Antipasti und die Pasta sind von meiner Mutter. Die bekomme ich immer mit, wenn ich von meinen Eltern wegfahre. Ich mache zwar auch Pasta selbst, doch für mich alleine ergibt es keinen Sinn. Eigentlich wollte ich sie heute selber zubereiten, aber das habe ich zeitlich leider nicht hinbekommen. Auf eurem Präsidium hat es ewig gedauert. Am Schluss hat mich sogar der Heller noch sprechen wollen.

Fand den gar nicht so übel. Jetzt, nachdem er sich nicht mehr nur auf mich eingeschossen hat. Aber vielleicht besprechen wir das Ganze beim Essen. Trinken alle Rotwein? Ich habe einen sehr guten aus dem Weingut meiner Eltern. Ich dachte, wir essen auf der Terrasse und habe dort schon Geschirr und Gläser bereitgestellt. Sofia, du weißt doch, wo du hinmusst, nimm doch bitte die Antipasti mit, Nick, der Wein steht schon geöffnet da drüben, und Anna, möchtest du das Brot schneiden, das habe ich noch nicht gemacht.

Ganz entspannt saßen sie auf der Terrasse und warteten auf David. Sofia musste lächeln, als er, barfuß wie beim letzten Mal, mit einer Platte duftender Pasta zu ihnen kam.

Sie machten sich über die leckeren Nudeln her, als ob sie seit Wochen nichts gegessen hätten. Währenddessen erzählten sie Anna, was heute passiert war.

„Also, dass diese Adele dahinterstecken könnte, wundert mich gar nicht. Alleine euren Erzählungen nach fand ich die Dame extrem dubios. Und wenn sie tatsächlich die Reinkarnation von Susanne ist, erklärt das so manches. Mir tun nur ihre Angestellten leid, denn mit so einer Furie zusammen- oder vielmehr unter ihr arbeiten zu müssen, entspricht ja schon fast meiner Vorstellung von der Hölle. Da lobe ich mir meine Unabhängigkeit. Aber was passiert denn nun? Fahndet man nach ihr, steht sie auch offiziell unter Verdacht, und ist David nun rehabilitiert?“

Nick erzählte von ihrem Treffen mit dem Staatsanwalt. David hörte gespannt zu, denn er war vor Nick und Sofia bei Heller gewesen, und ihm gegenüber hatte er sich noch sehr neutral verhalten.

„Heller war ja selbst schon misstrauisch gewesen. Deshalb wollte er ja auch gestern noch mal in die Galerie und mit der Grillet reden. Dass die nicht da war, trug nicht zu ihrer Entlastung bei. Ich denke, er fand sie dann noch verdächtiger. Und den Bischof kann er gar nicht leiden. Wahrscheinlich befürchtet er, dass David ihn wegen übler Nachrede anzeigt und er ihn noch länger an der Backe hat."

Er sah kurz zu ihm hinüber, aber David lächelte nur und gab keinen Kommentar ab.

„Als wir ihm dann von den neuen Erkenntnissen von unserem Besuch in der Galerie erzählt hatten, das, was Schreiber und die übrigens sehr süße Melanie angegeben haben, wurde er immer hellhöriger. Ich denke, mittlerweile laufen die Telefone zu den Kollegen in Italien heiß, denn er will unbedingt wissen, welches Alibi Madame bei den anderen beiden Diebstählen hatte und wo sie jetzt ist. Den Vogel hat aber dann Sofia abgeschossen, als von ihrer Vermutung berichtete, dass die Figur in einem Wutanfall an die Wand geschleudert worden sein könnte. Mittlerweile hat die Spusi auch bestätigt, dass die Kerbe und die Form und Größe der Statue zusammenpassen. Auch der Abstrich wird passen, da bin ich sicher. Hier dauert die Analyse noch etwas. Madame wird viel erklären müssen, wenn sie wieder auftaucht oder man sie findet. Heller will von dem Verdacht gegen sie noch nichts nach außen dringen lassen, um zu verhindern, dass sie abtaucht. Wobei ich glaube, ihr Ego wird es nicht zulassen, dass sie ihren Ruf öffentlich ruiniert sieht. Die lässt sich noch eine Schmierenkomödie einfallen, um den Verdacht auf andere zu lenken. Aber du, David, wirst es nicht mehr sein, denn darauf fällt keiner mehr rein."

Er griff zu seinem Weinglas und sagte: „Kommt, lasst uns darauf anstoßen. Auf die Wahrheit, die immer siegen sollte."

Sie ergriffen ihre Gläser „Auf die Wahrheit!"

Anna wandte sie nun an Sofia. „Bei so einem ereignisreichen Tag gerät der gestrige fast in Vergessenheit. Wie geht es dir denn jetzt, the day after?“

„Eigentlich gut, richtig gut. Ich fühl mich irgendwie so frei und friedlich. Früher habe ich immer das Gefühl gehabt, kämpfen zu müssen. Allen musste ich beweisen, dass ich gut bin, das Richtige tue, dieser Druck ist weg. Auch meine Eltern sehe ich jetzt anders. Sie haben mir den Rahmen gegeben, mich so zu entwickeln, war halt kein einfaches Leben. Aber Anna, hilf mir doch noch mal. Das, was ich gestern alles erzählt habe, war nicht irgendeine erfundene Geschichte aus meinem Unterbewusstsein, sondern wirklich eine Inkarnation aus einer früheren Zeit, richtig? Das habe ich tatsächlich erlebt, alles ist auch so gewesen, oder?“

David und Nick sahen Sofia an, worauf wollte sie hinaus?

„Das hat deine Seele als Greta genau so erlebt. Du hast deine Mutter und deine Großmutter verloren, deine Brüder waren im Krieg, Susanne war mit dir in der Schule, und das Wichtigste: Du hast Hans kennengelernt. Er war bei euch in Seehöflein auf dem Hof und hat euch geholfen. Du hast die Familie Goldfein versteckt.“ Sie sah hoch, denn Nick hatte sein Glas Wein umgestoßen. Er war richtig erschrocken. Aber David lachte und beschwichtigte ihn. Er würde nur schnell einen Lappen und eine neue Flasche holen, meinte er und verschwand im Haus.

Anna sprach weiter. „Und auch die Bombenabwürfe in Bamberg hat es gegeben, vielleicht stimmen die Daten nicht ganz genau, und auch die Namen können minimal anders gewesen sein. Aber ja, das war deine Vergangenheit als Greta.“

David kam an den Tisch zurück und setzte sich, schenkte jedem nach. „Ich weiß, worauf du hinauswillst, Sofia. Du meinst, da es noch nicht so lange her ist, müsste man doch einige Sachen nachprüfen und die Fakten belegen können. So tickt dein analytisches Gehirn. Oder?“

„Na ja, das ist doch nur logisch. Ansonsten bildet sich mein Verstand ewig ein, ich hätte es mir ausgedacht. Anna, sag, soll ich oder soll ich nicht? Nachforschen, meine ich.“

Anna musste nicht lange überlegen „Tu es, oder wir machen es gemeinsam. Ich denke, es ist wichtig für dich. Lass uns nachforschen.“

Nick stand unvermittelt auf. „Sorry, dass ich mich ausklinke, aber ich bin echt erledigt. Forscht aber nicht ohne mich. Da will ich unbedingt dabei sein. Aber können wir das Richtung Wochenende schieben? Oder auf unseren nächsten freien Tag? Die Geschichte hat jetzt so viele Jahre geruht und gewartet, die paar Tage dürften doch jetzt auch keinen Unterschied machen. Wir halten uns über Ghostbusters auf dem Laufenden?“

Er drückte die beiden Mädels kurz an sich und ließ sich von David zur Tür bringen.

„Komisch“, meinte Sofia. „Er wollte eigentlich unbedingt noch das Haus sehen. Und sonst hält er immer viel länger aus. Ach, vielleicht hat er ja noch ein Date mit dieser Melanie Schmidt, du weißt schon, der süßen Blondine aus der Galerie.“

„Er wird schon einen Grund haben. Aber ich glaube, ich geh jetzt auch. Denn dass bei dreien einer zu viel ist, weiß sogar ich. Und ich will ja nicht stören.“

Sofia hatte keine Lust zu heucheln, dass Anna noch bleiben solle, denn eigentlich war sie froh, jetzt endlich mit David allein zu sein. Sie winkte Anna nach und griff wieder zu ihrem Glas.

„Warum hat Anna es denn jetzt so eilig gehabt?“, fragte David, als er zurückkam.

Sofia lächelte ihn an und legt ihre Beine über die Stuhllehne, damit ihr Rock ein Stückchen höher rutschen konnte.

„Weiß nicht. Keine Ahnung. Du vielleicht?“

Kapitel 41

David schluckte schwer.

„Bleib genau so, aber wirklich genau so. Gib mir zwei Minuten." Und schon war er zur Tür hinaus.

Sofia sah ihm verblüfft hinterher.

Was sollte das denn bitte? Wollte er noch duschen? Eigentlich hatte sie überlegt, ob sie schnell ins Bad sollte, um sich kurz frisch zu machen. Normalerweise hatte sie jedenfalls immer das Bedürfnis, bei einem ersten Date perfekt hergerichtet zu sein.

Dieses Mal war das irgendwie anders. Sicher, sie wollte, dass er sie schön fand, aber so, wie sie eben war.

Sie fragte sich gerade, ob sie nervös war, als ihr schon keine Zeit mehr zum Denken blieb.

Denn David stand wieder in der Tür und schien sie nun endlich mit seinem Blick auszuziehen. Ihr Selbstbewusstsein wuchs, sie fühlte regelrecht eine weibliche Urmacht in sich.

Aber sie bleib einfach sitzen und lächelte weiter.

Mal schauen, was er sich Unvergessliches hatte einfallen lassen.

Er kam auf sie zu und zog sie hoch. Als sie ihm gegenüberstand, war ihr Kopf auf einmal komplett ausgeschaltet. Sie fühlte nur noch.

Er hob sie hoch und trug sie die Treppen hinauf in sein Schlafzimmer. Sie spürte seinen muskulösen Brustkorb. Gleichzeitig konnte sie ihren Blick nicht von ihm wenden. Sie ertranken in den Augen des anderen.

Alle Zeiten schienen zu verschmelzen – zum Hier und Jetzt.

Mit jeder Stufe, die sie höher kamen, konnte sie die Musik deutlicher hören.

Wunderschöne Töne hüllten sie ein. Sie konnte den Duft von Blumen riechen, wunderbar süß, sie betörten ihren Geruchssinn.

Der Raum war nur von Kerzen erhellt, ihr warmes Licht lenkte nicht ab von den Körpern, die im Mittelpunkt standen, sie umschmeichelten und inszenierten. Das Einzige, das ihren fühlenden Händen und Lippen noch im Weg war, war der Stoffe ihrer Kleidung. Nicht mehr lange jedoch.

David stellte Sofia sachte vor dem Fenster auf ihre Füße, und sie ließen ihre Blicke über das nächtlich leuchtende Bamberg gleiten.

„Ich lege dir die Stadt, die Welt zu Füßen. Alles, was in meiner Macht steht, werde ich für dich tun."

Sie nahm den Ausblick und seine Worte in sich auf, um sie nie mehr zu vergessen.

Ihre Augen schlossen sich, als er von hinten um sie griff, um ihre Bluse sanft zu öffnen. Sein heißer Atem erhitzte ihren Nacken, seine Lippen glitten hinter ihrem Ohr entlang. Bluse und Rock fielen geräuschlos zu Boden.

Sie wollte sich zu David umdrehen, als sie erneut den Boden unter den Füßen verlor. Er legte sie sanft aufs Bett. Ihre Lider hoben sich leicht, um seinen Anblick in sich aufnehmen zu können. Seine Zähne, seine Lippen berührten ihren Slip, und ihre Lider schlossen sich.

Die Musik im Raum bekam durch ihr Stöhnen einen neuen Rhythmus, der Duft der Blumen vermischte sich mit ihrer beider Schweiß.

Alles verwandelte sich in pure Sinnlichkeit, und Raum und Zeit verschmolzen mit ihren beiden Seelen.

Nur der Verstand, der hatte nun keinen Zutritt mehr.

Kapitel 42

Dienstag

Als Sofia im Dämmerlicht erwachte, weil sie Davids festen Körper an sich spürte, überlegte sie kurz, ob sie jemals schon so etwas erlebt hatte. Ein leichtes Lächeln umspielte ihre Mundwinkel; nein, denn so etwas war einmalig.

Viele Streicheleinheiten später weckte sie Wasserrauschen aus der Dusche. Sie drehte sich und stellte fest, dass jeder Zentimeter ihres Körpers pulsierte, ja, manche Areale durchzog ein leiser Schmerz. In dieser Nacht hatte sie Muskeln zum Leben erweckt, von denen sie gar nicht wusste, dass sie sie besaß. Sie hoffte nur, David ging es ähnlich, denn nach der ersten langsamen, zärtlichen Vereinigung ging es etwas leidenschaftlicher zur Sache. Jeden Zentimeter an ihm hatte sie berührt, massiert, liebkost, mit ihren Zähnen und Lippen liebkost.

Leichte Röte überzog ihr Gesicht, und sie verbarg es kurz unter der Decke. Keine Ahnung, wie sie ihm gegenübertreten sollte. So einen Morgen danach hatte sie noch nie erlebt. Sie tauchte wieder aus den Tiefen des Bettes auf und sah sich Davids lächelndem Gesicht gegenüber. Er hatte nur ein Handtuch um die Hüften. Ein paar Wassertropfen schienen Mühe zu haben, nach jeder Muskelvertiefung seines Sixpacks die Kurve zum nächsten Muskelstrang zu erklimmen.

Eigentlich war sie versucht, ihnen die Arbeit abzunehmen und sie einfach mit ihrer Zunge aufzuhalten.

„Ich sehe dir an, was du vorhast, glaub mir, nichts lieber als das. Aber es ist schon kurz nach sieben, ich wollte dich nicht früher wecken, da wir heute Nacht ... na ja, nicht viel geschlafen haben. Nick meinte, glaube ich, ihr hättet um acht Dienstbeginn."

„Sag mir, ich habe mich verhört, bitte."

„Nein, hast du leider nicht, aber weißt du was, du verzichtest auf die Dusche und aufs Frühstück."

Und schon lag das Handtuch auf dem Boden.

Eine Dreiviertelstunde später lief Sofia eilig zur Dienststelle. Sie hoffte, Nick hatte die Brotzeit besorgt und der Kaffee wäre auch schon fertig, denn die Zeit hatte wirklich nicht mehr gereicht. Aber das war es auf jeden Fall wert gewesen.

Als sie das Büro betrat, wunderte sie sich, denn es roch nicht nach Kaffee, und Nick war auch noch nicht da. Und das, obwohl es schon nach acht war. Schnell ging sie mit einer Tasse los, um bei den Kollegen Wachmacher zu holen.

Vielleicht war Nick im Nebenzimmer hängen geblieben?

Er habe sich heute frei genommen, dringende Familienangelegenheiten, meinte die Schreibkraft an der Anmeldung. Seltsam, davon war gestern noch keine Rede gewesen. Hoffentlich war nichts passiert.

Sie kannte sein Elternhaus nur flüchtig, da er nicht in Bamberg aufgewachsen war, sondern im näheren Umkreis. Wenn sie sich getroffen hatten, dann immer hier in der Stadt.

Vielleicht wäre ein Blick auf ihre Nachrichten aufschlussreich. In der Eile hatte sie heute früh gar nicht auf ihr Handy geschaut.

Stimmt, da war eine WhatsApp-Message von Nick.

„Sorry, muss dich heute im Stich lassen. Gibt eine dringende Familienangelegenheit zu klären. Melde mich im Laufe des Tages. Gruß Nick"

Die Nachricht hatte er schon gestern, zirka eine halbe Stunde, nachdem er bei David gegangen war, geschrieben. Warum hatte er denn nicht angerufen? Das klang nicht nach Nick.

Sie musste dringend Anna anrufen. Wenn sie Glück hatte, erwischte sie sie noch, bevor sie während der Arbeit ihr Handy ausschaltete.

„Anna, guten Morgen, ja, ich hatte eine tolle Nacht ... Nein, geschlafen habe ich eigentlich nicht, zumindest nicht viel, aber ich hatte manchmal die Augen zu, das zählt auch ... ja, lach du nur ... nein es gibt keine Einzelheiten, auch nicht für die beste Freundin, die selbst auf Entzug ist, nein ... du, kurz was anderes. Hast du nach gestern Abend noch was von Nick gehört? Er ist heute nicht im Dienst wegen dringender Familienangelegenheiten ... du also auch nicht, okay ... das passt nicht zu ihm, finde ich eben auch ... ich mag nur hier im Dienst nicht bei ihm nachfragen, sonst denken die Kollegen gleich ... genau, das ist lieb, wenn du zwischen deinen Terminen versuchst, ihn zu erreichen ... ja, ich mach mir auch Sorgen, hoffentlich ist nichts passiert ... Cool, tolle Idee, hol mich doch ab, wenn es dir passt, bei mir liegt heute hauptsächlich Bürokram an, Berichte schreiben und so weiter ... muss kurz bei Heller nachfragen, ob er was gehört hat aus Italien, denn hier habe ich noch nichts vorgefunden ... Dann so zwischen eins und zwei, perfekt, bis später ... was? Nein, David hat mittags keine Zeit. Er will noch mal mit seinen Eltern sprechen. Wegen des Bischofs. Wäre auch gerade nicht so gut, wenn wir miteinander zum Essen gehen würden und Kollegen oder jemand von der Presse würde uns sehen ... gut, dann bis später, freu mich.“

Sofia legte auf, nun etwas beruhigter, da Anna sich kümmern würde. Gerade als sie ihr Handy weglegen wollte, kam eine Nachricht von David herein.

Das Haus ist so leer ohne dich. Bis heute Abend?

Sogleich tippte sie die Antwort. *Aber sicher <3.*

Entschlossen legte sie das Smartphone zur Seite. Einfach nicht mehr draufschauen, sonst kam sie heute gar nicht mehr zum Arbeiten.

Die nächsten Stunden verflogen im Nu, sie konzentrierte sich auf den Papierkram. Von Heller hatte sie nichts Neues erfahren. Sie wollte eben auf die Uhr schauen, als es an der Tür klopfte und Anna ihren Kopf hereinsteckte.

„Stör ich? Bin ich zu früh?"

„Nein, das passt wunderbar, ich wollte gerade schauen, wie spät es ist. Haben sie dich einfach so reingelassen?"

„Eigentlich wollte ich die Dame am Empfang bitten, dir Bescheid zu geben, aber sie meinte, ich solle einfach hierherkommen und hat mir den Weg beschrieben. Brauchst du noch oder können wir gehen?"

„Bin für den Moment fertig, warte, schnell noch alles speichern."

Ein kurzes Klopfen, und die Tür wurde schwungvoll geöffnet. Lukas Heller stürmte herein und prallte geradewegs auf Anna.

Anna geriet aus dem Gleichgewicht, wurde aber gleich von Heller aufgefangen.

„Entschuldigung, ich war wohl etwas zu stürmisch. Habe ich Ihnen wehgetan, Anna, so war doch Ihr Name?"

Anna schüttelte den Kopf „Nein, äh, ja. Ich meine nein, Sie haben mir nicht wehgetan, und ja, ich bin Anna."

„Anna ist hier, um mich in die Mittagspause zu begleiten."

„Ist es schon wieder so spät? Stimmt, ich vergesse das Essen immer, schon halb zwei. Dann kommen Sie doch danach kurz in mein Büro. Wo ist der Kollege Gruber?"

„Der hat sich heute freinehmen müssen. Irgendein familiäres Problem."

„Stimmt, hat irgendjemand schon erwähnt. Dann bis später."

Bevor er sich umdrehen und wieder aus dem Büro stürmen konnte, rief Anna ihm noch nach: „Kommen Sie doch mit. Mit einem gesunden Essen und ein paar Vitaminen arbeitet es sich auch als Staatsanwalt wieder besser weiter."

Er blieb überrascht stehen und sah Anna völlig überrumpelt an. „Eigentlich haben sie recht. Wo gehen Sie denn hin? Vielleicht schaffe ich es und komme nach."

Noch überraschter als er war Sofia, denn wenn sie jemanden nicht in der Mittagspause dabeihaben wollte, dann war es Heller.

„Sofia, ich dachte, wir gehen zu dem veganen Restaurant, in dem du mit Nick neulich warst. Ich war noch nicht dort, und ihr meintet, das Essen sei toll gewesen. Wissen Sie, welches ich meine? Hinterm Gabelmann? Wir reservieren Ihnen einen Platz, okay? Dann bis später."

„Ich weiß, was Sie meinen, bis gleich. Ich komme so in 10-15 Minuten nach."

Als die Tür sich geschlossen hatte, fauchte Sofia. „Bist du wahnsinnig geworden? Ich will doch mit meinem Chef nicht die Pause verbringen. Da muss ich ja aufpassen, was ich sage, und zwar bei jedem Wort."

„Tut mir leid, ich konnte nicht anders. Es sind wieder mal die Augen. Ich kenne sie, und du auch."

Sofia sah Anna an. „Findest du das nicht ein bisschen weit hergeholt? Es kann doch nicht jeder in meiner Umgebung auch in meiner Vergangenheit dabei gewesen sein."

Anna sah ihr direkt in die Augen. „Nicht nur deine Vergangenheit, hier geht es ausnahmsweise mal auch um meine. Und ich bin mir noch nicht sicher, deshalb musste ich es tun.

Wollte dir nicht das Essen vermiesen, aber es kam über mich, als er so dastand. Eigentlich schon, als er Nick am Sonntag bei mir absetzte, nach deiner Rückführung. Gib mir noch etwas Zeit, dann erzähl ich dir, was ich meine. Jetzt aber los. Ich muss dir ja noch von Nick erzählen, bevor er dazukommt."

Eilig verließen sie das Präsidium.

„Hast du ihn erreicht?"

„Ja, aber er war sehr geheimnisvoll. Es scheint auf jeden Fall niemandem etwas passiert zu sein, und keiner ist krank oder so. Dir gegenüber hat er irgendwie ein schlechtes Gewissen und meinte, er wolle uns beiden und David heute Abend alles erklären. Er will uns abholen und zum Essen einladen. Siehst du, jetzt schaust du genauso überrascht wie ich. Er meinte, David hätte er schon gefragt, und die Zeit schreibt er in die Gruppe."

„Jetzt verstehe ich gar nichts mehr. Seit wann will Nick uns zum Essen einladen? Und wohin? Echt komisch."

Sie setzten sich und überlegten, ob es unhöflich wäre, schon zu bestellen. „Eigentlich habe ich nicht so lange Pause, aber wenn der Chef dabei ist, kann er mich ja kaum schimpfen, wenn ich mit der Bestellung auf ihn gewartet habe, oder?" Sie lachte, und Anna fiel ein.

„Schön, dass ich so gut gelaunte Tischnachbarn habe. Haben Sie schon bestellt? Oh, Sie haben auf mich gewartet, danke sehr. Ich habe keine Ahnung von dem Essen hier. Eigentlich bin ich ein absoluter Fleischesser. Was kann man denn empfehlen?"

Da Sofia wusste, was nun kam, lehnte sie sich entspannt zurück und beobachtete die beiden. Zwischendurch bestellten sie, und Anna erklärte Lukas Heller ganz euphorisch, warum man zumindest ab und zu auf Fleisch verzichten solle und wie wichtig ethische Grundsätze seien.

Mit etwas Abstand betrachtet war der Heller auf einmal gar nicht mehr so unsympathisch. Anna und er schienen auch keinerlei Probleme zu haben, gemeinsame Themen zu finden. Nie im Leben hätte Sofia gedacht, dass er sich mit dem Thema Alternativmedizin auskennen würde. Und das Essen schien er sogar richtig zu genießen.

Nach einer Weile sah sie auf die Uhr und stellte erschrocken fest, dass ihre Pause wirklich schon längst vorbei war. Sie räusperte sich, um den Gesprächsfluss der beiden nicht zu unterbrechen, und erhob sich.

„Tja, ich muss dann mal wieder ran, nicht, dass der Chef schimpft."

„Oh, ist es schon so spät? Warten Sie Sofia, ich gehe schnell noch an die Theke, zahle und komme dann gleich mit. Das Essen geht auf mich."

Als er weg war, verabschiedeten sich die Freundinnen schnell. „Ich weiß nicht, was du immer hast. Dein Chef ist ein toller Mann, und irgendwie bringt er eine Saite in mir zum Klingen, die schon lange nicht mehr bespielt wurde. Aber die Melodie, die kenne ich schon seit Urzeiten. Na ja, wir sehen uns ja heute Abend anscheinend noch. Bis dann."

Der Staatsanwalt kam zurück und reichte Anna die Hand zum Abschied. „Ich hoffe, wir sehen uns wieder."

„Das liegt ganz an uns“, meinte Anna, küsste ihn leicht auf die Wange, drehte sich um und ging.

Wie ein Regenbogen leuchtete sie und strahlte wie die Sonne.

Heller sah ihr noch einen Moment nach, bis er sich daran erinnerte, dass Sofia neben ihm stand.

Sie meinte sogar eine leichte Röte in seinem Gesicht zu erkennen. Er räusperte sich kurz, ein Zeichen, dass auch er etwas nervös war.

„Eine tolle Frau, Ihre Freundin. Lebt sie denn alleine hier in Bamberg?“

„Oh, Sie meinen, ob sie vergeben ist? Nein, Anna wartet auf ihren Seelengefährten. Aber Sie kennen ja das Haus, in dem sie wohnt. Es ist ihr Elternhaus. Sie ist dort geblieben, als ihre Eltern nach Italien zogen. Dort arbeitet sie auch, und das sehr erfolgreich. Sie hat eine eigene Praxis mit einem großen Kundenstamm, und jeder, der bei ihr war, ist begeistert.“

„Das kann ich mir vorstellen. Vielleicht brauche ich ja ihre Fähigkeiten auch mal. Apropos Italien. Die Eltern von David Sander leben ja auch in Italien.“

Sofia fühlte sich durch diesen raschen Themenwechsel kurz irritiert. Dann antwortete sie: „Ja, bei ihnen war er doch, als die Statue gestohlen wurde. Das hat mittlerweile auch die italienische Polizei bestätigt. Nick und ich haben ihn daraufhin von der Liste der Verdächtigen gestrichen.“

Sie wollte das Thema in eine andere Richtung lenken, bevor sie sich verplapperte. „Was halten Sie denn nun von Madame? Gibt es Neuigkeiten über ihren Aufenthaltsort? Ich würde sie zu gerne noch mal vernehmen und mit unserer Theorie konfrontieren. Die Spurensicherung hat vorhin den Bericht geschickt. Die Farbspuren in den Vertiefungen an der Wand und am Boden stammen definitiv von der verschwundenen Statue. Aus den Unterlagen der Versicherung haben wir die genaue Zusammensetzung der Legierung und die exakten Größenangaben.“

„Eigentlich müsste ich sie zur Fahndung ausschreiben. Verdacht auf dreifachen Kunstraub, Versicherungsbetrug, wahrlich keine Kavaliersdelikte. Die Kollegen im Ausland haben ihre Ermittlungen wieder aufgenommen, nachdem ich sie über unsere Erkenntnisse informiert hatte. Sie hatten Madame Grillet nie als Verdächtige auf dem Schirm. Erst durch die Aussagen des Personals und Ihre großartige Ermittlungsarbeit wurden sie auf die Galeristin aufmerksam. Vorerst möchten die Kollegen es jedoch nicht öffentlich machen und baten mich, mit der offiziellen Anklageerhebung zu warten. Sie arbeiten eng mit den Kollegen in Paris zusammen, dem Hauptwohnsitz von Adele Grillet. Die Befürchtung ist, dass sie untertaucht, wenn sie erfährt, dass sie unter Verdacht steht, oder sich Alibis zu verschaffen versucht. Kann ich auch nachvollziehen.

Deswegen sind mir im Moment leider die Hände gebunden. Allerdings werde ich mir den Bischof diese Woche nochmals vornehmen. David Sander hat gestern erst einmal auf eine Anzeige verzichtet, aber er fordert über seine Anwälte eine Richtigstellung in der Presse. Und die soll nicht zu klein ausfallen. Ich persönlich halte eine persönliche Entschuldigung, am besten in der Öffentlichkeit, vielleicht sogar bei der Galerieeröffnung, für das Mindeste. Wenn die Galerie denn eröffnet wird. Meinen Sie, Herr Sander kann noch ein paar Tage warten? Wie schätzen Sie das ein?"

„Ähm, da muss man ihn halt fragen. Ich könnte verstehen, wenn er eine sofortige Richtigstellung verlangen würde. Auch wenn es die Grillet aufschrecken könnte. So glaubt sie natürlich immer noch, dass wir ihn verdächtigen. Soll ich ihn darauf ansprechen oder übernehmen Sie das?"

Mittlerweile waren sie im Präsidium vor ihrer Bürotür angelangt.

„Meine liebe Sofia, ich gehe davon aus, dass Sie sich bestimmt treffen, vielleicht sogar heute noch? Fragen Sie ihn doch bitte einfach."

„Wie kommen Sie denn darauf? Ich kann doch nicht während laufender Ermittlungen ..."

„Ich mag es nicht, für dumm verkauft zu werden, und noch weniger mag ich es, angelogen zu werden. Also stoppen Sie besser an diesem Punkt. Am Sonntag habe ich ihn im Haus Ihrer Freundin Anna am Fenster gesehen. Jedes Mal, wenn sein Name fällt, beginnen Sie zu strahlen. Oh, Sie versuchen es zu verbergen, aber ich kenne Sie zu gut. Auch Ihre erste Begegnung im Hotel ist da im Nachhinein sehr aufschlussreich. Sobald der Fall abgeschlossen ist, können Sie ohnehin tun und lassen, was Sie wollen. Aber jetzt wollen wir mal nicht von Befangenheit ausgehen, oder?! Ach, und nur zu Ihrer Information: Als er gestern seine Aussage zu Protokoll gab, strahlte er genauso, wenn Ihr Name fiel. Bitte leiten Sie all Ihre Berichte an die Kollegen in Florenz weiter, die wissen Bescheid und geben es an die zuständigen Beamten weiter. Schönen Abend noch."

Er zwinkerte und ließ eine verdutzte Sofia zurück.

Kapitel 43

Gegen acht Uhr abends saßen die vier Ghostbusters in Nicks Wagen und fuhren zur Stadt hinaus. Auskünfte zu dem Wohin verweigerte dieser mit dem Hinweis, er habe eine Überraschung für sie.

Anna hatte sich vorne auf dem Beifahrersitz gesetzt, damit die Turteltäubchen näher beisammen waren. Auch wenn sich David auf dem Rücksitz klein machen musste und nicht so recht wusste, wo er seine Beine unterbringen sollte.

Zu Beginn der Fahrt hatte Sofia den anderen von ihrem Gespräch mit Heller berichtet. „Ich hätte nie vermutet, dass er es mitbekommt, dass wir uns besser oder vielleicht auch intensiver kennen." Sie lachte, als David intensiv an ihrem Hals zu knabbern begann. „Und am wenigsten hätte ich mit seiner Reaktion darauf gerechnet. Er hat uns ja regelrecht seinen Segen gegeben. Am Ende muss ich Anna noch recht geben, dass er gar nicht so verkehrt ist."

„Das sag ich doch schon, seitdem ich ihn das erste Mal gesehen habe. David, was machst du denn jetzt wegen der Entschuldigung des Scheinheiligen?"

„Solange mein Vater noch nicht alles in Erfahrung bringen konnte, was ich wissen muss, weise ich meinen Anwalt an, sich zurückzuhalten. Falls allerdings die internationale Presse darauf stößt, bin ich gezwungen, sofort zu reagieren. Für die ist Bamberg aber zum Glück zu weit weg und zu klein. Und die Fußball-WM beschäftigt Gott sei Dank immer noch die Medien, Kunst rangiert da noch länger ganz unten. Die Idee von Heller mit der Galerieeröffnung und einer öffentlichen Entschuldigung und Rehabilitation in diesem Rahmen finde ich großartig. Ich habe heute mit Sebastian Schreiber telefoniert und mit ihm abgesprochen, dass zwei Werke von mir ausgestellt werden, falls der Bischof kein neues Exponat zur Verfügung stellt. Außerdem war ich heute kurz bei Melanie Schmidt zu Hause und habe angeregt, auch eine ihrer Skulpturen in der Galerie auszustellen. Solange Adele nicht da ist, versucht Sebastian alles so zu lenken, wie er es gut findet, und ich muss sagen, er macht das perfekt. Heller muss ihn angerufen haben, er könne für nächste Woche oder vielleicht schon für Sonntag die Eröffnung einplanen. Ach, Nick, Melanie hat sich übrigens nach dem netten, gut aussehenden Polizisten erkundigt, das wollte ich dich wissen lassen."

Alle im Auto lachten, und David wandte sich wieder Sofia zu. Leise flüsternd beschäftigten sich die beiden miteinander und hatten nur Augen füreinander.

Deshalb bekamen die beiden im Gegensatz zu Anna auch gar nicht mit, welches Ortsschild sie gerade passierten.

Anna sah alarmiert zu Nick und wollte Sofia schon darauf aufmerksam machen, aber Nick schüttelte nur leicht den Kopf.

Kurze Zeit später parkte er den Wagen in einem großen Innenhof.

Sofia und David trennten sich voneinander.

„Wo sind wir eigentlich?"

Da Nick und Anna ausstiegen, folgten auch sie. Lachend standen die beiden im Hof. Sofia ließ den Blick umherwandern.

„Wo sind wir denn jetzt? Also nach einer Wirtschaft sieht es gar nicht aus, oder ist da noch ein Biergarten?"

Sie drehte sich um und blieb wie erstarrt stehen. Das Bauernhaus war wunderschön renoviert. Überall waren Blumenkästen an den Fenstern. Über der Eingangstür war die Zahl 1658 auf den Stein geschrieben. Sie drehte sich langsam weiter und sah die Scheune auf der gegenüberliegenden Seite.

David spürte, was in ihr vorging. Auch er hatte das Gefühl, diesen Ort zu kennen, schon einmal hier gewesen zu sein.

Er stellte sich hinter sie und legte leicht seine Hände auf ihre Schultern. Falls sie umzukippen drohte, würde er sie auffangen können.

Aber Sofia war stark. Sie ging einen Schritt auf das Haus zu.

„Das ist es. Hier habe ich mit dem Vater und der Großmutter gelebt. Das da oben, das war das Zimmer von der Großmutter, da haben wir miteinander gelegen, bis ... bis sie gestorben ist. Und da drüben war das Zimmer von meinem Vater. Da war die Küche, da hat sich alles abgespielt, da ging auch noch eine Tür raus zum Stall rüber. Aber der steht nicht mehr. Und da in der Scheune, da haben wir uns das erste Mal geküsst und, na ja, noch mehr. Hier, in diesem Haus habe ich mein vergangenes Leben als Greta gelebt. Wie hast du es so schnell finden können, Nick? Woher wusstest du das?“

Sie dreht sich zu ihm um. Auch Anna und David schauten ihn fragend an.

„Schon während ich die Beschreibung des Hofes in der Aufnahme vom Band gehört habe, hatte ich das Gefühl, dass es mir etwas sagt. Aber ich habe mehr auf dich geachtet und nicht so genau auf alle Einzelheiten wie Namen und Orte.

Dann saßen wir bei David auf der Terrasse, und du, Anna, hast von Seehöflein gesprochen. Da hat es bei mir regelrecht Sturm geläutet. Wollte euch aber nicht voreilig Hoffnung machen, deshalb habe ich erst mal recherchiert, ob es wirklich das Haus sein kann, an das ich gedacht habe. Aber spätestens jetzt weiß ich es.“

„Das beweist, dass alles wahr ist. Ich war noch nie hier, aber ich habe es sofort wiedererkannt. Anna, das ist großartig. Wir können alles nachprüfen und bestätigen.“

Anna lachte. „Das ist wieder typisch für dich. Alles muss korrekt und nachgewiesen sein. Einfach so hättest du es nicht als wahr empfinden können.“

Sofia sah wieder hinüber zur Haustür.

„Meint ihr, wir können da mal klingeln und nachfragen, ob sich jemand mit der Geschichte des Anwesens etwas auskennt?“

„Wir werden schon erwartet."

Sie drehte sich überrascht um.

„Ach, du hast schon gefragt? Ist das nicht etwas komisch, zu fremden Menschen zu gehen und zu sagen, meine Kollegin hat hier in einem früheren Leben gelebt. Darf ich mich mal umschauen? Oder hast nur gesagt, dass wir vorbeikommen und ein paar Fragen hätten?"

„Ich war heute schon mal hier und hab gesagt, dass ich Freunde mitbringe, die ein wichtiges Anliegen haben."

„Ach, dann war das deine Familienangelegenheit", folgerte Anna.

„Ja, denn das ist mein Elternhaus. Hier wohnt immer noch meine Großmutter."

Er lächelte, als drei Köpfe herumfuhren und ihn entgeistert ansahen.

Kapitel 44

Noch während sie diese Information verdauten, öffnete sich die Haustür, und eine ältere Frau stand dort und sah zu ihnen herüber.

Sie war groß gewachsen und hielt sich sehr aufrecht. Die grauen Haare waren zu einem flotten Kurzhaarschnitt frisiert, sie trug eine Jeans und eine sommerliche Bluse. Sie wirkte sehr jugendlich, nicht wie eine Großmutter.

„Nick, bring deine Freunde doch herein. Der Grill ist schon an, aber ihr könnt gerne durch die Küche gehen und jeder eine Schüssel Salat mitnehmen. Das Fleisch und das Gemüse können wir auch schon raustragen. Irgendjemand von Ihnen soll kein Fleisch essen? Nick, du kümmerst dich um die Getränke. Ach, nun geht schon wieder mein Temperament mit mir durch. Ich überfalle sie alle. Aber ich habe, seitdem ich alleine hier wohne, ganz selten Besuch. Deshalb habe ich mich umso mehr gefreut, als Nick anrief und meinte, er komme heute mit ein paar Freunden zum Grillen vorbei."

Sie drehte sich um, und die immer noch sprachlosen Freunde folgten ihr und Nick, der seine Großmutter kurz zur Begrüßung in den Arm nahm.

Alles ging so schnell, dass Sofia im Haus gar nicht alle Eindrücke in sich aufnehmen konnte. Sie hätte es auch als sehr unhöflich empfunden, einfach stehen zu bleiben und sich umzusehen.

Bestimmt gäbe es nachher noch die Gelegenheit, sie würde einfach fragen, seit wann Nicks Großeltern denn den Bauernhof hatten. Sie mussten ihn irgendwann nach dem Krieg übernommen haben, denn vorher war er ja im Besitz ihrer Familie, ihrer damaligen Familie, gewesen, der Familie von Margarete Fuchs.

Sie wollte die alte Dame schließlich nicht erschrecken. Es sah auf jeden Fall sehr gemütlich hier aus. Sie blieb noch mal an der Haustür stehen, die immer noch aus demselben Holz wie damals war. Mittlerweile war sie nicht mehr dunkelbraun, sondern in einem wunderschönen dunklen Grün gestrichen. Aber die Holzschnitzereien waren noch dieselben. Wie oft war sie mit ihren Brüdern um die Wette nach Hause gelaufen und hatte die Tür hinter sich zugeworfen, um dann die Mutter schimpfen zu hören, sie sollten gefälligst leise sein.

David holte sie aus ihren Gedanken zurück, indem er ihr kurz über die Schulter strich. Anscheinend erinnerte er sich noch daran, dass sie einen ihrer ersten verstohlenen Küsse genau hier ausgetauscht hatten, als der Bauer schon in den Stall vorausgegangen war.

Doch die weiteren Erinnerungen mussten sie vorerst hintanstellen, sie wollten die Dame des Hauses nicht warten lassen. Nick stellte sie einander vor. „Das ist meine Kollegin Sofia, ihre Freundin Anna, die übrigens eine bekannte Energetikerin in Bamberg ist, und David. Meine Oma, die von jedem die Gruberin genannt wird."

Die fing an zu lachen. „Dabei weiß ich bis heute nicht, wie ich zu diesem Namen komme. Aber ich habe mich daran gewöhnt. Anna, von Ihnen habe ich schon viel gehört. Ich habe sogar schon mal überlegt, zu Ihnen zu kommen. Ach, Nick, schau doch mal nach der Kohle, nicht, dass die verglüht, bevor wir überhaupt angefangen haben."

Sie führte die Gruppe in den Garten, und alle setzten sich in eine bequeme Sitzgruppe unter einen großen alten Baum. David war ganz froh, dass Nick ihn nur mit dem Vornamen vorgestellt hatte und er einfach ein normaler Freund sein konnte.

Die Gruberin verwickelte Anna in ein Gespräch über ihre Arbeit, Nick stand am Grill, und David hielt Sofias Hand, während diese, ebenso wie er selbst, in ihre eigenen Gedanken versunken war. Verstohlen sah sie sich um.

Sie meinte in ihrer Rückführung auch unter diesem Baum gesessen zu haben. Natürlich war er damals noch viel kleiner gewesen, aber es war damals auch eine Linde gewesen, glaubte sie sich zu erinnern.

Sie wollte die schöne Atmosphäre und die Freude der alten Dame nicht stören, indem sie sie jetzt mit Fragen nach dem Haus bestürmte und beschloss, bis nach dem Essen zu warten.

Aber es fiel ihr unglaublich schwer, ruhig zu bleiben und abzuwarten. Es kribbelte in ihrem ganzen Körper vor Erwartung.

Im Gespräch kamen sie auf die unterschiedlichsten Themen. Nicks Großmutter war vielseitig interessiert, sehr belesen und hatte zu vielem eine eigene Meinung. Unweigerlich ging es irgendwann auch um den Bischof und seine Behauptung in der Lokalpresse am Wochenende.

Lautstark machte sie ihrem Unmut Luft. „Kann denn nicht jemand diesem scheinheiligen Patron das Handwerk legen? Als ob dieser Sander es nötig hätte, eine Figur zu stehlen. Der ist millionenschwer, ich kenne ihn zwar nicht, aber seine Bilder haben eine Reinheit, die nie und nimmer zu einem Verbrecher passen würde. Dem Bischof aber trau ich alles zu. Es hat ja immer schon geheißen, dass er sein Amt nur durch Einschüchterung und Bestechung bekommen hat. Und das ist unsere Kirche, ja, da sieht man mal wieder ... Nick, ihn müsst ihr verhaften, das geht doch nicht, dass der einfach so etwas in die Welt setzen kann, das ist ja wie früher. Der hätte damals in meine Kindheit gepasst. Im Naziregime hätte der Karriere gemacht. Damals hätte der den Sander wahrscheinlich einfach verhaften lassen. Schaut, dass ihr eure Arbeit gut macht und euch nicht von so einem beeinflussen lasst."

Sie hatte sich richtig in Rage geredet, viele Emotionen kamen bei der alten Dame hoch.

David musste schmunzeln, fühlte sich geehrt und wollte sich schon mit seinem vollen Namen vorstellen, als er merkte, dass Sofia sich anschickte, Nicks Großmutter auf das Haus anzusprechen.

„Frau Gruber, Sie sind ja anscheinend während des Zweiten Weltkriegs geboren, aber direkt hier aus Bamberg kommen Sie nicht, oder?

Sie sprechen so gar keinen Dialekt, den ich zuordnen kann. Sind Sie denn hier in diesem Haus aufgewachsen?"

„Ach, meine Liebe, wollen wir uns den schönen Abend mit traurigen Geschichten aus meiner Kindheit verderben?" Sie schien melancholisch in die Ferne zu schauen.

Sofia beugte sich vor und nahm die Hände der Gruberin in ihre.

„Glauben Sie mir, ich, wir alle würden gerne die Geschichte Ihres Lebens hören."

„Nun gut, wenn das euer Wunsch ist. Nick bring doch bitte eine Flasche Wein, dann erzählt es sich leichter. Aber keine Angst, es gab auch schöne Zeiten, nicht nur Trauriges. Habe ja schließlich auch zwei Kinder bekommen, ein Mädel und ein Bub, den Vater von Nick. Ach, und schenk uns doch gleich ein. Dir nicht, du musst ja noch fahren."

Sie lehnte sich in ihrem Stuhl zurück, schloss kurz die Augen, schien sich zu sammeln. Ein Blick in die Runde zeigte ihr vier aufmerksame junge Menschen, die sie erwartungsvoll ansahen. Sie fühlte sich geschmeichelt und freute sich, einmal wieder so viel junges Blut um sich zu haben. Fast wirkte es so, als ob eine Großmutter sich anschickte, ihren Enkeln eine Gute-Nacht-Geschichte oder ein Märchen zu erzählen.

„Ich würde 1939 bei Hannover als einziges Kindes eines jüdischen Paares geboren. Es war damals sehr leichtsinnig und gefährlich, überhaupt in Deutschland zu bleiben, geschweige denn, ein Kind zu bekommen. Aber meine Eltern hatten jahrelang vergeblich auf Nachwuchs gewartet und schon gar nicht mehr daran geglaubt, als ich mich ankündigte.

Zu diesem Zeitpunkt hätten sie die Möglichkeit gehabt, nach Amerika zu gehen, aber da die Geburt kurz bevorstand, war es ihnen zu unsicher. Meine Kindheit bestand in erster Linie darin, mich zu verstecken. Es gäbe vieles darüber zu berichten. Ich beschränke mich darauf, dass es trotz allem viele gute Menschen gab, die uns halfen, obwohl es für sie selbst dadurch lebensgefährlich wurde. Ein paar davon habe ich nie vergessen habe, obwohl ich noch sehr klein war."

Sie hielt kurz inne und sah, dass vier Augenpaare an ihren Lippen hingen. Sie nippte an ihrem Wein und lächelte wehmütig in die Runde.

„Es kam die Zeit, da wussten wir nicht mehr, wohin, und meine Mutter erinnerte sich, dass ihr Bruder in Bamberg eine Schreinerei hatte. Sie hatte zwar schon länger nichts mehr von ihm gehört, aber sie wussten nicht, wohin sie sonst hätten gehen können. Es war eine gefährliche Reise, wir haben uns überall verstecken müssen, und mein Vater hat viel dafür bezahlt, dass uns geholfen wurde. Er hatte in Hannover ein Unternehmen geführt, das mit Amerika Handel trieb, und vor dem Krieg ging es meinen Eltern richtig gut. Als wir dann in Bamberg waren, sah es ziemlich hoffnungslos aus. Das war 1944 im Herbst, es ging auf den Winter zu. Geld war eigentlich fast keines mehr da, und die Schreinerei war verlassen. So verzweifelt waren meine Eltern noch nie gewesen. In meiner Erinnerung höre ich meine Mutter heute noch weinen, und mein Vater versuchte sie zu trösten. Sie dachten, ich würde schlafen und nichts davon bemerken. Tagsüber machten sie immer gute Miene zum bösen Spiel. Sie überlegten, sich in der leeren Schreinerei zu verstecken, als ein ehemaliger Mitarbeiter meines Onkels auftauchte. Er erzählte uns, dass der schon längst weggebracht worden war. Was dies bedeutete, war sogar mir mit meinen fünf Jahren schon klar. In dem Moment brach meine Mutter zusammen, ich habe sie nie davor und auch danach nie mehr so weinen sehen. Den Mann aber, den werde ich nie vergessen, Sie, David, haben übrigens einen ganz ähnlichen Blick, das hat mir gleich an Ihnen gefallen."

Sofia griff nach Davids Hand. Alle vier trauten sich fast nicht mehr zu atmen. Aber die Gruberin war so in ihrer Vergangenheit, dass diese besondere Anspannung nicht zu bemerken schien.

„Hans hieß er. Er hat uns nachts in seine Wohnung gebracht. Er hat uns ein sicheres Versteck gebaut, und wir konnten erst einmal aufatmen. Keinen Pfennig hat er von uns gewollt, er war einfach nur nett zu uns. Nicht, dass wir noch groß was gehabt hätten. Tagsüber hat er auf einem Bauernhof geholfen, diesem hier, und hat uns dann auch immer etwas zu essen gebracht. Ich konnte damals gar nicht ermessen, wie gefährlich das für ihn war. Das wurde mir erst rückblickend bewusst. Meine Mama hat damals immer gesagt, dass der Hans sich hier auf dem Hof verliebt hätte, und das war dann auch unser Glück. Denn irgendwann kurz vor Ende des Krieges haben sie ihn verhaftet. Was da genau war, tut jetzt nichts mehr zur Sache."

Sofia begann zu ahnen, wer vor ihr saß, und war gerührt, dass Greta geschützt wurde.

„Greta, das war das Mädchen vom Bauernhof, in das er verliebt war, hat uns in seiner Wohnung gefunden. Sie wusste nichts von uns, Hans hat sein Geheimnis anscheinend nie verraten. Damit sie bei einem Verhör nichts verraten konnte. Aber sie hat uns gefunden und noch am selben Tag hierher auf den Hof gebracht. Sie hat hier mit ihrem Vater, dem Schorsch, gewohnt. Der war auch ein Engel. Greta ging jeden Tag nach Bamberg, hat dort versucht, den Hans freizubekommen und hat sich um die Waisenkinder gekümmert. Denen hat sie genauso wie mir vorgelesen und mit ihnen gesungen. Das waren die schönsten Stunden damals. Meine Kinder habe ich nach den beiden benannt. Greta, meine Tochter, und Hans, der Papa von Nick, und bei Nick habe ich darauf bestanden, dass der zweite Name Georg ist, nach Gretas Vater. So waren sie auf eine Weise immer noch bei mir, und ich konnte Respekt und Dankbarkeit über ihren Tod hinaus zeigen. Eines Tages ging Greta dann wieder nach Bamberg, zum letzten Mal, wie sie sagte. Sie wollte nochmals in die Wohnung von Hans."

Ganz gefangen von dem Gehörten saßen alle um sie herum. Das Weitersprechen fiel ihr schwer, die Stimme versagte ihr.

Nun ergriff Sofia das Wort, und alle Augen blickten wie gebannt auf sie, auch die Gruberin.

„Sie wollte ein Foto von Hans, damit sie es ihrem Kind zeigen konnte, wenn es auf die Welt käme. Denn sie war schwanger gewesen. Und die kleine Ruth meinte, sie wüsste, wo ein Bild in der Wohnung zu finden war. In der Schachtel unter dem Bett. Und sie bat Greta, ihren Teddy mitzubringen." Sie sah Ruth an. „Ich habe ihn gefunden, für dich, aber ich habe es nicht mehr geschafft, ihn zu dir zu bringen. Es tut mir so leid. Ich habe es versucht."

Die beiden Frauen sahen sich an und fassten sich an den Händen. Nun liefen beiden die Tränen über die Wangen.

„Ich weiß. Als du nicht heimgekommen bist und der Schorsch den Bombenabwurf gesehen hat, hat er das Schlimmste befürchtet. Nur die Sorge um meine Eltern und mich hielt ihn bis zum nächsten Morgen auf dem Hof. Am folgenden Abend kam er wieder. Er hatte dich dabei, denn er wollte, dass du hier begraben wirst. Und in deinen Händen hat er meinen Teddy und die Fotos von Hans gefunden. Er meinte, du hättest gelächelt im Tod. Nick, bitte geh mal hoch. Im Schrank neben meinem Bett liegt eine schöne alte Holzkiste. Bringst du mir die?

Meine Eltern und ich sind hiergeblieben. Deine Brüder wurden alle für tot erklärt. Der Schorsch ist 1954 gestorben und hat uns das alles hinterlassen. Irgendwann vorher hatte er noch in Erfahrung gebracht, dass Hans in einem Konzentrationslager umgekommen ist. Es war derselbe Tag. Ja, Greta und Hans sind am selben Tag gestorben. Meine Eltern sind dann 1958 bei einem Unfall in den USA tödlich verunglückt. Dann war nur noch ich da. Und ich habe dann den Joseph Gruber geheiratet und bin glücklich hier geworden. Ich lebe noch immer hier in deinem Haus."

„Nein, es ist nicht mein Haus, es war das Haus von Greta, aber jetzt ist es das Haus von Ruth Gruber, geborene Goldfein, nicht wahr?"

Sie stand auf und umarmte die Ältere, an die sie sich nur als Kind erinnerte. Beide schämten sich ihrer Tränen nicht.

„Und du bist Hans, nicht wahr? Ich weiß es einfach."

Ruth drehte sich zur Seite.

David nickte.

Anna wischte sich ebenfalls die feuchten Wangen. Sie saß einfach nur da und ließ die Szene auf sich wirken. Ein tiefes Gefühl des Friedens war in ihr.

„Wenn es das Ganze als Buch gäbe oder in einem Film, würden wir sagen, dass es schon ganz schön weit hergeholt wäre. Aber uns passiert es wirklich. Darf ich Sie auch kurz drücken?"

Sie nahm die Dame in den Arm, und wie von selbst flüsterte sie ihr etwas ins Ohr. „Neschama."

„Sie können Jüdisch?"

„Eigentlich nicht, aber dieses Wort kam mir eben in den Sinn. Was bedeutet *Neschama*?"

„Es bedeutet Seele, aber auch Liebes. Meine Mutter hat mich immer so genannt."

Sie verstummte, als Nick zurückkam. Er stellte eine sehr schöne Holzkiste auf den Tisch, die sofort Davids Aufmerksamkeit erregte.

Ruth bedeutet Sofia und David, sie zu öffnen.

Er strich sachte über den Deckel, der mit Holzintarsien gearbeitet war, bevor er ihn öffnete.

Ganz oben lag der Teddy der kleinen Ruth, darunter das Buch, aus dem Greta immer allen vorgelesen hatte. Und ganz unten lagen verschieden Bilder, die Hans, Ruth mit ihren Eltern, aber auch Greta mit ihrer Familie zeigten. Die Schätze machten die Runde, und ehrfürchtig sahen alle die Verschmelzung von früher und heute, die Geschichte der Seelen.

Sofia stand auf und ging nun zu Nick. Sie kuschelte sich an ihn. „Danke. Mir fehlen die Worte. Aber dann bist du ja gar nicht wirklich wie ein Bruder für mich. Eigentlich bin ich dann eher deine Großtante oder so etwas."

Ein befreiendes Lachen klang durch den Garten, und ein unbeschreibliches Glücksgefühl durchströmte alle.

Aus einer anderen Ebene betrachteten Leo und eine weibliche Seele, die auch Zigeunerin hätte sein können, was geschah, wenn Seelen sich auf den Weg machten, ihre Reise zu vollenden.

Epilog

Der große Tag der Eröffnung stand bevor. Allerdings ohne die Galeriebesitzerin Adele Grillet. Darüber war aber außer den zuständigen Beamten niemand so wirklich böse. Sebastian Schreiber und Melanie Schmidt freuten sich, alles nach ihren eigenen Wünschen gestalten zu können.

Pünktlich trafen die geladenen Gäste vor Ort ein, David zusammen mit Sofia und Anna, Nick und seine Großmutter, Staatsanwalt Heller und der Bischof. David zeigte sich dieses Mal sehr gerne der Presse und bemühte sich auch immer wieder, seine beiden Begleiterinnen in Szene zu setzen.

Nick und Melanie warfen sich verstohlene Blicke zu. Gemeinsam mit Ruth bewunderte er die Statue, die Melanie ausgestellt hatte, nicht nur, um ihr zu schmeicheln, nein, sie gefiel ihm wirklich. Sowohl das Kunstwerk als auch die Künstlerin.

Heller achtete peinlich genau darauf, dass der Bischof David gegenüber sehr höflich blieb, und beraumte vor Ort eine kleine Pressekonferenz ein, in der Roman Pabst, wenn auch zähneknirschend, eine Entschuldigung an David richtete.

Nachdem dieser Teil erledigt war, führte David Sofia zu einem Werk, das noch verhüllt dastand. Hier wollte er der Öffentlichkeit eines seiner Frühwerke präsentieren. Es war unverkäuflich und noch nie ausgestellt worden.

Die anwesenden Gäste folgten ihnen langsam und warteten gespannt auf den Höhepunkt der Vernissage. David machte keine großen Worte und überließ Sebastian Schreiber das Reden, der dem Publikum Sanders Künstlerbiografie äußerst anschaulich darlegte.

Schließlich zog er das Tuch zur Seite.

Ein Porträt kam ans Licht. Eine wunderschöne junge Frau aus einer anderen Zeit, Greta, so wie er sie nach ihrem ersten gemeinsamen Mal in der Scheune in seinen Träumen immer wieder gesehen hatte.

Den Ghostbusters und Ruth war die Bedeutung des Bildes bewusst, die anderen indes sahen darin nur ein weiteres herausragendes Werk des Künstlers.

In der vorangegangenen Woche hatten sie alle gemeinsam mit Ruth die Gräber von Greta, Schorsch und Ruths Eltern besucht.

Sofia fragte Ruth, ob sie eine Ahnung hätte, ob in dem Wald oben am Berg eine Anhöhe sei auf der drei Eichen stünden.

Die ältere Dame wies ihr den Weg, gemeinsam mit David ging sie dorthin. Eigentlich hätten sie beide nur ihrem Gefühl folgen müssen. Wie von selbst schienen ihre Füße den Weg zu gehen. Nach einiger Zeit fühlten sie, dass sie am richtigen Ort waren. Sie konnten Bamberg vor sich sehen, und hinter ihnen lag ganz idyllisch Seehöflein. Nur die drei Eichen, die hatten die Zeit anscheinend nicht überlebt.

Allerdings stand eine Bank zum Verweilen genau am richtigen Platz, an ihrem Platz, dem Platz zwischen zwei Welten.

Hier nahmen sie sich Zeit, und Sofia erzählte von ihrer Kindheit, die nicht immer leicht gewesen war, dem Tod ihrer Eltern und dem großen Glück, Anna kennenlernen zu dürfen.

David schilderte ihr sein Leben im Internat und seine italienische Seite. Ganz wichtig war es ihm auch, von seinen Eltern zu erzählen, die ihm eine Kindheit zwar mit räumlicher Trennung, aber dennoch voller Liebe ermöglichten.

Sofia konnte nicht umhin anzumerken, dass diese sich bestimmt mit Annas Familie gut verstehen würden. Und wenn demnächst der Todestag von Sofias Eltern sich jährte, kämen nicht nur Anna mit ihren Eltern und Nick, um ihr beizustehen. Diesmal würden auch Ruth und David dabei sein.

Mittlerweile hatte sie eine große Familie bekommen.

Die Eröffnung erfreute sich überraschend großen Zuspruchs bei der Bevölkerung. Da hatten die Schlagzeilen wohl für Werbung der ganz anderen Art gesorgt.

Sofia machte sich auf die Suche nach Anna. Seit letzter Nacht war sie sehr unruhig. Sie musste Anna um Rat fragen, konnte sie aber gerade nicht finden.

Sie sah kurz in den Personalräumen nach, und wirklich, da stand Anna. Ihr rotes Haar leuchtete in der Sonne, die durchs Fenster hereinschein. Das war an sich noch nichts Ungewöhnliches, dass Anna aber gerade Heller küsste, dafür umso mehr.

Als die beiden Sofia bemerkten, lächelten sie nur, und Heller fragte: „Brauchen Sie mich oder Anna?“

„Ähm, Anna, aber ich kann auch später …“

„Nein, ich muss sowieso noch mal zum Bischof schauen.“

„Das war gerade etwas überraschend, ich wollte nicht stören.“

„Das hat sich eben so ergeben. Ich habe doch gesagt, dass da etwas ist und ich herausfinden muss, wie ich es einordnen kann. Gut anfühlen tut es sich auf jeden Fall. Aber ich hätte dich eh noch gesucht. Ich muss dich auch was fragen.“

„Anna, ich habe heute Nacht ganz komisch geträumt.“

„Ich habe es geahnt. Es ist noch nicht zu Ende, stimmt’s? Da ist noch mehr, noch viel früher, oder?“

„Keine Ahnung, aber es ist jemand verbrannt, und ich weiß nicht, ob ich im Feuer stehe oder es angezündet habe. Es war so heiß.“

Draußen begann der Bischof eine Spur zu scheinheilig zu grinsen, als Lukas Heller auf ihn zukam. Schnell schloss er das Display seines Handys. Er wollte ja nicht, dass der Staatsanwalt den Namen der Person lesen konnte, mit der er soeben telefoniert hatte. Adele Grillet.